octobre 25

W0337628

Un jeu de menteurs

Hélène Amalric présente

Publié pour la première fois en Grande-Bretagne par Sphere sous le titre *A Game of Lies*.
© Clare Mackintosh 2023.
© Hachette Livre 2023 pour la traduction et l'édition françaises.

Clare Mackintosh

Un jeu de menteurs

Traduit de l'anglais (pays de Galles) par Aline Azoulay-Pacvon

BLACK LAB

Ancien commandant de police, Clare Mackintosh est aujourd'hui l'auteure multiprimée de six best-sellers du *Sunday Times*. Traduits en quarante langues, ses romans se sont vendus à plus de deux millions d'exemplaires dans le monde, ont fait partie du classement des meilleures ventes du *New York Times*, et à eux tous sont restés plus de soixante-quatre semaines parmi les meilleures ventes du *Sunday Times*. Clare vit dans le nord du pays de Galles avec son mari et ses trois enfants. Pour plus d'informations, rendez-vous à l'adresse www.claremackintosh.com ou retrouvez Clare sur www.facebook.com/ClareMackWrites ou Twitter @ClareMackintosh

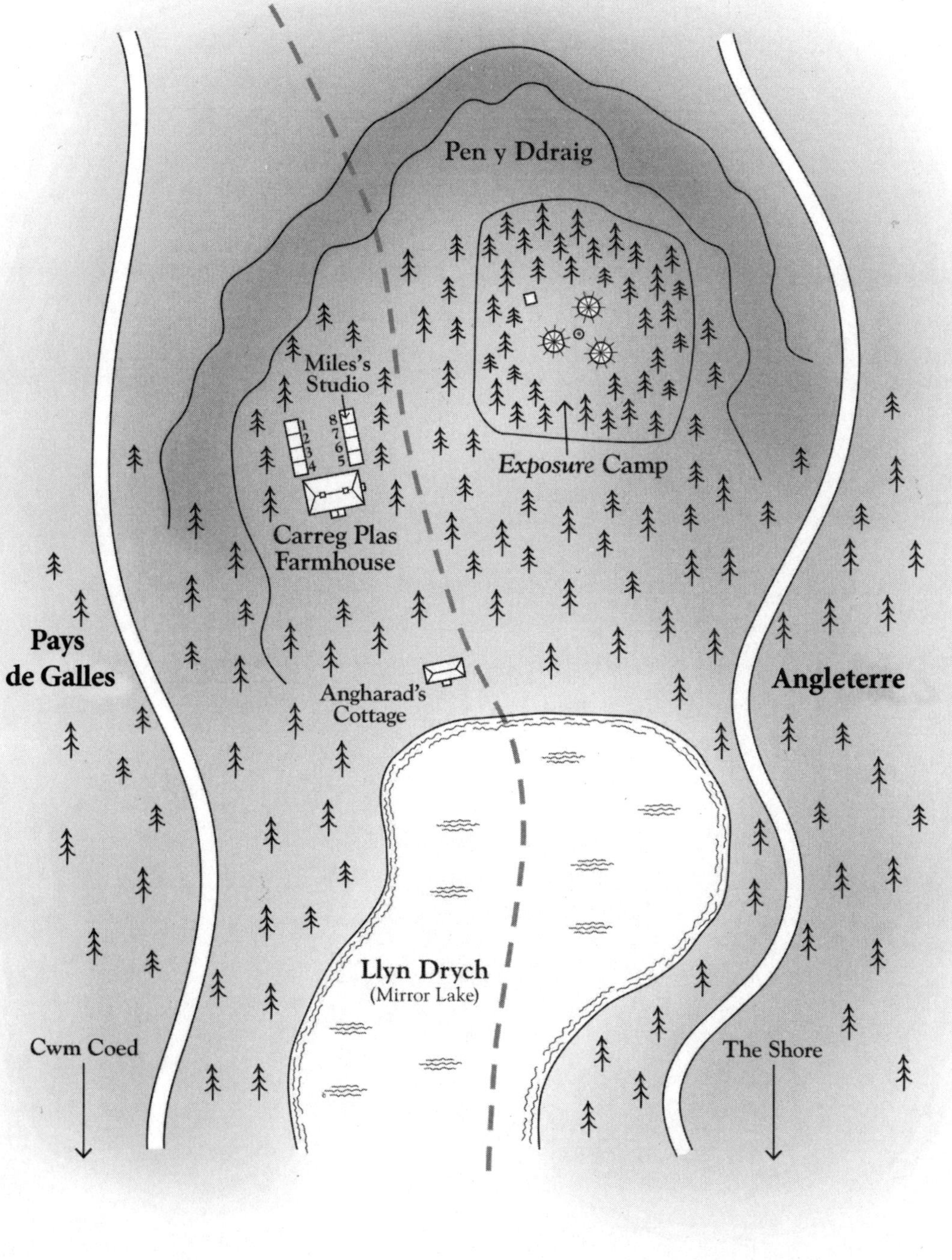

Pen y Ddraig
Miles's Studio
1
2
3
4
8
7
6
5
Exposure Camp
Carreg Plas Farmhouse
Pays de Galles
Angharad's Cottage
Angleterre
Llyn Drych
(Mirror Lake)
Cwm Coed
The Shore

Communiqué

En raison des événements tragiques de la journée, l'épisode d'*Exposure* de ce soir ne sera pas diffusé. Le tournage a été interrompu, et les derniers concurrents ainsi que l'équipe de production bénéficient d'un soutien psychologique. La police est sur les lieux, mais nous ne sommes pas en mesure d'en dire davantage pour le moment.

Young Productions

Première partie

1
Lundi – Agent Fiona Morgan

L'odeur acide et douceâtre à la fois évoque celle d'un fruit pourri. Fiona respire par la bouche, mais c'est une telle infection qu'on aurait presque l'impression d'en manger.

— C'est toi qui as lâché une perle ? lance l'agent Alun Whitaker sans lever les yeux de sa paperasse.

Il est trop vaniteux pour porter des lunettes de lecture : de profondes ridules se forment aux coins de ses yeux tandis qu'il louche sur son dossier.

— Dans tes rêves, ouais.

Fiona referme la déposition de témoin qu'elle était en train de lire et ouvre l'onglet Rightmove sur son écran. Elle a besoin du calme que lui procure l'immobilier en ligne, ne serait-ce que pour cinq petites minutes.

— Les femmes ne sont pas supposées lâcher des vents.

Alun jette un œil au dernier bureau de l'enfilade et élève la voix :

— Je parie que ça n'arrive jamais à Georgina.

L'intéressée hausse les épaules et désigne les écouteurs qui enserrent ses cheveux bruns coupés court tel un bandeau. « Juste un podcast », répète-t-elle, chaque fois qu'on lui pose la question. Fiona la soupçonne de ne rien écouter du tout : cette fille est prompte à dire oui à une *paned* dès qu'on branche la bouilloire, et elle est beaucoup plus sélective quand elle n'a pas envie d'entendre.

— Je ne pourrais jamais me mettre avec une femme qui pète, continue Alun sur sa lancée.

Comme si on allait lui donner le choix. La dernière incursion de ce gars dans le monde du dating a eu pour seules conséquences l'envoi d'un virement bancaire vers un compte anonyme, et un virus informatique qui a bombardé son carnet d'adresses d'e-mails incluant les dix dernières photos de sa galerie de téléphone. Trois desdites photos ont fait regretter à Fiona d'avoir des yeux.

— Lâcher des caisses, c'est pour les mecs, ajoute-t-il. C'est pas pour les dames.

Fiona est tentée de s'appliquer à lui prouver le contraire.

Il fait pivoter sa chaise vers elle. Alun a de longs membres fins. Quand il a les mains posées sur les genoux, comme à cet instant, il lui évoque une sorte de gros insecte.

— Tu sais où se trouve le rapport des coups et blessures volontaires Proctor ? Je ne le vois pas sur le disque dur central.

— C'est parce qu'il est sur mon portable.

— Sur ton ordinateur personnel ?

Il plisse le front et croise les bras. Fiona essaie de se souvenir si ce sont les criquets qui frottent leurs pattes avant l'une contre l'autre, ou les sauterelles.

— Tu es censée le sauvegarder directement sur le disque partagé.

Elle ne sait pas quel bruit produiraient les bras d'Alun s'il se mettait à les frotter comme l'insecte, mais ce serait sûrement une vraie prise de tête. Elle se concentre sur son écran, comme si elle s'efforçait de résoudre une équation complexe au lieu d'étendre sa recherche immobilière sur un rayon de quinze kilomètres.

— Je le sauvegarderai sur le central quand il sera terminé.

— Tu imagines, si je gardais mes rapports sur mon ordi perso ? Tu ferais quoi si j'étais renversé par un bus ?

— La fête ?

Fiona clique sur un deux-pièces à sept bornes de Cwm Coed. Son petit pavillon est parfait – et une véritable bénédiction après l'année passée à la maison avec mam et Seren –, mais le propriétaire veut le récupérer. « Désolée, Fiona, je peux gagner deux fois plus si je le loue en saisonnier, et les temps sont durs… »

« Nom d'une merde », avait marmonné Fiona, lorsqu'elle avait entamé sa recherche d'appartement, découvrant que les prix avaient quasi doublé au cours de l'année qui venait de s'écouler. S'éloigner du village la priverait de ses promenades du pub à la maison, le soir, après le couvre-feu ; ou de ses petits sauts chez Ceri pour boire un café. D'un autre côté, ce serait sympa de pouvoir aller et venir sans que sa mère soit au courant de ses moindres faits et gestes. « Ta Fiona a l'air fatiguée… ce n'est pas elle que j'ai vue entrer chez le médecin la semaine dernière ? Je me suis demandé si elle n'était pas enceinte… »

Cet appartement a l'air parfait. Neuf, et dans ses prix, mais réservé aux plus de soixante ans.

— Bordel de merde !

Fiona ferme la photo de la chambre avec balcon donnant sur la rivière, et plisse le nez : l'odeur nauséabonde lui emplit les narines, plus intense que jamais.

— Et si *tu* te fais renverser par un bus, on n'aura jamais le fin mot de l'histoire.

Alun ne veut pas lâcher le morceau.

— On perdra des preuves essentielles.

— Quand tu passeras lieutenant, tu pourras me donner des ordres. En attendant, lâche-moi, tu n'es pas mon boss.

— Bien dit ! s'exclame une voix enjouée depuis la porte. Parce que c'est moi le boss, ici.

Le capitaine Malik est un homme résolument jovial. Même quand il vous passe un savon – expérience que Fiona a vécue un bon paquet de fois –, son ton empreint d'une indulgence avunculaire vous donne l'impression d'avoir chapardé des pommes, quand il est question du camion antiémeute que vous avez emprunté pour transporter votre canapé IKEA.

Malik entre dans la pièce et renifle.

— Ça sent la mort, ici.

— C'est Fiona, accuse Alun.

— C'est abominable. Ouvrez une fenêtre.

Le capitaine porte son gilet préféré : un damier avec une partie d'échecs en cours. Fiona cherche un éventuel message subliminal derrière le mat ou le pat qui se préparent au niveau du bouton du haut.

Georgina est déjà debout, prête à répondre aux demandes de son supérieur. Fiona plisse les yeux. Elle n'a aucun mal à l'entendre, lui, apparemment. Sa collègue est ce que les chefs appellent une employée *diligente*, et Fiona un lèche-bottes. Première arrivée, dernière à partir, elle décline toutes les invitations relevant du cadre social, tel un robot programmé pour les esquiver. Elle ne se maquille guère plus que Fiona, mais chez elle, c'est la conséquence d'un choix délibéré, pas parce qu'elle a autre chose à foutre. De toute façon, Georgina a le genre de carnation mate qui bronze en cinq minutes – rien à voir avec le teint blanc yaourt de Fiona.

Malik brandit une feuille imprimée.

— J'ai besoin que l'un de vous aille jeter un œil aux ossements découverts à Cwm Coed. Ça pourrait être une affaire épineuse.

— J'en connais une autre, lance Alun en adressant un grand sourire à Fiona.

Elle s'apprête à lui envoyer un truc à la tête lorsqu'un pet audible s'élève de son coin de la pièce.

Malik la fusille du regard.

— J'ai rêvé ou c'est ce que je pense ?

Les paumes levées, Fiona se dédouane de toute responsabilité.

— C'est ce qui arrive quand vous m'obligez à venir au bureau cinq sur sept.

— Vous êtes en train de m'expliquer que je suis responsable de cette pestilence ?

Fiona était pleinement satisfaite quand elle travaillait dans son cagibi de Cwm Coed, rédigeait ses comptes rendus dans sa voiture, au bord du lac, et se montrait aussi peu au bureau qu'elle le pouvait sans se faire taper sur les doigts. Dix-sept mois plus tôt, une affaire de meurtre dans la résidence estivale de luxe La Rive a attiré les feux des projecteurs sur Cwm Coed, et sur elle par la même occasion. C'est à sa dernière évaluation – *esprit d'équipe nul, rebelle à l'autorité* – qu'elle doit ces trajets quotidiens de cinquante minutes pour se rendre à Bryndare et sa mine renfrognée que tout le Botox du monde ne suffirait pas à dérider.

— Je suis désolé d'avoir à vous l'annoncer, Fiona, mais votre présence au travail est l'unique raison pour laquelle on vous paye.

Malik traverse le bureau.

— Et ça ne vous donne certainement pas *carte blanche** pour… *ça*.

* En français dans le texte.

Il tire sa chaise à roulettes en arrière d'un geste vif, exposant le gros tas de poils couché sous son bureau.

Qualifier Dave de chien serait réducteur. Affligé des névroses de la génération Prozac, Dave sursaute au moindre bruit, aboie pendant les silences prolongés et n'est vraiment heureux que lorsqu'il est couché contre les jambes de Fiona ou, idéalement, sur elle. Dave étant aussi grand qu'un humain assis, ce penchant est particulièrement problématique aux feux rouges, quand il s'imagine qu'ils sont arrivés à destination et saute sur ses genoux, tel un chat de quarante kilos.

— Combien de fois l'ai-je répété ?

Fiona se demande si Malik s'adresse à Dave, puis, constatant qu'il la regarde, comprend qu'il attend une réponse. La queue du chien bat doucement la moquette.

— Au moins six, lâche Alun – le con.

— Je ne peux pas le laisser à la maison. Il hurle à la mort. Les voisins se sont plaints.

— Trouvez-vous un promeneur de chiens. Laissez-le chez votre mère. Envoyez-le dans un fichu cirque. Je m'en tape, Fiona. Mais arrêtez de l'amener au travail !

Dave déploie ses longs membres et elle le retient par son collier.

— Et si c'était un soutien émotionnel ? Il est prouvé que la compagnie des animaux soulage du stress.

— La seule chose qui se soulage ici, c'est l'intestin de ce chien. Ramenez-le chez vous. Immédiatement.

Fiona se lève avec réticence.

— Je ferais aussi bien d'aller jeter un œil à ces ossements. C'est sur mon chemin.

— Oh, que non, l'arrête Malik, secouant l'index. Je ne vais pas vous laisser traîner chez vous sans surveillance. Alun ou Georgina peuvent s'en charger.

Il pivote vers les deux intéressés.

— Ils tournent une de ces émissions de téléréalité dans la montagne, du côté de Cwm Coed.

— *Exposure*.

Fiona enfile son manteau. On est en mai, ce qui, dans le nord du pays de Galles, signifie que l'hiver n'est pas terminé.

— Jamais entendu parler de ce truc-là, dit Georgina. Désolée, chef.

— J'aimerais pouvoir en dire autant, répond Malik avec une grimace. Ça a l'air épouvantable. Ils ont choisi sept hommes et femmes « ordinaires », à en croire la bande-annonce ; franchement, quel individu ordinaire accepterait d'être filmé en train de dévorer des yeux de poisson et des testicules de tau...

— Je pense que vous confondez avec *Je suis une célébrité*, chef, l'interrompt Alun, un brin gêné.

— Bref, le producteur se retrouve avec ces os et...

— Ils les ont trouvés dans le camp d'*Exposure*, ou à la ferme où est installée l'équipe de tournage ? demande Fiona. Parce que la ferme est de notre côté, mais le camp est juste après la frontière du Cheshire.

— Aucune idée... Comment savez-vous tout ça ?

— Je connais une participante. Ceri Jones. C'est la factrice de Cwm Coed.

Elle referme son ordinateur.

— Bon, à demain alors.

— Demain ? Il est à peine 3 heures...

— Ça ne vaut pas la peine de revenir, non ? Je ferai mes deux dernières heures à distance, décrète Fiona avec un sourire candide. Oh, et ne comptez pas sur votre navigateur pour trouver la ferme, il vous conduira dans un champ. Il faut prendre une petite route à voie unique après Felingwm Isaf et tourner à droite après le gros chêne.

— *Velin-goom Er-sav*, répète lentement Malik.

En théorie, le capitaine possède le minimum de gallois requis pour avoir obtenu son transfert du Surrey dans le nord du pays de Galles. En pratique, il est loin de maîtriser la prononciation. Il soupire, comme s'il devait se résoudre à prendre une décision douloureuse. Il tend la page imprimée à Fiona, mais la garde dans sa main quelques secondes avant de la lâcher.

— Ne faites pas de conneries.

— Bien sûr que non, chef.

— Et prenez quelqu'un avec vous.

— Franchement, patron, je travaille mieux s...

— Ou vous prenez quelqu'un, ou vous n'y allez pas. C'est aussi simple que ça.

Fiona jette un coup d'œil à Alun, puis à Georgina : ni l'un ni l'autre ne semblent déborder d'enthousiasme à l'idée de faire équipe avec elle.

— Le marteau ou l'enclume, dur dilemme, marmonne-t-elle.

Alun glousse.

— Parlant de dur… commence-t-il.

— Georgina, tranche Fiona.

Malik tance Alun du regard.

— Les années 1980 ont appelé. Elles veulent qu'on leur rende leurs plaisanteries inconvenantes.

— Pardon, chef, ça ne se reproduira pas, s'excuse Alun, les joues incandescentes.

Fiona réprime un sourire.

— Tu es prête ?

Georgina est debout, son manteau sur le bras, comme si c'était elle qui l'attendait et non le contraire.

— Je suis née prête, répond-elle en ouvrant la porte. Allez, Dave, on y va.

2
Lundi – Fiona

La Triumph Stag de Fiona est garée dans la section du parking réservée aux motos. Elle tire une dernière fois sur la clope roulée qu'elle a fumée en six longues taffes, le temps de traverser la cour située à l'arrière du bâtiment, et tend la laisse de Dave à Georgina.

Sa collègue baisse les yeux sur l'animal, l'air paniquée.

— Il ne peut pas monter à l'arrière ?

— Il est malade en voiture. Il sera mieux devant avec toi.

— Ce n'est pas pour son confort à lui que je m'inquiète, répond Georgina en s'installant dans le siège passager avec précaution, tenant la laisse comme s'il s'agissait d'un explosif.

Dave se coince à ses pieds mais sa tête est presque au même niveau que celle de son équipière. Fiona réunit ses cheveux pour les attacher. Ce matin, après un des apartés « hilarants » d'Alun, elle a noué sa queue de cheval avec une telle rage que l'élastique lui est resté dans les mains, de sorte qu'elle n'a rien pu faire de l'écheveau de frisettes méritant à peine l'appellation de boucles qui a repris sa place autour de son visage.

Elle tire un élastique de sa réserve, glissée sur le levier de vitesse de la Triumph. Elle a acheté cette voiture avec l'argent que son père lui a légué, et en a dépensé dix fois plus, depuis, pour permettre à ce tas de ferraille ocre jaune de continuer de rouler.

— Cette voiture a passé le contrôle technique ? questionne Georgina, pointant le menton vers le bout de carton coincé dans la portière passager – de manière ingénieuse, de l'avis de Fiona – pour empêcher la vitre de s'ouvrir toute seule.

— Il y a tout juste un mois, répond Fiona, omettant de préciser que Trefor *Garej* l'a avertie qu'elle roulait dans un « foutu cercueil sur roues », et qu'il ne le lui rendait que parce que son cousin était marié à l'ex-femme du neveu du père de Fiona – qui n'aurait pas manqué de lui remonter les bretelles s'il avait refusé de le faire.

La route qui relie Bryndare à l'autre flanc de montagne de Pen y Ddraig est étroite, sinueuse et flanquée d'un précipice vertigineux côté passager. Mais Georgina ne cille pas. À cet instant, elle est beaucoup moins préoccupée par le vide que par Dave et sa nausée baveuse, qu'elle essaie de maintenir à distance, tant bien que mal. En vain. Quand la route commence à redescendre vers Cwm Coed, le chien est sur les genoux de Georgina et a le museau enfoncé dans l'épaule de Fiona. Toutes les cinq minutes, un gémissement couvre le bruit du moteur antique et Dave lui gratte le bras de sa patte pour lui rappeler sa présence. Comme si elle pouvait l'oublier !

Elle a adopté ce chien dans un de ses rares moments de faiblesse, lors d'une intervention sur un incendie criminel dans le refuge où il purgeait, depuis plusieurs années déjà, ce qui semblait être une peine de prison à vie. « On doit l'euthanasier la semaine prochaine, l'avait informé le bénévole. C'est trop triste, il a tellement d'amour à donner. » Il l'avait clairement vue venir. C'était ce que lui avait affirmé Huw peu après. « Ils te font toujours croire que les chiens vont être piqués, espèce d'andouille. Je te parie vingt boules que tu finiras par le leur ramener. »

Ce n'est pas pour les vingt boules, songe Fiona, renfrognée, essuyant son épaule couverte de bave, c'est une question de principe. Elle a beau regretter son geste impulsif, perdre un pari contre son ex-mari est hors de question. Et puis, en dépit de sa mauvaise haleine et de ses flatulences, Dave a certainement des tonnes de qualités. C'est juste qu'elle ne les a pas encore découvertes.

Si le ciel est d'un bleu limpide, des nappes de brume rampent sur le flanc de la montagne. Elles floutent les bords de la route, mais Fiona connaît son tracé et ses virages comme sa poche. Tout en bas, Llyn Drych serpente le long de la vallée, aussi étroit qu'une rivière, par endroits. Fiona a passé tous les étés de son enfance à nager d'une rive à l'autre du lac. Elle aimait s'arrêter juste au milieu et flotter sur la frontière invisible entre l'Angleterre et le pays de Galles, avoir l'impression, l'espace d'un instant, de n'appartenir à aucun des deux pays. Le hameau de Felingwm (que l'on pourrait traduire par la vallée du Moulin bas) jouxte la rive nord de Llyn Drych (ou Mirror Lake, ainsi que l'appellent les gens de passage). Fiona ralentit pour s'engager sur la voie qui monte à Carreg Plas, la ferme louée par l'équipe de production d'*Exposure*. La route est si peu large et la pente si raide que Fiona prie pour qu'aucun véhicule n'arrive en sens inverse : Trefor *Garej* n'a pas mâché ses mots pour lui dire ce qu'il pensait des freins de son épave.

— C'est quoi ce truc : *Exposure* ? lui demande Georgina.

Fiona donne un coup de volant pour contourner un mouton qui se prélasse sur le bitume chaud.

— Tu ne regardes pas la télé ? La bande-annonce passe toutes les cinq minutes.

— Les chaînes en streaming, seulement. Il n'y a jamais rien de regardable sur la TNT.

Fiona n'est pas de cet avis. Ou elle ne serait pas de cet avis si elle en avait quelque chose à fiche. La télévision numérique terrestre (ou la télé normale comme elle l'appelle) a quelque chose de réconfortant. Elle lui évoque la tasse de thé qu'elle portait à mam dès qu'elle reconnaissait le générique d'*EastEnders*, les longues négociations pour avoir la permission de regarder *Hollyoaks* à la place des programmes éducatifs, quand elle était ado. Le dernier Noël avec p'pa, quand elle avait surligné les films à voir en famille sur le programme télé Radio Times. Les moments où mam lui demandait de jouer avec Seren en attendant le début des *Teletubbies*. Et puis, il y avait *Maisons aux enchères*, à la télé normale, le plaisir coupable de Fiona.

Elle coule un regard à Georgina, dont la tête pivote telle celle d'un hibou pour se détourner du museau hirsute de Dave.

— Comme le boss l'a dit, c'est une émission de téléréalité. Sept candidats passent quinze jours sur Pen y Ddraig. Il y a les défis habituels, le vote des téléspectateurs, ce genre de choses, tu vois.

— Pas vraiment.
— Tu n'as jamais regardé *Big Brother* ?
— Non.
— *Love Island* ?
— Non plus.
— *Mariés au premier regard* ?
— Dis-moi que ce n'est pas aussi terrible que le suggère le titre.
— C'est bien pire.
Fiona vire pour franchir une grille ouverte et s'engager sur une allée en gravier.
— C'est pour ça que c'est si génial.
Elle gare la Triumph devant Carreg Plas, une grande ferme en pierre agrémentée d'un petit porche en bois plus récent. Deux lauriers en pots carrés sont postés en sentinelles de chaque côté de la porte d'entrée. Tandis qu'elles attendent qu'on vienne leur ouvrir, Georgina baisse les yeux sur Dave.
— Pourquoi tu ne le laisses pas dans la voiture ?
— Parce qu'il boufferait tout.
Fiona envoie le heurtoir contre la porte une deuxième fois, puis, renonçant à attendre davantage –, contourne le corps de ferme et découvre une barrière ouverte qui donne sur une arrière-cour pavée. Si, côté façade, la vue sur Llyn Drych était spectaculaire, celle-ci est juste à couper le souffle. Des flancs de montagne richement boisés s'élèvent majestueusement vers le paysage rocailleux des hauteurs de Pen y Ddraig, dont le sommet est voilé de bandes de brume.
La cour est encadrée de deux rangées de dépendances en briques rouges aux toits en ardoise. Les portes des écuries sont peintes de numéros allant de un à huit.
— Il y a des chevaux ? s'étonne Georgina.
— Non, je te répète qu'il n'en est absolument pas question ! s'élève une voix féminine du box marqué d'un huit.
— Furax, le cheval, marmonne Fiona.
Au moment où elle approche de la porte ouverte, une femme brune au visage couvert d'une bonne couche de maquillage fait irruption dans la cour et gagne le bâtiment principal au pas de charge.

— Désolé, les artistes sont parfois capricieux, s'excuse un homme, apparaissant derrière elle, la main tendue. Miles Young, de Young Productions. « Jeune » de nom seulement, à présent.

Il les gratifie d'une moue dépitée, puis passe une main dans son épaisse tignasse blonde en riant. Il a la quarantaine bien tassée, les yeux bleu pâle et des cils si fins qu'ils sont à peine visibles. Ses pommettes saillantes lui donnent un air pincé qui trahit une anxiété que son grand sourire dissimule mal.

— Les artistes ? répète Georgina, acceptant sa poignée de main. Agent enquêteur Georgina Kent, brigade criminelle de Bryndare.

— Ma présentatrice, Roxy Wilde. Elle a un charisme fou, elle crève littéralement l'écran.

Il tend la main à Fiona.

— Et vous êtes ?

— Agent enquêteur Morgan. J'ai cru comprendre que vous avez trouvé des os ?

Reconnaissant son mot préféré, Dave s'assoit droit comme un i et balaye les pavés de sa queue.

— J'ai appelé il y a plusieurs heures. Qu'est-ce que vous...

Le producteur s'arrête net et leur offre une grimace contrite.

— Pardon, je ne voulais pas suggérer que... Enfin, j'imagine que vous avez des milliers de tâches plus importantes à accomplir. C'est juste que nous avons un planning de tournage très serré. La plupart des émissions de téléréalité diffusent les images enregistrées la veille, ou les jours précédents, mais nous allons battre de nouveaux records avec *Exposure*. Les images que vous allez voir ce soir ont été tournées aujourd'hui même. Par chance, nous avons déjà pas mal de rushs sous la pédale – les candidats ont dormi à la ferme cette nuit, alors ce retard n'est pas aussi désastreux qu...

— Pouvons-nous voir les ossements, monsieur Young ? l'interrompt Fiona.

Miles Young regarde sa table de travail équipée de deux moniteurs et encombrée d'un enchevêtrement de câbles, et s'en détourne à contrecœur.

— Bien sûr, dit-il, attrapant sa veste.

En plus de la table, la pièce est meublée d'un lit double et d'une armoire étroite. Fiona remarque un plateau de thé et, derrière, une porte qui doit donner sur une salle de bains. Sur le mur du fond, une grande fenêtre offre une vue panoramique sur la partie boisée de la montagne.

— C'est un coin génial, n'est-ce pas ? lance le producteur, en fermant sa porte à clé. Notre équipe de repérage a fait un excellent boulot. Le campement ne se trouve qu'à une vingtaine de minutes d'ici.

— Qui séjourne à la ferme ? s'enquiert Georgina.

— Je loge dans la maison principale, avec Owen, notre cadreur, et Roxy, que vous venez de croiser. Le box numéro huit me sert de régie, les autres chambres aménagées dans les écuries sont destinées aux candidats éliminés.

Miles les guide jusqu'à une barrière permettant d'accéder au sentier qui grimpe vers le sommet de la montagne.

— Parce qu'ils reviennent ici, ensuite ? s'étonne Fiona.

— C'est stipulé dans leur contrat. Ils doivent séjourner deux jours à la ferme pour les interviews. Ce n'est que lorsque tout est dans la boîte qu'ils peuvent toucher leur cachet.

— Qui s'élève à ?

Les épines des ajoncs s'accrochent à son pantalon.

— Dix mille.

Georgina pousse un sifflement.

— Joli !

— Pas aussi joli que les cent mille livres sterling que va empocher le vainqueur – ou les vainqueurs éventuellement.

— M… ince, se rattrape Fiona de justesse.

Malik lui a demandé de « tempérer son langage », quoi que ça puisse vouloir dire. Des gens se sont plaints, apparemment.

— Je m'attendais à voir plus de monde, dit Georgina. Et des rampes d'éclairage, des camions-cuisine, une équipe de tournage.

— J'ai préféré réduire la voilure depuis qu'on a commencé le tournage, explique Miles. C'était un véritable bazar ici quand on a construit le campement, mais à présent, je m'en tiens au strict minimum. J'ai un coursier qui prend son poste chaque matin, et un agent de sécurité sur site. Quand j'ai besoin de quoi que ce soit d'autre, j'appelle les bureaux de la production.

— Que font les candidats en ce moment ?

En dépit de ce qu'elle a laissé entendre au capitaine Malik, Fiona ne sait pas grand-chose d'*Exposure*, en dehors du fait qu'on va y voir un tas d'aspirants survivalistes se taper réciproquement sur les nerfs, perchés sur une montagne du nord du pays de Galles – ce qui devrait valoir le coup d'œil.

— Eh bien, pas grand-chose, à cause de ces ossements, répond Young d'un ton amer. L'un d'eux a suggéré qu'ils creusent un trou pour faire du feu, et dès que j'ai vu ce qu'ils avaient découvert – sur les moniteurs de contrôle de la régie, j'entends –, j'ai envoyé notre coursier leur ordonner de tout arrêter.

Ils continuent à grimper pendant quelques minutes et arrivent bientôt en vue d'une clôture grillagée relativement haute.

— C'est ici ?

— Ouais. L'enclos fait partie de la ferme voisine. Il a été érigé pour protéger les faisans, je crois. Ce n'est pas la clôture la plus solide du monde, mais elle délimite efficacement notre terrain de jeu.

Il élève la voix :

— Tout va bien, Dario ?

— Nickel chrome, patron.

L'homme qui apparaît à cet instant possède le genre de carcasse massive qui vous met instantanément dans vos petits souliers, et un crâne lisse comme un œuf. Il porte un gilet haute visibilité qui lui tombe presque sur les genoux. Le mot SÉCURITÉ est imprimé en lettres bleues scintillantes sur le côté gauche de sa poitrine.

— Vous avez pris un de ces chiens renifleurs de cadavres ? dit-il, observant Dave avec intérêt.

Georgina émet un son que Fiona pourrait prendre pour un rire, sauf que Georgina Kent ne rit absolument jamais.

— Pas exactement, répond-elle.

— Cette Zee est revenue, annonce Dario à Miles.

— Je pensais qu'elle aurait saisi le message, depuis le temps.

Il se tourne vers les enquêtrices.

— Cette fille… Je veux dire, cette femme, Zee Hart, anime une de ces abominables chaînes YouTube qu'elle a baptisée *Hart Breaks*. Elle nous a envoyé sa candidature pour participer à l'émission, mais elle n'a pas été sélectionnée. Depuis, elle a eu le culot de nous proposer de présenter un programme court qu'elle comptait intituler *Extra Exposure*. Elle voulait interviewer les concurrents après leur élimination.

— Elle a monté une tente, ajoute Dario.

— Quoi ?

La voix, déjà haut perchée, de Miles est montée d'une octave.

— Ça ne peut pas être légal, dites ? demande-t-il à Fiona.

— Où se trouve-t-elle ?

— À une vingtaine de mètres du périmètre, de l'autre côté de l'enclos, explique l'agent de sécurité, pointant le doigt dans la direction indiquée.

Fiona hausse les épaules.

— Rien n'interdit aux gens de faire du camping sauvage en montagne.

Young se tourne vers son employé.

— Surveille-la. Et appelle-moi si elle bouge.

— Noté, patron.

— Et je ne veux voir personne franchir cette clôture sans mon autorisation, OK ?

— Compris.

— L'émission est diffusée à 19 heures…

Il joint les mains.

— … ensuite, ne vous étonnez pas si les tabloïds débarquent, dit-il en gloussant, sûr de son fait.

Fiona le dévisage, perplexe. Ça doit peser là-haut, un ego de cette taille. D'accord, *Exposure* est une émission prometteuse, mais ce n'est jamais qu'une émission de téléréalité parmi des centaines d'autres. Elle voit mal des équipes de journaleux rappliquer à Snowdonia, à moins de pouvoir interviewer des célébrités de premier plan.

Ou à moins que ces ossements se révèlent intéressants…

Elles franchissent une grille métallique à la suite de Miles, puis Dario referme le cadenas avec un *clic* sonore. Malgré le vent qui, à mesure qu'ils gagnent de l'altitude, n'a plus rien d'estival, Fiona a soudain trop chaud. Elle ne pourrait jamais participer à *Exposure*, pour sa part. Même pas en rêve. Si, par miracle, elle survivait à la vie en communauté pendant quinze jours avec des inconnus, elle deviendrait dingue à la seule idée d'être enfermée dans ce qui n'est somme toute qu'une grande cage. Comme des animaux dans un zoo, songe-t-elle, s'imaginant en train de longer inlassablement la clôture à la recherche d'un trou pour s'échapper.

— L'enclos est grand ? s'enquiert Georgina, alors qu'ils slaloment entre les troncs effilés d'un bois dense.

Fiona soupçonne son équipière de se sentir oppressée, elle aussi, mais, comme toujours, son visage est un masque impassible.

— Plutôt, oui, dit Dario, englobant l'espace d'un geste ample du bras. Il comprend tout le bois qui entoure le campement que Miles a fait aménager pour les candidats.

Quelques minutes plus tard, le bois s'ouvre effectivement sur une grande clairière. L'épais rideau de troncs qui dissimule le grillage procure un sentiment d'isolement total. On pourrait aussi bien se trouver au cœur d'une immense forêt, se dit Fiona. Dans n'importe quel pays, à n'importe quelle époque.

Trois grandes tentes cloches sont alignées au fond de la clairière. À une courte distance, sur la droite, on aperçoit un bain nordique chauffé au feu de bois, et des bûches soigneusement empilées contre l'un de ses côtés. À gauche des tentes se trouvent des toilettes. Sèches, à en juger par la pelle posée contre la porte de la cabine.

Au centre du campement, la cuisine, construite dans le même style ostensiblement rustique que les latrines, est équipée d'une grande table – apparemment entièrement taillée dans la même pièce de bois – entourée de sept chaises. Au-dessus, des lanternes en fer se balancent sur une corde épaisse tendue entre deux poteaux. Seul le bruissement des feuillages secoués par la brise trouble l'étrange silence qui règne sur les lieux.

Fiona pointe le doigt sur une petite cabane sans fenêtre bardée de planches clouées à l'horizontale. Elle est aussi étroite qu'une cabine téléphonique mais moitié moins haute. Il faut descendre plusieurs marches creusées dans la terre pour y accéder.

— Qu'est-ce que c'est ? Encore des latrines ?

— Euh… ça c'est… le confessionnal, répond Miles, s'empourprant légèrement.

Fiona aimerait qu'il développe, mais le producteur détourne aussitôt leur attention.

— Les garçons dorment dans la tente de gauche et les filles dans celle de droite. Celle du milieu est une zone de détente commune. Des caméras filment l'intérieur des tentes et toute la partie centrale du campement, mais nous n'en avons installé aucune dans les bois. On ne filme que des images de Roxy, là-bas. Les ossements sont là, précise-t-il en désignant l'espace cuisine.

Une autre pelle a été abandonnée par terre, à côté d'un tas de terre. À deux mètres de là, Fiona remarque une souche d'arbre assez élevée, avec un cadenas boulonné sur sa surface plane.

Elle est sur le point de demander à quoi sert le dispositif quand Dave tire si fort sur sa laisse qu'elle manque de s'étaler de justesse.

— Hé !

Elle le ramène au pied d'un coup sec, avant de se remémorer ce qu'elle a lu dans son manuel *Un parfait toutou*.

— Enfin, je veux dire : *Ici, Dave*.

Elle aimerait autant que son clébard ne détale pas avec le métatarse d'une victime dans la gueule. Elle s'abstient de lancer « c'est de l'humérus noir », sachant que Georgina ne goûterait guère la plaisanterie.

Ils baissent tous les yeux sur la fosse peu profonde qui contient un assortiment d'os incrustés de terre.

— Vous avez bien fait d'interrompre votre tournage, commente Georgina.

— Le hic, c'est que si on ne se remet pas à filmer au plus vite...

— Il va falloir qu'on fasse venir un anthropologue de l'université de Bangor. Pour qu'il nous dise si ce sont des restes animaux ou humains. S'ils sont humains, il faudra les dater, puis déterminer si le site a une valeur archéologique.

Elle sort son téléphone.

— Nous devons en informer la brigade criminelle du Cheshire, nous sommes de leur côté de la frontière.

— Vous n'aurez pas de signal, ici. C'est pour ça qu'on utilise des talkies-walkies pour communiquer.

Fiona sent des yeux sur sa nuque. Elle se retourne et constate qu'une femme à la peau hâlée les observe depuis l'entrée de la tente de droite. Elle est jeune, mince, et porte ce qui est sans doute l'uniforme des candidats : un pantalon de treillis kaki et une polaire orange. Sa chevelure brune est divisée en deux épaisses nattes qui lui tombent sur les épaules.

— Qu'est-ce que vous faites là ? aboie Miles qui a suivi le regard de Fiona et marche déjà en direction de la tente. Je vous ai dit de ne pas sortir !

Il la repousse presque à l'intérieur et Fiona a juste le temps de lire le nom *Aliyah* au dos de la polaire de la femme avant qu'il ne rabatte la porte de toile sur elle.

— C'est n'importe quoi, marmonne-t-elle, s'accroupissant pour observer les os de plus près.

— Désolé de cette interruption, s'excuse Miles Young, revenant de la tente, tout sourire. *Exposure* est sponsorisé par un opérateur de jeux de premier plan. Il est crucial que les candidats ne subissent aucune influence du monde extérieur, ce qui signifie que nous devons les tenir à l'écart des visiteurs – même de citoyennes honnêtes telles que vous !

Il rit, puis, posant les yeux sur les os, se rembrunit aussitôt.

— Vous avez une idée du temps que ça va prendre ? Nous nous attendons à battre des records d'audience. L'engouement du public pour l'émission est incroyable. Des milliers de personnes ont postulé pour participer à *Exposure*. Certains des candidats qui n'ont pas été retenus sont allés jusqu'à rechercher mon adresse et frapper à ma porte pour me supplier de leur donner une seconde chance. J'ai même reçu quelques menaces. Cette émission va avoir un impact phénoménal.

Le discours de Miles n'a que peu d'effet sur Georgina.

— Ces os sont peut-être ceux d'une victime de meurtre, monsieur Young. Je dirais que ça pourrait aussi avoir un impact phénoménal, pas vous ?

— La diffusion commence dans trois heures, et nous avons encore le briefing des candidats à filmer et le direct à préparer…

— Ce ne sont pas des ossements humains, déclare Fiona en détournant les yeux de la fosse. Vous pouvez y aller.

Young pousse un soupir de soulagement.

— Ce sont d'excellentes nouvelles, merci, agent Morgan.

— Attends une minute, on ne peut pas…

Georgina la fusille du regard.

— Le Code de procédure indique clairement…

— Ce sont des ossements d'origine animale.

Fiona se redresse avec une grimace, sentant son genou claquer. C'est normal que vos articulations commencent à se gripper alors que vous abordez tout juste la trentaine ? Ces derniers temps, Fiona se prend à pousser des *aah* chaque fois qu'elle s'assoit. D'ici à manger des pruneaux tous les matins en regardant les drames d'ITV avec les sous-titres parce que « tous les acteurs marmonnent de nos jours », il n'y a qu'un pas.

— J'ignorais que tu étais anthropologue, répond Georgina avec une pointe de sarcasme.

— Je ne le suis pas.

Fiona se penche sur la fosse et ramasse la petite plaque de métal accrochée à ce qui ressemble aux restes d'un collier d'animal.

— Mais je n'ai jamais rencontré de cadavre humain portant une médaille gravée du numéro d'un cabinet vétérinaire.

Ce soir-là, après le boulot, Fiona ouvre son frigo. Elle y a déjà jeté un coup d'œil il y a approximativement trois minutes et demie, et il ne s'est pas rempli depuis. Elle attrape la laisse de Dave.

— Viens, gros, on va manger *Chez Morgan*, ce soir.

Il n'est pas tout à fait 7 heures quand elle entre par la porte de derrière de la maison de son enfance. La cuisine étant l'habitat naturel d'Elen Morgan, Fiona est étonnée de trouver la pièce déserte. Du linge propre a été étendu sur le séchoir au-dessus de la cuisinière, et le cahier de mam est ouvert sur la table, sa liste de tâches à accomplir bien en évidence et cochée comme il se doit. *Changer les serviettes de toilette de la location de vacances. Acheter des sachets de thé. Rapporter les livres à la bibliothèque.*

— Mam ?

Elle ouvre le frigo de sa mère et son ventre se met à gargouiller sitôt qu'elle pose les yeux sur une tourte à la viande. Elle fouille dans le bac à légumes à la recherche de tomates et de laitue.

— Je suis là, s'élève la voix de mam depuis le petit salon. Augmente le son, Seren, je n'entends rien.

— C'est la pub. Et je croyais que tu ne voulais pas regarder, d'abord.

— Regarder quoi ? lance Fiona, les rejoignant au salon avec son butin. Comment ça va, Caleb ?

Le petit ami de Seren est vautré par terre. Il a pris du muscle ces derniers mois et sa mâchoire ne trahit plus la délicatesse de l'adolescence. Seule sa frange qui pendouille trahit sa jeunesse. Il se redresse comme une quille.

— Ouais, bien, dit-il.

Puis, après une hésitation :

— Et toi, ça va ?

D'après Seren, Fiona met le jeune homme mal à l'aise. Il se sent obligé d'être sur ses gardes en sa présence, apparemment.

— Ça ira dès que j'aurai mangé ça. Pousse-toi.

Elle vire les pieds de l'adolescente du canapé pour pouvoir s'asseoir.

— Je tiens un restaurant, maintenant ? lance mam.

Elle porte un tablier rouge imprimé d'un YES en grosses lettres blanches : le logo de Yes Cymru, le mouvement indépendantiste gallois.

— Trois étoiles. Choix restreint. Accueil clientèle à revoir.

Fiona mord dans la tourte et lève les yeux vers la télévision.

— Bon. Qu'est-ce qu'on regarde, alors ?

3
Lundi – Elen Morgan – Épisode un

— Ben, *Exposure*, fait Seren, comme si Fiona était stupide.

Elen fait claquer sa langue. Le problème, avec les adolescents, c'est qu'ils croient tout savoir. Fiona était pareille à son âge. Trop grande pour être envoyée au coin, trop jeune pour qu'on lui révèle une ou deux vérités sur la vie.

— Comment s'est passée ta journée ? demande-t-elle à sa fille. Des choses intéressantes ?

— Pas vraiment.

— On m'a volé un colis Amazon sur mon paillasson, aujourd'hui.

Elen met un point d'honneur à acheter tout ce qu'il lui faut dans la grand-rue de Cwm Coed, seulement, elle avait besoin d'une cartouche d'imprimante, et ça ne pouvait pas attendre son prochain passage en ville.

— *Chut*, ça commence ! lance Seren.

Les couleurs criardes qui s'entrechoquent et explosent sur l'écran donnent déjà la migraine à Elen. Dire qu'elle est en train de manquer *Heno* pour ça. Un cercle bleu vif s'étire comme un élastique, puis se rétracte et prend la forme d'une version kitsch de leur lac. Au-dessus, un triangle d'un vert macabre se détache sur un fond de feu d'artifice violet et orange. En parfait synchronisme, une musique de générique tonitruante s'élève vers son crescendo tandis que des lettres cascadent du ciel et s'écrasent sur la montagne.

E X P O S U R E

Seren couine d'excitation.

— Fi ? insiste Elen.

Fiona détache ses yeux de l'écran.
— Quoi ?
— Mon colis.
— Il est probablement chez le voisin.
— Non, j'ai vérifié.
— Ah, d'accord.
— Oh, c'est merveilleux, vraiment. Ma propre fille, agent de police de haut vol...
— Je travaille à la criminelle.
— ... ne veut même pas se donner la peine d'enquêter quand sa mère est victime d'un crime de haine. « *Ah, d'accord*, répond la porte-parole de la police. »
— Ce n'est pas un crime de haine, mam.
— Eh bien, moi *je hais* ça.
— Tu te souviens de tous ces vols, l'année dernière ? Personne n'a été arrêté. On doit avoir un voleur en série dans le coin. Ou un « copycat ».
— Chut !
Seren hausse le volume.
Elen jette un œil à l'écran.
— Je n'en reconnais aucun.
— Ce ne sont pas des célébrités, mam, tu n'es pas censée les reconnaître.
Ces derniers temps, l'adolescente lui parle comme si Elen avait atteint l'âge de la sénilité, et non celui de la ménopause.
— Ce sont des gens normaux.
— En dehors de Ceri, précise Fiona, la bouche pleine de tourte.
— Ceri n'est pas normale ? Ce n'est pas très gentil de ta part, ça, Fiona Morgan.
— Non, je veux dire que tu vas la reconnaître, elle.
— Vous voyez ce tas de bûches à côté du bain nordique ?
Caleb bondit sur ses pieds et désigne l'écran, tandis qu'elles découvrent le décor dans lequel les candidats vont évoluer, comme tous les téléspectateurs.
— C'est moi qui les ai empilées là !
— Tu as vraiment fait du bon boulot, le félicite Seren, loyale.

Fiona pose son assiette par terre pour que Dave fasse la vaisselle.

— Pourquoi es-tu allé empiler des bûches dans le camp d'*Exposure* ?

— Parce que j'y travaille, répond le jeune homme, regardant les sept concurrents grimper le sentier de Pen y Ddraig pour rejoindre la clairière.

— C'est toi le coursier de la production ?

— Je te l'ai déjà dit, lui rappelle Elen.

— Tu m'as dit que Caleb faisait des *courses*, mam.

Elen a un geste vague de la main : coursier, faire des courses, c'est bonnet blanc et blanc bonnet, non ? À présent, les candidats se succèdent en gros plan. Leurs nom et profession s'affichent dans un bandeau, sur le bord inférieur de l'écran.

— *Pam Butler*, lit Seren. Directrice d'école. Elle ressemble à mon ancien prof d'éducation physique.

Elen fronce les sourcils.

— Ton prof d'éducation physique était un homme.

— Précisément.

— Eh bien, moi, je trouve qu'elle a l'air très compétente, dit Elen, se sentant le devoir de défendre Pam, qui n'a vraiment rien de masculin, si ce n'est qu'elle a opté pour une coupe de cheveux pratique, avec la nuque et les côtés bien dégagés.

Comme tous ses concurrents, elle porte un de ces pantalons de treillis kaki avec des poches un peu partout, et une polaire orange au dos de laquelle est imprimé son nom. Pam a roulé le bas de son pantalon au niveau des chevilles, remarque Elen. Ils auraient pu lui en fournir un à sa taille, la pauvre !

— C'est quoi un « agent spécialisé jeunes enfants », en langage ordinaire ? s'enquiert Fiona, regardant *Aliyah Brown* qui adresse son sourire dents blanches à ses camarades de jeu.

— Elle bosse dans une crèche, traduit Caleb.

— Pourquoi ils ne le disent pas, alors ? Je suppose que ce serait « agent spécialisé en crimes », pour moi.

Caleb esquisse un sourire narquois.

— Justement, Miles te surnomme la…

— *Jason Shenton. Pompier*, l'interrompt Elen, lisant le bandeau à voix haute.

Jason est barbu. Il arbore un de ces petits boucs bien nets qui semblent avoir été dessinés au Rotring. Elen se demande si les candidats ont été autorisés à emporter quelques accessoires de toilette avec eux. Elle ne se considère pas comme coquette, mais aucune femme ayant atteint la jeune soixantaine ne peut se targuer d'avoir un teint comme le sien sans l'aide d'une touche de rétinol de temps en temps, et elle n'aimerait certainement pas avoir à s'en séparer.

— C'est lui qui va gagner, prédit Seren. Regardez-moi la taille de ses biceps.

Elen jette un regard à Caleb, qui ne cille pas ; soit parce qu'il a suffisamment confiance en lui pour se moquer que sa petite amie reluque un autre homme, soit parce qu'il est trop absorbé par l'émission pour y prêter attention. Elen opterait plutôt pour la deuxième option. Ce garçon était fier comme Artaban quand il a décroché ce boulot de coursier ; à juste titre, d'ailleurs, et il ne ménage pas sa peine. Seren et lui se voient peu ces derniers temps, ce qui n'est pas plus mal à moins d'un mois du bac.

Les deux concurrents suivants sont aussi des hommes. Le premier, un comptable du nom de Henry Moore, paraît avoir roulé sa bosse, à en juger par son accent. Il est grand, brun, et bien que ce ne soit pas le type d'Elen (à commencer parce qu'il est trop jeune de vingt ans pour ça), il semble évident que ce sera un sérieux concurrent de Jason auprès du public féminin.

— Vous vous imaginez coincés dans un campement avec un comptable ? lance Fiona en bâillant.

— Tu ne peux pas rayer toute une profession de ta liste. Tu ne trouveras jamais de mari avec cette attitude-là.

— Tu auditionnes pour le rôle de la mère d'*Orgueil et Préjugés* ? Je ne veux pas de mari. J'en ai essayé un et j'ai demandé un remboursement.

— Un petit ami, alors ?

Fiona ne daigne pas répondre. Elen soupire. Tout ce que veulent les parents, c'est le bonheur de leurs enfants, non ? Sa fille se croit peut-être plus heureuse seule, mais elle-même est loin d'en être convaincue.

— Je préférerais me retrouver coincée avec un comptable plutôt qu'avec un pasteur, déclare Seren, fixant le *révérend Lucas Taylor*, qui fait coucou à la caméra.

Ses joues roses lui donnent un air de chérubin, mais il a bien la cinquantaine, estime Elen.

— Il est trop sympa, lui, intervient Caleb. Je lui ai servi son café, hier, à son arrivée. Avec du lait et sans sucre. Il l'a trouvé parfait.

— C'est vrai que tu fais du bon café, confirme Seren.

L'émission n'a commencé que depuis cinq minutes et Elen s'ennuie déjà. Elle réfléchit à tout ce qu'elle pourrait être en train de faire au lieu d'être assise là (sa lessive, du lèche-vitrines en ligne, les comptes de la location saisonnière), et à tout ce qu'elle *préférerait* être en train de faire (n'importe quoi d'autre). Elle laisse échapper un soupir.

— Mam, tu n'es pas obligée de regarder, lui dit Seren.

— Je veux juste témoigner mon soutien à Caleb, *cariad*.

Elen avait de gros doutes sur ce garçon, au début. D'abord parce qu'il était anglais – et ce n'était pas faire preuve de racisme de sa part, c'était juste qu'elle aurait préféré qu'il fût gallois. Mais, en dépit de son côté petit malin londonien et de ses vannes, qu'elle n'est pas toujours sûre de comprendre, Caleb Northcote est un bon gars, et ça va faire un an que Seren et lui sont inséparables.

— Je suis trop impatiente de voir ton nom au générique, bébé, s'exclame l'adolescente, se penchant pour l'embrasser.

Une vague d'émotion submerge Elen. C'est un peu comme de ressentir le mal du pays alors qu'on passe des vacances merveilleuses au loin. Elle a regardé Fiona atteindre l'âge adulte (encore que la chose soit quelquefois discutable), jour après jour, et voilà que c'est au tour de Seren. Elle jette un œil à sa fille qui, elle aussi, observe l'adolescente, éprouvant de toute évidence le même sentiment. Ces deux-là sont taillées sur le même modèle, songe-t-elle. Jusqu'à leurs tignasses indomptables et leurs bouches au pli têtu. « L'air de faire la gueule même au repos », comme le dit Seren. Elen se retient souvent d'ajouter : pas que l'air, et pas toujours au repos. Et elle sait de quoi elle parle.

— C'est trop bizarre de voir une personne que tu connais à la télé, dit Fiona quand *Ceri Jones* apparaît en gros plan.

Elen s'attend presque à la voir dans son short de factrice, mais Ceri aussi porte l'uniforme du camp. Le haut orange vif lui donne un teint jaunâtre.

— C'est encore plus bizarre qu'elle ait voulu participer à ce truc, rétorque Elen, qui ne trouve rien de séduisant à la perspective de devoir faire le singe pour remporter les suffrages des téléspectateurs. Elle est étonnée que Ceri – qui a été affreusement harcelée à l'adolescence – s'inflige ce genre d'épreuve, elle d'ordinaire si discrète. Elen a toujours trouvé ironique de ne presque rien savoir de la factrice, si bien informée des affaires de tout le monde.

Les gens de Cwm Coed ont appris que Ceri allait participer à *Exposure* en même temps que le reste du pays : en découvrant la bande-annonce racoleuse du nouveau reality-show « à ne pas manquer ». L'image était flanquée d'un volet intitulé : « Cinq faits sur le nord du pays de Galles ». Trois de ces faits étaient erronés.

« J'imagine que tu vas devenir une célébrité », lui avait lancé Elen, le lendemain, en prenant son courrier.

Ceri avait rougi.

« Je n'avais pas le droit d'en parler. Pas tant qu'ils n'avaient pas sorti la bande-annonce, en tout cas.

— Qu'est-ce qui t'a poussée à postuler ?

— Je ne sais pas trop. Ça devrait être marrant, non ? » avait répondu Ceri, virant à l'écarlate.

Elle s'était abstenue de demander des nouvelles de Seren et avait filé si vite qu'Elen n'avait pas eu le temps de lui soutirer ce que Fiona et elle avaient fait à Liverpool le week-end précédent.

— Vous ne trouvez pas ça un peu étonnant de sa part ? demande-t-elle à présent, voyant Ceri rejoindre les autres candidats. De se lancer dans ce genre d'aventure, j'entends.

— Elle croit qu'elle peut gagner, répond Fiona, en haussant les épaules. Et si elle y arrive, c'est le jackpot.

Seren rampe jusqu'à Caleb, qui s'est rapproché de la télévision.

— Je pensais qu'elle était avec une vieille friquée, lâche-t-elle.

— Seren ! gronde Elen, tenant peu compte du fait qu'elle a presque dix-huit ans et qu'elle est sur le point de quitter la maison.

— Elles ont rompu, l'informe Fiona. On peut regarder en silence, maintenant, s'il vous plaît ?

— Ça, c'est Ryan, dit Caleb, une fraction de seconde avant que le nom et le métier du candidat suivant s'inscrivent sur le bandeau. *Ryan Francis, ingénieur logiciel.*

— Il n'a pas l'air bien dangereux comme concurrent.

Ryan apparaît à côté de Ceri, testant le terrain rocailleux du sentier à chaque pas. Il a l'allure d'un homme qui passe beaucoup trop de temps entre quatre murs, songe Elen, observant son visage poupin et les longs cils qui bordent ses yeux bleu pâle. Soudain, son pied glisse dans un terrier de lapin et il trébuche. Ceri émet un petit gloussement et la caméra cadre le pauvre garçon qui a du mal à retenir ses larmes.

— Ce n'est pas le genre de Ceri, marmonne Fiona.

Mais ce n'est pas son genre non plus de passer à la télé pour gagner cent mille livres, et l'argent fait faire de drôles de choses aux gens, songe Elen.

Ryan s'essuie discrètement le visage.

— Twitter va le détruire, commente Seren avec la perspicacité résignée des jeunes de sa génération. Il me fait tellement pitié que je voterai peut-être pour lui.

— À une livre vingt l'appel plus la surtaxe de la chaîne ? Tu as intérêt à te servir de ton propre téléphone si tu le fais.

Elen n'a aucune intention de voter, pour sa part ; mais si elle devait le faire, elle choisirait la directrice d'école. Elle aime beaucoup ce genre de femme. Les concurrents viennent à peine d'arriver au campement que Pam Butler se met à répartir toutes les tâches.

« Henry et Jason, vous préparez le feu. Aliyah, ma belle, tu veux bien t'occuper des lits avec Lucas ? » Elle campe ses deux mains sur ses hanches larges et inspecte le campement. « Tu vois ce placard, où il est inscrit "Nourriture", Ryan ? Va voir s'il contient de quoi nous mitonner un déjeuner. »

— Regardez, elle met tout le monde au travail, dit Fiona. La prof typique.

Tout à coup, un cri les fait tous sursauter : à l'écran et dans le salon d'Elen. Aliyah sort brusquement de la tente des femmes et se jette sur le premier homme qu'elle trouve sur son chemin : Henry Moore, en l'occurrence.

« Il y a une énorme araignée ! s'écrie-t-elle, secouant ses vêtements comme si elle était couverte d'insectes. Enlève-la, je t'en supplie ! Je ne peux pas dormir là-dedans s'il y a des araignées. »

— Elle ne va pas faire long feu, celle-là, commente Seren avec une moue de mépris.

— Je m'en occupe, dit Henry en prenant Aliyah par l'épaule d'un geste rassurant.

La caméra suit Henry qui entre dans la tente des femmes et jette un œil autour de lui. Les trois lits sont disposés en éventail et les oreillers touchent presque la toile. Il y a un coffre en bois au pied de chacun d'eux, et au centre de l'espace, un tas de poufs poire géants.

— Les émissions comme celle-ci ont besoin de douzaines de monteurs, en temps normal, explique Caleb, du haut de ses quinze jours d'ancienneté dans le monde de la télé. Mais Miles a trouvé une solution très futée. Lui et un autre monteur ont passé des semaines sur le storyboard de l'émission, pour que Miles puisse balancer les séquences aussi vite que possible. Ils ont tout programmé à l'avance. Miles bosse comme un dingue. Il sort faire son jogging chaque matin, mais à part ça, il est à son bureau de 6 heures du mat à la fin de la diffusion.

Henry secoue les draps et les couvertures des lits, puis, s'accroupit et recueille quelque chose au creux de ses mains.

— Les gens disent que Miles est « control freak », mais moi, je pense que c'est un génie. En plus, il est sympa, vous savez. Quand même, c'est lui qui m'offre ma première citation dans un générique télé. C'est énorme. Ça va vraiment m'ouvrir des portes, ça.

Au campement, Henry s'est débarrassé de l'araignée et est reçu en héros par Aliyah.

« Je sais que c'est pathétique, dit-elle. Mais c'est à cause de toutes leurs pattes… » Cette simple évocation lui arrache un petit cri aigu.

Son sauveur rit gentiment. « Tout le monde a peur de quelque chose. T'inquiète.

— De quoi as-tu peur, toi ?

— Moi ? De l'eau, répond-il, l'air embarrassé. J'ai failli me noyer quand j'étais gamin.

— Oh, mon Dieu ! » Aliyah porte les mains à sa poitrine. Elle semble sur le point de lui poser d'autres questions, quand Jason – qui vient de trouver une pelle et a décidé de creuser un trou afin que le feu de camp prenne mieux – les interrompt et leur demande de venir l'aider.

— Ils vont trouver des os, là-dedans, annonce Caleb, trop content de leur offrir la primeur de la nouvelle.

— Des os ?

Elen se tourne vers Fiona.

— Tu es au courant ? C'est peut-être une scène de crime.

— Merci pour la suggestion, mam.

Une brune séduisante avance à grands pas vers la caméra. Au premier regard, elle porte le même pantalon de treillis que les candidats, mais Elen note qu'il est mieux coupé et que les pressions purement utilitaires ont été remplacées par des boutons argentés scintillants. À la place de la polaire orange, elle a revêtu un gilet noir dont la fermeture Éclair laisse entrevoir un joli décolleté.

« Bienvenue… »

L'animatrice marque une pause dramatique avant de reprendre :

« … à la montagne du Dragon ! »

Les candidats poussent des cris de joie, aussitôt noyés par le chœur de « C'est Pen y Ddraig ! » qui s'élève du salon d'Elen, et sans nul doute de toutes les autres maisons de Cwm Coed. La montagne du Dragon, sans blague. *Bobl bach !*

— Ils voulaient garder le nom gallois, seulement Roxy n'arrivait pas à le prononcer correctement, explique Caleb.

— Si tu n'es pas capable de prononcer son nom, tu n'as rien à y faire, rétorque Elen, acerbe.

« Mesdames et messieurs, lance Roxy Wilde, une étincelle dans le regard. Vous pensez être ici pour participer à un jeu de survie, n'est-ce pas ? »

Plusieurs « Oui ! » s'élèvent du côté des candidats. Pam et Ryan échangent des regards inquiets.

Roxy lâche son pavé dans la mare avec panache :

« Eh bien, vous vous trompez ! »

— Qu'est-ce qu'elle veut dire par là ?

Elen attend l'explication de Caleb, mais le gamin a l'air aussi déconcerté que les concurrents.

« Chacun de vous a un secret. Une chose que vous prenez bien soin de cacher à vos amis et à vos proches. »

La caméra offre un gros plan du sourire malicieux que Roxy adresse aux sept candidats.

« Vous n'allez pas uniquement concourir pour empocher la récompense. Vous allez devoir concourir pour préserver vos secrets : pour éviter d'être *exposés.* »

— Putain, laisse échapper Fiona.

Seren pouffe avec un air choqué, puis se tourne vers Caleb.

— Tu t'es gardé de nous raconter ça, toi.

— Je... je n'avais pas le droit d'en parler, répond-il.

Mais Elen perçoit son trouble. Il détourne la tête, contrarié que le « génie » qu'il vénère n'ait pas jugé utile de lui révéler le véritable enjeu de l'émission.

« Votre objectif, reprend Roxy, est de réussir à conserver votre secret pendant les quatorze jours que vous allez passer ici. Les candidats qui n'auront pas été éliminés à l'issue de l'ultime épisode d'*Exposure* recevront chacun la somme incroyable de cent mille livres !

— Ils ne vont pas faire ça, Fiona *bach, quand même* ?

— Je pense qu'ils le font déjà, mam.

Roxy brandit une boîte en fer qu'elle cadenasse à une sorte de socle de bois, à deux pas de l'endroit où Jason et Henry creusaient le trou pour le feu un instant plus tôt. Elle pivote pour être face caméra.

« Cette boîte renferme les secrets de tous les concurrents, et de votre côté, vous aurez *tous* la possibilité de voter pour désigner celui que vous souhaitez exposer. »

— Oh, mon Dieu, venez, on vote pour exposer Lucas ! s'exclame Seren. Je parie que c'est un pervers – tous les pasteurs le sont, pas vrai ?

Elen se sent nauséeuse. Qui a pu avoir une idée aussi tordue ? Comment a-t-elle pu être validée ? Elle voudrait quitter la pièce, mais elle est incapable de bouger, comme tétanisée par l'abomination qu'elle a sous les yeux.

« Vous pouvez voter vingt-quatre heures sur vingt-quatre, et nous pourrons décider à tout moment d'envoyer au confessionnal le candidat le moins apprécié des téléspectateurs. » Roxy sourit. « Et permettez-moi d'ajouter que nous avons plus d'un tour dans notre sac pour encourager les révélations… »

À cet instant, un montage vertigineux offre différents angles de vue sur un espace aveugle minuscule, qui ne contient rien d'autre qu'un fauteuil aux allures de trône fixé au sol. Le premier plan montre le réduit en train de se remplir d'eau. Le deuxième, des rats grouillant sur le fauteuil. Après quoi, ils ont droit aux araignées, aux serpents, aux cafards, à des battements d'ailes et à un jet de sang écarlate. Enfin, une vue de la cabine du dehors. La structure en bois est presque aussi étroite qu'un cercueil, et à demi enterrée. Elen frémit à l'idée de se retrouver enfermée là-dedans.

Roxy Wilde expose les règles du jeu. Chaque candidat aura la possibilité de gagner un jour d'immunité en révélant le secret d'un concurrent. En cas d'erreur, c'est lui qui se rendra au confessionnal pour subir trois minutes d'un enfer taillé sur mesure.

— C'est infâme, hoquette Seren.

Pourtant, à l'écran, les candidats poussent des « waouh » enthousiastes.

« Je suis prêt ! s'exclame Jason.

— J'*adore* ! » s'extasie Aliyah.

Roxy occupe tout l'écran.

« Que peuvent-ils bien avoir à cacher ? Rejoignez-nous demain soir pour le découvrir ! »

Elen, Seren et Fiona échangent des regards sidérés, tandis que le générique défile.

Fiona pousse un long sifflement.

— Pauvre Ceri ! Vous pensez qu'elle était au courant ?

— J'en doute, répond Elen. J'ai l'impression qu'aucun d'eux ne l'était. Pas vrai, Caleb ?

Mais le jeune homme est trop occupé à scruter l'écran à la recherche du point de départ de sa carrière dans l'audiovisuel. Il bat des paupières à toute vitesse quand les dernières notes de musique s'élèvent.

— Il n'y était pas, dit-il, se tournant vers Seren, sidéré. Ils n'ont pas mis mon nom au générique.

— Le salaud ! laisse échapper l'adolescente, les yeux écarquillés.

Elen ne la réprimande pas. Elle devine que Fiona pense à la même chose qu'elle à cet instant. Qu'elle imagine ce qu'elle ressentirait si ses secrets étaient exposés publiquement, et ce qu'éprouvent ces hommes et ces femmes, là-haut, sur Pen y Ddraig, à la perspective de leur humiliation publique imminente.

— Il me l'avait promis, gémit Caleb, au bord des larmes. Il m'a dit qu'il n'avait pas de budget pour me payer, mais que je serais crédité au générique comme assistant de production.

— Le fils de…

— *Diolch yn fawr*, Seren Morgan. Ça suffit, maintenant.

Elen traverse la pièce et éteint le téléviseur d'un geste rageur.

— Aucune personne dotée d'une once de décence n'aura l'idée d'allumer sa télé pour voir ces bêtises, demain…

— Tu rêves, mam, rétorque Fiona avec un rire sans joie. La téléréalité, c'est l'équivalent moderne des exécutions auxquelles on allait assister, son tricot sous le bras. Demain, un habitant du Royaume-Uni sur deux sera vissé devant son écran pour voir la vie d'un de ces pauvres cobayes s'effondrer en direct.

Elle secoue la tête, comme si elle se sentait sale à cette seule pensée.

— Je vais te dire une chose : la découverte d'un tas de vieux os, c'est du pipi de chat, à côté de ce qui les attend.

4
Mardi – Fiona

Comme c'était à prévoir, le capitaine Malik appelle Fiona à 10 h 30 le lendemain matin.

— Vous êtes où, bon sang ?

— À la maison.

— Pitié, ne me dites pas que vous êtes encore dans le lit !

Elle jette un œil à Dave, qui est vautré à ses pieds, en travers de la couette.

— Non, je ne suis pas encore dans le lit.

Être *sur* et *dans*, c'est tout à fait différent, raisonne-t-elle.

— Je suis en train de terminer le rapport de l'affaire Proctor. J'ai pensé que je ferais du meilleur boulot si je n'étais pas interrompue.

Le rapport est effectivement affiché sur son écran, sous le brouillon de l'e-mail qu'elle écrit à son propriétaire pour lui proposer de couper la poire en deux, entre le prix du loyer actuel et ce qu'il gagnerait en louant la maison à des vacanciers.

— J'ai besoin que vous retourniez à la ferme. Georgina est déjà en chemin.

— Franchement, patron, si ces ossements sont humains, je veux bien être…

— Un candidat d'*Exposure* a disparu.

Quelques gouttelettes frappent son pare-brise alors qu'elle prend la direction de Felingwm Isaf. Elle vient de s'engager sur la route étroite qui mène à Carreg Plas quand une pluie fine se met à tomber. Georgina attend dans l'allée de la ferme, un gobelet de café dans une main, et... non, Fiona a beau chercher, elle ne voit rien dans l'autre. Leo et elle se conformaient à une sorte d'accord tacite quand ils enquêtaient ensemble sur le meurtre de Rhys Lloyd, l'année dernière : le premier arrivé sur place apportait un café à l'autre.

Georgina a clairement des valeurs bien à elle.

Et zut, voilà qu'elle recommence à penser à lui. Fiona fait de gros efforts pour censurer ses souvenirs de Leo Brady. Elle a tout gâché entre eux. Elle ne croit pas du tout au « seul et unique » (pourquoi n'y aurait-il qu'une personne pour s'accorder parfaitement avec vous, dans un monde peuplé de huit milliards d'individus ?), mais Leo et elle s'entendaient mieux qu'elle ne l'aurait cru possible. Et ça l'avait effrayée. Ça lui paraissait énorme, et elle voulait à tout prix éviter de merder. Quand ils ont bouclé l'enquête, Leo lui a écrit : « Tu veux bien dîner avec moi ? » Elle a fixé le message si longtemps que son regard s'est brouillé. Elle savait ce qu'elle voulait, mais elle ne parvenait pas à se résoudre à le dire. Et plus elle attendait, plus il devenait difficile de dire quoi que ce fût. Il ne lui a plus jamais écrit. Et voilà, elle a laissé passer sa chance. Elle a merdé.

— La personne disparue est Ryan Francis, lui annonce sa collègue, marchant vers le corps de ferme.

— Bonjour ! lance ostensiblement Fiona.

Georgina a débarqué chez eux il y a trois mois, et elle ne s'est pas étalée sur les raisons qui l'ont poussée à quitter une grosse brigade criminelle pour celle de Bryndare, plan-plan en comparaison.

« C'est quoi son histoire ? a-t-elle demandé au capitaine Malik, quand il lui a annoncé l'arrivée d'une nouvelle recrue dans l'équipe.

— Tout le monde n'a pas nécessairement d'*histoire*, Fiona », a-t-il répondu.

Impossible de gober ça. Tout le monde en a une, et à défaut d'entendre celle-là de la bouche de Malik, elle a choisi de s'adresser à l'intéressée.

« Alors, pourquoi tu as quitté ta grosse crim ? »

Elle avait prévu d'arrondir les angles en lui payant un déjeuner à la cantine, mais Georgina avait apporté un sandwich fait maison qu'elle mangeait assise à son bureau.

« Juste une envie de changement.
— Ça fait un paquet d'heures de train.
— J'ai emménagé ici.
— Tu as de la famille dans le coin ? des amis ? »
Les gens ont tendance à fuir Bryndare, d'ordinaire.
« Non », a-t-elle répondu, d'un ton si glacial que même Fiona n'a pas osé insister.
Une chose était certaine : il y avait anguille sous roche.

Quand elle leur ouvre, Roxy Wilde est en jean et débardeur blanc, sur lesquels elle a passé un gilet trop grand dont elle serre les pans autour de sa taille. Sans ses boucles luisantes et son maquillage, on peine à reconnaître en elle la jolie présentatrice de l'épisode inaugural d'*Exposure*.
— C'est un sacré coup de théâtre que vous nous avez offert, hier, lui dit Fiona.
— C'est ça le monde de la téléréalité, répond la jeune femme, avec un sourire qui s'arrête avant les yeux. On ne sait jamais à quoi s'attendre.
Elle guide Fiona et Georgina jusqu'à la cuisine, dans laquelle trône une longue table en pin entourée de chaises massives. Au centre, se trouvent un grand plateau de pâtisseries avec couvercle en plastique, et un autre de sandwichs.
— Petit déjeuner et déjeuner, explique Roxy. On nous livre chaque matin. Servez-vous. Il y a du café, juste là, si vous en voulez.
Fiona ne se fait pas prier. Elle glisse une capsule dans la machine rutilante installée sur le comptoir.
— Comment va Ceri ?
L'animatrice lui adresse un regard interrogateur. Optant pour l'explication la plus simple, Fiona ajoute :
— C'est ma factrice.
Elle ne traînait jamais avec Ceri avant que l'affaire Rhys Lloyd n'attire son attention sur un aspect de sa personnalité (et de celles de plusieurs autres habitants du village) qu'elle ignorait totalement. Elles s'étaient retrouvées au *Y Llew Coch* pour trinquer au procès, et avaient fini par enchaîner les pintes jusqu'à la fermeture

du pub. En avalant un kebab sur le chemin de la maison, elles avaient convenu que rien ne les empêchait de remettre ça de temps en temps.

— Vous voulez dire : est-ce qu'elle a une chance de gagner ? s'enquiert Roxy, coulant un œil vers la porte. Parce que je ne suis pas censée...

— Non, je veux dire : comment va-t-elle ? Est-ce qu'elle a bien pris la nouvelle ?

Fiona soulève le couvercle du plateau de pâtisseries et joue à am stram gram pour choisir entre la torsade et le *pain aux raisins**. Elle tombe sur la torsade, hésite un instant, et prend les deux.

— Je suppose.

L'animatrice resserre encore son gilet autour de son buste.

Fiona mord dans le *pain aux raisins* et laisse la pâtisserie fondre sur la langue. Dieu que c'est bon ! Mam se demandait si elle n'était pas contrariée que son amie lui ait caché son intention de participer à *Exposure*. Elle ne voit pas pourquoi elle le serait. Ceri et elle sont potes de pub, pas BFF ; des adultes, pas des adolescentes à fleur de peau qui flippent quand un de leurs messages reste « non lu » pendant plus de cinq minutes. Ceri est d'une compagnie agréable. Elle esquive les questions personnelles en vous lâchant un petit potin glané pendant sa tournée et parle très peu de sa vie privée. Fiona n'a récolté qu'un « On a rompu » laconique, lorsqu'elle lui a demandé si elle comptait bientôt revoir la femme qu'elle avait rencontrée *via* Internet. Ces limites implicites lui conviennent, et elle a entendu suffisamment de commérages sur les gens de Cwm Coed de la bouche de Ceri, pour ne pas avoir envie de trop s'étaler sur ce qui la concerne.

« Alors, tu lui as répondu ? lui avait demandé la factrice, quelques semaines après l'invitation à dîner de Leo.

— Comment tu le s... »

Fiona avait fermé les yeux : Seren et sa fichue grande gueule.

« C'est ta tournée, non ? » avait-elle dit pour clore l'échange. Leo Brady était un sujet interdit.

Young entre dans la cuisine, arborant un sourire heureux totalement déplacé au vu des événements du jour. Il porte un bonnet et une veste de jogging jaune vif, et est suivi d'un homme en pantalon Gore-Tex.

— Ça, c'est Owen, notre cameraman, le présente Roxy. Miles, la femme qui s'occupe du service traiteur souhaiterait être payée, où se trouve la petite boîte à espèces ?

— À l'étage, sur ma commode. Veille à ce qu'elle te donne un reçu.

Le producteur se tourne vers Fiona et Georgina.

— Alors, vous avez vu l'émission ?

— Oui, dit Fiona, au moment précis où son équipière répond « Non ».

— On a été en tête des tendances Twitter toute la soirée, et les journaux ne parlent que de ça. Ce soir, on va battre des records d'audience. C'est merveilleux !

— Pas pour Ryan Francis, on dirait, rétorque Fiona.

Young prend aussitôt un air sombre.

— Oui, sans doute.

— Ce gars n'était clairement pas taillé pour l'émission, lance Owen, attrapant un *pain au chocolat** et couvrant son tee-shirt de miettes en le déchiquetant.

— À qui la faute ?

La sécheresse de Roxy est aux antipodes du ton malicieux avec lequel elle a présenté *Exposure*, la veille au soir.

— Ça te plairait, à *toi*, qu'on révèle tes secrets les plus intimes sur une chaîne de télévision nationale ?

— Ça ne me gênerait pas. Je n'ai rien à cacher.

— Vous n'étiez pas au courant, n'est-ce pas ? dit Fiona à la jeune femme. C'était la raison de votre dispute avec Miles, hier, quand nous sommes arrivées. Il venait de vous l'annoncer et ça ne vous a pas plu.

— Je lui ai dit que c'était cruel, c'est tout.

Owen hausse les sourcils.

— Tu es toujours là, pourtant...

— Je suis une pro. Je n'abandonne pas un boulot en cours de tournage.

— C'est surtout ton salaire que tu n'abandonnes pas.

— Divergences artistiques mineures, s'interpose Miles, adressant un sourire éclatant à Fiona et Georgina. Roxy a mis un moment à comprendre mon intention, voilà tout. Il n'y a rien de cruel à encourager l'honnêteté, n'est-ce pas ? Nous tendons un miroir à notre société si friande de filtres et de fake news. Nous lui disons juste : regarde-toi en face.

— C'est un concept génial, renchérit Owen. Et ça en jette sur un CV. J'ai déjà eu deux boîtes de prod au téléphone, elles voulaient connaître mes disponibilités.

Young lui passe un bras autour des épaules.

— Tu ne vas nulle part, mon pote. On n'en est qu'au tout début, toi et moi ; attends un peu que je te parle du concept d'émission que j'ai en tête pour après.

Fiona se demande s'il compte aussi sur la participation de Roxy, qui leur a tourné le dos pour laver sa tasse.

— Quand Ryan Francis a-t-il quitté le camp ?

Un ange passe avant que Miles ne réponde :

— Vers 3 heures du matin, apparemment.

— Et vous avez attendu tout ce temps pour signaler sa disparition ?

— Pour être honnête, je pensais qu'il réapparaîtrait. Ne serait-ce que parce qu'il a l'obligation contractuelle de séjourner à la ferme après son élimination. Dieu sait ce que je vais pouvoir raconter aux médias s'il ne revient pas bientôt.

Il remarque l'expression de Fiona et se racle la gorge.

— Enfin, il va de soi que tout ce qui compte, c'est qu'on le retrouve sain et sauf.

— Comme vous dites.

— Quand vous êtes-vous aperçus de son départ ? questionne Georgina.

— Les premiers candidats se sont levés vers 7 heures, mais certains étaient encore au lit à 10 heures. J'ai fait mon jogging, et quand je suis revenu au studio ils venaient de s'apercevoir que Ryan avait fourré un oreiller et quelques pulls sous ses couvertures. Ils ne l'ont trouvé nulle part.

— On a visionné tous les enregistrements, reprend Roxy. Il y a des caméras infrarouge dans les tentes, mais on ne distingue pas grand-chose. Il nous a semblé que Ryan se retournait dans son lit, à un moment, mais quand on a regardé de plus près, on a vu qu'il avait roulé par terre, hors champ de la caméra.

— Et quelques minutes plus tard, poursuit Miles, on distingue un froissement de tissu. Il a dû soulever la toile pour se glisser dehors et filer dans les bois, à l'arrière du campement.

— Où habite-t-il ?

— Dans le Staffordshire. J'ai essayé de joindre sa femme, Jessica – la personne à contacter en cas d'urgence –, mais elle n'a pas répondu.

— Des problèmes de santé ? demande Georgina, prenant des notes.

— Pas en ce moment, répond prudemment le producteur.

Trop prudemment, songe Fiona.

— Mais des antécédents ?

Miles hésite.

— Sur sa candidature, Ryan nous a révélé qu'il avait souffert de dépression. Mais c'était derrière lui. Il était en forme et en bonne santé, et il a passé la visite médicale haut la main. Nous n'avons pris aucun risque, nous nous sommes assurés de l'équilibre mental de nos candidats, pas vrai ?

Il quête le soutien de ses employés, mais seul Owen hoche vigoureusement la tête. Roxy ne pipe pas mot.

Fiona se tourne vers Georgina.

— Demande au central de se concentrer sur les services psy des hôpitaux et les urgences, de vérifier s'il y a eu des accidents, même sans gravité. Et il faut envoyer une unité du Staffordshire à son domicile. S'il n'est pas rentré chez lui, on doit informer son épouse et voir si elle peut nous fournir des informations complémentaires.

— Son téléphone portable et son portefeuille sont toujours dans sa chambre, à l'écurie, intervient Roxy d'un ton anxieux. Je me suis permis de jeter un œil dans son sac, étant donné les circonstances.

Fiona hoche la tête, la mine grave. Ryan a disparu depuis près de huit heures, et il ne faut pas être extralucide pour deviner pourquoi.

— Quel est son secret ?

— Je vous demande pardon ? dit Miles, les sourcils froncés.

— Si Ryan est parti de son propre chef, on peut légitimement supposer qu'il l'a fait pour préserver son intimité. Alors quel secret ne voulait-il pas ébruiter ?

— Je ne peux pas vous révéler ça.

— Il s'agit d'une enquête pour disparition inquiétante, monsieur Young. Vous avez une responsabilité envers...

— Vous ne comprenez pas, des centaines de milliers de paris ont été lancés depuis la diffusion du premier épisode, hier soir. La plate-forme de jeux en ligne Bet247 propose de parier sur l'identité du premier concurrent qui sera éliminé, sur qui couchera avec qui, sur les secrets des candidats... Ils se font une fortune.

Il soupire.

— J'ai les mains liées.

— Je vais faire circuler son portrait, annonce Georgina, son talkie-walkie dans une main et la liste des demandes de Fiona dans l'autre. Je lance une requête de recherche et sauvetage ?

Fiona acquiesce. Pendant que son équipière briefe le central, elle compose le numéro de Huw et sort dans la cour de la ferme.

— Tu vas recevoir une requête d'intervention, informe-t-elle son ex-mari lorsqu'il lui répond.

La bruine, toujours aussi légère, dépose un voile argenté à la surface de sa veste, comme si elle n'avait pas l'énergie d'aller plus loin. Plus haut, autour du sommet de Pen y Ddraig, le ciel est bleu pervenche et de fines bandes de nuages progressent tranquillement vers l'est. Fiona est habituée aux caprices de ce temps, si variable d'un village à l'autre. Il arrive qu'une des extrémités de Llyn Drych soit inondée de soleil, et l'autre, balayée par des bourrasques qui arrivent tout droit de la montagne.

— C'est vraiment pour un sauvetage, ou tu veux aménager tes combles ?

— Il faudrait que je trouve des combles avant de les aménager.

— Ta chasse aux apparts ne donne rien ?

— Non.

Il y a peu (quelque mois seulement), Huw aurait sauté sur l'occasion pour lui rappeler qu'elle avait déjà une maison parfaite qui l'attendait. Qu'il lui suffisait de revenir vivre avec lui pour la retrouver. Même une fois les papiers du divorce signés, il n'avait cessé de lui répéter qu'il n'était pas trop tard, qu'il ne serait jamais trop tard. Qu'elle pourrait toujours changer d'avis. Mais il s'abstient de tout commentaire, cette fois, et Fiona se sent à la fois soulagée et triste que cette page de sa vie soit finalement tournée.

— C'est quoi cette intervention ? demande-t-il.

Fiona longe les box-chambres d'un des côtés de l'arrière-cour.

— Disparition inquiétante dans Pen y Draig. Homme blanc, cheveux bruns, un mètre quatre-vingts. La demande va venir du central, mais je pensais que tu apprécierais le tuyau.

Fiona tente d'ouvrir la porte huit (la régie de Miles), et la trouve fermée.

— Je peux vous aider ?

La voix du producteur est cassante ; pourtant, quand elle se retourne, il est tout sourire. Elle se sent un peu déstabilisée : son instinct ne la trompe jamais, d'habitude.

— Il faut que je te laisse, Huw, dit-elle avant de raccrocher.

— Vous cherchez quelque chose, agent Morgan ?

— Comment Ryan a-t-il quitté le camp ?

— Nous avons trouvé une section de grillage tordue au pied de la clôture.

— J'aimerais y jeter un œil.

— Mais vous ne pourrez pas interroger les autres candidats.

— Ce n'est pas à vous de décider de ce que je peux faire ou pas, monsieur Young, rétorque-t-elle sèchement. Vous me montrez l'endroit ?

Il ne répond pas.

— Sinon, je grimpe là-haut toute seule et je demande à quelqu'un de me rendre ce service.

Il la dévisage, les yeux plissés.

— C'est bon. Je vais demander au coursier de vous y emmener.

Caleb écoute les instructions de Miles sans rien dire, et se contente de hocher la tête, l'air grave, quand le producteur insiste pour qu'il empêche les campeurs de sortir de leurs tentes. Georgina et Fiona (qui n'a aucune intention de se plier aux

« conditions » de Miles) ouvrent la marche. Le crachin s'est évaporé à l'approche de midi, et un arc-en-ciel se dessine au-dessus de Llyn Drych.

— Tu penses qu'il est arrivé quelque chose de grave à Ryan ? lui demande Caleb, pressant le pas pour la rattraper.

— Non, avec un peu de chance, dit Georgina, ce qui est tout sauf une réponse.

Fiona déteste les non-réponses du type : « Nous faisons tout ce que nous pouvons pour le retrouver », « L'enquête est en cours » ou « Les premiers signes sont encourageants ». Ce sont des insultes à l'intelligence des gens, qui en général sont parfaitement capables de lire entre les lignes. Ils méritent mieux que ça.

— La plupart des personnes disparues refont surface dans les premières vingt-quatre heures, explique-t-elle. Il essaie peut-être de rentrer chez lui, ou il a pu se perdre dans la montagne. Il est également possible qu'il soit blessé.

— Tu veux dire qu'il aurait pu être attaqué par un ours, ou autre chose de ce genre ?

Fiona s'immobilise.

— Caleb, mon grand, je sais que tu es un gars de la ville, mais combien d'ours as-tu rencontrés depuis que tu es installé au pays de Galles ?

Elle lui tapote le front de l'index.

— Sers-toi de ton cerveau avant de poser des questions, tu veux ?

Ils suivent la clôture en direction de l'est, cherchant la portion de grillage endommagée, quand elle aperçoit une tente bleu marine, à moitié dissimulée par les arbres. Elle marque une autre pause.

— C'est quoi, ça ?

— Oh, juste Zee Hart, répond Caleb.

La youtubeuse dont se moquait Young. Sans se consulter, Fiona et Georgina avancent vers la petite clairière.

— Qui va là ? s'élève une voix féminine à leur approche.

Une jeune femme à la chevelure blonde rasée d'un côté et d'une beauté saisissante apparaît, une expression hostile sur le visage.

— Ami ou ennemi ?

— Elle fait toujours ce numéro, leur explique Caleb.

Zee pouffe et s'empresse de venir les saluer, charriant un léger relent de marijuana.

— Vous n'avez pas lu *Hirondelles et Amazones* ? C'est mon père qui me l'a fait découvrir. J'ai adoré, même si on vivait à des millions de kilomètres de la mer.

— Police ! lance Georgina, ignorant la question.

Elle brandit son badge tout en jetant un œil aux affaires de Zee.

— La police ? répète la jeune femme, d'un ton sensiblement moins amical.

— Nous recherchons une personne disparue. Un homme blanc d'une trentaine d'années. Auriez-vous vu un individu correspondant à cette description ?

— Je n'ai vu personne.

Fiona note que Miss Hart ne porte pas la police dans son cœur. À peine plus âgée que Seren, elle est vêtue d'une salopette couleur prune trop mûre. Les bracelets argentés qui couvrent ses poignets tintent lorsqu'elle ramène ses cheveux sur son épaule.

— Vous êtes la youtubeuse, n'est-ce pas ?

— Elle-même ! *Hart Breaks*. Comme « breaking news ». J'enregistre une série de vidéos qui s'intitule *Extra Exposure avec Zee Hart*. J'arrive à apercevoir les candidats quand ils s'approchent du grillage, ça me permet d'avoir des images pour illustrer chaque épisode et…

— C'est ça votre boulot ? l'interrompt Fiona avant qu'elle ne soit lancée à plein régime. Votre chaîne YouTube ?

— Oui, répond Zee en rougissant. Enfin, je travaille chez McDo aussi. Mais je serai bientôt youtubeuse à temps plein. Il faut juste que je fasse grimper mon nombre d'abonnés. C'est pour ça que je suis ici.

Elle englobe le campement *Exposure* d'un geste ample du bras.

— Mais ce serait mille fois plus facile si l'équipe de production coopérait, glisse-t-elle à l'intention de Caleb.

— Hé, ne tirez pas sur le coursier. C'est pas ma faute si Miles n'est pas partant.

— Mais tu pourrais m'accorder une interview, toi.

— Je perdrais mon boulot.

Au ton de sa voix, on devine que ce n'est pas la première fois qu'il a cette conversation avec Zee.

— Je ne suis pas certaine qu'on puisse appeler ça un boulot si tu n'es pas payé et que ton boss oublie de te créditer au générique, rétorque-t-elle avec un air sournois.

Caleb explose.

— Espèce de g…

— OK ! s'interpose Fiona. Zee, si vous croisez un homme qui a l'air égaré, prévenez le 101, s'il vous plaît.

— Comment s'appelle-t-il ?

— Désolée, nous ne divulguons que les informations essentielles à ce stade des recherches.

Le regard de Zee s'éclaire.

— Oh, mon Dieu, c'est un candidat, hein ? Jason ? Non, attendez, vous avez parlé de cheveux bruns. Pas Henry, j'espère ? C'est mon préféré.

Fiona se remet en route.

— Ryan ? crie Zee, derrière elle. J'ai deviné, n'est-ce pas ?

Ryan s'est évadé du camp par son flanc nord. La terre a été creusée à la base de la clôture et le grillage soulevé ce qu'il faut pour qu'un corps se glisse dessous.

Caleb ramasse un morceau de polaire orange resté accroché à une pointe de fer.

— Comme un prisonnier de guerre, marmonne Fiona.

Elle se représente Ryan, rampant dans la terre, tel un animal. Il devait être désespéré pour en arriver là. Ne songeant qu'à échapper à Young, aux journalistes et à ses proches. Seulement, sans argent ni vêtements, où espérait-il se cacher ?

— Sauf qu'ils ne sont pas prisonniers, corrige Dario, l'homme chargé de la sécurité qui arrive derrière eux. Ils peuvent partir, c'est juste qu'ils ne reçoivent pas leur cachet en cas d'abandon. Miles est en colère après moi, il pense que c'est ma faute si Ryan s'est enfui, mais il m'a embauché pour veiller à ce que personne n'entre, pas pour empêcher les gens de sortir.

— À ce propos, enchaîne Fiona, vous pourriez nous ouvrir la grille ? Il faudrait qu'on parle aux autres candidats.

Dario paraît embarrassé.

— Je ne pense pas que Miles appré...

— Je me fous de l'avis de Miles. Ouvrez-nous cette grille, je vous prie.

Pour son dixième anniversaire, mam et elle avaient emmené Seren visiter les Studios Harry Potter. Fiona avait emprunté le Chemin de Traverse, s'attendant presque à voir arriver Hagrid en sens inverse. Elle éprouve un sentiment analogue lorsqu'elle pénètre dans le campement d'*Exposure* : c'est un peu comme de plonger dans un autre monde. Hier, ce n'était encore qu'un site où des ossements avaient été découverts, mais aujourd'hui elle a l'impression de traverser son écran de télé. L'aménagement de la fosse du feu de camp est terminé, et une pile de bûches rougeoie en son centre. Fiona et Georgina s'en approchent quand une bûche roule sur le bord. Des flocons gris évoquant des confettis s'envolent devant leurs yeux. Les six candidats sont debout. Dario et Caleb restent à l'écart, redoutant clairement la réaction de Miles. L'agent de sécurité jette des coups d'œil furtifs en direction des arbres. Fiona suit son regard et remarque une caméra fixée à un tronc. À présent qu'elle sait quoi chercher, elle n'a aucun mal à repérer les autres.

— Il nous observe sur ses moniteurs, murmure-t-elle à Georgina aussi discrètement que possible. On ferait mieux de ne pas s'éterniser.

Elle se tourne vers les campeurs :

— Lequel ou laquelle d'entre vous a parlé à Ryan en dernier ?

Ceri et Fiona échangent l'ombre d'un sourire. Quelqu'un qui ne connaîtrait pas la factrice pourrait penser qu'elle va bien, voire qu'elle s'amuse. Mais elle a de grosses poches sous les yeux et son visage, d'une pâleur spectrale, trahit l'angoisse. Fiona se retient de lui demander si elle tient le coup. Elle se fout des sponsors de Miles, mais elle ne veut pas la mettre en difficulté. Et cependant, elle ne peut s'empêcher de se demander quel est le secret de son amie.

— Nous deux, répond Henry, incluant Jason d'un signe de tête. On dort dans la même tente. Mais, franchement, il n'a pas dit grand-chose, pas vrai ?

Jason acquiesce.

— Henry et moi, on se demandait ce que c'était que toutes ces conneries – je veux dire, vous avez vu l'émission, non ? C'est un truc de malade. Mais Ryan est resté dans son coin, alors on a pensé qu'il était crevé, ou qu'il avait besoin de réfléchir.

— Je lui ai donné du baume pour les lèvres, ajoute Aliyah, au bord des larmes. On avait le droit d'emporter un article superflu avec nous. J'ai pensé que ça lui remonterait le moral, mais il l'a juste fourré dans sa poche. Il m'a à peine remerciée.

Sa lèvre inférieure tremble.

— Il était à la fraise, c'est mon parfum préféré.

Pam lève la main, comme si on était à l'école.

— Oui ? l'interroge Fiona.

— Je lui ai parlé après le dîner. Il était bouleversé.

— Pour quelle raison ?

— À votre avis ? Je ne peux pas m'exprimer pour les autres, mais je suis une citoyenne intègre et je suis persuadée que Ryan l'est tout autant. Cette accusation de duplicité, c'est… c'est de la diffamation, n'est-ce pas ? dit-elle, prenant les autres à témoins. Même si nous réussissons à sortir d'ici indemnes, tout le monde s'imaginera qu'il n'y a pas de fumée sans feu. Nous risquons de perdre nos amis, nos emplois…

— Absolument, approuve le révérend Lucas, opinant du chef avec ferveur.

— Ryan vous a-t-il laissé entendre qu'il comptait partir ? questionne Georgina.

La dénégation est générale.

— Il redoutait les interviews, répond Aliyah. Ce que les journaux allaient dire de lui.

— Inventer, tu veux dire, corrige Pam, la mine renfrognée.

Un bruit de moteur en pleine accélération les interrompt. Le son paraît incongru dans ce cadre. Fiona se demande comment une voiture a pu faire l'ascension de la montagne par le sentier, quand un quad débouche en rugissant dans la clairière, conduit par Owen. Roxy est assise derrière lui.

— Tout le monde dans la tente commune. Maintenant ! aboie-t-il, les mains sur le guidon. Une partie du groupe pivote docilement vers la tente cloche la plus grande, suivant Roxy à l'intérieur. Jason, Pam et Ceri ne cillent pas.

— Mensonge ou vérité, reprend Owen.

— Je vous demande pardon ? dit Georgina, un sourcil arqué.

— L'activité du jour, explique le cadreur, en toisant les trois concurrents restés sur place. Allez, ouste ! Je veux tourner quelques images pendant que Roxy se prépare.

— Vous avez d'autres questions ? demande ostensiblement Pam à Fiona.

— Pas pour le moment.

— Vous nous préviendrez quand vous l'aurez retrouvé, dites ? lance Ceri par-dessus son épaule, alors que tous s'éloignent vers la tente.

— Oui, bien sûr, lui assure Fiona.

Mais Owen a déjà fait retomber la porte de toile sur eux.

— Il vaut mieux prévenir le poste du Cheshire qu'il a une disparition inquiétante sur son territoire, déclare Georgina, étudiant une carte sur son téléphone.

Fiona s'attendait à ce que Leo et elle se recroisent plus tôt, pour des réunions de coopération régionale ou d'autres affaires transfrontalières.

Mais non, rien de tel.

Avant ce jour.

— Ils vont peut-être nous dire de nous en charger – je ne sais pas s'ils ont les moyens de faire grand-chose sans connaître le terrain –, mais il faut quand même les mettre au courant.

Georgina prend son talkie-walkie.

— Je demande au central de contacter leur responsable.

— Non, je m'en occupe, l'arrête Fiona, avant d'avoir le temps de changer d'avis. J'ai un contact direct, ça ira plus vite.

Elle sort son téléphone de sa poche. Pas de signal.

— Je reviens dans une minute, dit-elle en s'éloignant. Jette un coup d'œil aux affaires de Ryan, en attendant, regarde ce qu'il a laissé derrière lui.

Elle reprend le chemin de la ferme, faisant défiler ses contacts, le cœur tambourinant contre ses côtes. Elle n'a pas envie de passer cet appel, et en même temps elle est contente d'avoir un prétexte pour parler à Leo sans perdre la face. Et s'il fait allusion à son message laissé sans réponse, elle lui dira qu'elle ne l'a pas reçu. Qu'elle lui aurait répondu, sinon… *Évidemment que je t'aurais répondu ! Je t'aurais dit, bien sûr, allons dîner dehors. Du coup, si ça te tente toujours, on pourrait…*

Une barre apparaît au coin de son écran. Puis une autre. Son pouls s'accélère quand elle lance l'appel.

Et ils pourront reprendre les choses là où elles en sont restées.

5
Mardi – Lieutenant Leo Brady

Quand un job de lieutenant s'est libéré à la section de recherche du Cheshire, Leo a sauté sur l'occasion de quitter la brigade criminelle. Les poussées d'adrénaline d'une cellule d'enquête criminelle lui manquent, mais ses nouveaux collègues sont des gens géniaux, et il n'a plus à endurer le comportement odieux du capitaine Crouch jour après jour. Il avait beau avoir pris le parti d'ignorer les piques incessantes de son chef (il lui arrivait même de faire mine d'en rire), dans le fond, il était blessé. C'était Fiona qui lui avait fait changer son fusil d'épaule. « Peut-être que ça ne t'embête pas, *toi.* Mais tu imagines ce que ça pourrait faire au prochain souffre-douleur de Crouch ? » Leo avait fini par tenir tête à son chef jusqu'à ce qu'il renonce à ses blagues réacs. Pendant un temps, les deux hommes s'étaient tolérés ; toutefois, si Simon Crouch avait renoncé à dire ce qu'il pensait, Leo savait qu'il n'avait pas renoncé à ses pensées elles-mêmes. Quand il a vu passer l'annonce de la section de recherche, il s'est dit que ça pourrait lui permettre de repartir du bon pied. Mais c'est surtout la dernière ligne du descriptif du poste qui l'a décidé : *Demandes d'horaires flexibles bienvenues.*

Désormais, deux fois par semaine, Leo quitte le boulot à temps pour aller chercher Harris à l'école, avec son sac pour la nuit et la liste d'instructions qu'Allie juge toujours bon de lui transmettre (dans une de ses récentes missives, elle lui demandait de laver la lunchbox de leur fils avant de la remettre dans le sac : *elle empestait le poisson la dernière fois*). Après quoi ils rentrent à la maison pour s'adonner à ce qui est devenu leur activité préférée : Harris et lui apprennent à cuisinier.

Leo n'est pas totalement nul, il maîtrise ses classiques, mais comme il a été viré de la cuisine tout le temps qu'a duré son mariage (fait qui, au moment du divorce, a été reformulé dans les termes : *refuse de contribuer aux travaux domestiques*), il n'a jamais eu l'occasion de dépasser le stade des spaghettis bolognaise et du chili con carne, et il a bien conscience que ce sont des variations d'une même recette.

Chaque semaine, Harris et lui choisissent un pays au hasard et téléchargent une recette piochée sur Internet. Les résultats sont inégaux : leur ragoût d'Andorre a donné lieu à un appel en urgence à Deliveroo, mais ils ont convenu qu'ils avaient plutôt réussi leur riz wolof.

Le pays du jour est l'Italie, et comme Leo n'aurait aucune difficulté à leur mitonner une marmite de spaghettis, ils ont décidé de confectionner une pizza. Il a sorti du frigo la pâte qu'il a préparée hier. Harris l'étale et lui donne vaguement la forme d'un disque, puis la nappe de sauce tomate avec des mouvements circulaires consciencieux. Il fait pleuvoir une poignée de râpé sur le tout, et presque autant par terre.

Leo augmente le volume de la musique.

— Super boulot, mon grand. Jambon ou poulet ?

— Je suis végétarien, maintenant.

— Ah oui ?

Il dévisage son fils : il a littéralement dévoré le rôti du dîner, le week-end dernier, et il lui semble avoir vu des traces de thon sur les croûtes de sandwich abandonnées dans sa lunchbox.

— Aucun souci. On ajoute de la tomate fraîche ?

Son téléphone se met à vibrer. Il jette un œil à l'écran et laisse le répondeur prendre l'appel. Ça va faire un mois qu'il sort avec une femme rencontrée *via* Internet. Enfin, pour être plus précis, il est sorti trois fois avec elle et il n'est pas certain d'être motivé pour une quatrième rencontre. Sous la photo de profil LinkedIn de Gayle, on peut lire : *Chef de projet qui obtient des résultats*, et elle suggère de plus en plus clairement quels résultats elle attend de son Projet Leo Brady.

— Oui ! approuve Harris.

Il étudie les assiettes de garnitures que Leo a alignées devant lui.

— Et quelques petits bouts de bacon grillé, aussi.

— Bien reçu.

Leo déchire une rondelle de mozzarella et la mange.

— Quoi d'autre ? se demande Harris, contemplant la pizza.

— Je ne pense pas qu'il reste assez de place pour autre chose, fiston.

Il glisse la création de son fils sur la plaque du four et la place dans le réfrigérateur en attendant l'heure du dîner, quand son téléphone se remet à vibrer. Ce n'est pas Gayle, cette fois. Il accepte l'appel et se bouche l'autre oreille d'un doigt.

— Lieutenant Leo Brady.

Il fait signe à Harris de baisser le son. L'enfant hausse le volume en gloussant.

— Salut. C'est moi.

Leo s'entend à peine penser. Impossible d'avoir une conversation dans ces conditions. Il attrape la télécommande, éteint le lecteur et lève les yeux au plafond, devant la mine faussement déconfite de son fils.

— Pardon, mais, moi qui ? Votre numéro n'apparaît pas dans mes contacts.

Le silence qui suit s'éternise tant qu'il soupçonne son interlocutrice d'avoir raccroché. Il s'apprête à faire de même quand elle reprend la parole et, cette fois, il n'a aucun mal à reconnaître la voix.

— Ici l'agent enquêteur Fiona Morgan, se présente-t-elle, d'un ton pincé. Police du nord du pays de Galles.

— Oh, Fiona ! Pardon, j'étais…

— C'est juste un appel de courtoisie. Vous avez une disparition inquiétante en chemin, un candidat de l'émission de télé *Exposure*, l'informe Fiona de son ton professionnel.

Un appel de courtoisie ? Elle lui parle de la même manière qu'Allie pendant leur divorce : comme s'il avait la lèpre.

— Comment vas-tu ? lui demande-t-il.

Sa voix est calme, mais son cœur s'emballe.

Fiona. Il a tellement espéré cet appel, passé tant de soirées à fixer son téléphone, hésitant à lui envoyer un autre message, avant de finir par effacer son numéro pour ne pas devenir dingue.

— Un hélicoptère survole déjà la zone, et une équipe de recherche et sauvetage est mobilisée.

— C'est bon de...

— Notre capitaine va contacter le tien pour régler les problèmes de juridiction.

— ... t'entendre, termine Leo.

Mais elle a déjà raccroché. Il s'appuie contre le chambranle de la porte du salon et relâche l'air coincé dans ses poumons. Son téléphone se remet à vibrer. Il consulte aussitôt l'écran, espérant y lire un message de Fiona. L'explication de la sécheresse dont elle a fait preuve ? Peut-être son chef était-il à côté d'elle ? Mais depuis quand Fiona Morgan se soucierait de ce qu'on peut penser d'elle ?

Hello beau gosse ! Tu es libre samedi ? On pourrait emmener Harris au zoo de Chester ! Bizzz
Gayle.

Il ne lui a pas encore présenté son fils. Lors de leur dernier rendez-vous (le *troisième*, se répète-t-il), elle a insisté pour aller le chercher à l'école avec Leo. Et depuis, elle a pris l'habitude de l'appeler sur FaceTime les jours où elle sait que Harris dort chez lui.

« Les enfants *m'adorent* », ne cesse-t-elle de lui répéter.

Leo tape :

Peut-être. Ça dépend du boulot. Mais il est encore tôt pour faire les présentations – j'espère que tu comprends.

Il regarde le message partir et le signal qu'il a été lu. Des petits points dansants lui indiquent que Gayle tape, tape, tape...

Et rien ne vient. Leo se crispe.

— Papa ?

— Pardon, mon grand, je suis tout à toi, répond-il en souriant. Va chercher ton livre de lecture, qu'on voie ce que Biff et Chip nous mijotent encore, tu veux ?

— Et Kipper.

— Bien sûr.

Tandis que son fils court chercher son livre dans son sac, Leo fixe l'écran de son téléphone. Il pourrait la rappeler. Fiona, pas Gayle. Ou devrait-il plutôt lui envoyer un message sur WhatsApp ?

Mais si elle avait voulu lui parler, elle serait restée en ligne, non ? Elle aurait répondu à ses questions, lui aurait dit comment elle allait et ce qu'elle faisait en ce moment. Au lieu de quoi, elle s'est empressée de raccrocher.

Il met son téléphone sur mode silencieux.

Plus tard, Biff et Chip ayant découvert un nouveau royaume magique et Leo et Harris ayant mangé leur pizza (pas assez cuite au milieu, mais excellente par ailleurs), il couche son fils, attrape une bière et ouvre le moteur de recherche de son téléphone. Il faudrait vivre dans une caverne pour ne pas avoir entendu parler du premier épisode explosif d'*Exposure*, diffusé hier soir. Alors qu'il se rendait au travail, ce matin, il a écouté une émission invitant les auditeurs à s'exprimer sur la téléréalité et ses abus. Arrivé au bureau, il a découvert qu'un collègue avait ouvert un cahier invitant tout le monde à noter ses pronostics sur l'ordre d'élimination probable des candidats.

Et voilà que l'un d'eux a disparu.

Ses premières recherches débouchent sur des articles de presse, dont une interview d'une femme affirmant être une ex de Ceri Jones, la factrice de Cwm Coed, que Leo a rencontrée dans le cadre de l'affaire Rhys Lloyd, il y a sept mois, et une analyse ligne à ligne du dernier rapport d'inspection de l'école que dirige Pam Butler. Il trouve également des papiers consacrés au révérend Lucas Taylor, qu'il lit en diagonale, et découvre avec surprise que celui-ci a fait de la prison dans sa jeunesse. *Votre secret est dévoilé !* dit l'un des titres. Il clique sur les pages de résultats suivantes et tombe sur des liens de tweets viraux, et des groupes Facebook dédiés à des débats sur les faits et gestes des candidats d'*Exposure*. Leo clique sur un lien YouTube de la deuxième page. Après la pub de vingt secondes obligatoire, une jeune femme en salopette violette se met à parler à cent à l'heure.

« Bienvenue à *Hart Breaks* ! Je suis Zee Hart, la créatrice de votre programme, de retour pour un nouvel épisode d'*Extra Exposure*, et je vous assure que vous feriez bien de rester avec moi jusqu'à la fin parce que ça va être *crazee* ! N'oubliez pas de liker et de vous abonner ! »

Leo se masse les tempes. Regarder Zee Hart lui donne l'impression de subir la torture par l'eau.

« Alors, voilà, je m'occupais de mes petites affaires ce matin, en fait, je montais des vidéos que j'ai tournées pour vous, mes adorables – d'ailleurs, le clip de Jason en train de couper du bois que je vous ai promis arrive bientôt, les amis ! –, quand j'ai reçu une visite de… la police. »

Leo se redresse. La tête bavarde de Zee Hart vient de rétrécir. Elle continue à remuer les lèvres dans un coin de l'écran qui, à présent, diffuse une vidéo qu'elle se met à commenter. « Voici les agents enquêteurs Morgan et Kent », dit-elle, tandis que les deux policières s'éloignent de la caméra.

Leo appuie sur *pause*. Fiona est de profil, elle parle à sa collègue. Il reconnaît l'angle de son menton un peu relevé, la nuée de taches de rousseur sur ses joues, et ressent une pointe de tristesse alors qu'il clique sur *lecture* et qu'elle s'éloigne.

« Il résulte de notre conversation, reprend Zee, que je peux vous révéler en exclusivité qu'un concurrent a disparu du campement d'*Exposure*. Vous m'avez bien entendue : *disparu* ! Et il se trouve qu'on m'a communiqué le nom de ce candidat, à titre strictement confidentiel, et, je suis désolée, les amis, mais je suis une femme de parole. Tout ce que je peux faire, c'est vous exposer les faits et vous laisser en tirer vos propres conclusions… »

Au moment où Zee s'apprête à énumérer les caractéristiques physiques des quatre candidats hommes, Leo arrête la vidéo. Il remarque que le nombre de « vues » a augmenté de plusieurs milliers au cours des quelques minutes qu'il a passées à regarder. Lorsqu'il actualise sa recherche, la vidéo de Zee apparaît en première page. La nouvelle est en train de devenir virale.

Leo a envie d'effectuer une dernière vérification avant d'appeler son capitaine. Il prend la télécommande et allume sa télévision. Une musique tonitruante accompagne un générique tapageur. Le deuxième épisode d'*Exposure* commence.

6
Mardi – Dario Kimber – Épisode deux

Après avoir passé une décennie à coincer des voleurs à la tire, Dario Kimber était devenu videur pour une boîte de nuit de Manchester, où il lui arrivait d'avoir la main lourde quand il éjectait certains clients. La plainte pour agression qui avait fini par lui tomber dessus avait été abandonnée, mais Dario s'était retrouvé sans emploi pour la première fois de sa vie depuis qu'il avait commencé à bosser, à l'âge de seize ans.

Il avait vu en *Exposure* une opportunité de prendre un nouveau départ. Il était costaud et en bonne condition physique : des épreuves de survie dans les montagnes galloises seraient une vraie partie de plaisir. Il était tellement convaincu d'être le candidat idéal pour cette émission qu'il a été surpris de recevoir l'e-mail d'une seule ligne annonçant : *Young Productions a le regret de vous informer que votre candidature n'a pas été retenue.*

Et il a été encore plus surpris, il y a un mois, quand il a reçu un appel d'un gars de Young Productions, qui lui a demandé où il était basé. Dario s'attendait plutôt à se faire remonter les bretelles à cause de l'e-mail d'insultes anonyme qu'il avait envoyé à Miles Young, après son rejet. Mais non. Le chargé de production voulait juste savoir s'il accepterait un job d'agent de sécurité.

« Pour être parfaitement honnête avec vous, j'ai fait une connerie, a dit le gars. J'ai complètement oublié que je devais en embaucher un, et je dois trouver quelqu'un avant la fin de la semaine si je ne veux pas m'en prendre plein la gueule. »

Acculé par le temps, un budget de moins en moins confortable et une liste de boîtes de sécurité indisponibles, le régisseur avait tenté une autre tactique. Les postulants rejetés avaient tous accepté de se libérer au pied levé en cas de désistement : il devait bien se trouver au moins un agent de sécurité parmi ces quarante-cinq mille âmes ?

Bien vu. Et comme Dario était au chômage et passait ses journées vautré sur son canapé, il a sauté sur l'occasion. L'assistant de prod, dont les responsabilités s'alourdissaient de jour en jour, était ravi de rayer « sécurité » de sa liste.

Et maintenant, il est là, couché sur un lit pliant qui pue le moisi, dans la vieille caravane qu'on lui a présentée comme son « logement sur site », en train de regarder *Exposure* sur une télé portative, et se demandant pour la centième fois pour quelle raison Miles a rejeté sa candidature. Il sait, pour avoir discuté avec plusieurs membres de l'équipe, que Young s'est occupé seul des sélections, et qu'il a embauché un enquêteur pour faire les poubelles des candidats retenus. Dario n'aurait pas pu aller bien loin sans qu'ils découvrent la plainte pour agression. Et qu'il s'était envoyé la femme de son boss, aussi. Et ils auraient sans doute réussi à découvrir que, lorsqu'il était gamin, il avait plus ou moins accidentellement aspiré le hamster de son frère pour voir ce que ça ferait. Dario a toutes sortes d'anecdotes croustillantes à raconter. Elles auraient été parfaites pour la télé et il se foutait royalement de les rendre publiques. Ce n'est pas le truc en lui-même qui rend un secret inavouable, c'est le pouvoir qu'il détient sur vous ; or Dario ne connaît pas la honte.

Une voix féminine interrompt le thème musical du générique de début de l'émission. « Ryan a décidé de quitter *Exposure* pour des raisons personnelles. Il tient à remercier les téléspectateurs de l'émission et souhaite bonne chance aux autres candidats. Personne ne sera exposé ni éliminé ce soir. »

Cette annonce est une idée de Miles, évidemment.

« Tu as vu ce qu'a fait cette conne ? » a-t-il dit à Dario cet après-midi, en lui tendant son téléphone.

Sur l'écran, Zee Hart partageait ses théories conspirationnistes sur la disparition de Ryan Francis. « Je ne dis pas qu'il y a des agents du gouvernement parmi les candidats, je dis juste que ces gens-là savent comment disparaître sans laisser de traces. Ça laisse songeur, non ? »

« J'ai créé une alerte pour voir tout ce qui contient le mot *Exposure*, lui a dit Miles, les sourcils froncés. Ça n'est pas toujours très efficace, pour être honnête ; il y a beaucoup de choses qui arrivent dans ma boîte mail que j'aurais préféré n'avoir jamais vues. Mais il y avait également ce truc. Moi qui voulais que ça reste entre nous. »

Il a fusillé Dario du regard, comme s'il le tenait pour responsable.

« Vous voulez quoi ? Que j'aplatisse sa tente ? Que je lui prenne son téléphone ? »

Dario plaisantait : la présence des flics suffisait à lui donner de l'urticaire. Mais Miles a pris le temps d'envisager les deux possibilités avant de répondre :

« Non, on ne va pas prendre de risque. Mais empêche-la d'approcher du camp, bon sang. On ne peut clairement pas lui faire confiance. Je vais devoir rédiger une déclaration. On a déjà reçu des appels de journalistes qui se posent des questions. Je vais juste annoncer que Ryan est parti pour des raisons personnelles. Ce qui est probablement le cas – sans se soucier du merdier dans lequel il me met. »

Il a jeté un regard noir à Dario.

« Est-ce que tu as rebouché le trou que Ryan a creusé ?

— Oui, je m'en suis occupé dès que vous me l'avez demandé.

— Correctement ?

— Oui, patron », a-t-il menti.

Il s'était contenté de repousser la terre contre le grillage à coups de pied.

Dario attrape un autre cookie aux pépites de chocolat. À la télé, personne ne prononce plus le nom de Ryan, c'est comme s'il n'avait jamais participé à l'émission. Assis en cercle dans la tente commune, les concurrents sont en train d'ouvrir la boîte qu'on vient de leur livrer pour découvrir leur défi du jour.

« Oh, c'est un jeu ! » s'exclame Aliyah.

Dario regrette que sa télé pourrie n'ait pas de touche *pause*. Aliyah Brown est *parfaite*. Il n'y a pas d'autre mot pour la décrire.

Elle a la taille si fine qu'il pourrait en faire le tour avec ses deux mains, un cul bien rebondi, et des nichons sublimes. Et clairement authentiques. Ils ballottent avec enthousiasme lorsqu'elle se penche pour lire les instructions.

« Candidats d'*Exposure*, vous allez devoir faire une partie de "Mensonge ou vérité". L'objectif du jeu est de vous familiariser avec le langage non verbal de vos concurrents lorsqu'ils mentent, et donc, de vous donner les moyens de découvrir leur secret inavouable, tout en protégeant le vôtre. »

Aliyah glousse nerveusement.

Dieu ce qu'elle est bien foutue ! Dario était à la grille quand elle est entrée dans le camp avec les six autres. Elle lui a coulé un sourire séducteur qui donne clairement le feu vert. Il n'a aucune idée de ce que pourrait être son « secret », mais, en ce qui le concerne, elle est totalement pardonnée.

Un peu plus tôt dans la journée, sous prétexte de chercher Ryan, il a longé la clôture qui délimite le campement. Il a aperçu les polaires orange derrière les arbres à plusieurs reprises, et entendu les candidats s'interpeller les uns les autres.

« Ohé, Henry, t'as fini de ramasser du bois ? »

« Hé, Pam, qu'est-ce qu'on mange ce soir ? »

« Qui a fini le rouleau de PQ ? »

Dario est un homme patient. Il a continué sa ronde en ouvrant l'œil et en tendant l'oreille, jusqu'à ce qu'il finisse par repérer la longue tresse noire. Il a appelé :

« Aliyah ! »

Il avait l'impression que sa voix résonnait dans toute la montagne, mais la jeune femme ne l'a pas entendu. Il a recommencé :

« Aliyah ! »

Cette fois, elle s'est approchée.

« Qu'est-ce qu'il y a ? » lui a-t-elle demandé.

Elle semblait si peu étonnée de sa présence ici qu'il s'est demandé jusqu'où il pouvait pousser sa chance avec son badge « sécurité ».

« J'ai quelque chose pour toi », a-t-il répondu.

Elle l'a dévisagé à travers le voile de ses longs cils.

« Ah oui ? Quoi donc ? »

Oui, elle tentait clairement de le séduire.

« Approche et je le ferai passer à travers le grillage. »

Elle est restée bouche bée (mon Dieu, cette langue !) et, l'espace d'une terrible seconde, Dario a eu l'impression qu'elle allait se mettre à hurler. Mais dès qu'elle a vu ce qu'il lui tendait, son visage magnifique s'est fendu d'un sourire.

« Du chocolat ! Pour moi ?

— Pour toi. »

Elle a déchiré l'emballage de la barre et mordu dedans les yeux fermés, lui offrant une vidéo mentale de plusieurs secondes à graver dans sa banque d'images cochonnes.

« Ça m'a tellement manqué », a-t-elle soupiré.

Il a ri.

« Tu n'es là que depuis deux jours.

— Ça paraît une éternité. »

Son visage s'est assombri.

« Je ne sais pas combien de temps je vais réussir à tenir. Je suppose que Ryan a eu la meilleure idée : se faire la malle.

— Je vais t'aider », lui a-t-il assuré.

Elle était si parfaite, et si... *désespérée* derrière ce grillage.

« Vraiment ? J'ai tellement la trouille du confessionnal, je suis certaine qu'ils vont le remplir d'araignées : j'ai une sainte horreur de ces bestioles. Je vais craquer, c'est sûr, et ensuite, ma mère ne m'adressera plus la parole de sa vie. »

Et elle a fondu en larmes.

Il a senti la panique monter. C'était totalement inconséquent de sa part de lui proposer son aide, il envisageait juste de lui faire passer quelques rations en douce, ou de...

« Tu crois que tu pourrais m'aider à découvrir les secrets des autres ? » lui a-t-elle demandé, passant une main à travers le grillage pour la poser sur son torse.

Elle était si proche qu'il a senti son souffle lui caresser le cou.

« Si je parviens à les exposer, je gagnerai l'immunité. Je pourrai même peut-être aller jusqu'au bout et empocher l'argent. »

Elle ne pleurait plus, maintenant. Elle s'est hissée sur la pointe des pieds et lui a chuchoté à l'oreille :

« Je te le revaudrai. »

À la télé, Aliyah tend à chaque concurrent une carte personnalisée sur laquelle sont inscrites des assertions. Les secrets se trouvent dans un coffre fixé au rondin dressé à côté du feu de camp. Comment pourrait-il s'approcher sans être filmé par les caméras installées tout autour ?

Le révérend Lucas bat des paupières à toute vitesse en lisant sa carte à voix haute. « *Je suis professeur de yoga certifié.* »

L'annonce déclenche un éclat de rire général. Lucas essaie de prendre un air indigné.

« C'est la stricte vérité !

— Fais-nous le chien tête en bas, alors, lance Henry.

— La posture de la croix, tu veux dire, s'esclaffe Pam. Mensonge éhonté. »

Dario n'a aucun mal à se représenter la directrice dans son bureau, en train de passer un savon à un pauvre gamin qui affabule.

— Vous êtes trop bons ! admet Lucas en retournant sa carte pour montrer le mot MENSONGE en grosses lettres noires.

Une nouvelle pointe de ressentiment à l'égard de Miles transperce Dario. Il aurait excellé à ce jeu. Son impassibilité lui permet régulièrement de remporter des parties de cartes, de persuader la police de lui lâcher les basques, et de convaincre ses conquêtes que ses intentions sont sérieuses. Ces gars-là sont désespérants, ils seraient incapables de faire semblant de dormir. Henry se gratte le nez (classique) en prétendant qu'il n'a jamais fait de vélo de sa vie, et Jason n'arrive même pas à garder son sérieux plus de deux secondes après avoir annoncé son intention de se lancer dans la politique.

C'est au tour d'Aliyah de lire sa carte. « *Je peux retenir mon souffle pendant quatre minutes* », affirme-t-elle. Ses pupilles filent vers la droite et la factrice – Ceri – pointe un index sur elle.

« Ha ! Piégée ! »

Mais Dario n'est dupe ni du regard d'Aliyah, ni de sa manière ostensible de croiser les bras : elle bluffe.

« Mensonge ! s'exclame Ceri, quêtant l'approbation des autres.

— Tu en es sûre ?

— À cent pour cent. »

Aliyah lui adresse un grand sourire et retourne la carte. VRAI. Dario pousse un soupir de satisfaction. Il faut un menteur pour en reconnaître un autre.

Sachant que, puisque Ryan s'est fait la malle, il n'y aura pas d'élimination ce soir, Dario ne se donne pas la peine de voir le reste. Il enfile ses bottes et sort de la caravane pour réfléchir au moyen de mettre la main sur cette boîte à secrets. Mais quand il s'avance vers l'enclos pour commencer sa ronde, seule la promesse d'Aliyah résonne encore dans sa tête.

Je te le revaudrai.

7
Mercredi – Fiona

— Non, mais, qu'est-ce qui vous a pris ?

Plantée dans la cour de Carreg Plas, Fiona dévisage Miles, incrédule.

— Toutes nos équipes ratissent Pen y Ddraig pour retrouver Ryan Francis, et vous, vous racontez au monde entier qu'il va très bien, qu'il se prélasse tranquillement chez lui pour « des raisons personnelles » !

Elle se disloque presque une phalange en mimant les guillemets.

— J'étais obligé ! Cette fichue youtubeuse était en train de tout saboter. Avec cette annonce, j'en ai fait un non-événement. Même les journalistes ont lâché l'affaire.

— Mais c'est faux, nous n'avons aucune idée de l'endroit où se trouve Ryan !

Le regard de Miles ne cesse de retourner vers son moniteur, comme s'il craignait de manquer une seule seconde de son précieux streaming. Dans le ciel, les hélicoptères de l'équipe de recherche dessinent des cercles consciencieux au-dessus des bois qui entourent Carreg Plas. Le sang pulse dans les oreilles de Fiona.

— C'est de l'obstruction, accuse-t-elle.

— C'est un programme télévisé qui risque de rafler tous les prix, agent Morgan, et je ne suis pas le seul à le penser.

Young attrape son iPad sur sa table de travail et lui colle un article sous les yeux. *Exposition indécente… ou idée de génie ?*

— Et que dites-vous de celui-là ?

Il balaye l'écran de l'index et commence à lire un article d'*Entertainment Weekly*.

— « *Miles Young a le vent en poupe avec son émission de téléréalité pionnière dont tout le monde parle.* »

Sur son moniteur, un plan fixe du révérend Lucas en prière attend que Miles le glisse entre deux séquences. Il lui montre un autre gros titre, mais Fiona a les yeux fixés sur lui.

D'un geste lent, il repose l'appareil. Quand il relève la tête, il paraît plus posé et la dévisage les sourcils froncés, comme s'il voulait négocier.

— Laissez-moi quelques heures de plus. Je vous en prie.

— Il s'agit d'une enquête de police sur une disparition inquiétante.

— Laissez-moi au moins finir de boucler l'épisode de ce soir. C'est le moment le plus important de ma carrière… et de celle de Roxy aussi, ajoute-t-il prestement devant l'expression incrédule de Fiona. Tout ce que je vous demande, c'est d'attendre un tout petit peu avant de faire une déclaration.

— Et si on demandait à l'épouse de Ryan ce qu'elle en pense, avant ?

Elle lui tourne le dos.

— Je suis désolé…

— J'en doute ! lance-t-elle d'une voix tranchante, en s'éloignant vers la ferme. Jessica Francis vient d'arriver pour voir son mari. Je la préviens que vous nous rejoignez dans une minute.

La femme de Ryan est une petite blonde vêtue d'un legging Nike noir et d'un sweat-shirt gris trop grand pour elle. Quand elle l'a aperçue devant l'entrée de Carreg Plas, louchant sur l'écran de son téléphone comme si elle cherchait son chemin, Fiona l'a prise pour une adolescente. Une fan de l'émission en quête d'autographes, ou une relation de Zee Hart. Mais en découvrant sa mine défaite lorsqu'elle a relevé la tête, elle a compris qu'il s'agissait d'une femme d'une trentaine d'années.

« Est-ce ici qu'ils tournent *Exposure* ? a-t-elle demandé. Je suis venue voir mon mari. »

Jessica écoute Miles sans dire un mot tandis qu'il lui avoue que personne n'a vu Ryan depuis hier matin, et que le remue-ménage qu'elle a remarqué en montant à Pen y Ddraig – l'hélicoptère, les nombreuses voitures garées un peu partout, et les équipes de sauveteurs en vestes rouges progressant au ralenti –, ce sont les moyens qui sont déployés pour le retrouver.

— Mais vous avez dit qu'il a quitté l'émission « pour des raisons personnelles ». Comment le savez vous si vous ne lui avez même pas parlé ?

Fiona jette un regard noir au producteur, qui l'ignore.

— Nous avons essayé de vous joindre, esquive-t-il.

— J'avais éteint mon téléphone. Mes amis ne cessaient de m'appeler pour savoir si Ryan était au courant de ce qui l'attendait réellement en participant à *Exposure*, et s'il était quand même partant.

Elle lâche un petit soupir désabusé.

— Et, évidemment, ils voulaient savoir quel était son *secret*, dit-elle, crachant presque le dernier mot.

— Des agents de la police du Staffordshire sont passés chez vous, hier, mais il n'y avait personne, l'informe Georgina.

— J'étais chez ma mère. Des journalistes frappaient déjà à ma porte pour me proposer des interviews exclusives « sérieuses », et je savais que plus je les enverrais au diable, plus ils s'imagineraient que nous avons quelque chose à cacher. Ce qui n'est pas le cas. Nous n'avons rien à cacher, répète-t-elle d'un ton ferme.

— Vous avez eu des nouvelles de Ryan depuis qu'il a quitté l'émission ? questionne Miles.

Il ne prononce jamais le mot « disparu », note Fiona. Il est en train de récrire la disparition de Ryan – il la monte, comme ses enregistrements – pour la transformer en un acte volontaire. Si la situation l'inquiète, c'est uniquement dans la mesure où elle pourrait nuire à sa réputation.

— Non…

La voix de Jessica se brise.

— Quand j'ai regardé l'émission, hier soir, et que j'ai compris qu'il était parti, je l'ai appelé sur son téléphone portable, mais il était éteint. Ryan m'avait prévenue qu'il devrait rester pour les interviews, après son élimination, mais ça me rendait dingue de ne pas savoir comment il allait. Alors, dès que je me suis levée, ce matin, j'ai pris ma voiture et je suis venue.

— Je suis désolée de vous poser cette question, madame Francis, reprend Georgina, mais quel était le secret de Ryan ?

Il y a une douceur dans le ton de son équipière, que Fiona ne lui connaissait pas.

Jessica se raidit.

— Il n'a pas de *secret*, dit-elle en contenant sa colère avec peine.

Et c'est avec une désinvolture délibérée qu'elle prononce les paroles suivantes :

— Mon mari aime porter des vêtements de femme. C'est tout. C'est ça le *grand secret*. Et, oui, Ryan en a honte, mais c'est uniquement parce que les gens tels que Miles Young estiment qu'il *doit* en avoir honte.

— Je ne fais qu'encourager les candidats à assumer ce qu'ils sont au plus profond d'eux-mêmes, rétorque l'intéressé.

— C'est des conneries, tout ça. Vous cherchez juste à faire de l'audience à leurs dépens. Vous leur ôtez la liberté de décider s'ils veulent se raconter, et à qui. Vous prenez un élément de leur vie intime, un fait qui ne devrait même pas être *considéré* comme un secret, et vous le rendez sale.

Fiona imagine Ryan, seul dans la montagne, malade d'une honte qu'un autre lui a imposée. Cela fait trente-six heures qu'il a disparu, et plus le temps passe, plus les chances de le retrouver en vie diminuent. L'été est proche, mais les nuits sont toujours froides et il fait plusieurs degrés de moins là-haut que dans la vallée. Ryan n'a que les vêtements qu'il portait quand il a quitté le camp, il est sans abri, sans vivres, sans eau.

Young continue à défendre le concept de son émission.

— Nos candidats doivent affronter leurs émotions les plus intimes.

Jessica lâche un rire cynique.

— Vous vous prenez pour Dieu, ou quoi ?

— Nous les aidons à faire face à ce qu'ils sont au plus profond d'eux-mêmes.

— Et les pauvres gamins qui regardent… les jeunes qui sont gays, ou trans, ou qui aiment se déguiser, ou jouer aux Lego, ou n'importe quoi d'autre que vous jugez digne de transformer en *putain* de secret…

— Nous encourageons l'introspection et la découverte de soi.
— … vous leur apprenez à avoir honte de ce qu'ils sont !
— Nos candidats rentreront chez eux transformés.
— À condition qu'ils rentrent chez eux, assène Jessica, glaciale.
Après une pause tendue, elle reprend :
— Comment l'avez-vous découvert ?
— C'est le boulot de l'enquêteur, ça ne me concerne pas vraiment…
Fiona lui coule un regard noir. Il déglutit.
— À cause d'un achat en ligne, je crois. Un reçu, il me semble. Pour une paire de chaussures…
Il fait un geste vague de la main, comme si ça devait leur suffire.
— On peut faire ça ? demande Jessica, pivotant vers Fiona, puis Georgina. Ça ne peut pas être légal, quand même ?
— Je peux vous fournir les contrats. Ils contiennent toutes les autorisations nécessaires. « *Young Productions pourra effectuer toutes les recherches utiles concernant mon passé…* »
À nouveau, il balaye la suite d'un revers de main.
— Jessica, pourquoi Ryan ne vous a-t-il pas contactée, d'après vous ? demande Georgina, ignorant Miles.
— Il doit penser que je suis au courant. Peut-être craint-il que je sois en colère, ou écœurée, ou…
Fiona fronce les sourcils.
— Il ignore que vous savez qu'il s'habille en femme ?
— Je ne l'ai découvert qu'il y a deux ans. Je préférais attendre qu'il m'en parle quand il se sentirait prêt. J'ai laissé un magazine ouvert sur un article qui s'intéressait aux couples adeptes du travestisme, j'ai fait allusion à des personnes LGBTQ rencontrées dans le cadre de mon travail. J'ai essayé de lui montrer que ça ne me posait pas de problème, qu'il pouvait m'en parler. En même temps, je me disais que s'il voulait garder ça pour lui, ça ne me dérangeait pas. On est mariés, d'accord, mais chacun a droit à son intimité, non ?
— S'il avait été sincère dès le début, glisse le producteur d'un ton sentencieux, rien de tout ceci ne…
— Il n'y a qu'une personne à blâmer de ce qui arrive, et c'est vous ! aboie Jessica.

Son front se plisse soudain, comme si une idée venait de lui traverser l'esprit.

— J'ai vu un cameraman à mon arrivée. Vous ne continuez pas le tournage, j'espère ?

Le silence de Miles est éloquent.

— Et vous le laissez faire ?

Cette fois, son indignation est dirigée contre Fiona et sa collègue.

— *Laissez* n'est pas le mot juste, répond Georgina. Mais il n'enfreint pas la loi.

— Malheureusement, ajoute Fiona, récoltant un coup d'œil sévère de son équipière.

— Eh bien, la loi est mal faite.

Jessica se laisse tomber sur une chaise, comme si ses batteries étaient à plat.

— Madame Francis, reprend Georgina, lors du casting, Ryan a révélé à la production qu'il avait vécu une période de dépression. Étiez-vous au courant ?

— Si j'étais au courant ?

Jessica éclate d'un rire sans joie.

— Il est difficile d'ignorer l'internement de son mari, vous savez.

— Pardon ?

Fiona laisse en plan le message qu'elle était en train de taper pour informer le capitaine Malik des derniers développements de l'enquête.

— Ryan a été interné ?

— Ils disaient qu'il avait souffert d'un épisode psychotique. Que c'était mieux ainsi.

Elle se mord la lèvre.

— Et ça lui a fait du bien… vraiment. Même Ryan s'en est aperçu quand il a commencé à aller mieux. Il est resté là-bas de son plein gré, ensuite. On trouvait ça plus raisonnable, tous les deux. Qu'il reste sous surveillance, vous comprenez ?

— Ça devait être assez sérieux, alors, commente Fiona, s'efforçant d'adopter une voix neutre. Il aurait dû préciser à la production qu'il avait été interné, afin que l'équipe prenne la pleine mesure de…

— Mais il l'a fait ! J'ai insisté pour qu'il le fasse. Je lui ai dit que s'il persistait dans sa démarche, il était primordial qu'il ne leur cache absolument rien de son passé médical. Enfin, Ryan se porte bien depuis des années, ne vous méprenez pas, mais…

Jessica se mordille un ongle.

— Dans le fond, j'espérais qu'il ne serait pas sélectionné. Mais ils l'ont rappelé.

Fiona se lève et se plante devant Miles.

— Pourquoi vous ne nous avez rien dit de tout ça ?

— J'ai… j'ai dû oublier.

— Ça suffit les conneries, maintenant ! Vous avez laissé un homme avec des antécédents psychiatriques sérieux participer à une émission de téléréalité conçue pour pousser ses participants à bout…

— Vous pensez que j'aurais dû rejeter sa candidature au simple motif qu'il a été interné ? rétorque le producteur, avançant d'un pas. Ça ne ressemblerait pas à de la discrimination, ça ? Êtes-vous en train de suggérer qu'une personne psychologiquement fragile n'est pas apte à prendre part à des activités normales ?

— *Exposure* n'est pas une activité nor…

— Non, pas du tout, intervient promptement Georgina, l'obligeant à baisser d'un ton. Je trouve même admirable que vous vous intéressiez à la personne au-delà des stéréotypes.

— Eh bien, je… Oui, exactement.

Fiona encaisse sagement la moue pleine d'arrogance dont il la gratifie. Ce type détourne tous ses propos comme il trafique les images qu'il diffuse dans *Exposure.*

— Je me demandais… poursuit sa collègue, tout sourire. Est-ce que vous pourriez me fournir le rapport du médecin qui a examiné Ryan pour évaluer le risque que l'émission présentait pour lui ?

— Je…

La bouche de Young continue à remuer, mais aucun mot n'en sort.

— Et aussi les détails du programme de soutien psychologique que vous avez mis en place. Oh, j'oubliais : je suppose que la personne qui surveille le streaming a été informée des antécédents médicaux de chaque candidat, ainsi que de leurs besoins spécifiques, et que nous pourrons également la rencontrer au plus vite.

Un bruit s'élève dans la cour. Miles jette un œil par la fenêtre de la cuisine, clairement heureux de l'interruption, puis écarquille les yeux découvrant que la porte de la régie est grande ouverte.

— Je l'avais fermée à clé, dit-il, dévisageant ses trois interlocutrices, comme pour les prendre à témoin. Je ferme toujours avant de sortir.

— Nom d'une...

Il se rue sur la porte qu'il ouvre d'un coup de pied.

— Hé ! Qu'est-ce que tu fous là, toi ?

Il y a un silence, puis Dario émerge du box.

— Ah, vous voilà ! lance-t-il.

— Qu'est-ce que tu fiches ici ? hurle Miles. Tu ne dois te servir de ton trousseau qu'en cas d'urgence absolue, pas pour débarquer dans ma régie quand ça te chante.

— Je vous cherchais.

La réponse de Dario est tellement peu convaincante que si Fiona ne devait pas retrouver une personne vulnérable au plus vite, elle serait tentée de poser quelques questions à cet agent de sécurité. Constatant que Jessica est au bord des larmes, elle laisse Miles traverser la cour pour aller remonter les bretelles à son employé et referme la porte de la cuisine.

— Bon, je vous fais une *paned*. Thé ou café ?

— Je veux que vous retrouviez mon mari.

— Pour cela, il va falloir nous donner le plus d'informations possible sur lui. Alors, je vais nous préparer du thé, et vous, vous allez nous parler de Ryan.

Son téléphone vibre. Elle jette un œil à l'écran et lit le message de mam, qui a accepté à contrecœur de garder Dave toute la matinée.

« Je passerai le prendre à l'heure du déjeuner, lui a-t-elle assuré, sachant parfaitement qu'elle ne rentrerait pas avant 6 heures du soir, au mieux.

— S'il se remet à manger mon canapé... a grogné Elen Morgan.

— Ça n'arrivera pas. »

Le message dit :

Dave 'di bwyta'r blydi sofa eto !

Bah, il était temps qu'elle le remplace, de toute façon, ce vieux canapé.

— J'aurais dû l'empêcher d'aller au bout, gémit Jessica. Quand il a vu l'annonce et qu'il m'a lancé « J'enverrais bien ma candidature », j'aurais dû lui répondre : « C'est une idée ridicule, Ry. » Mais je ne l'ai pas pris au sérieux. Je n'ai compris que lorsque je l'ai surpris en train de remplir les formulaires. J'ai essayé de l'en dissuader à ce moment-là, mais il était déterminé à tenter le coup.

— À l'époque, il croyait qu'il s'agissait juste d'une émission de survie, n'est-ce pas ? demande Georgina.

— Je pense qu'il ressentait le besoin idiot de prouver qu'il était un homme, un vrai.

Jessica fond en larmes.

— Comme si je me préoccupais de ce genre de connerie !

Fiona apporte le thé à table. Les sachets rebondissent encore à la surface des tasses.

— Ryan a-t-il déjà tenté de se suicider ?

Jessica hoquette.

— Pas à ma connaissance. Pas même quand il était malade. Il ne s'automutilait pas non plus. Mais il lui arrivait d'exploser.

Il y a un silence.

— Il se montrait violent ? questionne Georgina d'un ton plein de délicatesse.

— Non, il ne s'en est jamais pris à moi ! Jamais !

Il y a un silence.

— Mais il a mis la cuisine en pièces, un jour, peu de temps avant son internement, reconnaît-elle avec réticence. Et une autre fois, il a défoncé une cloison d'un coup de poing. Mais il ne ferait pas de mal à une mouche, vous devez me croire. C'est juste que…

Elle fixe la table, l'air accablée de tristesse.

— Il ne s'aime pas autant que je l'aime, moi.

La porte s'ouvre. Huw fait irruption dans la cuisine et fonce droit sur la bouilloire.

— Mon Dieu, tu es au courant qu'on frappe avant d'entrer, d'ordinaire ?

Fiona lui fait un topo en gallois pour le mettre au courant sans bouleverser davantage Jessica.

— *Mae pobl yn siarad, Fi.* Les gars aimeraient savoir si c'est bien Ryan que nous recherchons.

Un nouveau message retentit sur le téléphone de Fiona. *Fi ! Mae Dave wedi neidio dros ffens dianc !*

— Qu'est-ce qui se passe ? demande Huw.

— C'est Dave. Il a sauté la barrière de mam et s'est enfui. Tu veux bien ouvrir l'œil au cas où il irait du côté de la montagne, s'il te plaît ?

Elle grimace.

— Foutu clébard !

— Il serait peut-être temps que tu le ramènes au refuge.

Il a beau prendre son air soucieux, Fiona n'est pas dupe.

— Va te faire, Huw. Tu ne gagneras pas ces vingt livres.

Elle lui prépare du café, ajoute machinalement un demi-sucre et remue, pendant qu'il se présente à Jessica.

— Nous faisons tout ce que nous pouvons pour le retrouver, lui assure-t-il en anglais.

— Je vous en prie, ramenez-le-moi, le supplie Jessica d'une voix enrouée par l'émotion. Je veux qu'il sache que je ne l'aime pas en dépit de ce qu'il est, mais pour ce qu'il est.

Fiona pense à la supplique de Miles, qui voulait gagner quelques heures avant qu'on annonce officiellement la disparition de Ryan. Elle pense à son contrat publicitaire avec Bet247, à sa volonté farouche d'empêcher les candidats d'être « distraits » par la disparition d'un des leurs. Révéler l'identité de la personne disparue à l'équipe de sauveteurs volontaires risque de nuire aux relations de Young avec ses sponsors et d'impacter l'Audimat de l'émission. Rien d'étonnant à ce qu'il veuille que tout cela demeure confidentiel.

Elle coule un regard à Huw.

— Réunis tous les volontaires du village que tu trouveras. Et dis-leur ce qu'ils ont besoin de savoir.

8
Mercredi – Leo

La dernière fois que Leo a pris la route pour le pays de Galles, il était avec Fiona. Il leur restait quelques petites vérifications à faire avant de boucler l'affaire Rhys Lloyd : mener des interrogatoires supplémentaires, effectuer une deuxième perquisition de la maison et un nouveau dragage du lac à l'endroit où le corps de Lloyd avait été repêché, des semaines plus tôt.

Le paysage change à mesure qu'il approche de Cwm Coed. Il s'attend à voir apparaître Mirror Lake d'un instant à l'autre. Il en avait eu le souffle coupé, la première fois. Et il est tout aussi émerveillé, une minute plus tard, lorsqu'il aperçoit l'étincelle saphir sertie au creux de la vallée. Rhys Lloyd est mort en hiver. Il y avait peu de bateaux sur le lac, à l'époque. Aujourd'hui, il y en a des douzaines. De minuscules voiles triangulaires se croisent, paraissant n'être séparées que de quelques centimètres, comme si les vaisseaux glissant sur l'eau exécutaient une chorégraphie parfaitement rodée.

Leo aurait pu envoyer un agent enquêteur pour collaborer avec la police du nord du pays de Galles. Il aurait sans doute mieux fait. Mais les affaires sont calmes pour une fois, et il se sent attiré par les montagnes. Et par Fiona.

Au moment où la route descend vers le village, le lac disparaît derrière la ceinture de verdure qui l'entoure. Cwm Coed lui avait semblé très provincial, au premier abord. Trop grand pour être qualifié de village, trop petit pour mériter l'appellation de ville. Un lieu où il n'y avait rien d'autre à faire que nager, pêcher, voguer ; et rien d'autre à voir que le lac et la montagne. Cwm

Coed est le genre d'endroit qu'on traverse pour gagner un coin plus sympa, se rappelle-t-il avoir pensé. Aujourd'hui, il éprouve une drôle de sensation à mesure qu'il s'en approche. La tension qui noue ses épaules se relâche, comme s'il se débarrassait d'une veste trop serrée, et les muscles de son dos se détendent pour épouser la forme du siège auto, comme lorsqu'il s'affale dans son canapé après une longue journée de travail.

« Cwm Coed est le même depuis des siècles », lui avait dit Fiona, un jour, d'un ton qui suggérait que c'était autant un mal qu'un bien. Leo lui avait envié ses racines, le lien puissant qu'elle entretenait avec ce lieu. Il trouvait touchant qu'elle ne puisse pas traverser la grand-rue sans échanger des commentaires sur le temps ou l'église en travaux avec une bonne douzaine de passants. Sans qu'on lui demande des nouvelles de sa mère, Elen Morgan, ou si elle savait qui avait chipé la tondeuse autoportée d'Osian Edwards. Ça ne peut pas arriver en ville, ce genre de choses.

Sa navigation le guide jusqu'au mont Pen y Ddraig, au nord de Cwm Coad. Son pouls s'accélère lorsqu'il commence son ascension. Il s'oblige à inspirer et expirer profondément. Il est un lieutenant de police qui s'apprête à retrouver l'agent d'une autre brigade criminelle pour faire un point sur une enquête conjointe en cours ; pas un collégien dans la file d'attente d'une boum de l'école.

Sauf qu'il s'agit de Fiona.

Il lui a envoyé un message, ce matin, pour la prévenir de son arrivée. Une ligne aussi abrupte que son appel de la veille.

Sa réponse est arrivée instantanément : Reçu.

C'était donc ainsi qu'ils allaient la jouer. Il ne peut s'empêcher d'en être attristé. Il ouvre sa vitre et laisse l'air vif lui sortir ces bêtises de la tête. La route se rétrécit. Le GPS indique qu'il est à trois minutes de la ferme, mais il n'y a aucune maison en vue au bout de la voie.

Il s'arrête, et agrandit la carte satellite sur son écran.

Il est du mauvais côté du champ.

Il recule précautionneusement sur le chemin étroit, lorsqu'il surprend son reflet dans le miroir. À quand remonte sa dernière coupe de cheveux ? Il redresse sa cravate. Il a choisi de porter un costume gris à carreaux, mais il a troqué ses brogues de bureau contre des bottines robustes qui conviennent mieux au terrain. A-t-il a bien fait ? La veste est-elle de trop ? Il pourra toujours la laisser dans la voiture et prendre le coupe-vent qu'il garde dans son coffre en cas d'averse... *Pour l'amour de Dieu, arrête ça.* C'est juste Fiona. Et puis, elle lui a clairement fait comprendre qu'elle n'était pas intéressée, alors quelle importance s'il a les cheveux en bataille, et si...

Son téléphone sonne au moment où il regagne la route principale (« principale » au sens le plus relatif du terme, puisqu'il devra se coller contre le fossé si un véhicule arrive en sens inverse), et bien qu'il n'ait pas envie de parler avec Gayle, la distraction est bienvenue. Il prend l'appel.

— Salut, beau gosse.

La voix, suave et enjôleuse, envahit l'habitacle.

— Je suis à Chester, aujourd'hui, je me demandais si ça te dirait qu'on se retrouve quelque part. On pourrait essayer ce nouveau restau près de la rivière, j'ai entendu dire qu'on y faisait un magnifique tea time.

— Désolé, je suis de l'autre côté de la frontière, pour le boulot.

Leo lui a expliqué plusieurs fois qu'il ne pouvait pas s'autoriser de longues pauses alcoolisées. Les policiers déjeunent soit dans leur voiture, sur le bas-côté d'une route, soit assis à leur bureau ; et ils laissent tout en plan à la seconde où on les appelle pour une mission, ou sitôt qu'ils reçoivent le feu vert de la préventive pour aller interroger un suspect. Alors le tea time, vraiment... Il s'imagine tenter ça avec son capitaine : *Je file grignoter un sandwich au concombre, et je reviens, chef.*

« Tout le monde déjeune », lui a opposé Gayle, une fois, alors qu'il venait de décliner une invitation à la rejoindre au pub pour avaler un morceau et se rincer la gorge avec un bon pinot.

« Va dire ça à la confrérie des employés de la crim de Cheshire, a-t-il rétorqué.

— Mais Morse et Lewis passent leur vie au pub. »

Leo a éclaté de rire, pensant qu'elle plaisantait, mais non.

— Comment vas-tu ? lui demande-t-il.

Il ignore l'ordre de la navigation qui lui enjoint d'effectuer un demi-tour, et passe une grille ouverte sur la large allée de gravier d'une ferme.

— J'ai une poussée de libido, murmure Gayle d'un ton sensuel.

Il attrape son téléphone et éteint le kit mains libres de la voiture. Qu'est-il supposé répondre à ça ? *C'est super ? Oh, mince ?* Il opte pour « Je suis au travail », puis ajoute « malheureusement », pour la forme.

— Tu as sûrement cinq minutes pour aider une jeune fille en détresse, roucoule-t-elle.

Non, pas du tout. Premièrement parce que, plus le temps passe, moins il apprécie Gayle, et non l'inverse ; deuxièmement parce que ce genre d'échange explicite l'a toujours mis mal à l'aise. Et troisièmement (et surtout) parce que Fiona l'attend dans l'allée, le visage fouetté par de longues boucles échappées de la pince qui retient ses cheveux sur sa nuque. Lorsque leurs regards se croisent, elle a un bref salut de la tête.

— Il faut que je te laisse, Gayle. Désolé.

Fiona approche de sa voiture jusqu'à ce qu'il ne distingue plus qu'une ceinture en cuir et le haut d'un pantalon gris tapissé d'une couche généreuse de… poils de chien, apparemment.

— Tu sais ce que je porte sous ma robe ?

Fiona ouvre sa portière.

— Tu as prévu de passer la journée assis là-dedans ?

— Absolument rien, ronronne Gayle. Si tu viens me retrouver, quand tu auras un moment, je te laisserai glisser une main dessous pour voir…

— Parce qu'on est sur le point d'interroger Miles, là.

Elle se penche sur sa vitre et Leo respire un effluve de son parfum frais aux accents citronnés. Elle porte un haut à manches courtes. Ses avant-bras caressés par la brise de montagne sont couverts de chair de poule.

— Je viens dans une seconde, lance Leo, au supplice.

Il colle le téléphone contre son oreille, mais Gayle parle tellement *fort*.

— J'espère bien que non, dit-elle avec un gloussement rauque. J'ai besoin que tu te retiennes pour tenir toute la nuit.

Elle étire *chaque* mot pour occuper un maximum d'espace.

— Il faut vraiment que je te laisse, insiste-t-il, sentant des gouttelettes de sueur lui chatouiller le pourtour des cheveux et la lèvre supérieure.

Fiona lui coule un regard oblique.

— Le boulot, souffle-t-il, levant les yeux au ciel et ajoutant un petit signe de main, pour suggérer qu'il fait de son mieux pour abréger. Je te rappelle plus tard pour qu'on fasse un point et que tu me dises où tu en es de ton côté.

— Là, je suis en train de… commence Gayle.

Leo raccroche. Il descend de voiture et tourne le dos à Fiona le temps de cueillir sa sacoche sur le siège arrière, en poussant un long soupir pour calmer ses palpitations.

— Salut, dit-il en pivotant vers elle. Ça fait plaisir de te…

— On peut y aller ?

Elle contourne déjà la ferme.

Leo la rattrape en trois enjambées et remarque l'étiquette qui dépasse de son col. Il y a quelques mois encore, il aurait tendu la main pour la glisser à l'intérieur sans que ni elle ni lui s'arrête de marcher ; mais, à présent, il est clair qu'il est préférable qu'il garde ses mains dans ses poches.

— Tu as… commence-t-il.

Fiona lui jette un regard par-dessus son épaule, et il constate à nouveau à quel point les choses ont changé entre eux.

— Beaucoup de travail, termine-t-elle à sa place.

Beaucoup trop pour avoir pris le temps de répondre à son invitation à dîner, apparemment.

— Moi aussi, dit-il.

— Comment ça se passe à la section de recherche ? Content de ton équipe ?

— Ouais, c'est un bon collectif.

Ils se parlent comme deux collègues avant un séminaire. Ils ont pourtant partagé des moments d'une rare intensité, la dernière fois qu'ils se sont vus. Il peut comprendre que Fiona n'ait pas envie de sortir avec lui, mais il ne voit pas pourquoi ça les empêcherait de continuer à s'apprécier l'un l'autre. Ils pourraient être amis, non ?

— Ça doit être prenant, la vie de lieutenant, dit-elle avec une drôle d'inflexion dans la voix.

— On peut dire ça, oui.

Elle ouvre une grille qui donne sur l'arrière de la maison. Il remarque que les coins de sa bouche tressautent.

— Surtout avec un patron qui veut que tu tiennes *toute* la nuit.

Par chance, l'onde de chaleur intense qui monte au visage de Leo est balayée par un hurlement plaintif en provenance de la route à cet instant précis. Il porte instinctivement la main à son talkie-walkie, craignant un accident. Peut-être est-ce leur disparu ? Il se demande quel est le délai d'attente d'une ambulance par ici. Et il espère que les secours auront un système de navigation plus efficace que le sien.

— Oh, merde, marmonne Fiona. Dave.

Avant même que Leo ne songe à la questionner sur ce Dave et sur la raison de sa détresse, une créature de la taille d'un poney shetland (en plus poilue et moins mignonne) déboule à fond de train sur eux. Ses gémissements plaintifs se muant aussitôt en aboiements joyeux, il bondit sur Fiona, envoie deux pattes géantes sur ses épaules, et se met à lui lécher le visage.

— Tu...

Leo recule d'un pas. Non qu'il n'apprécie pas les chiens. Il les apprécie beaucoup en fait, mais surtout quand ils marchent sagement au bout de leur laisse, ou qu'ils dorment en boule dans leur panier au coin du feu.

— Tu *connais* cet animal ?

— Au pied ! gronde Fiona, repoussant la bête d'un geste énergique. Leo, je te présente Dave, un rescapé d'un refuge qui souffre d'anxiété de séparation et qui a du mal à respecter les limites.

Elle enlève sa ceinture et la glisse dans le collier du chien.

— Dave, je te présente Leo, un lieutenant de la section de recherche de la criminelle du Cheshire qui choisit très bien ses costumes.

— Enchanté.

Il gratifie Dave d'une caresse prudente et est récompensé par une giclée de bave qu'il n'a vraiment pas envie d'essuyer sur son pantalon. Surtout après le compliment, apparemment sincère, que vient de lui glisser Fiona Morgan.

— Il a échappé à la vigilance de mam, qui me le gardait pour la journée.

— Malin, le chien.

— Il a dévoré son canapé, avant.

Leo prend note, stoïque. La porte de derrière est ouverte sur une cuisine dans laquelle une femme brune aux cheveux coupés très court semble les attendre.

— Vous devez être le lieutenant Brady ?

Elle lui offre une poignée de main.

— Agent enquêteur Georgina Kent, mon lieutenant. Je travaille avec Fiona.

— Appelez-moi Leo. Enfin, sauf s'il y a un citoyen lambda dans les parages, bien sûr, plaisante-t-il. Et je peux vous appeler Georgina ? À moins que vous n'ayez un surnom ?

Il y a un silence.

— Eh bien, je préfère qu'on m'appelle George, en fait.

Fiona la dévisage, sidérée.

— Tu ne me l'as jamais dit.

George soutient son regard.

— Tu ne me l'as jamais demandé.

Dix minutes plus tard, Leo commence à s'y retrouver un peu. L'animatrice, Roxy Wilde, a l'air plus jeune en vrai qu'à la télé. Et ses manières sont moins brusques, aussi. Ce n'est pas la première fois qu'il rencontre une célébrité du petit écran (on ne peut pas bosser huit ans au sein des forces de l'ordre du Cheshire sans croiser le chemin d'un ou deux footballeurs, ou d'aspirants à la célébrité de *Real Housewives of Cheshire*), et cependant, la différence entre l'image publique et la personne réelle le trouble toujours autant. Il suppose que la « véritable » Roxy est celle qu'il a devant lui, mais qui sait ?

Owen, le cadreur, a les yeux rivés à son téléphone depuis l'arrivée de Leo. Après avoir répondu à ses questions avec un détachement laconique, il a marmonné dans sa barbe : « C'est terminé ? »

Il a déjà croisé Caleb Northcote, l'assistant de production de Young, mais il est sidéré de trouver le garçon si transformé. C'était un adolescent dégingandé quand ils ont bouclé l'enquête sur le meurtre de Rhys Lloyd. À présent, les contours de ses muscles apparaissent nettement sous son tee-shirt. Northcote dédaigne sa poignée de main et ne fait même pas mine de le reconnaître. Toujours pas dingue de la police, note Leo, même s'il paraît plus détendu avec Fiona, qu'il doit souvent croiser à Cwm Coed.

L'épouse de l'homme porté disparu, Jessica Francis, a été installée dans la chambre de son mari ; un box d'écurie aménagé, situé dans l'arrière de la ferme. C'est également là-bas que se trouve la régie de Miles Young, ainsi qu'il ne tarde pas à le découvrir.

— Je l'ai prévenu de votre arrivée, l'informe Caleb. Mais il n'a pas beaucoup de temps. C'est le seul à bosser sur site, en fait, tous les autres travaillent depuis le siège de la boîte de prod.

— Compris, répond Leo en se levant pour partir. Roxy, Owen, Caleb, merci de m'avoir accordé un peu de votre temps.

Les trois employés mettent un instant à comprendre qu'on vient de les congédier, mais, dès qu'ils tiltent, Caleb et Owen détalent, évitant de justesse d'entrer en collision. Roxy hésite, comme si elle voulait ajouter quelque chose, mais le cadreur lui aboie un ordre auquel elle obéit sans discuter.

— Merci à vous deux d'avoir mis mes pendules à l'heure, ajoute Leo à l'intention de George et de Fiona.

Ça ne lui arrive jamais d'être aussi mal à l'aise quand il fait un point avec son équipe. Est-elle un peu contente de le revoir, au moins ? Impossible de le lire sur son visage.

— J'aimerais que nous explorions une ou deux autres pistes, pour nous assurer que nous faisons tout ce que nous pouvons pour ramener Ryan sain et sauf à la maison.

— Pour t'assurer que les locaux n'ont pas déconné, tu veux dire ? traduit Fiona avec un accent gallois appuyé.

Il ne relève pas.

— Je sais que PolSa est en liaison avec l'équipe de recherche, et qu'ils couvrent déjà les environs immédiats du camp d'*Exposure*. Mais on pourrait ratisser plus large, non ?

Il regarde Fiona, mais c'est George qui répond.

— Des agents en uniforme ont fouillé toutes les granges et autres dépendances à dix kilomètres à la ronde.

— Leurs propriétaires ont-ils signalé la disparition d'objets quelconques ? Des vêtements sur une corde à linge, du lait ou du pain livré sur le pas de leur porte ?

— Je ne pense pas que ce genre de questions spécifiques leur aient été posées, lieut... Leo, se corrige aussitôt George.

— Dans ce cas, j'aimerais que Fiona et vous alliez les poser, je vous prie. Les hôpitaux ?

— Rien.

— Les commissariats de police ?

— Non plus.

— Il avait accès à un véhicule ?

George secoue la tête.

— Tous les candidats ont été récupérés chez eux et conduits ici dimanche dans une voiture avec chauffeur.

— Vu le temps qui s'est écoulé depuis sa disparition, il n'est pas inconcevable qu'il ait rejoint une route principale et quitté la zone en stop. Faites circuler des agents parmi les chauffeurs de camions et les stations-service.

Il marque une pause.

— Fiona ?

Elle ne répond pas.

— C'est OK pour toi ?

— Ce n'est pas ton groupe qui devrait mener ce genre d'opération ? demande-t-elle. Parce que Ryan était côté Cheshire quand il a disparu, et vu que tu es ici, on peut supposer que tu considères que c'est ton enquête. Alors...

Elle pointe le doigt sur sa poitrine, puis englobe la scène et désigne la porte.

— ... on vous passe le relais et on file, d'accord ?

— L'enquête a été requalifiée. Elle est transfrontalière, maintenant. Notre disparition, votre connaissance de la zone.

— Je vois.

— Il y a un problème ?

Fiona lève le menton avec un air de défi.

— Non.

— Bien. Où en est-on du côté des comptes bancaires et des données téléphoniques ?

— On ne s'en est pas encore occupé, répond George. Le portefeuille de Ryan et son téléphone sont toujours ici.

— Est-ce qu'on sait s'il manque des cartes de crédit dedans ?

L'enquêtrice rougit légèrement.

— Non.

— Alors vérifiez, s'il vous plaît. Ryan avait peut-être emporté une carte au camp.

Leo passe en revue les points de la liste qu'il a dressée hier soir, en regardant l'épisode d'*Exposure*.

— Ses relations ?

— Jessica est en train de contacter ses amis et ses proches. Nous, nous avons appelé le patron de Ryan qui va interroger ses collègues.

— Bon boulot, dit-il, en fermant son carnet d'un coup sec. Je vais parler à Miles Young, maintenant, mais tenez-moi informé du moindre développement de l'enquête. J'ai demandé au service de communication de faire paraître un communiqué demandant à toutes les personnes qui se sont promenées dans la zone au cours des deux derniers jours de se faire connaître, pour jeter un œil aux éventuelles photos et vidéos enregistrées sur leurs téléphones. Ça pourrait nous offrir d'autres pistes à explorer dans le courant de l'après-midi.

Leo traverse l'arrière-cour de la ferme. On n'entend plus le moteur de l'hélicoptère. Il a dû rentrer faire le plein, s'il n'a pas été appelé pour une mission plus urgente. Le sommet de la montagne se détache, austère, contre le ciel. Leo prend une seconde pour se recentrer. Son numéro dans la cuisine, il y a un instant… eh bien, ça n'était rien de plus qu'un numéro. Il se sentait dans le même état lorsqu'il a dirigé son premier briefing, juste après avoir été promu lieutenant. Il était si anxieux de l'image qu'il allait donner à l'équipe que son cœur tambourinait follement sous sa chemise blanche impeccable et sa veste à fines rayures.

« Super boulot », l'avait félicité son nouveau commandant, après coup. Leo avait trouvé incroyable que personne n'ait perçu sa nervosité.

Cette première année à la tête de son groupe l'a aidé à prendre confiance en lui. Il n'a plus besoin d'inspirer profondément plusieurs fois avant de faire un point. Ni de répéter ce qu'il a prévu de dire dans sa voiture, sur le chemin du boulot. Et ce n'est pas du tout parce qu'il a appris à se moquer de ce qu'on pense de lui, c'est juste qu'il ne doute plus de ses compétences pour ce job.

Pourtant, aujourd'hui, il se fait à nouveau l'effet d'un bleu. Ses pensées fusent en tous sens. Il réfléchissait au protocole des disparitions inquiétantes, il y a un instant, quand tout à coup il s'est pris à redécouvrir la courbure particulière des lèvres de Fiona, qui lui était si familière, il n'y a pas si longtemps. Il se sent sur la sellette. Est-ce parce qu'il revient au pays de Galles avec une casquette de lieutenant ? Ou parce que Fiona est ici ? Parce qu'elle l'a snobé, et qu'il veut lui faire croire que ça n'a aucune importance : qu'il est trop pro pour se soucier que la femme dont il pensait être tombé amoureux l'ignore royalement ?

Un trille strident interrompt le cours de ses pensées. Il lève les yeux et voit une crécerelle planer au-dessus de lui, les ailes déployées, la queue en éventail, bordée de noir. Il l'admire une minute, se disant que Harris aurait adoré. Ils devraient aller à la campagne plus souvent, tous les deux. Il y a six mois, quand Allie lui a envoyé leur fils avec des bottes en caoutchouc Le Chameau flambant neuves, elle lui a lancé : « Elles m'ont coûté quatre-vingts livres, alors, pour l'amour du ciel, ne les salis pas. » Mais il n'aurait qu'à lui en acheter une seconde paire chez Asda et l'emmener faire une promenade, avec un pique-nique et un livre sur les oiseaux dans son sac à dos. Il rit intérieurement. Qui aurait cru, il y a encore deux ans, qu'un rat des villes comme Leo Brady rêverait de crapahuter dans la montagne ? Encore une preuve de l'influence que Fiona a eue sur lui, qu'elle en soit consciente ou non. « Je n'arrive pas à respirer quand je suis dans une ville », lui avait-elle confié un jour. Ça l'avait amusé, sur le moment. Mais il comprend, maintenant. Il avait déjà compris la dernière fois qu'il était là. L'immensité de ce ciel, les flancs de la montagne qui ondulent à perte de vue, et même le soleil, déjà si haut dans le ciel. Tout paraît tellement plus spectaculaire, tellement plus vaste ici.

La crécerelle s'élève vers le sommet et Leo redescend sur terre. Il faut qu'il interroge Miles Young. En sa qualité de producteur et de dirigeant de Young Productions, il est responsable de la sécurité des sept candidats d'*Exposure*. Si une négligence quelconque devait entraîner la mort de Ryan, Miles pourrait se voir accusé d'homicide involontaire.

— Excusez-moi !

Il se retourne. Roxy Wilde vient à sa rencontre. Elle a été maquillée et il remarque un micro minuscule fixé à sa veste. Le fil doit être dissimulé sous ses vêtements.

— Nous montons au campement pour filmer le défi du jour, lui annonce-t-elle. Ils doivent faire une descente en rappel par équipes de deux, pour travailler la confiance en l'autre, vous voyez. Ça devrait être amusant.

Son expression dément ses propos.

— Vous vouliez me dire quelque chose ? demande Leo, sentant qu'elle a besoin d'encouragements pour parler.

— Je...

Elle coule un regard vers la porte du box numéro huit.

— Ryan a très mal pris la nouvelle. Je veux dire, tous les candidats étaient choqués, évidemment, mais Ryan... Je n'avais jamais vu personne réagir de la sorte. Il est devenu livide, aussi pâle qu'un cadavre, et il s'est totalement figé, comme s'il était pétrifié de terreur.

— Je n'ai pas visionné le premier épisode... est-ce que...

Roxy laisse échapper un rire sans joie.

— Vous n'auriez pas vu la réaction de Ryan, même si vous aviez été devant votre écran. Miles a inséré des plans enregistrés pendant la journée, quand les candidats étaient tout excités à l'idée de participer à l'émission de survie à laquelle ils avaient postulé. Il a monté l'épisode pour donner l'impression que j'avais fait cette annonce plus tôt et que tout allait bien. C'est pour cette raison que vous n'avez que des plans rapprochés, et qu'ils portent ces tenues – pour qu'on ne puisse pas distinguer les différents moments de la journée. On ne voit que des exclamations de joie, mais la réalité était aux antipodes de ce qui a été diffusé.

— Et c'est…

Leo n'est pas naïf au point de s'imaginer que les images des émissions de téléréalité ne sont jamais retouchées. Mais de là à trafiquer un tournage de la sorte…

— C'est normal, ça ? finit-il par dire.

— Bienvenue dans le monde de la téléréalité.

Roxy ferme les yeux et pousse un soupir.

— L'émission atteint des records de popularité, mais j'ai été obligée de suspendre mon compte Twitter – je ne supporte plus les insultes.

— Des insultes ? De qui ?

— Du mouvement #SoisGentil, principalement. Ironique, non ? dit-elle, croisant les bras comme si elle avait froid. D'autant que je suis d'accord avec eux sur toute la ligne. Sauf pour les menaces de mort, ça va de soi. Cette émission est *vraiment* cruelle. Ça ressemble à du harcèlement sous stéroïdes. Si Miles ne m'avait pas fait signer ce contrat verrouillé, j'arrêterais tout de suite.

— Est-ce que Ryan vous a parlé après votre annonce ?

— En toute honnêteté, il semblait avoir du mal à articuler quoi que ce soit. Les autres se sont occupés de lui, mais j'ai vu qu'il était très mal. Il a marmonné… qu'il préférerait mourir. J'ai pensé que c'était juste une expression, mais…

Les yeux de Roxy se remplissent de larmes.

Leo acquiesce tristement.

— Bon, il faut que je file. Je voulais juste vous dire de ne pas vous fier à ce que vous voyez à la télé.

Elle pose la main sur son bras et soutient son regard.

— Cette émission a pour unique but de révéler les secrets de ces personnes, rien d'autre. Et il faut que vous le sachiez : Miles est le plus grand dissimulateur du lot.

9
Mercredi – Kat Shenton – Épisode trois

Kat Shenton regarde Jason, son mari, baver devant une femme assez jeune pour être sa fille. Elle a mis les sous-titres et son index plane au-dessus du bouton *éteindre* de la télécommande, parce qu'elle a affirmé à Belle et Aimée-Leigh que papa avait déjà quitté *Exposure*.

— Il est clair qu'il se l'enverrait bien avant de partir, cette Aliyah, rumine-t-elle, pleine d'amertume, avant de vider son verre de vin et de retourner à la cuisine s'en servir un autre.

Elle glisse un plat cuisiné dans le micro-ondes et enfonce les touches d'un geste rageur. Il y a un moment, elle a vu Jason dire à Aliyah « Je ne te laisserai pas tomber, chérie », et reluquer le décolleté de son débardeur alors qu'elle rebondissait le long d'un affleurement rocheux (et c'est peu dire qu'elle rebondissait ! ses seins contiennent sûrement du caoutchouc).

Kat n'a jamais vu son mari flirter. Si ça avait été le cas, elle aurait mieux encaissé les trois premiers épisodes d'*Exposure*. Jason et elle sont heureux en ménage. Et elle fait ce qu'il faut pour se maintenir en forme. Ça ne la dérangerait pas tant que ça si Jason flirtait avec ses copines quand ils vont boire un verre avec des potes. Elle a foi en leur couple.

Seulement, ça ne ressemble pas à son mari. Cette manière de reluquer Aliyah lorsqu'elle ôte sa polaire, ce petit hochement de tête approbateur quand le bas de son tee-shirt remonte sur son abdomen bien dessiné et tonique, le seul fait que, chaque fois qu'Aliyah est à l'écran, Jason apparaît dans le cadre – invariablement –, ça ne lui ressemble tellement pas qu'elle a l'impression d'observer un inconnu. Et s'il est capable de flirter si ouvertement, de quoi d'autre est-il capable ? Quel autre aspect de sa personnalité a-t-il pu lui cacher ?

Kat, Belle et Aimée-Leigh ont regardé le premier épisode ensemble, pelotonnées dans le canapé avec un chocolat chaud et un plein saladier de pop-corns. Kat portait un tee-shirt imprimé des mots *Jase's Girls*, et elles ont fait des selfies pour les mettre sur Instagram. Elle a écrit *Tu peux y arriver, papa !* en légende, et des cœurs ont jailli sur son écran de téléphone. Kat n'a pas tant d'abonnés que ça, mais elle a utilisé le hashtag #ExposureTVShow, si bien que le nombre de ses followers a explosé.

Elle venait de porter une poignée de pop-corns à sa bouche quand Roxy Wilde a lâché sa bombe. Elle s'est figée, la bouche ouverte, trop sidérée pour continuer à mâcher. *Quoi ?*

« Elle est vraiment belle, la dame », a dit Belle, sa fille de six ans.

Aimée-Leigh, huit ans et vive comme l'éclair, s'est tournée vers sa mère.

« C'est pas bien d'avoir des secrets. Pourquoi il a un secret, papa ? »

Putain de bonne question ! Kat et Jason sont mariés depuis dix ans, et en couple depuis deux de plus. Ils ne sont plus supposés avoir de secrets l'un pour l'autre. Ça fait deux jours qu'elle retourne la maison à la recherche de… n'importe quoi. De tout ce qui pourrait éclairer sa lanterne.

Quoique, de le voir reluquer Aliyah comme un foutu pervers lui donne une idée sacrément précise de ce qu'elle devrait chercher, maintenant.

Jason et elle se sont toujours échangé leurs mots de passe. Kat a épluché ses relevés de comptes et ses transactions téléphoniques, sans rien trouver de tordu. Devrait-elle aller discuter avec ses collègues sapeurs-pompiers, pour voir s'ils savent quelque chose ?

« Tu dois être drôlement inquiète, lui a dit sa mère, quand elle l'a appelée, à la seconde où le générique de fin du premier épisode d'*Exposure* commençait à défiler sur l'écran.

— Pas le moins du monde, a-t-elle menti. Jason et moi n'avons aucun secret l'un pour l'autre. »

Hier soir, elle a littéralement écumé de rage devant son écran, en voyant son mari se prélasser dans un bain nordique avec ce comptable – Henry. Aliyah venait d'en sortir et Jason parlait d'elle.

« Elle est tellement bien foutue. »

Il a fermé les yeux et renversé la tête en arrière, un sourire béat planté sur les lèvres.

« Des nichons parfaits, un cul splendide. Tout ce qu'il faut où il faut. »

Kat aurait voulu lui jeter la télécommande à la tête et se ruer à l'étage pour lacérer ses chemises préférées, mais elle n'arrivait pas à bouger. Elle est restée assise au milieu du canapé, comme tétanisée, les joues ruisselant de larmes. Depuis ce matin, les notifications ne cessent de déferler sur son téléphone : des amis qui veulent s'assurer qu'elle va bien, des faux frères qui se délectent de son humiliation publique.

« Et au lit, elle est phénoménale », a confié Jason à Henry, la veille.

La caméra a montré Aliyah, sortant de sa douche, une serviette moulant son corps sculptural, et le cœur de Kat s'est brisé en mille morceaux. *Donc, il a déjà couché avec elle.*

Elle savait qu'elle n'aurait pas dû rallumer sa télé, ce soir. Regarder ce truc relève carrément du masochisme. Mais elle ne parvient pas à détacher les yeux du naufrage de son mariage. Jason et Henry sont de retour dans le bain nordique – sans Aliyah, cette fois, Dieu merci. Kat monte le son, gardant un œil sur la porte du salon.

« Je songe sérieusement à cracher le morceau pour en finir. Arracher le pansement d'un coup, tu vois. »

Le plan change et on voit des images filmées plus tôt dans la journée, montrant Aliyah et Jason qui éclatent d'un rire complice. Pas difficile de deviner quel morceau il a envie de cracher, songe Kat, amère. Elle se demande comment il va s'y prendre. S'il va l'appeler à sa sortie du camp, ou s'il va attendre de rentrer à la maison.

« Qu'est-ce que tu feras avec l'argent de ton cachet ? questionne Henry.

— Tout ce qui pourrait la rendre heureuse », répond son mari en souriant.

Et Kat serre les paupières de toutes ses forces, tandis que l'œil de la caméra cherche l'endroit où Aliyah est assise, une tasse de café dans les mains.

« Je nous organiserai sûrement des vacances quelque part. *Sea, sex and sun…* »

Il ponctue sa phrase d'un clin d'œil. Les yeux de Kat se remplissent de larmes brûlantes. Ils n'ont jamais voyagé ensemble. Ils ont passé leur lune de miel dans la caravane de sa mère. Il connaît cette fille depuis cinq minutes et il veut déjà lui consacrer ses gains.

Quand les deux hommes sortent du bain nordique – se gratifiant de tapes dans le dos et échangeant ces petits pistolets de doigt stupides, comme pour se dire « on se comprend, hein, mon pote ? » –, Kat a eu sa dose. Elle s'apprête à éteindre la télé, se promettant de s'épargner ça le lendemain soir. La séquence suivante a été tournée plus tard, le même jour. Henry s'est rhabillé et marche en direction du confessionnal. En dépit de l'angoisse qui l'étreint, elle reste devant son écran, captivée. Veut-il confesser son secret ? Les bips têtus du micro-ondes arrivent de la cuisine, mais elle ne bouge pas.

On voit Henry dans la cabine, face caméra.

« Je me suis torturé l'esprit un bon moment avant de me résoudre à révéler ce que je suis sur le point de révéler. »

Il se gratte la tête, décoiffant un peu plus ses cheveux encore humides.

« Je ne suis pas très doué pour les discours. Je suis plus à l'aise avec les chiffres. Et, en toute honnêteté, je ne suis pas doué non plus pour la vie de couple. »

Kat se penche en avant. Henry serait-il infidèle, lui aussi ? Le sont-ils tous ? Le producteur de l'émission a-t-il sélectionné ces candidats pour exposer leur infidélité ? Elle éprouve un mince réconfort à l'idée de ne pas être la seule partenaire à devoir supporter ça.

Mais Henry se met à parler de Jason.

« C'est un mec très chouette, je me sens mal de lui faire ça, mais c'est le jeu, pas vrai ? C'est la loi du plus fort. Alors voilà… je suis ici pour exposer Jason. »

L'émission est aussitôt interrompue par un écran publicitaire. Kat laisse échapper un cri de frustration. Elle glisse au bas du canapé, se traîne sur le tapis et regarde les pubs défiler, agenouillée devant l'écran, ignorant son téléphone secoué par une cascade de messages qu'elle préfère éviter de lire.

Quand *Exposure* reprend, les candidats sont rassemblés dans le camp pour le direct qui clôt chaque épisode. L'accusation de Henry est restée en suspens. Quand Roxy entre en scène avec sa coiffure impeccable et ses lèvres luisantes, Kat a envie de mourir. *Vas-y. Arrache le pansement d'un coup*, supplie-t-elle.

— Qu'as-tu fait, Jason ?

Elle regarde la version télévisée de son mari qui, à en juger par son air détendu, ne se doute pas du tout qu'il est bon pour être *exposé*.

Ou peut-être qu'il s'en fout. Peut-être que c'est lui qui a poussé Henry à parler. Peut-être que c'est sa manière de tomber le foutu masque. *Coucou, Kat, coucou, les filles, je vous quitte pour une femme que je viens juste de rencontrer !*

Roxy apparaît face caméra.

« Un peu plus tôt dans l'après-midi, Henry a exposé le secret de Jason. Voyons s'il a deviné juste. »

Les plans se succèdent : l'expression choquée de Jason, qui se sent trahi ; la gêne de Henry ; la surprise sur le visage des autres candidats.

« N'oubliez pas que si Henry se trompe, c'est lui qui devra subir l'épreuve du confessionnal », rappelle Roxy.

Puis, se tournant vers le comptable :

« Annoncez à nos téléspectateurs quelle est votre phobie, à présent. »

Henry cligne rapidement des yeux.

« Euh… l'eau. »

On voit la petite cabine, vide. Puis de l'eau s'écouler d'un conduit dans le mur. Le niveau monte peu à peu dans l'espace minuscule sans fenêtre, jusqu'à ce que Kat sente sa poitrine se comprimer, gagnée par la panique par procuration.

Roxy tend une clé à Henry et désigne le cadenas de la boîte à secrets fixée à une souche d'arbre.

« Le moment de vérité est venu. Ouvrez la boîte et livrez-nous le secret de Jason. »

Kat n'arrive pas à détourner les yeux. Elle ne respire plus. Elle voit Henry ouvrir la boîte et feuilleter le tas d'enveloppes qu'il trouve à l'intérieur, à la recherche du nom *Jason*.

— Maman ?

La porte du salon s'ouvre et Aimée-Leigh apparaît en se frottant les yeux.

Tout se précipite :

Il y a un gros plan sur l'enveloppe que Roxy décachette. Henry profère son accusation dans le confessionnal – « Je souhaite exposer Jason. » Les visages des candidats défilent. La sidération se peint sur celui d'Aimée-Leigh.

— Papa ! Tu avais dit qu'il avait quitté l'émission ! Il est revenu ?

« Je pense que le secret de Jason est qu'il est bigame. »

L'ouverture de l'enveloppe. L'expression à la fois soulagée et coupable de Henry. Le désespoir de Jason.

— Maman, c'est quoi bigame ?

La pièce tangue.

Roxy parle aux téléspectateurs. Jason adresse des adieux muets à tous ses compagnons à l'exception de Henry, qu'il toise d'un regard assassin.

À la maison, les larmes de Kat ont séché. Elle a éteint la télé et elle serre sa fille dans ses bras pour la réconforter. Son téléphone se déchaîne, mais rien ne peut égaler sa fureur à cet instant.

Son mari a une autre épouse.

Elle va buter ce salaud.

10
Jeudi – Fiona

— Rentrez. Vite.

Fiona jette un œil de chaque côté de la ruelle. Sa petite location se trouve dans une rue de maisons mitoyennes, située à l'opposé du village par rapport à celle de mam. Des constructions en briques rouges avec des toits en ardoise qui devaient être identiques avant que leurs propriétaires successifs ne remplacent leurs fenêtres, ne peignent leurs portes de toutes les couleurs et ne fassent construire des petits porches pour accrocher leurs manteaux et laisser leurs chaussures à l'entrée. Il n'y a ni jardin, ni accès par l'arrière, ce qui ne vous facilite pas la vie quand vous voulez aller et venir sans témoin.

Fiona ferme la porte derrière elle.

— Quelqu'un t'a vu ?

— Non.

— Tu en es sûre ?

— Je ne suis pas stupide. Allez, crache.

Fiona sort un billet de dix livres.

— C'est tout ce que j'ai sur moi.

— J'accepte les paiements PayPal, rétorque Seren avec un sourire angélique. À moins que tu ne veuilles que je raconte à mam que je passe mes journées ici au lieu d'aller à la bibliothèque…

Mais Fiona est déjà sur son téléphone en train de transférer vingt livres de plus sur le compte de l'adolescente.

— Qui t'a appris à faire chanter les gens ? marmonne-t-elle.

— Ma mère.

Elle la dévisage un instant, puis secoue la tête et éclate de rire.

Seren avait seize ans quand elle a découvert que Fiona n'était pas sa sœur mais sa mère. Et Fiona le même âge quand elle l'a mise au monde et a accepté l'idée de mam de la faire passer pour sa fille, allant jusqu'à se persuader que c'était mieux ainsi. Seren avait grandi, et ce secret de famille était enterré depuis si longtemps qu'on l'avait presque oublié.

Le monde de l'adolescente s'est effondré quand elle a découvert la vérité. Elle n'a pas adressé la parole à Fiona pendant plusieurs jours. Et quand elle a fini par lui parler, la douleur qui se lisait sur son visage était un supplice.

« Je ne sais plus *qui* être. Tu étais ma sœur, et je savais comment me comporter avec toi. Mais maintenant… »

Plusieurs mois se sont écoulés avant qu'elles puissent s'accommoder du nouvel état de fait. Tout a changé, et pourtant, à bien des égards, la vie a repris son cours habituel. Fiona taquinait Seren ainsi qu'elle l'avait toujours fait, Seren lui envoyait des reparties salées, comme à son habitude, et elles continuaient toutes deux à appeler mam *mam*.

Ce qui avait changé se situait à un niveau plus souterrain. Comme ce sentiment que s'autorisait Fiona lorsque sa fille regardait la télé en pyjama, les cheveux encore mouillés après sa douche, ou lorsqu'elle rentrait à la maison une heure plus tard que convenu. Elle s'apercevait que le fait d'avoir révélé la vérité la privait d'une sorte de voile de protection, et que ce qu'elle éprouvait à l'égard de Seren était désormais plus cru, plus vif.

La jeune fille se laisse tomber sur le canapé et attrape la télécommande sur la table basse.

— Tu es ici pour réviser, pas pour regarder la télé.

Fiona n'a pas osé redemander à mam de garder Dave depuis son remake de *La Grande Évasion*. Elle s'est dit que le chien serait plus tranquille à la maison et que Seren serait aussi bien ici qu'à la bibliothèque, pour préparer son examen. Un point de vue que ne partage pas mam. D'où le subterfuge.

— Je pensais que tu voulais que je garde Dave ?

Seren se lève et se rend à la cuisine.

— C'est juste. Mais tu dois également réviser, c'est ce qu'on appelle un congé d'étude.

— Mouais. Et tu as consacré combien de temps à l'étude, toi, quand tu as passé ton bac ?

Fiona met deux tranches de pain à griller.

— Ce n'est pas la question, esquive-t-elle, ne conservant que peu de souvenirs de sa dernière année de scolarité, en dehors des défis du vendredi soir, qui consistaient à trouver le moyen de se procurer assez de vodka pour le week-end. Tu n'as que des A et des A plus, rien à voir avec mon C en littérature galloise – qui se trouvait être ma meilleure note.

Elle coule un regard à Dave, qui semble déjà déprimer à l'idée d'être abandonné une fois de plus.

— Promets-moi de relire tes cours, au moins.

— J'ai encore un max de temps avant l'examen, et je ne passe que la chimie. Je peux y arriver les doigts dans…

— Promets-le-moi !

— OK !

— C'est sérieux, Seren. Les bonnes notes, ça t'ouvre des tas de portes. C'est une chance d'avoir l'opportunité d'étudier dans une université aussi prestigieuse que Bangor, et…

— Ouais, à ce propos…

Fiona lève le bras comme un agent de la circulation.

— Tu vas à l'université, point final. Si Caleb vaut le coup, il attendra.

— Mais…

— Il n'y a pas de mais.

Elle avale le fond de sa tasse de café et grimace en découvrant qu'il est glacé.

— Comment ça se passe entre Miles et lui, d'ailleurs ?

— Rien ne va plus. Miles n'a pas ajouté son nom au générique et il ne veut pas qu'il approche de sa régie, bien que Caleb connaisse déjà tous les logiciels de montage. Il n'a même pas le droit de le regarder faire, pour acquérir un peu d'expérience. En gros, Caleb prépare le café et charge le quad de rouleaux de PQ quand il en manque, point barre. Il est trop dég.

— Il faut bien commencer quelque part, je suppose.

Fiona s'accroupit et prend l'énorme tête de Dave entre ses mains, dont les yeux filent vers l'adolescente, qui étale de la margarine sur un toast.

— Bon, écoute, gros. Il faut que j'aille travailler, mais tu vas bien t'amuser avec Tata Seren. Je t'aime, mais si tu me fais un sale coup, tu es bon pour retourner à l'abattoir.

— Très touchant, commente Seren, ouvrant un pot de Marmite. Je me demande vraiment pourquoi tu es célibataire.

— Moi aussi.

Fiona profite de la distraction du chien, qui espère récolter une croûte de toast, pour se ruer sur la porte.

— Ne le quitte pas des yeux une seule seconde ! lance-t-elle.

Ryan Francis a disparu depuis plus de quarante-huit heures. L'équipe de recherche, renforcée par les volontaires de Cwm Coed, est sur le terrain depuis l'aube, mais les résultats sont maigres. Dim newyddion, dit le dernier message de Huw. Rien de nouveau. Hier, Fiona et George ont fait le tour des propriétés de Pen y Ddraig. Ni les fermiers ni les locataires n'ont remarqué la moindre activité inhabituelle. « On fait quoi, maintenant ? » lui a demandé son équipière, quand elles sont sorties de la dernière maison. Mais Fiona était à court d'idées. Quand quelqu'un disparaît dans une ville, l'enquête avance vite. La présence de caméras de surveillance, à elle seule, donne lieu à des douzaines de vérifications : celle des vidéos filmées par les caméras des voitures, des stations-service, des sonnettes connectées, des centres-villes... et si la zone couvre plusieurs rues, des agents en uniforme sont envoyés frapper à toutes les portes du quartier. On peut vérifier où les téléphones ont borné, les mouvements financiers, l'historique des recherches Internet...

C'est tout à fait différent, ici. Plus difficile. Une personne peut rester introuvable pendant des jours, même si elle fait de son mieux pour être localisée.

Le téléphone de Fiona bipe. Un message de Leo. Elle déteste ce petit serrement à l'estomac qu'elle ressent, comme si la communication pouvait être autre que professionnelle. De fait, le message est bref et informatif.

Trois des caméras d'*Exposure* ont été vandalisées hier soir. Je monte au camp avec George pour y jeter un œil.

Elle fixe l'écran, tiraillée par une pointe de jalousie déplacée. Non qu'elle s'imagine que sa collègue aux airs de robot soit susceptible de tourner la tête à Leo, mais… Elle claque la portière de sa voiture avec une violence inutile. Il lui manque, voilà tout.

Il est encore trop tôt dans l'année pour que le soleil réussisse à percer la brume matinale qui s'élève du lac. Elle forme des rubans qui s'entrelacent aux arbres alentour, si bien qu'à mesure que la Triumph grimpe la côte qui mène à Carreg Plas le lac disparaît totalement derrière ce voile opaque.

Quand Fiona pénètre dans la cuisine de la ferme, elle la trouve en pleine effervescence. Assis à la table, le teint gris cendre, Jason Shenton discute avec une femme coiffée d'une queue de cheval haute. Elle est équipée d'un enregistreur vocal. À côté, serrant sa caméra contre sa poitrine, sa cadreuse attrape une viennoiserie. Sur le comptoir de la cuisine, un laptop muet est allumé sur une émission matinale. À l'autre bout de la table, Zee Hart entretient une conversation animée avec un petit homme dégarni. Fiona ne voit ni Leo ni George.

Caleb boude dans le garde-manger.

— À qui Jason parle-t-il ? le questionne-t-elle.

— Une journaliste de je ne sais quel magazine. Le chauve est un gars du *Sun*. Il a découvert que Jason avait une autre épouse en Australie. Ça fait un sacré boucan.

— Je n'en reviens pas qu'il accepte de leur parler.

— Il perd son cachet s'il refuse.

Fiona coule un regard à Zee, qui reçoit une carte du journaliste du *Sun*.

— Qu'est-ce qu'elle fait ici ?

— Elle a sa carte de presse, apparemment, répond le jeune homme, haussant les épaules. Tu sais comment est Miles. Il te briefe à peine : il m'a poussé dans la cuisine et il m'a demandé de jouer les baby-sitters. Trop radin pour se payer un attaché de presse, grommelle-t-il d'un ton désabusé.

Rien à voir avec le Caleb obséquieux qui regardait la télé chez mam trois jours auparavant.

— Monte le son ! lance quelqu'un.

Une voix à l'accent australien résonne dans la cuisine.

« Nous étions jeunes. Nous avions, quoi ? Dix-huit ans ? C'était un été de folie. »

La femme rit. Curieuse, Fiona se déplace pour jeter un œil à l'écran. L'Australienne est bronzée et élancée. Ses cheveux ont des reflets caramel et ses yeux ont la couleur veloutée du chocolat.

« Mais j'étais vraiment amoureuse de Jason. On ne s'est pas vus depuis vingt ans, alors c'est peut-être un signe du destin, tout ça, une manière de nous faire comprendre qu'on devrait réessayer, lui et moi. »

Elle dévoile ses dents blanches parfaites à la caméra.

« Hé, Jason, si tu regardes : qu'est-ce que tu en dis ? »

Jason se prend la tête entre les mains.

« Tu as toujours le béguin pour ton Addison ? »

— Non ! Par pitié ! gémit-il en se frottant le visage.

Il relève la tête, et regarde autour de lui comme s'il espérait découvrir que tout cela n'est qu'un rêve.

— Je ne savais même pas ce qu'était l'amour, à l'époque. Je n'ai passé que trois semaines avec elle, et on était toujours bourrés ou défoncés. Quand on s'est fait coffrer, on a dessaoulé d'un coup, et on a compris que ça ne marcherait jamais. On est partis chacun de son côté et…

Sa voix se brise misérablement.

— Vous n'avez jamais songé à divorcer ?

— Si, des années plus tard, quand j'ai rencontré Kat. Seulement, à ce moment-là, je ne savais plus comment entrer en contact avec Addison. Alors, je me suis persuadé que ce mariage n'était pas valide, que ça n'était pas important…

Il tourne la tête à droite et à gauche, comme pour les prendre tous à témoin.

— Je ne suis pas bigame !

— Eh bien, techniquement, si, vous l'êtes, rétorque Zee.

— Kat veut divorcer. Elle ne prend même plus mes appels. Elle a dit que si je rentrais à la maison, elle appellerait la police.

La journaliste lui tapote le bras.

— Je suis certaine qu'elle finira par se calmer.

— Je déteste avoir à vous dire ça, mais vous l'avez quand même cherché, assène Zee.

Jason se lève si brusquement que sa chaise bascule et que son dossier heurte le sol. Fiona entend une série de clics tandis que le photographe capture l'instant.

— Ma vie entière est en train de s'écrouler, et c'est uniquement la faute de Miles Young. La prochaine fois que je le croise, je vous jure que je le bute !

Il y a peu de chances pour que ça se produise, raisonne Fiona, parce que Miles s'est enfermé dans le box-régie. Elle tambourine à sa porte pendant une bonne minute avant qu'il daigne lui ouvrir.

— Qu'est-ce que c'est ?

Il est en tenue de jogging. Son gilet jaune confère un aspect maladif à son visage déjà pâle.

— Ah, vous avez mon numéro de dossier ? J'en ai besoin pour les assureurs. Votre supérieur a dit que quelqu'un allait...

— Pardon : mon quoi ?

— Le lieutenant Brady, c'est ça ? Il a dit...

— Non, je n'ai pas votre numéro de dossier.

— Mais j'en ai besoin, grogne-t-il avec un regard assassin.

— Et moi j'ai besoin d'un nouvel appartement, d'une augmentation égale à l'inflation, et d'un chien qui ne dévore pas tout ce qu'il trouve sur son passage pour s'enfuir et me courir après. Alors, on va dire qu'on n'a pas de chance, vous et moi.

— J'ai dû faire remplacer les caméras au pied levé, mais la compagnie d'assurances ne me remboursera pas avant d'avoir constaté que les anciennes ont été vandalisées, et ça n'arrivera pas tant que je n'aurai pas le numéro d'enregistrement de l'incident. J'en suis de ma poche de plusieurs milliers de livres.

— Ryan Francis a disparu depuis deux jours. Je pense que c'est plus important qu'un rapport sur des dommages matériels, pas vous ?

Il lui claque la porte au nez, suggérant qu'ils sont en désaccord sur ce point.

Votre supérieur. Qu'est-ce que ça fait d'elle ? *Son inférieure ?*

— Inférieure, mon cul, marmonne-t-elle.

Des éclats de voix parviennent de la régie. Fiona identifie instantanément l'accent gallois du Nord. « Ras le bol des prières ! Chaque fois que je reviens au campement, tu es sur tes foutus genoux. » Elle ne peut réprimer un sourire. Ceri est vraiment marrante le soir devant une bière, mais il vaut mieux éviter de la prendre à rebrousse-poil. Fiona en a jugé par elle-même l'année dernière.

« *Rhywbeth ti isio'i ddweud wrthon*, Fiona ? lui avait lancé Efan Howells à travers la salle du pub. *T'as quelque chose à nous dire ?* »

Ça faisait juste quelques jours qu'ils avaient bouclé l'enquête Rhys Lloyd. Efan portait une salopette bleue dont il avait noué les bretelles autour de sa taille. Il toisait Fiona avec un air satisfait.

« Il y a des bruits qui courent sur la famille Morgan. Sur ta *sœur*, en particulier.

— Les seuls bruits qu'émettent les trouducs, ce sont des pets », avait-elle rétorqué, portant deux pintes jusqu'à la table que Ceri leur avait dénichée.

Elle se moquait des ragots. Les gens pouvaient cancaner tout leur saoul. Croire ou ne pas croire la rumeur qui courait sur son véritable lien de parenté avec Seren. Elle ne se donnerait jamais la peine de la confirmer ni de l'infirmer.

« Bien encaissé, lui avait fait remarquer Ceri, pointant le menton vers Efan et ses potes, qui hurlaient de rire.

— Ce serait lui donner trop d'importance de se vexer pour si peu. »

Elle avait levé son verre et s'était aperçue qu'elle tremblait.

« Il a quand même besoin d'être remis à sa place », avait marmonné Ceri, songeuse.

Quelques jours plus tard, c'était mam qui lui avait annoncé qu'Efan Howells s'était fait remettre à sa place par le taureau primé de la ferme voisine. « Quelqu'un l'a laissé entrer dans le champ du haut, et la bête a chargé Efan. Il a réussi à se mettre à l'abri *in extremis*. »

Plus tard, Ceri avait feint l'étonnement.

« Ah, c'est le karma, ça », avait-elle commenté.

Mais Fiona avait surpris l'étincelle qui éclairait le regard de la factrice.

« Ras-le-bol des prières ! » s'élève à nouveau la voix de Ceri de la table de montage.

— Il pousse toujours le volume à fond.

Caleb apparaît à côté d'elle.

— Il dit qu'il a besoin de s'*immerger* là-dedans.

Il ouvre la bouche, la referme, la rouvre…

— C'est quoi cette expression de guppy ? s'enquiert-elle.

— Ben…

— Vas-y, mon grand, crache le morceau.

— Ben… c'est pas contre la loi de promettre un truc et de ne pas respecter sa parole ?

Son visage est un morphing entre la douleur et la colère.

— Parce que Miles a promis de me créditer au générique comme assistant de production, et ensuite il m'a raconté des bobards comme quoi il y aurait eu un problème de script, sauf que je n'y étais toujours pas hier soir et…

— Caleb, l'interrompt Fiona en posant la main sur son bras. Je comprends très bien ta frustration, seulement je suis enquêtrice, pas psy.

— Mais ça ne peut pas être légal !

— C'est à un syndicat que tu dois faire appel, pas aux forces de l'ordre.

— Il avait promis, répète-t-il d'un ton hargneux, presque menaçant.

— Lâche l'affaire, mon grand, lance-t-elle en s'éloignant.

Le gamin se berce d'illusions. Miles Young n'est clairement pas homme à se soucier de respecter ses promesses.

11
Jeudi – Leo

Les flammes lèchent les bûches que Lucas vient d'ajouter dans la fosse, au centre du campement. L'air est frais dans la montagne, et la fumée qui s'élève du feu donnerait plutôt à Leo l'impression d'être en novembre, devant une flambée crépitante. Cependant, les feuillages luxuriants qui les entourent suffisent à lui rappeler que l'été est presque là.

Leo et George sont en train d'examiner les caméras endommagées quand Lucas approche. Owen fait immédiatement rempart de son corps entre le pasteur et eux.

— On vous a dit de rester dans la tente commune.

— J'y vais, j'y vais.

Le calme de Lucas invite aux confidences, Leo se demande s'il appartient à un ordre religieux qui pratique la confession.

— Si nous laissons le feu s'éteindre, on ne pourra pas cuisiner tout à l'heure.

Owen le laisse retourner vers les flammes avec réticence, mais ne le lâche pas d'une semelle : prétendument pour empêcher Leo et George de lui délivrer des informations « du monde extérieur » qui pourraient avoir une incidence sur le déroulement de l'émission. Le cadreur est une sorte d'homme de main (autoproclamé ou en titre) de Miles, comprend soudain Leo, et à voir sa moue satisfaite quand il escorte *manu militari* Lucas jusqu'à la tente où sont réunis les autres candidats, il savoure un peu trop son petit pouvoir. Par contraste, Dario paraît en retrait, embarrassé par le tour qu'ont pris les événements ; ou par la présence de la police, peut-être.

Le pilier sur lequel repose la boîte à secrets se trouve juste à côté du feu de camp. Confectionné à partir d'un tronc d'arbre écorcé, il est enfoncé si profondément dans le sol qu'il pourrait aussi bien avoir été scellé dans le béton. La boîte a été fixée dessus à l'aide de grosses agrafes en acier galvanisé. Elle est fermée par un gros cadenas. De près, l'objet tient du petit coffre-fort plus que de la boîte en fer, songe Leo.

— Regarde ces marques.

George désigne une série d'entailles autour des agrafes. Des rayures identiques apparaissent autour du cadenas.

— Quelqu'un a essayé de l'ouvrir, et, à défaut d'y parvenir, a tenté de le desceller.

Leo jette un œil autour de lui.

— Combien de caméras ont été détruites ?

— Trois, répond Owen. Toutes celles qui étaient orientées vers le feu de camp.

Il désigne la première zone vandalisée, attirant l'attention de George sur les éclats de verre, par terre.

— La personne qui a fait ça connaissait très bien le terrain, elle est restée hors champ. On distingue seulement un mouvement en direction de la lentille, puis l'écran devient noir.

— À quelle heure est-ce arrivé ?

— La première caméra s'est éteinte à 2 h 11 cette nuit.

— Est-ce qu'il aurait été facile pour un intrus d'entrer dans le campement ? demande George à Dario, qui rougit instantanément.

— Je ne peux pas être partout à la fois ! Un tour du périmètre par heure, ce sont les ordres de Miles, et même à ce rythme-là, ça va à l'encontre des droits de l'homme. Comment suis-je censé être efficace si je ne peux dormir qu'une demi-heure par-ci par-là ?

— Vous avez vérifié s'il y avait des signes d'intrusion le long du grillage ?

Le silence qui suit parle de lui-même.

Owen soupire bruyamment.

— Si tu veux que le boulot soit bien fait, fais-le toi-même, comme on dit. Par ici, agent Kent.

Le cadreur et l'enquêtrice s'éloignent en direction de la clôture. Dario les suit du regard, la mine renfrognée.

Leo entend un bruissement de feuillages, derrière lui. Il se retourne et voit Fiona approcher. Elle porte un pantalon en toile respirante et des chaussures de randonnée. La carte d'identification qui pend d'un cordon autour de son cou est le seul signe de son appartenance à la police. Il se sent soudain trop habillé avec son costume.

La jeune femme examine les caméras en miettes et les marques autour de la boîte à secrets.

— Qu'est-ce que tu en penses... ce serait un coup de Ryan, à ton avis ?

— Si c'est lui qui a essayé de prendre la boîte pour protéger son secret, ça signifie qu'il était dans la montagne hier soir. Il devrait y avoir un sillage frais à exploiter, pour la brigade canine.

— Les candidats ont-ils vu quelque chose ?

— Ils refusent de nous parler. Miles les a muselés.

— Comment ?

Fiona s'éloigne en direction du fond de la clairière.

— En leur disant que leurs contrats leur interdisaient de parler à quiconque, à l'exception des médias autorisés.

Il entre juste après elle dans la tente de repos, où les candidats sont assis sur des poufs poire.

— Et il n'en restait plus que cinq... lance-t-elle d'un ton enjoué. Comment allez-vous ?

Ils baissent tous les yeux.

— Il s'agit d'un délit sérieux, tente Leo. La personne qui a vandalisé ces caméras a causé un dommage de plusieurs milliers de livres à la société de production. Si vous avez la moindre information sur le sujet, il faut absolument nous en parler.

Personne ne répond.

— S'il apparaît que l'un de vous est impliqué, ou qu'il avait connaissance d'un fait pertinent qu'il n'a pas voulu nous communiquer, il aura de sérieux problèmes. Aucun contrat au monde ne peut vous exempter de communiquer une information importante à la police, quoi que Miles ait pu vous raconter.

Aliyah serre ses genoux plus près de sa poitrine.

— Ryan n'est pas rentré chez lui, les informe Fiona.

Henry observe ses concurrents. Ils se jettent des coups d'œil furtifs, pour voir si l'un d'eux est sur le point de craquer.

— Et il n'est pas parti pour « des motifs personnels », reprend Fiona. Il a disparu.

— Quoi ? fait Pam, interloquée.

Henry lui donne un coup de coude assorti d'un regard noir.

— Depuis quand ?

— Depuis qu'il a quitté le campement. Miles vous a menti.

— L'enfoiré !

Henry bondit sur ses pieds, et c'est comme si quelque chose se relâchait chez les autres, qui se lèvent à leur tour et se mettent à parler tous en même temps.

— Je savais qu'il se passait quelque chose.

— J'ai vu l'hélicoptère, mais je croyais que c'était la presse.

— Il a menacé de retenir notre cachet si on parlait à qui que ce soit.

— Est-ce que l'émission est populaire ? demande soudain Aliyah. Est-ce qu'elle est très regardée ?

Leo pourrait lui répondre qu'il semble que *tout le monde* la regarde, que des émissions de radio invitent leurs auditeurs à confesser leurs secrets, que #ExposureTVShow est en tête des tendances des réseaux sociaux depuis lundi soir – ce qui ne manque pas de le sidérer.

Mais il ne lui dit rien de tout cela. Non parce qu'il craint de les influencer (tout comme Fiona, il se moque complètement des sponsors de Young), mais parce que la question d'Aliyah n'est pas motivée par un désir de gloire. Elle est motivée par la peur. La jeune femme semble espérer qu'un minimum de téléspectateurs la voient se donner en spectacle. Lorsqu'elle lève vers lui ses yeux anxieux soulignés de cernes sombres, il a du mal à faire le lien entre cette fille anéantie et la jeune femme souriante qu'il a vue à la télé hier soir. Il suppose que Miles peut facilement trouver quelques sourires dans ses vingt-quatre heures de streaming quotidien. Il se remémore les mots de Roxy : *Miles est le plus grand dissimulateur du lot.*

— Vous savez que vous avez le droit de partir quand vous voulez, leur rappelle Fiona. Vous n'êtes pas prisonniers.

— C'est comme si on l'était, rétorque Pam, la mine sombre. On est dans une version télé du couloir de la mort : on attend notre tour de finir dans la chaise.

— Alors allez-vous-en.

— Mais… il y a les secrets… intervient Ceri, fermant les yeux une seconde. Si le mien est divulgué, je serai virée. Et même si je ne reste pas assez longtemps pour remporter les cent mille livres, je vais avoir besoin de mon cachet.

— Allons, mon chou, ce n'est pas une bonne idée de révéler ce genre de détails ici, lui dit Pam, désignant leurs concurrents du menton. Maintenant, ils savent que ton secret est susceptible de te faire perdre ton boulot.

— « Ils » ? relève Aliyah. Parce que toi, tu n'exposeras pas Ceri si tu en as l'opportunité ?

— Je ne le ferai pas, assure Pam, catégorique. *Exposure* a beau faire de son mieux pour détruire ma vie, plutôt crever que de la laisser détruire mon intégrité morale.

Henry renifle avec mépris.

— C'est très honorable, tout ça. Mais nous verrons ce que fera ton intégrité morale quand tu seras assise dans le confessionnal. Qu'est-ce qu'ils ont en stock, pour toi ? Des rats, non ?

Pam tressaille.

— Il suffit que tu exposes l'un de nous pour échapper à ça. C'est la loi du plus fort qui règne dans ce campement, et tu le sais.

À cet instant, Owen fait irruption dans la tente, furax.

— Qu'est-ce que vous faites ici ?! éructe-t-il à l'intention de Leo. Miles vient de me prévenir par talkie-walkie. Il vous répète que les tentes sont interdites d'accès.

— Dis donc, mon pote, s'interpose Fiona, d'un ton fort peu cordial, tu es au courant qu'on est de la police ?

— J'en ai rien à f…

Le cadreur s'interrompt, comprenant sans doute qu'il en a suffisamment à foutre pour s'épargner une arrestation pour obstruction, désordre public, ou n'importe lequel des autres délits que Leo et Fiona seront heureux d'ajouter à la liste s'il continue à leur parler sur ce ton.

— Euh… votre collègue vous demande, termine-t-il, penaud.

George a récolté un certain nombre de cailloux, gros comme un poing. Certains scintillent en raison des fragments de verre qui s'y sont incrustés.

— J'ai trouvé ça aussi, enfoui dans la terre, près de la clôture du campement.

C'est un canif identique à ceux qui ont été fournis aux candidats à leur arrivée. Les lettres RF sont gravées dans le manche.

— C'est celui de Ryan, déclare Owen.

— Bravo, Poirot, ironise Fiona.

Puis, lui tournant le dos d'une manière délibérée, elle s'adresse à Leo.

— Si la police scientifique trouve des empreintes sur ces pierres, dont on peut supposer qu'elles ont servi à mettre en pièces les caméras, on pourra les comparer à celles qu'on a prélevées sur les articles découverts dans le sac de Ryan.

— Je vais voir si la brigade canine peut nous envoyer un chien, dit-il.

Ils sont sur le point de quitter le camp quand Leo jette un dernier coup d'œil vers la tente, d'où émergent Pam, Henry, Lucas, Ceri et Aliyah. Miles a beau prétendre que les cinq candidats seront soulagés une fois que leur secret aura été divulgué, à voir leur expression désespérée à cet instant, on peut en douter.

Quand ils regagnent Carreg Plas, Huw les attend dans la cour. Il anticipe la question de Leo :

— Rien, désolé. Le drone a chopé un campeur sauvage, mais il voulait juste photographier des oiseaux. Un de vos gars l'a briefé.

Son regard navigue de Leo à Fiona, trahissant un peu plus que de la curiosité professionnelle. Leo se demande si cette dernière a fait des confidences à son ex-mari. Il ne peut s'empêcher de se comparer à cet homme au teint hâlé par la vie en plein air, et aux yeux, souvent plissés, marqués de fines pattes-d'oie. Il s'entraîne avec des poids aussi souvent que possible, pour sa part, mais il y a une différence entre des biceps entretenus dans une salle de sport et des bras habitués à hisser des briques en haut d'une échelle. Il observe Fiona à la dérobée. Éprouve-t-elle toujours des sentiments pour Huw ?

— Lieutenant ?

L'interruption est bienvenue. Un agent en uniforme vient à leur rencontre, accompagné d'une femme en pantalon de randonnée.

Une carte d'état-major rangée dans une pochette en plastique pend d'une cordelette, autour de son cou, et une gourde en fer tinte contre les attaches de son sac à dos.

— Cette dame a aperçu notre homme, explique le policier.

La randonneuse semble étonnée de se retrouver soudain au centre de l'attention, mais elle se reprend rapidement.

— J'ai gravi Pen y Ddraig, ce matin. Je voulais être au sommet avant le lever du soleil. J'ai laissé ma voiture au bord du lac. Quand je suis redescendue – il devait être autour de 11 heures, je dirais –, il y avait un homme dans le lac.

— *Dans* le lac ? s'étonne George.

— Oui, jusqu'aux genoux. Au début, je me suis dit que c'était un pêcheur. Et puis je me suis aperçue qu'il n'avait pas de canne à pêche, et qu'il pleurait. Il continuait à avancer, s'éloignant du bord. Alors, je lui ai crié d'arrêter. J'ai dit : Vous allez bien ? Ce qui était stupide : il était évident qu'il n'allait pas bien.

— Qu'est-ce qu'il a fait ?

— Eh bien…

Elle hésite.

— Il m'a hurlé dessus. Ce n'était pas particulièrement cohérent, mais plutôt agressif, et j'avoue que j'ai pris peur. Je suis remontée dans ma voiture. Je n'étais pas certaine de devoir prévenir la police, mais ce charmant agent est passé à ce moment-là, alors je lui ai fait signe et il m'a conduite ici.

— La description correspondrait à celle de Ryan Francis, les informe le policier.

Ils sont interrompus par un cri étranglé. Leo tourne la tête et remarque que Jessica Francis est sortie dans la cour. Il se maudit de ne pas avoir emmené l'épouse de Ryan dans un lieu moins exposé, en attendant de la questionner.

— Il ne sait pas nager. S'il était dans le lac, c'est qu'il…

Elle ne termine pas sa phrase, ce n'est pas nécessaire.

— Préviens PolSa, ordonne Leo à George. Il faut déplacer la zone de recherches.

Il espère juste qu'ils n'arriveront pas trop tard.

12
Jeudi – Zee Hart – Épisode quatre

Zee Hart est née pour devenir célèbre. Malheureusement, le monde a mis un temps fou à s'en apercevoir. Elle a beau s'être éreintée pendant des années pour faire connaître sa chaîne YouTube, ses abonnés se sont toujours comptés en centaines plutôt qu'en milliers. Même le compte Twitter qu'elle a ouvert pour révéler les dessous d'*Exposure* ne lui a pas offert la visibilité qu'elle espérait.

Mais tout a changé avec la disparition de Ryan.

Zee étudie ses statistiques, inondée de bonheur. Ça y est. C'est en train de lui arriver. Les chiffres montent en flèche. Et pas seulement ceux de sa chaîne YouTube, ceux de son compte Twitter aussi. Sa vidéo qui annonce la disparition du candidat est devenue virale et, désormais, tout ce qu'elle poste est partagé en quelques secondes.

Et elle n'a pas encore posté son interview de Jason Shenton. Les gens vont devenir DINGUES après ça.

Zee n'en revient toujours pas d'avoir réussi à décrocher un entretien avec un candidat. Quand elle s'est pointée à Carreg Plas, ce matin, elle espérait juste voler une photo, ou, au mieux, hurler une question de loin et enregistrer la réponse. Mais l'arrière-cour de la ferme était déserte, et une pancarte improvisée fixée à la porte disait ESPACE MÉDIA.

Zee appartenait aux médias, non ?

Elle a cherché Miles du regard (il lui a bien fait comprendre qu'il la déteste), mais le seul employé de la production sur les lieux était le jeune coursier. Il a jeté un coup d'œil soupçonneux à la carte qu'elle lui a tendu.

« C'est une carte de visite, ça.

— Exact, a-t-elle répondu. Celle de ma société de médias : *Hart Breaks*.

— Vous êtes youtubeuse. Ce n'est pas une…

— Où entends-tu les meilleurs scoops, Caleb ? Aux nouvelles de 10 heures, en buvant ton chocolat chaud ? Ou sur les réseaux sociaux, comme les gens normaux ?

Zee a secoué sa carte de visite.

« Les médias sociaux sont des médias. »

Elle était plutôt contente de sa formule, elle avait songé qu'elle pourrait la mettre sur son site Web.

« Dix minutes. Et seulement quand les autres journalistes auront terminé. »

Les *autres* journalistes ! Elle était journaliste, maintenant ! Encore mieux. Elle s'est assise à côté du gars du *Sun*, tentant d'afficher une certaine nonchalance, et a tiré le meilleur parti de ses dix minutes en flirtant avec lui pour lui soutirer des ragots glanés sur les autres concurrents, puis en filmant Jason en train de répondre à des interviews. Elle avait de quoi alimenter ses comptes pendant plusieurs jours.

Dans l'intimité de sa tente, Zee ouvre Twitter et, après s'être assurée que #ExposureTVShow est toujours au top des tendances, poste sa propre interview de Jason. Elle ne dure que quelques minutes, enregistrées avant que Miles ne la fiche dehors, mais elle imagine que les interruptions abruptes sont le lot de tous les journalistes d'investigation. Elle tire longuement sur son joint, bouche fermée sur la fumée douce-amère avant de rejeter celle-ci par le nez. Elle fait remonter son tweet et clique sur la vidéo pour la redécouvrir sous son angle public. Peu après le début de l'échange, on l'entend hurler : « Ne me touche pas avec tes sales pattes ! » Puis l'image est brusquement interrompue.

« Je ne suis même pas à côté de toi », a rétorqué Miles à cet instant, un brin déconcerté.

Mais Zee avait déjà rempoché son téléphone, satisfaite de la conclusion dramatique de son interview : de quoi faire un tabac.

Par chance, Miles a été distrait par Jason, qui a déchaîné sa fureur sur le producteur. Elle a profité de l'aubaine pour s'éclipser, regagner sa tente, fumer un joint et éditer son post.

Elle réactualise le fil Twitter et est ravie de voir que des douzaines de personnes ont déjà partagé le lien.

Quelqu'un connaît le type qu'on voit à la fin ? J'espère que @ZeeHart va porter plainte.

On dirait la voix de Miles Young. Je l'ai déjà entendue dans ses interviews.

Le twitto lâche un lien pour illustrer son propos.

Zee éprouve quelques scrupules, mais si ce que dit Jason est vrai, Miles ne s'est pas privé de trafiquer la vérité, lui non plus. Il serait temps de lui rendre la monnaie de sa pièce.

Aucun bobo, twitte-t-elle. Ce qui est vrai. Ça valait le coup d'entendre Jason s'expliquer, ajoute-t-elle. Ce qui est faux. En réalité, sa brève interview est plutôt ennuyeuse. *J'aime ma femme, je n'ai jamais voulu lui faire de mal, blablabla.* Il semble que Twitter soit du même avis : le nom de Jason est à peine mentionné dans les réponses et les citations des tweets.

C'est un total abus de pouvoir de la part du producteur. Partagez et dénoncez !

Est-ce qu'il est complètement passé à côté de #MeToo ? Quel connard !

On dirait que c'est Miles Young qui est #Exposé, là...

Le nombre de followers de Zee augmente à vue d'œil. Elle allume son iPad et utilise ses précieuses données mobiles pour voir l'épisode du jour en streaming et twitter en direct. La connexion s'interrompt sans cesse, l'obligeant à se déplacer pour se reconnecter.

Ce soir, les candidats sont soumis au détecteur de mensonges.

« L'un après l'autre, vous allez vous présenter avec les trois vérités que nous avons sélectionnées pour vous, explique Roxy. Elles fourniront les éléments de base de votre communication non verbale au polygraphe, afin qu'il puisse établir une comparaison. Ensuite, vos concurrents auront le droit de vous poser dix questions pour essayer de deviner votre secret. »

Aliyah est la première à passer. Elle glisse les doigts dans le gant dont partent des fils reliés à la machine. Roxy fixe alors un moniteur sur sa poitrine. « *Euh, je m'appelle Aliyah*, lit-elle sur la carte qu'on lui a donné. *J'ai les cheveux bruns et les yeux marron.* » Elle réprime un sourire en coin et la caméra se fixe sur l'objet de son attention : Henry.

Zee fronce les sourcils. Elle a un petit coup de cœur pour Henry, le gars le plus séduisant du lot (Lucas n'est pas mal non plus, mais on n'est pas censé être attiré par les pasteurs, non ?). Maintenant que Jason est parti, Aliyah a clairement décidé de jeter son dévolu sur le comptable.

Les autres concurrents scrutent le mouvement du polygraphe sur le moniteur.

« As-tu déjà commis un délit ? » demande Ceri.

Aliyah hésite. « Oui. » Tous les regards naviguent du visage de la jeune femme à la ligne qui se dessine sur l'écran.

« Rien, constate Lucas. Elle dit la vérité.

« As-tu déjà trompé l'un de tes compagnons ? questionne Pam, après avoir reçu le feu vert de Roxy.

— Non. »

Puis c'est au tour de Henry :

« Et menti sur un CV ?

— Non.

— Menteuse ! » s'exclame Ceri, d'un ton triomphant, tandis que l'aiguille du polygraphe s'emballe.

Enhardis par leur succès, les candidats se mettent à bombarder Aliyah de questions, jusqu'à lui donner le vertige. Elle arrache le moniteur de sa poitrine. Zee se demande si elle va craquer, mais le plan change et maintenant c'est Henry qui est relié à l'appareil. Aliyah est oubliée, les hyènes ont une proie toute fraîche.

Un peu plus tôt, le comptable a annoncé qu'il assurerait la corvée de bois de Jason, demain matin, ce qui signifie que Zee aura une chance de le voir parcourir le périmètre du campement à la recherche de branches, et qu'elle pourra peut-être prendre une bonne photo. Elle pourrait même être en mesure de déployer ses talents de séductrice pour engranger une deuxième interview. Mieux : la première interview de *l'intérieur* du campement. De quoi s'offrir un nouveau post viral. Zee a déjà essayé de tirer les vers du nez à Ceri, la factrice, alors qu'elle se promenait le long de la clôture, comme tous les jours à l'heure du déjeuner, mais ça n'a rien donné. Elle a davantage de chances d'arriver à ses fins avec un homme, c'est certain.

« *Je m'appelle Henry, j'ai les cheveux châtain foncé et les yeux bleus.* » Tandis que le comptable répond aux questions « tests », les autres fixent les résultats qui s'affichent.

« Ça part de si haut, commente Pam d'une voix inquiète. J'espère que tu n'as pas de maladie cardiaque non diagnostiquée : tu es bon pour l'infarctus, si tu mens.

— Je n'ai pas l'intention de mentir, répond-il simplement. Je ne sais pas ce que la production pense avoir découvert sur moi, mais je n'ai rien à cacher.

— Pas même un délit ?

— Non.

— Tu n'as pas triché à un examen ?

— Non.

— Embouti une voiture ? »

Henry répond à chaque question d'un ton posé et l'écran présente la même ligne droite continue que lors des questions tests. Le coup de cœur de Zee se confirme. Sexy *et* honnête. Il n'y a pas beaucoup de mecs de ce genre. Et elle parle d'expérience. Si elle ne parvient pas à décrocher une interview avec lui, demain, elle a la ferme intention de se lancer à sa poursuite après son départ. Il est comptable, il devrait être facile de le pister sur Google, et comme elle s'attend à être submergée d'offres de placement de produits, grâce à sa nouvelle popularité, il paraîtra totalement normal qu'elle souhaite prendre rendez-vous avec un comptable…

Elle regarde son écran : le direct d'*Exposure* est sur le point de commencer. C'est son moment préféré. C'est tellement exaltant de savoir qu'elle ne se trouve qu'à une courte distance de la scène *en cours* de diffusion. Elle pince le bout de son joint et enfile ses baskets au cas où il y aurait une élimination, afin de pouvoir courir pour tenter de croiser le candidat malheureux.

« C'est l'horreur, dit Aliyah au groupe qui attend que Roxy annonce la suite. Se retrouver enfermée avec des araignées dans un espace aussi minuscule… » Sa lèvre inférieure se met à trembler.

Pam lui passe un bras réconfortant autour des épaules.

« Je suis persuadée que tu n'auras pas à supporter ça, ma belle. »

Seule dans sa tente, Zee sent son sourire s'élargir sur son visage. Elle paierait cher pour voir Aliyah dans une pièce grouillant d'araignées. Elle réfléchit aussitôt au moyen de réaliser son souhait.

« Aucun candidat n'a souhaité en exposer un autre, aujourd'hui », déclare l'animatrice.

Le soulagement général est audible. Roxy adresse un sourire ironique à la caméra.

« Toutefois, les téléspectateurs ont choisi de s'exprimer !

— Oh ! »

Aliyah plaque une main sur sa bouche, Lucas pâlit, et même Henry – qui prétend ne pas avoir de secret – paraît secoué. Ceri serre les paupières de toutes ses forces, et Pam dévisage Roxy.

« La personne qui a reçu le moins de suffrages des téléspectateurs, et qui va donc devoir affronter l'épreuve du confessionnal, est… »

L'attente est insupportable.

« Pam ! »

Zee rassemble son matos et, son iPad à la main, file jusqu'à la grille de l'enclos. Si la directrice est éliminée – ce qui va sûrement être le cas –, il faut qu'elle soit sur place à temps pour diffuser sa sortie du campement en direct. Elle marche d'un pas vif, gardant un œil sur l'écran. Pam descend dans le confessionnal. Ses yeux filent vers les quatre coins de l'espace minuscule à peine éclairé. Dès qu'elle s'est accoutumée à l'obscurité, elle s'assoit sur l'espèce de trône et fixe la caméra.

« Allons-y », dit-elle.

Zee se revoit face à ses harceleurs, un lundi matin glacial, sur un terrain de hockey.

« Voyons ce que vous avez en réserve pour moi. »

Zee ralentit son allure, captivée par l'émission, retenant son souffle en même temps que la candidate, qui serre si fort les accoudoirs du fauteuil que ses doigts sont blancs. Pam lève le menton. Ses yeux grands ouverts trahissent autant la peur que la détermination.

« Des rats, n'est-ce pas ? Vous allez m'envoyer des rats ? »

Tout à coup, un bruit résonne. Une sorte de roulement mécanique. Le front de la directrice se plisse tandis qu'elle tend l'oreille.

« Je me suis trompée ? Ce ne sont pas des rats ? Qu'est-ce que ça peut être, alors ? Une sorte d'engin de torture ? Pour m'écarteler, peut-être ? Moi qui ai toujours voulu mesurer quelques centimètres de plus. »

Elle continue sur ce ton, comme si le fait de parler, même pour dire n'importe quoi, la calmait. Mais Zee écarquille les yeux, horrifiée : parce qu'elle voit déjà ce qui attend Pam.

Le bruit vient d'un disque en métal qui a basculé sur un axe pour révéler le conduit qu'il obstruait. On distingue un mouvement, dans le trou noir. Des moustaches hésitantes, et *hop !* un rat descend dans le confessionnal. Il se redresse et Pam se retourne, comme si elle sentait sa présence. Sa respiration s'accélère. Elle rapproche ses pieds du fauteuil.

« Un seul. Ça va. Je peux tenir le coup », murmure-t-elle.

Zee a du mal à garder les yeux sur l'écran, parce qu'il est évident qu'il n'y en aura pas qu'un. Et, alors même que cette pensée se forme dans son esprit, une silhouette se dessine dans le conduit, suivie d'une autre, et encore une autre, jusqu'à ce qu'un torrent de moustaches, de pattes et de queues cascade dans la cabine.

Les hurlements de Pam résonnent dans la montagne une fraction de seconde avant que Zee ne les entende s'élever de son iPad. Elle presse le pas. Pam est sur le point de craquer et elle ne veut pas manquer une seule seconde de sa descente aux Enfers.

« Encore deux minutes et trente secondes ! commente la voix claire de Roxy. Si vous voulez que ça s'arrête, Pam, il vous suffit de confesser votre secret. »

Pam est en larmes, à présent, ses mains n'agrippent plus les accoudoirs du fauteuil, elles griffent ses jambes pour repousser les bestioles qui l'escaladent déjà. Elle pousse un nouveau hurlement de terreur quand un énorme spécimen brun saute du mur et atterrit sur sa tête. Zee se détourne de la vision insoutenable et se gratte la tête, ayant l'impression de sentir des petites griffes sur son crâne.

« J'avoue ! J'avoue ! »

Pam bondit vers la caméra. Son visage strié de larmes occupe tout l'écran.

« J'ai accepté des pots-de-vin de parents qui voulaient inscrire leurs enfants dans mon établissement. Maintenant laissez-moi sortir, par pitié ! »

Zee fourre son iPad dans son sac et pique un sprint, l'adrénaline pulsant dans ses veines. Les rats sont oubliés. Une directrice d'école corrompue, c'est de l'or en barre pour sa chaîne YouTube. Surtout si l'on se réfère à l'air si respectable qu'affiche Pam !

« Pas si vite, jeune demoiselle. »

Elle évite de justesse de percuter l'agent de sécurité.

— Vous pensez aller où, comme ça ? l'arrête-t-il.

— Interviewer Pam Butler.

— Pas sans accréditation, non.

Elle brandit la carte qu'elle a montrée à Caleb. Dario la cueille du bout des doigts. Lentement, sans quitter Zee de ses yeux sombres, il glisse le petit rectangle de carton dans sa bouche et se met à le mâcher, avec des petits bruits de succion écœurants.

— Vous êtes cinglé, dit-elle, gênée par son regard.

Il continue de la toiser un instant, puis crache la boule de papier mâché à ses pieds.

— Je vous donne dix secondes pour regagner votre tente avant d'appeler Miles.

Elle hésite, puis retourne sur ses pas en maugréant. Elle est *presque* certaine que rien ne lui interdit légalement de se tenir là, mais elle sait que Miles n'a aucun scrupule, et elle ignore de quoi

Dario est capable. Elle préférerait être plus proche de l'action, c'est vrai, mais se faire embarquer par les flics réduirait tous ses efforts à néant. Elle s'est forgé une réputation d'experte d'*Exposure* ayant un accès exclusif au tournage de l'émission.

Elle s'immobilise.

Une experte d'*Exposure*…

Un frisson d'excitation la parcourt. Miles et Dario ne la laisseront pas approcher de la ferme, ce qui signifie que ses chances d'obtenir une nouvelle interview « officielle » sont quasi inexistantes. Alors, pourquoi ne pas tenter une autre technique d'approche ? Elle glisse la main dans sa poche et en tire la carte de visite que le journaliste du *Sun* lui a donnée ce matin.

Miles s'amuse à exposer ses candidats, n'est-ce pas ?

Et si quelqu'un s'amusait à exposer Miles à son tour ?

13
Vendredi – Fiona

Ici, près du lac, Fiona et Dave sont abrités du vent qui balaye les environs de la ferme et les flancs de la montagne. La matinée est chaude et brumeuse, le soleil fait scintiller la surface du lac. Des bateaux glissent nonchalamment d'une rive à l'autre. Près du bord, une embarcation à fond plat fait du surplace ; des cannes à pêche sont fixées à des supports et le chapeau du pêcheur allongé au fond dépasse tout juste de la coque.

La scène serait idyllique sans la présence des plongeurs de la police.

Le lac peut être aussi têtu que l'océan quand il s'agit de dissimuler ses trésors. Il les loge sous des rochers, ou dans des carcasses de barques oubliées ; ou les ballotte inlassablement jusqu'à ce qu'ils se brisent en morceaux, avant de les rejeter sur la rive, dans des crevasses, ou bien au creux d'anses minuscules, inaccessibles aux bateaux et aux promeneurs. C'est ainsi que l'on tombe parfois sur des chaussures, des rames, des Caddie de supermarché envoyés à l'eau sur un coup de tête et, parfois… des corps.

L'effervescence policière du jour se concentre côté Cwm Coed de la frontière. Sur la rive opposée de celle où le dernier cadavre a été découvert, dérivant dans le brouillard vers un groupe de baigneurs du jour de l'An. Le corps de Rhys Lloyd avait séjourné plusieurs heures dans l'eau avant de refaire surface. Même le lac préférait s'en débarrasser, se dit Fiona. Elle coule un regard à Leo, et une onde de chaleur lui monte au visage à l'idée de ce qu'elle faisait (de ce qu'ils faisaient, tous les deux) quand le corps de Rhys a été hissé hors de l'eau.

— Un sou pour tes pensées ? lui lance Leo.

— Je songeais à Rhys.

— Ça t'arrive souvent ?

— Pas quand je peux l'éviter.

Il hoche la tête. Soudain, un sourire éclaire son visage, comme si une idée le prenait au dépourvu.

— Ta tête quand tu m'as vu débarquer à la morgue.

— *Ta* tête !

Ils s'étaient séparés quelques heures plus tôt, et, à ce moment-là, le travail était le cadet de leurs soucis.

— Il faut dire que je ne m'attendais pas à...

— J'ai cru que je rêvais éveillé...

Leurs paroles s'entrechoquent. Ils se taisent tous deux pour laisser l'autre finir, et le silence est aussi soudain qu'embarrassé.

Fiona se penche pour ramasser un caillou au bord de l'eau.

— On dirait qu'une vie s'est écoulée, depuis.

— Bien plus, murmure Leo.

Il attend peut-être une réponse, mais Fiona fait rouler le caillou entre ses doigts, scrutant la surface de l'eau. Une minute s'écoule avant qu'elle n'entende le crissement des semelles de Leo sur les pierres, tandis qu'il s'éloigne.

Ils espéraient retrouver Ryan hier. Dès qu'ils ont appris qu'il avait été vu dans le lac, ils ont envoyé l'hélicoptère là-bas. L'appareil a survolé Llyn Drych, sa caméra de bord envoyant directement les images à la cellule d'enquête. *Rien sur la rive est*, a dit une voix par-dessus le *tchuk tchuk tchuk* des pales. Dessous, dans un bateau couleur mandarine, deux agents du groupe de recherche et sauvetage répondaient aux demandes de l'équipe héliportée de jeter un œil sous un kayak retourné, un canot gonflable crevé, ou des sacs en plastique. *Négatif*, répondaient-ils chaque fois.

De sorte que, ce matin, aux premières lueurs du jour, l'équipe de plongeurs de la police est arrivée sur place. Des hommes-grenouilles en combinaison noire sont descendus, guidés de la rive par des filins. Ils ont fouillé la zone où Ryan a été aperçu. Cherché des vêtements, des chaussures. Un corps.

Un frisson parcourt la colonne vertébrale de Fiona. Elle se représente Ryan, s'enfonçant de plus en plus profondément dans l'eau, désespéré. Elle imagine la peur qu'il devait ressentir, non seulement à l'idée de ce qui l'attendait dans les profondeurs de Llyn Drych, mais aussi à la pensée de ce qui l'avait amené ici. Elle sait exactement où le lit du lac se dérobe d'un coup ; à quel endroit les pieds de Ryan ont commencé à battre le vide et où sa tête a disparu sous la surface du lac. Ryan ne sait pas nager, leur a dit Jessica. A-t-il a rempli ses poumons d'air, d'instinct, avant de couler ? Ou s'est-il laissé engloutir, déterminé à en finir avec ce cauchemar ?

Dave tire sur la laisse, ne comprenant pas trop ce que tous ces gens fabriquent dans l'eau, mais convaincu que c'est là aussi qu'il doit être. Hier soir, quand Fiona est rentrée chez elle, épuisée par sa longue journée frustrante, elle a découvert le chien et Seren pelotonnés sous sa couette, des fiches de révision étalées dans la chambre comme des confettis.

« Il a pleuré toute la journée, lui a annoncé l'adolescente, à son réveil. Je n'ai presque pas travaillé. »

Fiona a beau avoir désespérément besoin d'un garde-chien, le bac de Seren et son entrée à l'université de Bangor en septembre sont bien plus importants. Aujourd'hui, la lycéenne est de retour à la bibliothèque et Fiona a accepté que Dave l'accompagne au travail à l'unique condition qu'il cesse de l'humilier.

Fiona s'approche de l'endroit où la camionnette de l'unité de sauvetage est garée. Elle n'est pas surprise de découvrir que Huw a déjà reniflé le café gratos. Par la porte ouverte du véhicule, elle voit l'agent de liaison famille assise avec Jessica Francis, dont le visage est strié de larmes.

À quelques mètres de là, Leo et George discutent avec Jim Morris, un maître-chien gallois que Fiona connaît depuis qu'elle bosse dans la police. Bien bâti et sympa à regarder dans les bagarres de pub, Jim s'est laissé pousser la barbe depuis leur dernière rencontre, ce qui le fait paraître encore plus imposant que d'ordinaire. Un nombre conséquent de voleurs du coin ont jeté l'éponge en le voyant débouler sur eux avec son berger allemand. Pour le moment, le chien est assis, attendant patiemment que son maître termine sa conversation avec Leo. Une longue longe enroulée pend de la ceinture du Gallois.

— *Ti'n iawn*, Jim ? dit Fiona, se penchant pour caresser Foster. T'es vraiment trop beau, toi.

— Merci, répond Jim. Tu n'es pas mal non plus.

Foster fait de son mieux pour ignorer Dave, qui lui renifle l'arrière-train avec enthousiasme.

— Désolée, s'excuse-t-elle en tirant sur sa laisse. Ce n'est pas moi qui lui ai appris ça.

— Un chien de refuge ?

— Comment as-tu deviné ?

Dave s'appuie si fort contre les jambes de Fiona qu'elle est à deux doigts de basculer à la renverse.

— Il est un peu… collant. Il dévore la maison quand je sors et hurle à la mort dès que je disparais de son champ de vision.

— Fais-le travailler. La plupart des comportements inappropriés des chiens peuvent être résolus par l'activité. On peut chasser, dans ton coin ?

Elle se représente Dave se déchaînant sur une volée de faisans.

— Pas sûre que ce soit dans ses cordes.

Elle coule un regard envieux à Foster.

— Il ne pourrait pas devenir chien de piste ?

— Il serait parfait pour ça ! s'esclaffe Huw, apparaissant à côté d'elle avec une tasse de café. Si la personne disparue est Fiona.

Il tend la main vers elle, paume vers le haut.

— Je peux prendre mes vingt livres tout de suite, si tu veux.

— Je ne le ramènerai pas là-bas.

— Bien sûr que si, rétorque Huw en souriant.

— Je pourrais faire un saut chez toi, si tu veux, propose Jim. Pour l'entraîner avec toi ? Ce sera sympa de se voir un peu en dehors du boulot.

— Merci. Je risque de te prendre au mot.

Leo se racle la gorge.

— Je m'en voudrais d'interrompre ce point sur vos loisirs prochains, mais Ryan a été vu ici il y a plus de vingt-quatre heures…

— Ouais, désolé, mec ; j'étais retenu par un vol à main armée à Caernarfon.

— … alors si on pouvait laisser le papotage de côté et se mettre en route. Ryan a peut-être été secoué quand il a vu ce témoin. Il est peut-être ressorti du lac. Alors on va éviter de perdre un temps précieux.

Fiona dévisage Leo. C'est quoi ce ton cassant ? Sa promotion lui a clairement donné le melon – elle ne l'a jamais entendu s'adresser comme ça à quiconque.

— Il y aura encore des traces olfactives ? demande-t-elle à Jim.

— Il n'y a qu'un moyen de le savoir.

— En fait, Fiona, reprend Leo du même ton abrupt, George et moi avons l'affaire en main, alors je me disais que tu pourrais peut-être retourner à la ferme ?

Il lui demande de partir ?

— Je…

— Merci.

Il pivote aussitôt vers Jim, qui s'est éloigné de quelques pas avec Foster. Les grandes oreilles du chien sont dressées et il a les yeux plongés dans ceux de son maître. Jim attache la longe à son collier et pose un pied dessus, puis lui retire la laisse courte qu'il glisse en bandoulière autour de son propre cou. Le berger allemand se met aussitôt à tirer, la truffe en l'air.

Jim ouvre le sac qui contient le pull de Ryan et le maintient contre le museau du chien pendant quelques secondes. Puis il se penche et dit : « Allez, cherche ! »

Foster s'élance instantanément, reniflant tantôt le sol, tantôt l'air. Quand il accélère d'un coup, Jim lui donne du mou d'une main experte, et le suit à distance, laissant son chien zigzaguer entre les arbres et filer devant lui. Fiona sort son paquet de tabac et s'en roule une.

— Comment ça va, toi et ton beau gosse ? lui chuchote Huw à l'oreille. Il m'a l'air un peu tendu, là.

Elle s'écarte vivement et le fusille du regard.

— C'est quoi, ces conneries ?

Ils ne sont qu'à quelques mètres de Leo.

— Pas la peine de faire ta sainte-nitouche. Tout le monde sait que vous avez couché ensemble.

Il baisse les yeux sur la cigarette qu'elle tient et grimace.

— Tu persistes ? Tu sais que plus personne ne fume de nos jours ?

— C'est pour ça que je le fais.

Elle fouille ses poches à la recherche d'un briquet.

— Quand tu dis tout le monde…

— Ta mère, Seren, Steffan du hangar à bateaux, les filles du café…

— C'est bon ! dit-elle en levant la main pour s'épargner la fin de la liste. N'en jette plus. Ce n'est arrivé qu'une fois, et il est peu probable qu'on remette le couvert ; et de toute façon, parler de ma vie sexuelle avec mon ex-mari, c'est plutôt glauque.

— Si tu te fais du souci pour moi, ce n'est pas la peine.

Huw termine son café et froisse le gobelet dans son poing.

— Qu'est-ce qu'on dit, au fait, dans ce genre de circonstance ? Ah, oui : *Tu as ma bénédiction.*

— Tu me donnes…

Mais Fiona est trop indignée pour terminer sa phrase.

— Ma bénédiction, oui.

Elle hausse les sourcils. Il n'y a qu'une explication possible à cette soudaine magnanimité de la part de son ex, qui il y a quelques mois encore la suppliait de rentrer à la maison.

— Tu as quelqu'un, c'est ça ?

— Tu es jalouse ?

Son ton est taquin, mais la vulnérabilité qu'elle lit dans ses yeux réveille en Fiona un mélange de culpabilité et de nostalgie.

— Pas le moins du monde. J'espère que c'est la bonne. Maintenant, si tu veux bien m'excuser, j'aimerais fumer en paix.

Fulminant d'avoir été congédiée sans égards par Leo, Fiona arrive à Carreg Plas et découvre Miles en train de déchaîner sa colère sur Caleb.

— Vous n'aviez qu'à embaucher un véritable attaché de presse, alors ! rétorque le garçon, clairement au bord des larmes.

— Ah oui ? *J'aurais dû* ? Qui crois-tu être pour me dire ce que *j'aurais dû* faire, jeune homme ? Je suis le producteur de cette émission, moi, et toi, un simple coursier.

— Ah oui ? Eh bien, je suppose que j'ai dû oublier l'intitulé de mon poste, vu que vous ne l'avez pas encore ajouté au générique.

— Tu te prends toujours la tête à cause de ça ? Pour une toute petite ligne dans ton CV ?

— Mais je n'apparaîtrai pas dans l'IMDb si je ne suis pas crédité au générique, et vous me l'aviez promis !

Fiona entre dans la pièce avant que Caleb n'éclate en sanglots et ne passe davantage pour un imbécile.

— Le chien de piste vient d'arriver sur place, dit-elle. Les plongeurs n'ont rien trouvé, donc il y a toujours une chance...

— Vous avez vu ça ?

Miles lui agite un journal sous les yeux.

— J'étais trop occupée à chercher votre candidat disparu, rétorque-t-elle, sachant que la pointe d'ironie lui passera au-dessus de la tête.

Il lui lit l'article :

— « *Miles Young, producteur de l'émission de téléréalité controversée* Exposure, *fait l'objet d'un nombre croissant de critiques alors que ses candidats et même les membres de son équipe se retournent contre lui.* »

Une photo granuleuse – clairement prise avec un téléphone – montre Owen en train de retenir Jason furieux, prêt à envoyer son poing dans la figure de Miles.

Fiona prend le journal et lit la suite à voix haute :

— « *Une source proche de l'équipe d'*Exposure *rapporte que Roxy Wilde, l'animatrice de l'émission, aurait été "trompée" sur la nature du programme. "Elle est furieuse après Miles de l'avoir placée dans cette situation", déclare la source.* »

— Je ne suis pas la source, s'empresse de préciser Caleb.

— C'est cette foutue vloggeuse, ou twitteuse ou je ne sais quoi, dit Miles. Cette foutue Zee Hart !

Sous cet exposé du témoignage de la « source », dans un entretien chargé d'émotion, Jessica décrit la lutte de son mari pour retrouver son équilibre psychologique.

*Il s'est montré honnête envers l'équipe d'*Exposure *dès le début,* la cite l'article. *Il pensait qu'il s'agissait d'une émission de survie, et il était décidé à se donner à fond, mais ce n'était qu'un subterfuge.*

Leurs enquêteurs étaient au courant, et ils savaient que Ryan était vulnérable. Si jamais il a attenté à ses jours, ce sera leur faute. Ce sera la faute de Miles Young.

— Ce n'est pas tout, crache presque l'intéressé.

Sur la page suivante, on trouve une photo de Pam accompagnée de ses humbles excuses.

Il est vrai que j'ai accepté de l'argent des parents qui espéraient obtenir une place pour leur enfant dans l'établissement que je dirige. Ce que ces parents ignoraient, c'était qu'il y avait assez de place pour eux, et qu'il n'y avait aucune raison de me proposer un pot-de-vin. J'ai pris l'argent qu'ils m'offraient, et je m'en suis servie pour acheter de la nourriture et des uniformes à des enfants issus de familles moins privilégiées.

« L'esprit Robin des bois », annonce le titre en caractères gras.

Fiona rend le journal à Miles sans un mot. Il semble que sa chance ait bel et bien tourné.

— Les responsables de la chaîne commencent à s'inquiéter. Plusieurs journaux ont affiché des unes similaires, et un tas d'associations qui soutiennent les personnes atteintes de troubles mentaux ont déclaré « condamner » le concept de l'émission.

Miles ajoute des guillemets virtuels pour signifier le mépris que le mot lui inspire.

— Je suis certain que c'est un de leurs *militants* qui a tenté de saboter l'émission en vandalisant les caméras. Ça m'a coûté une fortune de les remplacer au pied levé.

Il se tourne vers Caleb.

— Et tout ça par ta faute !

Le téléphone de Fiona se met à sonner. Elle sort de la pièce pour prendre l'appel de George.

— Tu as laissé Zee Hart entrer dans l'espace médias ! hurle Miles à pleins poumons. Si je mets la main sur cette garce…

— Le chien a suivi une piste qui mène à une cabane dans les bois, lui annonce son équipière. Aux abords du lac, dans une clairière, apparemment.

— Je la connais.

— Tu es viré ! beugle Miles.

— Viré de quoi ? lance Caleb avec un rire sec. D'une expérience professionnelle sans salaire, sans titre, sans même une preuve que je l'ai obtenue ?

— Quelle expérience ? Celle de livreur de PQ ? Oublie le monde de la télé, gamin. T'es pas taillé pour.

— Tu veux bien venir nous retrouver ici ? demande George.

Fiona hésite.

— Leo m'a bien fait comprendre que je…

— Je supposais que tu t'en moquais.

L'espace d'une seconde, elle a la chique coupée. Qu'est-ce qui lui prend, à George, de supposer ce qu'elle doit penser ou non ?

Elle coule un regard en direction de Miles et Caleb, qui se hurlent toujours dessus, et retrouve sa voix :

— Tu as bien supposé.

14
Vendredi – Leo

Leo slalome entre les arbres. Il n'avait pas prévu de courir après Jim et Foster (d'abord parce qu'aucun spécialiste ne souhaite avoir un lieutenant de police dans les pattes, ensuite et surtout parce qu'il n'avait aucune chance de tenir la distance). George et lui ont décidé de se concentrer sur les recherches qui se poursuivaient autour du lac. Les plongeurs ont fini de fouiller les roseaux et sont descendus plus bas, toujours reliés au filin qui indiquait leur position.

« Il a l'air sympa », a dit George.

Le commentaire était assez inoffensif, mais Leo lui a coulé un regard oblique, conscient de s'être montré abrupt avec le maître-chien. Il a lui-même été surpris par la pointe de jalousie qui l'avait aiguillonné quand Jim avait proposé à Fiona de passer la voir après le travail. Il allait falloir qu'il bosse un peu sur lui-même. La jeune femme était libre de voir qui bon lui semblait.

Côté lac, un plongeur venait d'émerger. Il a adressé un signe à son collègue posté sur la rive avant de relâcher l'air de son gilet de flottaison et de redescendre, lentement, sous la surface. Leo a senti des picotements sur sa nuque en se représentant le lit sombre du lac et les longues herbes qui devaient s'entortiller autour des jambes des plongeurs.

« Tu veux un café ? » lui a proposé George, pointant le menton vers la camionnette des secours.

Oui, il en voulait, mais pas du truc instantané qu'il avait goûté le matin. Il ressentait l'appel de la machine luxueuse de Miles, et des plateaux de pâtisseries. Leo et George ne pouvaient rien faire de plus sur place tant que… enfin, à moins que l'équipe de recherche trouve quelque chose, si bien qu'ils ont repris le chemin de la voiture.

« Vous pouvez me passer le lieutenant Brady ? a alors crachoté la voix de Jim dans la radio de poche de Leo. Désolé, central, je n'ai pas son numéro de matricule, non. » La voix s'élevait par saccades : Jim courait et respirait au rythme de ses pas.

Leo a attrapé son talkie-walkie.

« Lieutenant Brady. J'écoute.

— On est sur quelque chose, lieutenant. Un chalet dans une clairière tout près du lac – à un kilomètre et demi de l'endroit où vous m'avez briefé. Pas d'accès par la route, à première vue. On dirait que la personne qui vit ici a des animaux. »

Leo et George ont échangé un regard et ont aussitôt piqué un sprint.

Courant toujours à travers bois, Leo se promet de retourner à la salle de gym – il a perdu cette habitude afin de passer le plus de temps possible avec Harris. Le terrain est accidenté, il se prend sans cesse les pieds dans une racine ou un terrier. George a fait une pause pour lancer un appel, mais elle le rattrape sans peine et se met à courir à côté de lui d'un pas léger, sans effort apparent.

— On dirait que tu sais où tu vas, dit-elle.

— Oui, je crois. Il n'y a qu'un chalet si proche du lac. J'y suis déjà allé avec Fiona, quand on enquêtait sur le meurtre de Rhys Lloyd. On prend à droite, là, et ça doit être juste après…

Le chalet d'Angharad Evans est bardé de bois. Au premier regard, on pourrait croire que sa propriétaire a fait installer un toit végétal, mais en approchant Leo remarque que les tuiles sont recouvertes de mousse vert émeraude, comme si la forêt reprenait ses droits sur ce lieu. La maison est entourée d'une série de dépendances et d'enclos avec des portes grillagées.

— Angharad recueille des animaux abandonnés, explique Leo à George.

Il lui semble apercevoir un blaireau. Ils ont cessé de courir et avancent lentement. Leo écarte le col de son tee-shirt pour s'aérer un peu. Ce matin, il a choisi de troquer son costume contre un pantalon de rando, sachant qu'ils passeraient le plus clair de la journée avec les équipes de recherche. Il n'avait pas prévu ce footing en forêt.

— Vous avez quelque chose ? demande-t-il à Jim, lorsqu'il arrive à sa hauteur.

Il est hors d'haleine mais le maître-chien semble frais comme un gardon.

— Rien dans les dépendances, non. Nous avons demandé à la personne qui occupe le chalet de rester à l'intérieur et de fermer sa porte à clé, le temps de fouiller les alentours.

— Nous ?

Leo se demande si Jim inclut son chien, quand il remarque le quad garé au bout du chemin en contrebas, et sa conductrice, appuyée dessus.

— C'était plus rapide que la course à pied ! lance Fiona.

Leo a soudain une conscience aiguë de son essoufflement et de la sueur qui ruisselle sur son front.

— La personne qu'on recherche a séjourné ici, ça ne fait aucun doute, déclare Jim. Foster n'a jamais eu l'air si sûr de lui, bien qu'il soit un peu distrait par tout ça, là.

Il désigne les enclos.

Leo marche en direction du chalet.

Angharad est une grande femme aux cheveux gris argenté. Si son visage tanné par la vie en plein air est parcheminé, ses avant-bras noueux sont musclés. On lui donnerait n'importe quel âge entre quarante et soixante-dix ans, mais Leo sait qu'elle approche plutôt des soixante-dix.

La cuisine minuscule a des murs de pierre et des poutres sombres au plafond. Leo baisse la tête pour en éviter une. L'odeur qui règne dans la pièce lui rappelle les boules de naphtaline que sa mère glissait dans le tiroir où étaient rangés ses pulls.

Fiona s'appuie contre le comptoir en pin huilé.

— *Sut mae pethau*, Angharad ?

Jim a dû l'appeler pour lui expliquer où le chien l'avait mené, songe Leo. Cette idée le rend exagérément morose. Une petite part de lui (la part la plus mesquine) aimerait envoyer Fiona accomplir une autre mission, mais il en sait suffisamment sur Angharad pour être sûr qu'elle préférera avoir affaire à des Gallois.

— *Prysur, fel arfer*, répond cette dernière.

Puis, regardant Leo, elle traduit :

— Occupée, comme toujours.

— Nous recherchons un homme d'une trentaine d'années.

Il commence à lui décrire Ryan et les vêtements qu'il doit sans doute porter, mais elle ne tarde pas à l'interrompre.

— Je n'ai vu personne depuis une semaine, sinon plus. Je travaille sur une nouvelle traduction : un livre pour une maison d'édition galloise. Je passe tout mon temps assise à mon bureau.

Elle sourit.

— Je ne suis pas très sociable, comme vous l'avez sans doute déjà compris.

— Rien n'a été déplacé autour de la maison ? demande Fiona en anglais, pour le seul bénéfice de Leo, apparemment.

Angharad réfléchit.

— Une couverture a disparu de la corde à linge.

Leo sort son carnet de sa poche.

— Quand ça ?

— Hier. J'ai pensé que je n'avais pas mis assez de pinces à linge, il y avait un vent violent.

Elle ouvre la bouche, comme si elle voulait ajouter quelque chose, puis se ravise.

Fiona le note, comme Leo.

— *Be ?*

— Non, rien. Juste…

Elle soupire.

— Je ne ferme jamais la porte de derrière à clé, le soir… Oh, pas la peine de prendre cet air-là, Fiona Morgan, qui le fait par ici ? Bref, ce matin, j'ai remarqué qu'il me manquait des provisions.

Leo et Fiona échangent un regard.

— Pas grand-chose. Un reste de miche de pain, un morceau de fromage. Un paquet de biscuits.

— Écoute-moi, Angharad. Je veux que tu fermes ta porte, maintenant. Et pas seulement quand tu pars, mais aussi quand tu es à la maison. Et en particulier la nuit.

— Mais s'il a faim…

— Il n'est pas dans son état normal.

Leo hésite. Ils ne sont pas certains que Ryan Francis souffre de dépression, cependant ils savent que sa femme le juge psychologiquement fragile, que la frustration l'a déjà poussé à se comporter violemment à une occasion au moins, et que cette émission de télé l'a poussé à bout.

— Il se peut qu'il n'agisse pas de manière rationnelle, termine-t-il.

— On dirait qu'il a besoin d'aide.

— Oui, confirme Fiona.

— Dans ce cas…

— De celle d'un médecin.

Fiona pose la main sur le bras d'Angharad.

— Je sais que tu penses que tu es une vieille dure à cuire…

— Épargne-moi le « vieille », *diolch yn fawr*…

— … seulement, si tu vois Ryan par ici, tu appelles le 999, *iawn* ?

Angharad soupire.

— *Iawn*.

— Vous voulez qu'on jette un œil à la maison ? propose Leo.

— *Diolch*, ça va. L'avantage de vivre dans une si petite baraque, c'est que vous savez exactement qui vous rend visite.

— Ferme la porte, lui recommande à nouveau Fiona avant de ressortir.

— D'accord.

— Promets-le-moi.

— C'est promis.

Ils attendent qu'elle ait tourné le verrou avant de s'éloigner.

Leo jette un œil du côté du bois. Est-ce que Ryan les observe ? Va-t-il rester caché derrière les arbres jusqu'à la tombée du jour, pour retourner chercher de quoi manger à l'intérieur du chalet ? Pour la sécurité d'Angharad, Leo espère que non. Plus Ryan va passer de temps à errer sans abri ni vivres – et sans voir Jessica et leur fille –, plus son stress va monter. Puis la peur. Et la peur rend les gens imprévisibles.

Leo est inquiet pour Ryan.

Mais il est également inquiet pour les personnes qui risquent de croiser son chemin, à présent.

15
Vendredi – Angharad Evans – Épisode cinq

Angharad Evans n'a pas la télévision. Son travail de traductrice littéraire (activité qu'elle n'a pas l'intention d'arrêter, bien qu'elle ait atteint l'âge de la retraite depuis un moment) exige qu'elle passe de longues heures à son bureau, et la dernière chose dont elle a envie, le soir, c'est de fixer un autre écran. Elle préfère écouter la radio, ou des podcasts de linguistique. Ou juste se repaître des bruits de la forêt et s'occuper des animaux, qu'elle considère comme ses enfants.

Ce soir, pourtant, Angharad a décidé de regarder *Exposure*.

Son ordinateur portable est posé sur une chaise de cuisine devant le canapé où elle dîne. Ce qui est également inhabituel. En temps normal, Angharad préfère manger à table, afin de redresser son livre contre le vase posé au centre. Mais la journée qui vient de s'écouler n'a rien d'ordinaire. La visite de la police l'a troublée. Elle se souvient du lieutenant Brady, et il ne lui a pas semblé plus sympathique aujourd'hui que le jour où elle a fait sa connaissance, l'année dernière. Elle connaît Fiona depuis longtemps, certes, mais elle ne parvient toujours pas à faire le lien entre la sauvageonne d'antan – Fiona *Wyllt*, comme tout le monde l'appelait – et la femme flic qu'elle est devenue. Et il y avait le chien. Ce magnifique berger allemand entraîné pour faire le sale boulot de la police. Elle a été ravie de voir que la présence de ses animaux le perturbait. Il a changé de direction d'un coup pour filer vers le blaireau et le daim, reniflant l'odeur des lapins. Il en a oublié l'odeur qu'il était censé pister.

Il y a un pasteur dans *Exposure*. Elle l'a compris parce que chaque fois que le révérend Lucas Taylor se met à parler, un bandeau apparaît au bas de l'écran pour le lui rappeler. Les gens d'aujourd'hui ont-ils l'attention volatile au point d'avoir besoin d'être littéralement biberonnés d'infos ? Elle n'a visionné que quinze minutes de cette émission idiote et néanmoins extrêmement nocive, et s'est déjà forgé une bonne idée du profil des quatre candidats. La jeune femme, Aliyah Brown, travaille dans une crèche. Angharad n'a pas d'enfant, mais elle n'a aucun mal à comprendre pourquoi cette jeune femme s'entend avec les tout-petits : elle se comporte comme une gamine elle-même.

En revanche, elle est éberluée que Ceri Jones, sa factrice si raisonnable, se soit fourrée dans un tel pétrin. Et comme elle n'a pas souri une seule fois depuis le début de l'émission, il est fort possible que Ceri soit dans le même état d'esprit.

Henry Moore ne lui plaît pas. Elle est certainement la seule à ne pas le sentir, même s'il faut reconnaître qu'il sait se rendre utile dans un campement et qu'il ne parle pas derrière le dos des autres. Seulement, ses yeux sont trop rapprochés et Angharad sait d'expérience qu'on ne peut pas se fier à des yeux comme ceux-là.

Reste Lucas, qui aurait pu lui inspirer de la sympathie s'il n'était pas obsédé par tout ce qui touche à la célébrité. La foi d'Angharad n'est peut-être pas conventionnelle (elle n'a pas remis le pied dans une église depuis l'enfance), mais elle est profonde, et elle se sent trahie par ce pasteur de pacotille qui se prétend « moderne ».

« C'est pas rare, les pasteurs célèbres, hein ? » dit le comptable.

— Ils ne *sont* pas rares, corrige Angharad depuis son canapé. Le pluriel, Henry. Votre état de comptable n'excuse pas votre piteuse grammaire.

« Oui, c'est très tendance, répond Lucas, cherchant quelque chose sur sa couchette.

— C'est ça ton objectif, alors ? Tu veux ton émission sur Radio 4 ? Ton talk-show ?

— Ce serait sympa. Dis, tu n'aurais pas vu mes chaussettes ? Elles sont rose vif et l'une d'elles a un petit trou au talon. »

La scène est interrompue par des âneries : une invitation à voter par texto accompagnée de la musique sinistre du générique de l'émission. Puis l'image tourbillonne et on retrouve Lucas qui est toujours en train de chercher ses chaussettes.

« Des interviews dans des magazines, des pubs télé, un contrat pour écrire une série de polars sympathiques », énumère le pasteur.

Des ambitions totalement autocentrées, note Angharad.

« Et un podcast, bien sûr, termine-t-il, distrait. Quelqu'un aurait-il vu mes satanées chaussettes ? »

Elle fronce les sourcils. Si c'est ça, ce qu'on appelle un « pasteur moderne », elle croit qu'elle préfère ses homologues vieux jeu.

— Dire que ce sont eux qui sont en tête ! Je n'ose même pas imaginer comment étaient les perdants.

— Ils étaient sympas, s'élève une voix à côté d'elle.

L'expression d'Angharad s'adoucit quand elle se tourne vers son invité. C'est sur son insistance qu'elle a fini par mettre *Exposure*. Elle avait commencé par invoquer l'absence de poste de télévision dans sa maison, mais Ryan se faisant insistant, elle s'est demandé si ça ne pourrait pas se révéler cathartique pour lui.

— Pam était gentille. Elle m'a réconforté quand...

Sa voix se brise. Angharad n'insiste pas. Il en parlera quand il se sentira prêt à le faire, et encore, rien ne l'y oblige.

Hier, elle nourrissait ses animaux quand elle a entendu des éclats de voix en provenance du lac. Un homme hurlait, mais il paraissait plus désespéré que furieux, alors elle est descendue voir de quoi il retournait. Elle l'a découvert – lui, Ryan – plongé dans l'eau jusqu'à la taille, le visage ruisselant de larmes.

Il y a bien des lunes, Angharad enseignait dans une école particulièrement difficile. Les élèves étaient dissipés (comme ils le sont souvent) et ses collègues essayaient de couvrir leurs cris en parlant plus fort qu'eux. Si bien que le chahut redoublait et que les professeurs criaient de plus belle, et ainsi de suite. Angharad, elle, prenait le temps de les fixer un à un dans les yeux, son visage exprimant l'ouverture et la curiosité. Lentement, comme l'eau d'un vase renversé se répand sur une table, le silence revenait dans la salle de classe.

Quand elle a vu Ryan dans le lac, elle a ôté ses chaussures et elle est descendue sur la rive. Elle est restée là, sans bouger, savourant le contact délicieux de l'eau froide sur ses pieds, attendant sans rien dire.

« Vous ne m'arrêterez pas », a lancé Ryan.

Elle a hoché la tête, acceptant cet état de fait.

« Plus rien ne me rattache à la vie.

— Je suis désolée de l'apprendre. »

Elle l'a laissé parler, se contentant de répondre sans jamais questionner. Il lui a parlé de l'émission de télévision, et de ce qu'on ne pouvait que considérer comme un infâme abus de confiance. Elle a appris que Ryan avait essayé une robe pour la première fois le jour de ses trente-trois ans, et qu'il avait ressenti une joie indescriptible quand il s'était tortillé et avait senti le vêtement glisser le long de ses hanches.

« Mais je n'ai pas envie d'être une femme, a-t-il précisé. Je ne veux même pas être habillé en femme en permanence. Ça n'a aucun sens, n'est-ce pas ?

— Si vous vous sentez bien quand vous le faites, alors ça a du sens. »

Angharad a remué les orteils.

« Mes pieds s'engourdissent. Et si je nous préparais une tasse de thé ? »

— Il va détruire leur vie, à eux aussi, dit Ryan, en désignant l'écran, où les candidats sont assis en cercle. Il se moque de la douleur qu'il cause, tant qu'il fait de l'audience et qu'il a son heure de gloire. Pourquoi ils sont toujours là ? Pourquoi ils ne partent pas ?

Il hausse progressivement le ton, et finit par crier sur l'ordinateur portable. Angharad ne cille pas, ne dit pas un mot. Elle sait ce que les policiers feraient s'ils le voyaient dans cet état : hurlant et agitant les bras. Ils l'immobiliseraient, lui colleraient une camisole de force et le pousseraient dans une camionnette ; et ensuite, ils rédigeraient un rapport stipulant qu'ils ont agi ainsi *pour son bien*. Seulement, quel *bien* en retirerait Ryan, dans l'état de fragilité psychologique où il se trouve ?

Au centre du cercle de candidats se trouve un plateau recouvert d'un épais carré de tissu violet.

« Chacun des sept objets que contient ce plateau a un rapport avec les candidats de l'émission, partis ou encore présents, annonce l'animatrice. Mais sont-ils susceptibles de vous rapprocher de votre objectif, à savoir exposer vos concurrents ? »

Roxy s'exprime du ton enjoué d'une animatrice télé, mais son sourire plein de malice ne monte pas jusqu'à ses yeux, inexpressifs.

— Candidats partis ou présents, répète Ryan. *Partis ou présents !*

— On peut éteindre, propose Angharad, s'exhortant au calme.

— Non, non, non, non, non !

Difficile de dire s'il répond à sa suggestion ou s'il redoute de voir ce que cache le tissu violet. Angharad réfléchit aux différentes possibilités qui s'offrent à elle. Si Ryan continue à regarder ça, son sentiment de détresse risque de s'accroître. Mais si elle éteint sans son accord... Non, il n'y a pas d'issue.

« Prêts ? » lance Aliyah. Ses compagnons acquiescent, et elle soulève le carré de tissu d'un geste brusque. L'assortiment d'objets est hétéroclite. Il y a un test de grossesse, une rose rouge, un préservatif, une carte d'anniversaire, une alliance, un billet de vingt livres et une paire de collants. Malgré elle, Angharad (qui fait des grilles de Sudoku chaque matin pour entretenir sa vivacité d'esprit) se penche en avant pour tirer le maximum d'informations de l'observation minutieuse de ces articles sans intérêt supposés révélateurs.

De la sueur luit sur le front de Ryan et l'un de ses genoux se met à rebondir si vite sur le sol, qu'Angharad sent le canapé vibrer. Pour la première fois depuis qu'elle a accueilli Ryan, elle éprouve une pointe de malaise. Il n'y a pas une once de méchanceté chez cet homme, elle en est certaine ; seulement, Ryan n'est plus lui-même à cet instant.

Les yeux de Ceri se promènent en périphérie du plateau. L'argent ? La carte d'anniversaire ? Angharad est irritée d'être si captivée et d'échafauder des théories sur les objets et leurs propriétaires. Le test de grossesse est celui d'Aliyah, se dit-elle. Peut-être a-t-elle interrompu une grossesse, ou donné un enfant à l'adoption – ce qui n'aurait rien de honteux. Elle commence à comprendre pourquoi Ryan passe Miles au vitriol.

« Et cette rose ? questionne Henry, brandissant la fleur comme une épée, puis chatouillant le nez de Lucas avec. On a acheté des fleurs à sa chérie, révérend ? »

Ceri et Aliyah s'esclaffent, mais l'expression de Lucas leur passe vite l'envie de rigoler. Le pasteur se reprend aussitôt, faisant mine de rire, lui aussi, mais le mal est fait.

« Tu es en couple, en déduit Ceri, les yeux écarquillés.

— Vous regardez par le mauvais bout de la lorgnette, répond Lucas.

— C'est donc vrai !

— Ça suffit ! »

Il y a un silence sidéré.

— Il est en train de les monter les uns contre les autres, commente Ryan.

Son genou rebondit toujours sur les dalles – *tap, tap, tap* – et il se tortille les doigts, à droite et à gauche, encore et encore. Angharad réfléchit à cent à l'heure. Elle ne peut pas appeler la police, une cellule de prison n'est pas un endroit adapté à un homme au bord de la crise de nerfs ; mais ne pourrait-elle pas faire venir un médecin, au moins ? Si elle ne croit guère en la médecine moderne, il faudrait être aveugle pour ne pas se rendre compte que Ryan a besoin d'autre chose que la tasse de camomille qui refroidit à côté de lui.

Sur l'écran de l'ordinateur, Henry ramasse le collant.

— C'est supposé être à moi, hein ? dit Ryan. Ce collant. Je ne suis même plus là et Miles s'amuse à retourner le couteau dans la plaie. Il est déterminé à m'exposer, bien que je sois parti. *Parce que* je suis parti !

« C'est peut-être pour suggérer la bigamie de Jason » propose Henry.

Ceri secoue la tête.

« Je pense plutôt que c'est l'alliance qui est à Jason.

— Pourquoi tu n'arrêtes pas de regarder cette carte d'anniversaire ? lance Aliyah à la factrice.

— Je ne la regarde pas.

— Si ! Tu as menti sur ton âge, c'est ça ?

— Ne sois pas stupide, intervient Henry. Ce ne serait pas un secret assez important. C'est loin d'être à la hauteur de la bigamie de Jason, ou du fait d'accepter des pots-de-vin, comme Pam.

— Quel était le secret de Ryan, à votre avis ? » demande Aliyah.

Dans le minuscule salon d'Angharad, Ryan laisse échapper un cri d'animal blessé. Elle attrape son téléphone portable et fait mine de vérifier l'heure.

— Plus que dix minutes. Je peux éteindre...

« Ça devait être terrible pour qu'il s'enfuie comme ça. »

Ceri s'implique dans la conversation, visiblement soulagée de ne plus être l'objet de l'attention générale.

Angharad commence à taper un message à Elen Morgan.

Ne panique pas, je vais bien, mais est-ce que tu peux demander au Dr Alwen de venir me voir ? Je t'expliquerai plus tard. C'est urgent.

Henry glisse un bras dans le bas avec sensualité, puis bat des cils et éclate de rire.

« Il appartient peut-être à Ryan », suggère-t-il avec une moue mutine.

Les rugissements hilares qu'il récolte relèvent davantage de l'instinct de conservation et de la peur que de l'amusement, mais c'est leur cruauté qui résonne le plus dans la pièce.

Ryan gémit de plus belle.

— Jessica va me quitter.

— Elle vous aime, le rassure Angharad.

Elle est loin d'en être persuadée mais parfois, il faut savoir prononcer les paroles que votre interlocuteur a besoin d'entendre.

— Elle sera dégoûtée.

— Il n'y a rien de dégoûtant à cela.

— Je suis dégoûté, *moi* ! hurle Ryan.

Angharad coule un regard furtif à son téléphone. Elen a-t-elle lu son message ? Est-elle en train d'appeler le Dr Alwen ? Les candidats d'*Exposure* sont autour du feu de camp, maintenant ; Roxy Wilde s'adresse à la caméra.

« Ce soir, le public a décidé d'envoyer un candidat affronter l'épreuve du confessionnal ! Et ce candidat est... »

Elle marque une pause.

« Lucas ! »

Ryan ne regarde plus. Il s'est levé et arpente la pièce comme un lion en cage. Le plan suivant montre le pasteur dans une pièce exiguë faiblement éclairée. Il est assis sur un fauteuil à dossier haut. Ses mains, croisées sur ses genoux, paraissent crispées. Il a les yeux fermés.

« Vous êtes prêt ? » s'élève la voix désincarnée de l'animatrice par un haut-parleur.

Lucas acquiesce.

« Alors... top départ pour trois minutes ! »

— C'est terminé, c'est terminé, sanglote Ryan.

— Allons, allons, dit Angharad, essayant de l'apaiser. On va éteindre et...

— Non, n'y touchez pas !

Elle se fige et remarque que ses mains sont dans la même position que celles de Lucas. Elle ne comprend pas (peut-être parce qu'elle n'a pas vu les premiers épisodes de ce programme atroce) pourquoi Lucas est assis là-dedans. Ils appellent cet endroit le « confessionnal », et il ressemble effectivement aux confessionnaux des églises. Elle scrute les murs de la pièce à la recherche d'une grille ou d'une fenêtre, se demandant si une personne est assise de l'autre côté d'une cloison, prête à recevoir la confession de Lucas.

Toujours pas de réponse d'Elen Morgan.

Ryan remarque son geste.

— Qu'est-ce que c'est ?

— Juste mon téléphone.

Un conduit en métal s'ouvre derrière le pasteur, et on devine un mouvement à l'intérieur. De l'eau s'écoule par terre. Non, ce n'est pas de l'eau : ce sont des serpents.

— Oh, c'est insoutenable ! s'écrie Angharad, éprouvant toutes les peines du monde à garder les yeux sur l'écran. Comment osent-ils ?

— C'est de la torture, souffle Ryan, bien qu'il se soit détourné de l'écran pour fixer les mains d'Angharad, qui tient son téléphone. Vous avez écrit à quelqu'un ?

— Ces pauvres créatures innocentes, se lamente-t-elle, sentant des larmes lui picoter les yeux. Les serpents sont des bêtes extrêmement sensibles, on n'a pas le droit de les traiter de la sorte.

Un anaconda s'enroule paresseusement autour du cou du pasteur et darde sa langue noire fourchue vers son oreille.

Ryan la dévisage toujours.

— Vous êtes en train de révéler mon secret à tout le monde, c'est ça ?

— Non, bien sûr que non ! répond-elle.

« Plus qu'une minute ! » annonce Roxy.

Les lèvres de Lucas articulent une prière silencieuse tandis qu'un serpent se glisse dans une jambe de son pantalon.

— Vous m'aviez dit que je pouvais vous faire confiance.

— Et c'est vrai.

Angharad se lève, mais son mouvement est trop brusque pour Ryan. Il se précipite sur la porte, renversant la chaise de la cuisine au passage. L'ordinateur tombe par terre.

— Attendez ! crie-t-elle, en essayant de le retenir.

Mais il la repousse d'un geste violent (involontaire, elle sait bien que le geste est involontaire). Angharad perd l'équilibre et tombe à la renverse, sa tête heurtant les dalles de pierre.

L'ordinateur portable est ouvert à côté d'elle.

Elle voit une autre langue fourchue, un autre serpent qui glisse et s'enroule sur lui-même.

Puis plus rien.

16
Samedi – Fiona

La sonnerie du téléphone de Fiona retentit dans un rêve où Dave s'illustre dans un cours d'*agility*, à la grande exposition canine de Crufts. Il vient de traverser un tunnel extensible et saute plusieurs barrières avec aisance, avant d'atteindre la ligne d'arrivée et de faire tinter une cloche.

Driiing. Driiing.

Elle répond à l'appel, ensuquée par le sommeil.

— Mam, il est 4 heures du matin. *Ti'n okay ?* Qu'est-ce qu'il t'arrive ?

— Ce n'est pas moi, *cariad.* C'est Angharad.

Fiona met son téléphone sur haut-parleur, enfile ses vêtements de la veille et rassemble ses cheveux en une vague queue de cheval. Sentant qu'une promenade se prépare, Dave saute au bas du lit avec un bruit sourd.

— Elle ne veut pas que la police intervienne, précise la voix métallique de mam, de loin.

— Alors j'ai une mauvaise nouvelle pour toi : tu te souviens de cette casquette de policier noire et blanche que j'avais l'habitude de porter… ?

Elle descend l'escalier quatre à quatre.

— Non, toi tu ne comptes pas.

— Merci du compliment.

— Tu sais ce que je veux dire.

Elen pousse un bref soupir.

— Je m'en veux de ne pas avoir jeté un œil à mon téléphone, hier soir. Dieu merci, ma vessie de femme ménopausée a encore fait des siennes, sinon je n'aurais pas vu son message avant un bon bout de temps. Les estrogènes devraient pourtant…

— Mam ! Reste concentrée.

Fiona est déjà en bas, elle cherche les clés de sa voiture et coule un regard envieux vers la machine à café.

— Elle est consciente ? Elle respire ?

— Oui et oui. La pauvre, elle était étendue au pied de l'escalier quand je suis arrivée là-bas.

— Tu as appelé une ambulance ?

— Je ne suis pas idiote, Fiona Morgan.

— J'envoie un agent en uniforme sur place.

— Elle est catégorique, Fi. Pas de policiers.

— Mam, elle a été agressée.

— Elle dit qu'elle a été prise de vertige et qu'elle est tombée dans l'escalier.

— Alors pourquoi insiste-t-elle autant pour que la police n'intervienne pas ?

Mam ne répond pas.

— Je préviens la cellule d'enquête tout de suite.

Fiona raccroche et s'empare de son talkie-walkie.

Il y a des années, un arbre est tombé en travers de la route qui mène au chalet d'Angharad ; et comme elle ne conduit pas et qu'elle est sélective en matière de visiteurs, elle l'a laissé là. Fiona gare sa Triumph à côté de l'ambulance, passe sous le tronc et parcourt le dernier kilomètre au pas de course. Les premières lueurs de l'aube percent les feuillages, envoyant des ombres dansantes sur le chemin de terre. Fiona tient Dave en laisse, en dépit de ses plaintes pour aller à la chasse au lapin.

— La plupart des gens seraient ravis de pouvoir rester à la maison, le gronde-t-elle. C'est quoi ton problème ? Tu as un grand lit pour toi tout seul, Radio 4 pour te tenir compagnie, et Sian la voisine d'en face, qui fait un saut pour s'occuper de toi à la pause déjeuner… que demander de plus ?

Dave ne bronche pas. Le plan de Fiona, qui consistait à filer en douce en créant une diversion du type Biscrok envoyés à travers la cuisine, a lamentablement échoué. Dave a englouti les friandises en quatre secondes, et s'est lancé à sa poursuite alors qu'elle atteignait tout juste la porte.

Un peu plus loin, devant elle, des flashs fluorescents percent l'obscurité. Quand elle arrive au chalet, deux infirmiers, un homme et une femme, sanglent Angharad sur un brancard roulant.

— Je vais parfaitement bien ! aboie-t-elle.

— C'est la procédure standard en cas de choc à la tête, déclare l'homme d'un ton ferme. Deux secondes, ajoute-t-il, *sotto voce*, à l'adresse de sa collègue.

Il entraîne Fiona à l'écart.

— Elle prétend s'être sentie un peu mal, dans la soirée. Elle a écrit à une amie pour qu'elle lui envoie un médecin et est allée se coucher. Elle s'est évanouie quand elle s'est levée au milieu de la nuit, et a repris connaissance au bas de l'escalier.

— Ses blessures correspondent-elles à son récit ?

Fiona attache la laisse de Dave autour d'une grosse branche en espérant qu'il n'a pas remarqué le faon qui vient de se redresser dans l'enclos le plus proche. Angharad tient toujours tête à l'infirmière. Elen Morgan s'avance afin de servir de médiatrice.

L'infirmier dodeline de la tête pour suggérer son scepticisme.

— Elle a une coupure déjà en cours de cicatrisation, et une contusion à la joue qui semble dater de plusieurs heures. Aucun hématome sur le corps ; ce qui paraît étrange après une chute dans l'escalier, même s'il est possible qu'ils apparaissent plus tard.

Ils retournent vers Angharad, qui a fini par se faire une raison.

— Je l'accompagne à l'hôpital, annonce Elen à sa fille.

— Angharad, demande Fiona. *Pwy oedd yma neithiwr ?*

La réponse est claire et nette :

— Non, j'étais seule.

— C'était Ryan ?

— Qui ça ?

Et elle détourne la tête.

Fiona jette un œil à l'intérieur du chalet, prenant soin de ne rien toucher. Dehors, deux agents de la police locale sont arrivés. Elle entend leur conversation par la fenêtre ouverte.

— Flippant, hein ? Je ne pourrais pas vivre ici, moi. Pas tout seul, en tout cas.

— Elle ne vit pas tout à fait seule. Il y a tous ces animaux.

— C'est ce qui rend l'endroit si flippant ! Sans blague, c'est *quoi* ce truc-là ?

— Un putois, je dirais.

— Et ce chien hideux.

Fiona pousse un petit cri indigné par loyauté envers Dave. Pas étonnant que le pauvre diable soit traumatisé.

« Ne panique pas, je vais bien », dit le message d'Angharad. Elen le lui a fait suivre après l'avoir appelée. « Mais peux-tu demander au Dr Alwen de venir me voir ? Je t'expliquerai plus tard. C'est urgent. »

Angharad est connue pour se passer de la médecine moderne. Il y a toutes sortes de plantes séchées alignées sur les étagères de sa cuisine, dont elle jure qu'elles sont capables de guérir tous les maux, et Fiona sait très bien ce qu'elle pense du cabinet médical du village. Il faudrait qu'elle soit dans un état désespéré pour appeler un médecin – ce qui n'était certainement pas le cas, ou elle n'aurait pas dit à Ellen qu'elle allait *bien*. Seulement, pourquoi ne pouvait-elle pas appeler le Dr Alwen elle-même ?

Fiona cherche des marques dans l'entrée et sur l'escalier. Des traînées de sang laissées par la coupure d'Angharad à la tête, peut-être. En vain. Cependant, dès qu'elle franchit le seuil de son salon minuscule, ses neurones se mettent à frétiller. Il y a deux tasses vides, de part et d'autre du canapé. Une chaise de cuisine est renversée sur le côté au milieu de la pièce, et il y a un ordinateur posé par terre, juste à côté.

Fiona ramasse le laptop. Il est en mode veille : dès qu'elle presse un bouton, son index couvert par sa manche, l'écran s'éclaire. Le logo de Young Productions apparaît, figé. C'est la dernière image de l'épisode d'*Exposure* de la veille au soir.

Il ne fait aucun doute pour Fiona que Ryan Francis était avec Angharad, hier soir.

La question est : où est-il, maintenant ?

17
Samedi – Leo

Quand Leo arrive au chalet d'Angharad, la police scientifique est déjà en train de remballer.

— Nous avons prélevé des échantillons d'ADN et les empreintes sur les deux tasses de café.

Une femme portant des lunettes en écaille enlève sa combinaison de papier, la froisse et la fourre dans un sac.

— Votre collègue a découvert du sang sur un coin de la table du salon. Nous avons fait un prélèvement et pris des photos.

— Il faudra attendre longtemps pour les comparer aux autres tests médico-légaux dont nous disposons sur la personne disparue ?

— Je vais voir ce que je peux faire pour accélérer le mouvement.

Fiona a la tête posée sur la table de la cuisine. Elle se redresse dès que Leo entre dans la pièce.

— Je ne me suis pas assise depuis près de sept heures, lui lance-t-elle, sur la défensive.

— Bonjour à toi aussi.

Il tire la chaise d'en face et s'y laisse tomber. Au moment où il le pose sur la table, son téléphone se met à sonner. Le numéro de Gayle apparaît. Il met l'appareil sur mode silencieux et ignore la mine curieuse de Fiona.

— Pourquoi es-tu là ? L'agression d'Angharad concerne la police du nord du pays de Galles.

— Commise par un suspect porté disparu de *notre* côté de la frontière, répond Leo d'un ton aimable.

— Je suppose que tu t'imagines que nous ne savons pas comment gérer une scène de crime. Parce que ici, il n'y a que des moutons et...

— Fiona ?

Elle le foudroie du regard.

— Que se passe-t-il ?

— Coups et blessures volontaires, si je peux le prouver, bien qu'il s'agisse plus probablement de coups et blessures involontaires, qui seront requalifiés de coups sans blessure, quand...

— Entre nous, reprend Leo d'un ton calme. Que se passe-t-il entre nous ?

Le silence qui suit est troublé par le gémissement d'un animal dans l'un des enclos d'Angharad. Leo se demande qui va les nourrir en son absence. Quand Fiona finit par lever les yeux de la table, il remarque qu'elle se mord l'intérieur de la joue. Elle a des cernes sombres autour des yeux. Il décide que ce n'est sans doute pas le moment de lui faire remarquer qu'elle a mis son pull à l'envers.

— Ce n'était pas comme ça la dernière fois qu'on a travaillé ensemble, reprend-il.

— Et ?

— Et si j'ai mal agi...

— Tu n'as rien fait de mal, rétorque Fiona d'une voix sèche, le front barré de deux rides.

— Alors...

Elle ouvre la bouche, la referme, puis soutient son regard.

— Alors pourquoi je suis si vache ? suggère-t-elle, légèrement adoucie.

Leo fait mine de réfléchir à la formulation.

— Eh bien, je n'aurais sans doute pas choisi ce mot-là, mais...

Il distingue l'ombre d'un sourire sur ses lèvres.

— Je suis désolée, dit-elle, levant aussitôt la main pour ajouter : Non.

— Non, quoi ?

— Ne prends pas cet air *on croit rêver* parce que je viens de m'excuser. C'est vraiment agaçant.

— On est d'accord sur ce point.

Il se lève, dissimulant lui aussi un sourire.

— Angharad nous en voudra-t-elle si nous nous préparons du café ?

Il dévisse le couvercle de la boîte la plus proche de la bouilloire et renifle son contenu de couleur ocre.

— C'est de la chicorée, j'ai déjà regardé. C'est qui, Gayle ?

— Une femme.

Il remet la boîte à sa place.

— Où est George ? s'enquiert-il.

— À l'hôpital. Elle dit qu'Angharad est catégorique : elle est tombée dans l'escalier. C'est une collègue ?

— Une…

Il hésite une fraction de seconde de trop.

— … amie. Et comment va-t-elle ?

— Assez bien pour sortir contre l'avis des médecins. George la ramène tout de suite.

Il y a un silence.

— Est-ce l'*amie* qui voudrait que tu « tiennes toute la nuit » ?

Il fait soudain incroyablement chaud dans la cuisine d'Angharad. Leo se demande s'il n'est pas victime d'un phénomène de combustion spontanée.

— Elle n'a pas… enfin, je n'ai pas…

Il déglutit.

— Je ne veux pas en parler.

— Relax ! dit Fiona en riant. Je te fais marcher. Je suis contente pour toi.

— C'est compliqué.

— Ça l'est toujours, non ?

Leurs regards se nouent une fraction de seconde avant que Fiona ne détourne les yeux.

— Elle ne peut pas être pire que ton ex, en tout cas.

— Sans doute pas, dit-il.

Et pourtant, la dernière fois qu'il a emmené Gayle dîner dehors, il a passé cinq minutes à s'armer de courage devant le miroir.

— Tu t'entends mieux avec elle, maintenant ? Je veux parler de l'ex. Elle te laisse voir Harris ?

Leo ne sait pas si c'est d'entendre le nom de son fils qui lui réchauffe le cœur, ou le fait que Fiona se souvient de lui. Il s'appuie contre le comptoir.

— Ouais, tout va bien. Elle a tourné la page, je pense. Le père de Dominic est mort et il lui a laissé un peu d'argent. Ils ont emménagé dans une rue où habitent trois footballeurs, alors Allie est dans son élément.

— J'ai du mal à t'imaginer avec une personne comme elle, dit Fiona.

— Moi aussi.

Un lien intangible se noue entre eux, à cet instant. Et cette fois, Fiona ne détourne pas les yeux.

— Tu sais… George et Angharad ne seront pas là avant une demi-heure.

— Tu as quelque chose en tête ? demande Leo, laissant son regard se promener sur son visage, s'attardant sur la toute petite cicatrice qu'elle a au menton et sur les taches de rousseur de ses joues.

— Oui.

— Je suis tout ouïe.

— Je me disais qu'on a juste le temps de courir au garage pour chercher un café, lâche-t-elle, reprenant son ton stoïque. Il secoue la tête, riant de lui autant que d'elle.

— Tu es impossible !

— Je ne vois pas ce que tu veux dire, dit-elle avec un sourire.

— Vas-y seule. Je prendrai un flat white.

— Tu ne peux pas m'envoyer chercher du café uniquement parce que je suis une femme, tu sais.

— Et si je t'envoyais chercher du café uniquement parce que tu t'es montrée très déplaisante à mon égard pour des raisons que tu ne sembles pas en mesure d'expliquer, et parce que au plus profond de toi, tu sais que tu me dois beaucoup plus qu'un simple « je suis désolée » ?

Fiona réfléchit un instant, puis repousse sa chaise de la table.

— Je te prends un muffin avec ?

Les cheveux d'Angharad autour des points de suture sont englués de sang. Elle tient sa tisane des deux mains.

— Arrêtez de m'observer comme si j'allais claquer sous vos yeux. J'ai une bosse, c'est tout.

— Vous avez un trauma crânien.

George tapote le prospectus intitulé *Pour tout savoir des blessures à la tête*, posé devant elle.

— Il ne faut pas le prendre à la légère.

— Je vais passer la nuit ici ! lance Elen depuis l'évier, où elle essuie le comptoir et lave la vaisselle récupérée au salon pour effacer les traces de poudre d'empreintes.

Fiona glisse un regard appuyé à Angharad.

— Deux mugs. Deux assiettes. Des couverts pour deux.

La vieille femme ne cille pas.

— Je n'aime pas laver la vaisselle.

— Et tu regardais *Exposure*.

— J'aime rester en contact avec la culture populaire.

Fiona hausse un sourcil.

— Comme je te l'ai dit lors de ta dernière visite : on m'a dérobé de la nourriture. Il a peut-être touché la vais...

— Oh, Angharad, je t'en prie !

Elen pivote, un torchon à la main.

— Laisse tomber, *blodyn*.

Il y a un silence, suivi d'un soupir.

— Il ne va pas bien.

— Il vous a blessée, lui rappelle George.

— Involontairement.

Leo soutient le regard d'Angharad.

— Nous veillerons à ce qu'il soit aidé. Vous voulez bien faire une déposition ?

— Non.

— Nous avons besoin de votre témoignage pour...

— Je ne porte pas plainte. Ryan a été traité de manière inique par cette émission de télévision ; vous trouvez étonnant qu'il craque, après ça ? Le seul crime qui ait été commis, ici, c'est qu'on ait autorisé le tournage d'*Exposure*. Vous voulez vous lancer dans une chasse à l'homme ? Alors lancez-vous aux trousses de Miles Young. C'est lui qui a du sang sur les mains.

George sort son carnet de sa poche.

— Quels vêtements portait Ryan quand il a quitté votre chalet ?

— Je ne l'ai pas vu partir, mais je lui ai prêté un pantalon de rando et un pull chaud quand il est arrivé ici.

Angharad pointe l'escalier du menton, sans doute pour désigner l'endroit où elle range les vêtements.

— Quelle couleur ?

— Hum… ah, oui, le pull était vert foncé.

Elle paraît distraite. Leo la voit couler un regard vers la porte.

— Qu'y a-t-il ?

— Mon sac à dos… dit-elle à contrecœur. Il est toujours pendu derrière la porte.

Il n'y a rien sur le crochet.

— Ryan l'aurait pris ? demande Fiona.

— Je suppose que vous allez ajouter ça à votre liste d'accusations ? persifle-t-elle. Eh bien, sachez que je ne porterai pas plainte pour ça non plus.

— Qu'y avait-il dans le sac ? questionne George. Des cartes de crédit ?

— Non, je garde mon portefeuille à l'étage. Il n'y avait pas grand-chose là-dedans. Quelques billets, une trousse de secours, et…

Elle s'arrête net, puis reprend :

— C'est à peu près tout.

Les sens de Leo et Fiona sont en alerte.

— Et quoi ? insiste-t-il.

— Un couteau de pêche.

George sort de la pièce, son talkie-walkie à la main. Elle se poste dans la petite clairière devant la maison et, dans son écouteur, Leo l'entend expliquer au central de sa voix calme qu'il pourrait exister un risque accru concernant la sécurité de Ryan. Un oiseau pousse un cri – soit dans les arbres, soit dans l'un des enclos – et, derrière George, les feuillages sont secoués par la brise.

À la seconde où l'agent enquêteur interrompt la communication, une opératrice fait circuler les nouvelles sur le canal général.

— À toutes les unités, le suspect a des antécédents de violence et pourrait être armé d'un couteau.

Leo sent l'appréhension monter en lui. Peut-être Angharad a-t-elle raison, Ryan ne l'a peut-être pas attaquée intentionnellement, pourtant, il lui a fait du mal. Et il est armé, à présent. Ce n'est qu'une question de temps avant qu'il n'aille trop loin.

— Si seulement j'avais vu ton message au moment où tu me l'as envoyé, se reproche Elen. Je serais venue immédiatement et…

— Ton téléphone, dit soudain Fiona. Je ne l'ai pas trouvé quand j'ai fouillé la maison. Tu l'avais avec toi à l'hôpital ?

— Non, je n'ai rien emporté. Je voulais monter me choisir un livre – ces médecins vous font attendre des heures –, mais ils m'ont dit…

— Où est-il ? la coupe Fiona.

Angharad réfléchit.

— Je l'avais dans la main quand Ryan… quand je suis tombée. Il devrait être dans le salon.

Elle essaie de se lever, mais George pose une main ferme sur son épaule.

— On vous a prescrit le repos.

— Il est clair qu'il n'est pas ici, dit Fiona à Leo.

— Vous avez le numéro ?

— Tenez, dit Elen, le cherchant déjà dans ses contacts pour le lui montrer.

À présent, ils ont une piste à suivre. Si Ryan allume ce téléphone, ils pourront le retrouver.

18
Samedi – Huw Ellis – Épisode six

Huw Ellis a tellement entendu parler d'*Exposure* au cours de la semaine qui vient de s'écouler qu'il aurait été pleinement satisfait de ne jamais, de sa vie, visionner une seule seconde de l'émission, et pourtant, le voilà assis devant le sixième épisode. Bronwen, sa petite amie depuis maintenant six mois, a suggéré qu'ils restent à la maison et regardent la télé, ce soir, au lieu de sortir manger un curry. Se représentant un scénario Netflix et cocooning, Huw a été prompt à accepter, seulement Bronwen est scotchée devant l'émission et, pour le moment du moins, résiste à toutes ses tentatives de séduction. Huw renifle subrepticement son aisselle – sait-on jamais –, mais ne respire qu'une odeur de lessive. Il avait déjà l'intuition que ça n'allait pas être ce genre de soirée quand Bronwen lui a ouvert la porte dans son pyjama Winnie l'Ourson.

Dire que ça va durer encore une demi-heure ! Pourquoi les femmes aiment-elles cette connerie ? Il est vrai que Huw n'est pas concentré, mais les quatre candidats (Bronwen ne cesse de lui répéter leurs noms, et il a déjà oublié ceux des trois qui ne sont pas Ceri) ne semblent rien faire d'autre que de rester assis et de déblatérer les uns sur les autres. Même le pasteur : il est en train de se plaindre de la jeune fille, parce qu'elle ne fait pas sa part de vaisselle.

— Il a une peur panique des serpents, lui raconte Bronwen, en le désignant du doigt, mais il n'a pas craqué dans le confessionnal. C'est dire à quel point il tient à son secret.

Ses cheveux sont entortillés dans une pince en plastique fixée au sommet de sa tête, dégageant le minuscule anneau d'argent en haut de son oreille.

— Hum, fait Huw, se demandant s'il ne devrait pas sortir le vélo pour aller faire un tour, demain, après le boulot.

Bronwen est obsédée par les secrets des candidats. Elle ne cesse de répéter que c'est affreux de la part de Miles de les « exposer » ainsi, que tout le monde a droit à sa vie privée ; ce qu'il trouve ironique, vu qu'elle le tanne, lui, depuis des semaines pour qu'il révèle à tout le monde qu'ils sont ensemble.

« Tu as honte de moi ? C'est pour ça que tu ne veux en parler à personne ?

— Tu surinterprètes », lui répond-il toujours.

Bronwen est géniale. Vraiment géniale. C'est la première femme, depuis que Fiona l'a quitté, avec laquelle il se voie vivre longtemps. Peut-être même marié, bien qu'il ne le lui ait pas encore confié.

Mais c'est compliqué.

Huw n'a pas plus envie de revivre avec Fiona Morgan que de prendre des cours de pole dance, et néanmoins, il l'aime toujours, et lui parler de sa relation avec Bronwen mettrait un point final à une histoire qu'il imagine pouvoir durer toujours. Et puis, le dire à quelqu'un – à *n'importe qui* – à Cwm Coed équivaudrait à faire paraître une annonce dans tous les journaux du pays. Il ne serait pas possible de revenir en arrière, après ça. Tout le monde saurait.

— Ils ne l'ont pas encore retrouvé.

Bronwen suit le fil d'actualité sur son téléphone pendant les publicités. L'histoire du candidat d'*Exposure* porté disparu bénéficie d'une couverture nationale, désormais, et de nombreux articles se montrent critiques quant au rôle qu'a joué Miles dans la disparition de Ryan.

— Humm.

Huw et son équipe de recherche ont été congédiés et la police a pris le relais. Ils ont invoqué « des facteurs de risque accrus », et bien qu'ils n'aient pas révélé de quoi il s'agissait, la rumeur court que Ryan aurait cogné Angharad, la laissant inconsciente, avant de la voler.

— Pauvre homme, commente Bronwen.

— Hum, répète Huw, pensant à Angharad.

— Elen Morgan croit qu'il fait une dépression nerveuse.

— C'est ce qu'ils disent tous de nos jours quand ils ne veulent pas affronter la réalité de leurs actes.

Bronwen le dévisage.

— Enfin, il se peut qu'il soit vraiment malade, bien sûr, ajoute-t-il.

Satisfaite, la jeune femme reporte son attention sur l'écran de télévision.

Huw est soulagé que l'équipe de recherche et sauvetage ait enfin pu quitter la montagne. Ils ont beau ressembler à un service de secours pro avec leurs véhicules tout-terrain balisés et leur kit haute visibilité, ce sont tous des volontaires. Ces six derniers jours, ils ont abandonné leurs boulots et leurs familles pour se lancer à la recherche de Ryan Francis.

Bronwen lui agrippe le bras.

— Oh, mon Dieu !

Huw, qui ne regarde pas la télé, et donc n'a aucune idée de ce qui se passe, est à court d'onomatopées pour feindre l'intérêt. Sur l'écran, la jolie fille – Ali quelque chose ? – descend dans ce que Huw sait être « le confessionnal » parce que Bronwen ne cesse de le lui rabâcher.

— Et si elle exposait Ceri ?

— Ce serait… moche.

Il se sent assez peu concerné, mais Bronwen se tourne vers lui avec une expression horrifiée.

— Moche ? Ce serait désastreux, oui ! Absolument désastreux, renchérit-il.

Il mériterait qu'on lui remette un prix pour ça. Meilleur petit ami de l'année, ou un truc dans le genre. D'autant qu'il parie que Bronwen ne voudra jamais s'asseoir avec lui pour regarder le motocross, le week-end prochain.

— Oh, mon Dieu, c'est insupportable ! s'écrie-t-elle, semblant au bord des larmes.

Elle en fait un peu beaucoup, non ? Huw aime bien Ceri. Il leur arrive de discuter devant une pinte quand ils se croisent au pub. Et il comprend que Bronwen, qui est la patronne de la Royal Mail du coin, soit touchée par ce qui arrive à son employée, mais… est-ce vraiment si grave ?

— C'est la carte d'anniversaire. C'est fichu, dit Bronwen. Aliyah a vu Ceri regarder la carte, et elle a deviné son secret.

À la télé, la jeune fille enfermée dans le confessionnal prend une profonde inspiration.

« Je veux exposer Ceri. »

— Non ! (Bronwen enfonce ses ongles dans le bras de Huw alors qu'un écran publicitaire s'interpose.)

— Aïe, dit-il.

— On ne peut pas laisser faire ça. Il faut qu'on intervienne !

Huw la détache de lui pour aller aux toilettes.

— Calme-toi, Bron ! lance-t-il de la cuisine, où il s'ouvre une autre bière.

Quand il revient s'asseoir sur le canapé, il essaie de la *cwtch* un petit peu, mais elle est tendue à l'extrême.

— Ceri est une dure à cuire. Quel que soit son secret, elle n'est pas du genre à se soucier du qu'en-dira-t-on.

— Chut !

La musique revient et les candidats réapparaissent à l'écran. Huw s'enfonce dans le canapé. Il ne pourra rien tirer de Bronwen tant que ce truc ne sera pas terminé.

« Bonsoir de la montagne du Dragon », lance Roxy à la caméra.

— Pen y Ddraig, rectifie-t-il, machinalement.

— Mon Dieu, Huw, on s'en moque ! Ceri est sur le point d'être exposée ! s'exclame Bronwen, au bord de l'hystérie.

Il faudra qu'ils achètent une deuxième télé s'ils décident d'emménager ensemble, songe-t-il.

« Aliyah, reprend Roxy, un peu plus tôt dans la journée, vous avez souhaité exposer Ceri. Voyons si vous avez deviné juste. »

Elle brandit une petite clé.

« Ouvrez la boîte, Aliyah, et donnez-moi l'enveloppe qui porte le nom de Ceri, je vous prie. »

Les mains d'Aliyah tremblent tellement qu'elle a du mal à manipuler la clé, mais elle finit par déverrouiller la boîte et feuillette les enveloppes avant d'en tendre une à Roxy. Huw remarque Ceri au second plan : muette et livide.

— Je ne peux pas voir ça, dit Bronwen, se couvrant les yeux des deux mains, doigts écartés.

Le plan suivant les ramène au confessionnal et à l'accusation enregistrée d'Aliyah.

« Je veux exposer Ceri, déclare Aliyah. Ceri a mis le feu à sa propre voiture pour faire marcher son assurance. »

Au centre du camp, tous les regards convergent sur Ceri, qui apparaît bouche bée.

— Elle a tout faux, hoquette Bronwen entre deux sanglots. Merci, mon Dieu !

« Vous maintenez votre accusation, Aliyah ? »

Roxy a décacheté l'enveloppe dont elle tire une petite fiche.

« Oui, répond Aliyah.

— Je regrette, mais... »

Roxy marque une pause.

« C'est faux. »

La jeune femme pousse un petit cri de surprise.

« C'est impossible !

— Vous savez ce que cela signifie, n'est-ce pas ? continue Roxy.

— La salope ! »

Aliyah regarde autour d'elle comme un animal traqué, en crachant l'insulte. Huw ne saurait dire si elle s'adresse à Ceri ou à Roxy, bien qu'elle ne semble regarder ni l'une ni l'autre : ses yeux fixent un point, au-delà du camp, en direction du sentier.

« Vous retournez dans le confessionnal, Aliyah. »

Roxy adresse un sourire renversant à la caméra.

« Peut-être allons-nous quand même découvrir un secret, ce soir ! »

— Oh, mon Dieu, répète Bronwen.

Elle s'écroule sur le canapé, les joues ruisselantes de larmes.

— Bron.

Huw ramasse la télécommande et éteint le son. Délicatement, il oriente le visage de Bronwen vers le sien.

— Qu'est-ce qui se passe, bon sang ?

Elle cligne les yeux, la mine défaite.

Sur l'écran, Aliyah hurle en silence. Des araignées se déversent dans le confessionnal et se mettent à grouiller sur ses jambes et son visage grimaçant.

— Je connais le secret de Ceri, lui répond sa petite amie, misérablement.

Aliyah est debout sur le siège de la cabine, mais les araignées sont plus lestes qu'elle ; aussi vifs que soient ses mouvements pour les repousser, elles reviennent à la charge. Ses yeux sont élargis par l'horreur. Elle se griffe le dos et déchire sa chemise, dont les boutons sautent vers la caméra.

— Il est si moche ? demande Huw.

Il ignore depuis combien de temps Aliyah est dans le confessionnal – trente secondes, quarante ? –, mais il est clair qu'elle a son compte. Elle saute du fauteuil et tambourine contre la porte. Huw n'a pas besoin de remettre le son pour comprendre les mots qu'elle est en train de hurler.

Je veux avouer ! Je veux avouer !

— Elle perdrait son boulot, lui répond Bronwen, fondant à nouveau en larmes.

— Ceri ?

Huw détourne les yeux d'Aliyah, constatant, ennuyé, qu'il s'est laissé happer par l'émission.

— Mais tu as d'autres facteurs dans ton équipe, non ? Et si tu étais à court de personnel, tu pourrais en recruter...

— Et je perdrais le mien, également, termine Bronwen. Nous pourrions même finir en prison.

— En prison ?

Huw essaie de comprendre ce qui se passe.

— Je t'en prie, aide-moi.

— Bien sûr, mais, Bronwen...

— Personne ne doit découvrir ce qui se trouve dans cette enveloppe, promets-moi que tu vas m'aider.

— Je te le promets.

Huw la serre dans ses bras, et murmure des petits « chut », tandis qu'elle est secouée de sanglots. Son cerveau mouline. Ceri a fait une chose illégale, impliquant Bronwen d'une manière ou d'une autre, et il va devoir empêcher qu'on le découvre.

Comment diable va-t-il pouvoir s'y prendre ?

19
Dimanche – Fiona

« Ancienne travailleuse du sexe » n'était pas une des options de la carte à gratter *Exposure* de Fiona.

À l'instar de douze millions de téléspectateurs, elle a regardé bouche bée Aliyah tambouriner contre la porte du confessionnal, hier soir, et hurler son secret à la face du monde.

— Je ne m'attendais pas à ça, et toi ?

Dave, tout à la tâche délicate qui consiste à se lécher consciencieusement les testicules, ne lui a prêté aucune attention. Peu après, on a vu Aliyah quitter le campement et descendre de la montagne, des larmes ruisselant sur son beau visage sillonné de larmes. Fiona a éteint sa télé. Elle ne voulait plus contribuer à faire grimper l'Audimat qui gonflait l'ego de Miles, alors qu'elle savait que ce truc n'était qu'une escroquerie. Après avoir passé sept jours dans les coulisses d'*Exposure*, elle comprenait qu'il n'y avait rien de réel dans la téléréalité.

— Il y a sûrement un moyen d'interrompre ce tournage, dit-elle à présent.

Elle s'est éloignée de la ferme pour appeler le capitaine Malik sans être entendue de l'équipe de production.

— Miles Young est en faillite morale, argue-t-elle.

— La moitié du gouvernement est en faillite morale, rétorque son chef. Mais à moins qu'ils ne commettent un crime puni par la loi, on les a sur le dos pour un moment.

Fiona s'arrête, hors d'haleine, sur le sentier de la montagne, et se retourne pour regarder Carreg Plas. La vision est idyllique.

S'entrecroisant au-dessus de l'arrière-cour, des guirlandes d'ampoules éteintes attendent le prochain mariage. Elle se représente les pavés couverts de tables sur tréteaux et de lierre grimpant. Huw et elle se sont mariés à la chapelle de Cwm Coed, et la réception a eu lieu sous une grande tente à l'arrière de Y Llew Coch. Robe blanche, voile, la totale.

« C'est vraiment de l'argent jeté par les fenêtres, avait soupiré mam quand Fiona était revenue s'installer à la maison, dix-huit mois plus tard.

— Je paierai le prochain toute seule », avait répliqué Fiona.

Le capitaine Malik lui parle.

— Il n'y a rien que nous puissions faire pour obliger Young Productions à arrêter le tournage de leur émission. Sinon les informer des risques qu'ils encourent en continuant.

— Miles n'écoute rien, à moins que ça ait un rapport avec son Audimat, répond Fiona.

L'opinion publique a viré en faveur de Ryan au cours des deux derniers jours, plusieurs experts réputés ayant condamné l'émission. Et cependant, l'audience continue de monter en flèche. Il faut croire que tout le monde aime regarder les trains dérailler.

— Il se moque que l'équipe ait reçu des menaces de mort, ou que quelqu'un ait posté l'adresse de la ferme sur Twitter. Ce n'est qu'une question de temps avant que des manifestants ne débarquent sur place.

— Je vais parler au commandant, pour qu'on nous mette un agent en faction.

— J'ai un mauvais pressentiment, chef.

Fiona commence à redescendre la pente.

— Le hashtag #RetrouvonsRyan est dans les tendances Twitter depuis hier, et *Exposure* est décriée de toutes parts.

À juste titre, pense-t-elle. Le téléphone d'Angharad n'a pas borné depuis vendredi soir, quand elle a écrit à Elen, et Ryan a disparu sans laisser de traces. Soit quelqu'un a accepté de l'héberger, soit il a passé une autre nuit dans la montagne. Fiona ne veut pas envisager la troisième possibilité : que Ryan se soit servi du couteau d'Angharad pour en finir.

— C'est une situation délicate, reprend Malik. Les médias ont polarisé l'opinion : les gauchistes woke exhortent à la *gentillesse* tandis que les éditorialistes de droite félicitent Miles et se moquent des candidats qu'ils qualifient de « chochottes ». Le chef craint de donner l'impression de prendre parti pour les uns ou pour les autres.

Fiona explose :

— Je ne vois pas ce qu'il y a de woke à tenter d'empêcher un homme souffrant psychologiquement de se faire du mal ou d'en faire à quelqu'un d'autre, putain !

— Fiona, avons-nous, oui ou non, mis sur pied un protocole concernant le jargon professionnel sur le lieu de travail ?

Elle soupire.

— Oui.

— J'apprécierais que vous fassiez au moins semblant d'essayer de vous y conformer. Renoncez à chercher à interrompre le tournage d'*Exposure*, ajoute Malik. Contentez-vous de trouver Ryan Francis.

Comme si c'était aussi simple, se dit Fiona, en reprenant le chemin de la ferme. Si Ryan voulait disparaître, il aurait quitté la montagne immédiatement après s'être échappé du campement. À moins que la police scientifique ne confirme que ce sont bien ses empreintes qui ont été prélevées sur les pierres qui ont brisé les caméras : sa décision de rester dans le coin jusque-là prendrait alors tout son sens. Mais pourquoi être resté ensuite ? Essaie-t-il d'avoir une autre opportunité de forcer le cadenas de la boîte à secrets ? Ou a-t-il un autre projet en tête ?

Fiona jette un œil par la fenêtre de la chambre de Ryan en traversant la cour. Jessica arpente la pièce, le téléphone à l'oreille et l'autre main entortillée dans ses cheveux. Aucun des amis ou parents de Ryan n'a eu de ses nouvelles depuis son départ d'*Exposure*. Ils sont tous d'accord pour affirmer que cela ne lui ressemble pas de disparaître ainsi.

Il est près de 10 heures lorsque Fiona approche du corps de ferme. Elle a presque atteint la porte de derrière quand elle entend une clé tourner dans une serrure. Elle se retourne et voit Miles avec sa veste de jogging jaune vif et son bonnet. Il se penche pour glisser la clé de sa régie sous le paillasson.

— Miles ! l'appelle-t-elle.

Si le bien-être des candidats ne lui paraît pas justifier l'interruption d'*Exposure*, peut-être la sécurité de ses employés sera-t-elle une raison suffisante. Le déluge d'injures en ligne charrie plusieurs menaces explicites à l'encontre de Roxy qui, en sa qualité de représentante identifiable de sa création toxique, s'attire les apostrophes les plus haineuses du public.

Mais Miles ne lui adresse pas même un regard. Il grimpe la montagne au sprint, incapable de renoncer à son petit jogging quotidien, en dépit de toute cette merde. Après tout, Néron jouait de la lyre pendant que Rome brûlait, songe Fiona. Ça lui ferait une belle jambe si Ryan lui tombait dessus avec ce couteau de pêche…

Devant l'entrée de Carreg Plas, une équipe de télévision s'entretient avec Aliyah. Depuis que les médias ne lui servent plus la soupe, Miles leur a interdit l'accès à la cuisine et refuse toutes les interviews. Ce qui n'empêche pas les candidats d'en accorder, selon leurs propres termes. Fiona traîne à l'angle de la maison pour écouter l'ex-candidate se confier à une journaliste enveloppée d'un long manteau fauve.

— Il ne s'agit pas tant de savoir s'il devrait ou non y avoir des travailleuses du sexe que d'assurer la sécurité de celles qui le sont déjà, dit-elle.

— Elle s'en tire bien, hein ?

Fiona se retourne. Juste à côté d'elle, Pam couve la scène d'un regard empreint de fierté.

— Je lui ai remonté le moral, hier soir. Je lui ai conseillé de se réapproprier la narration, de ne pas laisser ce connard de Miles gagner.

Fiona observe la journaliste, qui opine du chef la mine grave, et remarque la posture pleine d'assurance d'Aliyah.

— Impressionnant.

— ITV fait un reportage sur la manière dont la crise économique pousse des étudiants à se prostituer, et la BBC veut l'interviewer sur « les hommes qui pratiquent le shaming ».

Pam jette un œil à ses notes sur son téléphone.

— Après ça, elle rencontre des gens de Sky New pour parler des abus de la téléréalité. Oh, et quant à moi, je serai dans *Woman's Hour*, demain.

— Et votre boulot, comment ça se passe ?

— Je dois avoir une conversation téléphonique avec le président du conseil d'établissement, dans la matinée.

— Bonne chance !

— J'en aurai besoin, répond-elle avec un sourire triste, avant de reporter son attention quasi maternelle sur Aliyah.

Fiona comprend pourquoi des parents sont prêts à payer pour mettre leur fille dans l'école de Pam.

Elle trouve Roxy dans la cuisine, le visage pâle et boursouflé, comme si elle avait pleuré.

— J'étais sur le point d'aller me promener, lui lance aussitôt l'animatrice.

Fiona aimerait lui répondre que c'est une mauvaise idée, avec tout le venin qui se déverse sur sa personne et sachant que l'adresse de la ferme a été divulguée et partagée. Puis elle songe à la manière dont Pam a aidé Aliyah à s'assumer en se « réappropriant la narration ». C'est déjà assez moche que Miles impose la terreur à ses candidats, on ne peut pas souhaiter que ses employés vivent la même chose.

— Faites attention à vous, la prévient-elle. Ne vous éloignez pas trop.

Des larmes perlent sur les cils sombres de Roxy.

— J'ai essayé de démissionner, murmure-t-elle. Mais Miles a menacé de m'attaquer en justice pour rupture de contrat. Il a promis qu'il veillerait à ce que je ne travaille plus jamais pour la télévision.

— Il peut faire ça ?

— Je le hais, se contente de répondre l'animatrice en sortant.

La porte claque derrière elle.

— Bienvenue au club, marmonne Fiona dans la pièce désertée. La liste des membres commence à être longuette.

Elle jette un coup d'œil au salon, à la recherche de Caleb, puis se souvient qu'il a été viré. Il y a deux messages vocaux de Seren sur son téléphone : à n'en pas douter, des suppliques pour qu'elle plaide en faveur de Caleb auprès de Miles. Comme s'il y avait la moindre chance qu'il l'écoute.

Elle est en train de se rouler une clope quand Jessica fait irruption dans la cuisine.

— Ryan vient de m'appeler !

Elle tapote sur son téléphone et lui montre le numéro.

— Il n'a rien dit, mais je suis certaine que c'était lui. Il...

Sa voix se brise.

— Il pleurait.

Elle tressaille et se retient à la table, comme si ses jambes refusaient de la porter.

Fiona compare le numéro à celui qu'elle a noté sur son carnet, pour s'assurer qu'il s'agit bien de celui d'Angharad, puis cherche le nom de Leo dans ses contacts.

— Ryan est un homme intelligent... C'est un bon chef... il dirige une équipe, au travail. Et il est drôle, sociable... Et cet enfoiré l'a brisé, sanglote Jessica, se tournant vers la fenêtre.

— Du nouveau ? répond Leo.

— Ryan a utilisé le téléphone d'Angharad, l'informe Fiona.

— Ce que Miles a fait est criminel, continue Jessica. Mais il n'est pas le seul responsable.

Leo n'hésite pas un instant.

— Je demande une autorisation de traçage téléphonique.

— Tous ces gens. Scotchés devant ces émissions de téléréalité, avides de commérages...

— Asseyez-vous, propose Fiona à Jessica. Je vais vous apporter un peu d'eau...

— Vous l'avez regardée, vous ?

— Je vous demande pardon ?

— *Exposure*, vous l'avez regardée ?

Elle hésite.

— Oui, mais...

— Alors vous êtes aussi coupable que les autres ! l'interrompt Jessica, pointant sur elle un index accusateur. Vous et tous ces gens qui colportent des rumeurs sur des personnes qu'ils ne connaissent pas et attendent avidement que la prochaine proie soit déchiquetée.

— J'ai regardé à cause…

Du boulot, se retient-elle de terminer. Parce que ce n'est pas tout à fait vrai, n'est-ce pas ? Elle se revoit, le soir de la diffusion du premier épisode, assise confortablement dans le canapé de mam, Dave à ses pieds et une assiette de tourte sur les genoux. Elle se remémore la manière dont ils ont disséqué chaque candidat, comme on observe des animaux dans un zoo, et non des gens en chair et en os. Et même hier soir, Fiona n'a éteint sa télé qu'après avoir entendu la confession d'Aliyah.

— Si les gens comme vous ne regardaient pas la téléréalité, alors les gens tels que *lui*…

Jessica pointe son doigt accusateur vers la régie de Miles.

— … n'en fabriqueraient pas. Vous êtes tous complices. Vous avez tous du sang sur les mains !

Elle se rue hors de la cuisine, claquant la porte derrière elle.

Fiona s'écroule sur une chaise et découvre avec horreur qu'elle tremble.

20
Dimanche – Leo

Leo est bien conscient des limites en matière de géolocalisation des téléphones portables. En particulier dans une zone telle que Cwm Coed, où il y a moins d'antennes-relais que dans les villes. Néanmoins, il est déçu par les maigres informations que lui fournit l'analyste sur les déplacements probables de Ryan.

— À l'ouest de la borne la plus proche, répète-t-il à Fiona et George.

— C'est tout ? fait Fiona en soufflant bruyamment.

— Au moins, on sait dans quelle zone chercher, commente George en haussant les épaules.

— Il y avait un peu d'argent dans le porte-monnaie d'Angharad, leur rappelle Leo. Ryan aurait pu prendre un bus, ou même appeler un taxi, mais il est resté près de la montagne du Dragon…

Il attrape le regard de Fiona.

— De Pen y Ddraig, se corrige-t-il, mal à l'aise. Pourquoi ?

— Parce que sa femme est ici, propose George.

— Non.

Par la porte ouverte de la cuisine, Fiona jette un œil de l'autre côté de la cour.

— Parce que Miles est ici.

Une distance d'environ soixante mètres sépare la cuisine de la régie, mais ils entendent les sons étouffés qui leur indiquent que le producteur est revenu de son jogging et qu'il est à sa table de montage. Leo n'entend pas distinctement les paroles de l'extrait, juste les fluctuations de voix d'hommes et de femmes que Miles écoute toujours à plein volume.

— Il faut qu'on aille le prévenir, décide-t-il.

— J'ai essayé, tout à l'heure, quand il est sorti pour courir, répond Fiona. Il m'a totalement zappée.

Leo envisage les différentes options. Les informations recueillies ne sont pas assez probantes pour faire un signalement de vulnérabilité. Pour cela, il leur faudrait identifier une menace imminente concernant la vie de Miles. Et cependant, à en juger par ce que leur a confié Angharad, Ryan nourrit un profond ressentiment à l'encontre de toutes les personnes impliquées dans *Exposure* en général, et de Miles en particulier.

Leo dispose d'une capture d'écran du type de couteau que la vieille femme avait dans son sac.

« Je n'ai pas l'habitude de me promener partout avec, lui a-t-elle expliqué en voyant sa réaction. J'étais allée pêcher dans la journée, et il était resté dans mon sac. »

Il s'agit d'un couteau à filet avec une longue lame effilée qui évoque un talon aiguille. *Idéal pour trancher*, dit le descriptif du site de vente en ligne. Un frisson parcourt la colonne vertébrale de Leo alors qu'il se représente le même couteau, avec un manche en os et non en bois (« Il appartenait à mon père », a expliqué Angharad), dans le poing de Ryan, crispé par l'anxiété.

Miles monte encore le volume de ses rushs et Leo commence à distinguer les mots. Un homme rugit : « Qu'est-ce que tu fais ? »

— Il va s'abîmer les tympans s'il continue comme ça, commente George.

« Tu me menaces, c'est ça ? » s'élève la voix, forte mais brouillée par la distance et les portes. « Lâche-moi ! » Les seuls candidats masculins encore en lice dans *Exposure* sont Lucas et Henry ; toutefois, au moment même où Leo essaie de déterminer lequel des deux crie ainsi, il s'aperçoit que ça ne peut être ni l'un ni l'autre ; parce que les exclamations sont interrompues par un hurlement à vous glacer le sang, suivi d'une plainte angoissée.

« À l'aide ! À l'aide ! »

Puis le silence.

Leo, Fiona et George échangent des regards.

Fiona est la première à s'élancer, mais George, qui court plus vite, atteint le box de Miles la première et se met à tambouriner contre sa porte. Les rideaux sont tirés. Elle tape au carreau, tout en secouant la poignée.

— Ouvrez !

Jason apparaît derrière eux.

— Qu'est-ce qui se passe ? Vous avez entendu ce hurlement ? C'était Miles ?

— Reculez !

Leo prend son élan, vise et envoie violemment son pied sur la serrure. Le bois craque, mais la porte tient bon. Il retente le coup avec l'épaule, projetant tout son poids contre le panneau de bois. La porte s'ouvre avec un déchirement sonore, et Leo se rétablit juste à temps pour ne pas s'étaler dans ce qu'il identifie immédiatement comme une scène de crime.

Miles est affalé sur sa table. Au-dessus de sa tête, sur les moniteurs, les candidats d'*Exposure* discutent et rient. Le contraste est si grotesque qu'il lui retourne l'estomac. Leo cherche un pouls, mais ils sont arrivés trop tard.

Miles Young est mort.

Communiqué

En raison des événements tragiques de la journée, l'épisode d'*Exposure* de ce soir ne sera pas diffusé. Le tournage a été interrompu, et les derniers concurrents ainsi que l'équipe de production bénéficient d'un soutien psychologique. La police est sur les lieux, mais nous ne sommes pas en mesure d'en dire davantage pour le moment.

Young Productions

Deuxième partie

21
Dimanche – Fiona

George est déjà en liaison avec le central, auquel elle fournit les détails concernant le meurtre de Miles du même ton détaché qu'elle emploie pour commander un sandwich :

— Des patrouilles en renfort et la brigade canine, s'il vous plaît. Police scientifique, médecin légiste, agent enquêteur supérieur…

Tandis que George énumère la liste des spécialistes nécessaires sur place, Leo repousse l'attroupement qui s'est formé dans la cour. Toutes les personnes présentes dans la ferme sont sorties, les unes attirées par les cris de Miles, les autres par le chaos qui a suivi. Roxy a les mains plaquées sur la bouche. Derrière elle, Owen écarquille les yeux, incrédule. Fiona aperçoit Pam, Jason, Aliyah. Et Caleb, aussi.

Seule Jessica manque à l'appel.

— Retournez tous dans vos chambres.

Le ton de Leo est sans appel.

Jason regarde en direction de la régie.

— Est-ce qu'il est… mort ?

— Immédiatement ! ajoute Leo.

Les deux hommes se jaugent un instant, puis Jason se détourne avec réticence et, un à un, ils regagnent leurs chambres.

Fiona se sent oppressée. Les voix qui s'élèvent dans la cour résonnent dans ses oreilles tels des échos à travers un tunnel.

Miles Young est mort.

Elle ne compte plus les cadavres qu'elle a vus. Elle est arrivée la première sur les lieux de douzaines d'agressions ou d'accidents de la circulation, et d'un nombre d'actes d'automutilation qu'elle préférerait oublier.

Mais elle n'a jamais *entendu* un meurtre en direct.

Fiona se rejoue la bande-son mentalement. Aucun d'eux n'a réagi quand Miles a crié « Qu'est-ce que tu fais ? » et « Tu me menaces, c'est ça ? ». Tous s'imaginaient qu'il écoutait un enregistrement. Ils se sont même souciés de l'impact du volume sur ses tympans, bon sang ! Et pendant ce temps...

Fiona repense au hurlement guttural qui a suivi, s'imagine Miles désespérant d'être entendu quand il a crié : « À l'aide ! À l'aide ! »

Est-ce que ça lui a semblé durer une éternité ?

Ça a duré moins d'une minute.

Moins d'une minute, répète la voix mentale de Fiona, clairement sur la défensive. Ils n'auraient rien pu faire.

Moins d'une minute.

Il faut moins d'une minute pour traverser la cour, dit la voix dans sa tête. Elle éprouve du soulagement quand la sonnerie du téléphone interrompt le fil de ses pensées. Elle répond d'un vif « Agent enquêteur Fiona Morgan ».

— Commandant Christine Boccacci. Vous êtes avec la victime du meurtre, si j'ai bien compris ?

— Oui, cheffe, dit-elle, retrouvant ses esprits. On a gelé les lieux et les témoins sont...

— Qui est l'officier supérieur sur place ?

La question la laisse momentanément sans voix.

— Il n'y a pas...

Puis elle se souvient de Leo.

— Eh bien, le lieutenant Brady de la section de recherche du Cheshire est ici.

— Ah, excellent, dit Boccacci, satisfaite. Passez-le-moi, s'il vous plaît, j'aimerais qu'il me fasse un point détaillé.

Fiona ouvre la bouche pour protester – elle s'apprêtait justement à le lui faire, ce point détaillé –, mais comprend que c'est inutile. Elle n'a jamais été en quête de promotion. Son boulot, c'est de trouver des assassins, pas de laver son linge sale en public, et la partie la plus intéressante du job s'accomplit sur le terrain, pas dans un bureau. Néanmoins, c'est avec une pointe de ressentiment qu'elle tend le téléphone à Leo avec un sobre « le commandant veut te parler ».

Abandonnée sur le tapis de la chambre de Miles, la clé de la régie a une étiquette en cuir frappée du chiffre huit. Elle a dû tomber quand Leo a enfoncé la porte, songe Fiona, la laissant où elle est.

Le corps de Miles est avachi sur la grande table de montage livrée par la production. Fiona a jeté un œil aux autres box aménagés : tous disposent d'un petit canapé en lieu et place de cet immense poste de travail. Les deux moniteurs sont connectés à un ordinateur portable et un disque dur externe. L'un des écrans est vide. Caleb estimait que Miles aurait facilement pu déléguer certaines tâches, s'il n'avait pas tenu à tout contrôler.

« Il a deux postes de montage, lui a déclaré le jeune homme. Mais le grand Miles Young ne peut pas tolérer que quiconque s'asseye à côté de lui, bien sûr ! »

Le second moniteur, qui diffuse le streaming du camp, montre Ceri et Lucas, assis près du feu.

« ... je l'ai vue parler avec la femme avec sa caméra », dit Lucas.

Le volume est affreusement élevé. Comment Miles pouvait-il supporter ça ? Sur la bordure supérieure de l'écran, des onglets rouges invitent l'utilisateur à cliquer sur les différentes caméras : CAMP 1, CAMP 2, CAMP 3, TENTE HOMMES, TENTE FEMMES, CONFESSIONNAL. La tentation de s'amuser avec est puissante (Henry n'est pas avec Ceri et Lucas, Fiona aimerait bien savoir où il se trouve), mais elle choisit d'appuyer sur le bouton muet avec l'extrémité de son stylo. Le silence soudain l'apaise instantanément.

Les écuries aménagées ont un petit côté chambres universitaires chics avec leurs dressings compacts et leurs lits doubles étroits. Au fond de la régie de Miles, la fenêtre est grande ouverte. Elle est bien assez large pour permettre quelqu'un de se glisser à l'intérieur, et cette rangée de box-ci est adossée au bois ; ce qui signifie qu'il aurait été facile pour le meurtrier de s'enfuir par là sans être remarqué. Fiona fait le tour de l'espace, les mains enfoncées dans ses poches. Cette habitude pourrait paraître d'une désinvolture choquante à un observateur (le capitaine Malik l'a réprimandée plus d'une fois à ce sujet), mais c'est une méthode sûre pour éviter de toucher quoi que ce soit sans réfléchir.

Avec la pointe de sa chaussure, elle ouvre la porte de la salle d'eau. Au moment où elle esquisse ce geste, il lui vient à l'esprit que la fenêtre ouverte n'est peut-être qu'une ruse visant à leur faire croire que l'assassin a filé côté bois. Ou bien il aura ouvert la fenêtre pour fuir, mais n'ayant pas le temps de l'escalader, il se sera caché dans le seul endroit disponible...

Elle est à la fois soulagée et déçue de découvrir que la minuscule pièce est vide. La cabine de douche en verre est totalement sèche. Elle se demande si Miles s'est douché après son jogging ou s'il s'est changé directement pour se remettre au boulot. Elle grimace à cette idée. D'ailleurs, maintenant qu'elle y pense, un léger effluve de vestiaires de rugby après le match plane dans la pièce.

Elle s'approche du corps.

Les bras de Miles pendent sur ses flancs. Sa poitrine repose sur la table et sa tête est tournée sur le côté. On pourrait croire qu'il pique un somme, s'il n'avait pas les yeux grands ouverts. Elle est déconcertée par le regard exorbité braqué sur elle. Il porte un tee-shirt ample qui révèle de vilaines marques autour de son cou.

— Strangulation, lance Leo depuis la porte.

— On dirait bien.

Fiona désigne l'écran muet où Lucas et Ceri ont été rejoints par Henry.

— On ferait mieux de les ramener ici.

Leo secoue la tête.

— Tout le monde reste où il est tant que le chien n'est pas arrivé.

— Mais...

— Le commandant Boccacci m'a demandé de diriger les opérations à titre temporaire.

Le sous-entendu est clair : *C'est moi le patron, ici.* Fiona songe que c'est une bonne chose qu'elle ait foutu leur relation en l'air, en fin de compte. Comment former un couple équilibré quand l'un des partenaires a un grade supérieur à l'autre ?

— George a interrogé les personnes qui logent dans les écuries. Toutes affirment qu'elles étaient dans leur chambre à l'heure du meurtre, l'informe-t-il. Il s'agit de Jason, de Pam et d'Aliyah.

— Mais pas Jessica, lui fait-elle remarquer.

Il en prend note.

— Peux-tu interroger ceux qui logent dans le corps de ferme ? Roxy, Owen et Caleb. Il ne devrait y avoir personne d'autre dans la maison. Un agent en uniforme a tendu une Rubalise devant le portail.

Leo a moins de mal à donner des ordres que Fiona à en recevoir, ce qui lui confirme que leur histoire, ou leur presque-histoire, fait bel et bien partie du passé. Leo la considère clairement comme une collègue, et rien de plus.

— Bien sûr, répond-elle, avec une légèreté feinte. Lieutenant.

Il paraît surréaliste de penser qu'une heure plus tôt à peine, Fiona était appuyée au comptoir de la cuisine et hésitait entre allumer une cigarette, boire un autre café, ou les deux. Alors qu'elle était agacée par l'inévitable lenteur d'une enquête pour disparition, voilà qu'ils sont soudain précipités dans les profondeurs vertigineuses d'une affaire de meurtre.

Elle trouve Owen au salon, posté devant la fenêtre, les yeux fixés sur la bande en plastique bleu et blanc qui flotte en travers de l'allée de la ferme.

— J'ai prévenu nos bureaux, dit-il.

— On vous avait spécifiquement demandé de ne passer aucun appel.

— Il faut bien que quelqu'un reprenne le montage, sinon…

— Le montage ?

— De l'émission.

Il lui parle comme si elle avait du mal à additionner deux et deux.

Elle le dévisage, sidérée.

— Miles a été assassiné.

— Exactement. Donc il faut que quelqu'un prenne la suite.

Il s'étire les doigts.

— J'ai demandé à la production qu'elle envoie un cameraman free-lance pour me remplacer. Je vais prendre la suite de Miles.

Fiona a presque pitié de lui.

— Ne vous inquiétez pas, je sais ce que je fais. J'ai fait mes débuts en tournant des courts métrages à petit budget qui vous obligent à être à la fois producteur, réalisateur et cadreur… la totale. Je reprends le job de réal et de producteur, les spectateurs n'y verront que du feu.

— La fête est finie, mon pote.

— Que voulez-vous dire ?

— *Finito.* Il n'y a plus d'*Exposure* qui tienne. Il s'agit d'une enquête criminelle.

— Non !

C'est presque un cri du cœur.

— Vous ne pouvez pas annuler l'émission.

— Je peux, et je le fais, rétorque Fiona. À partir de maintenant, toutes les caméras habilitées à filmer les lieux sont celles de la police scientifique.

— Dieu merci, c'est terminé, soupire Roxy, rougissant aussitôt. C'est affreux, je suis désolée. Je ne veux pas dire que je suis contente que Miles soit mort, bien sûr, mais je crois que je n'aurais pas pu endurer une semaine d'*Exposure* de plus.

— Ça n'aurait pas duré une semaine, quand même ? Il ne restait que trois candidats.

Fiona est perchée sur le bord de la fenêtre de sa chambre, voisine de celle de Miles, côté cour du corps de ferme. Roxy est assise à l'extrémité du lit sur un jeté crème. Des boiseries vert sauge couvrent la partie inférieure des murs. Il y a quatre chambres à coucher dans la maison, toutes aussi spacieuses que celle-ci, et qui pourraient sans mal contenir tout le rez-de-chaussée de son petit logement. Sur un portant, elle remarque une série d'ensembles identiques : l'uniforme d'animatrice de Roxy.

— Miles avait tout planifié, dit cette dernière, remarquant l'étonnement de Fiona. Vous ne pensiez tout de même pas que les éliminations étaient le fruit du hasard, n'est-ce pas ?

— Vous voulez dire que le vote des téléspectateurs n'a aucune incidence ?

— Miles s'en sert… s'en servait à titre indicatif, pour savoir quels étaient les candidats préférés du public, mais c'était lui qui avait le dernier mot. Jason devait sortir en premier, quoi qu'il arrive.

— Pourquoi Jason ?

— Bigamie.

Roxy hausse les épaules, comme si la réponse allait de soi.

— C'est assez croustillant pour tenir les gens en haleine et attirer l'attention des médias. Si l'un des candidats ne l'avait pas exposé, Miles l'aurait envoyé dans la cabine. Il avait plus d'un tour dans son sac. Je ne serais pas étonnée si on me disait qu'il faisait passer des infos aux candidats par l'intermédiaire de l'agent de sécurité. Pour les manipuler, vous voyez ?

Pauvre Jason, se dit Fiona, songeant à ses tentatives désespérées pour joindre sa femme au téléphone. Pas étonnant qu'il ait cherché à démolir Miles dans la cuisine.

— Vous l'avez entendu crier à l'aide ?

L'animatrice secoue la tête.

— J'étais ici, en train de me changer. J'écoutais de la musique.

— Qu'est-ce que vous écoutiez ?

Elle réfléchit.

— ABBA, je crois, dit-elle avec un petit rire gêné. Tragique, je sais, mais ça m'aide à entrer dans la peau de mon personnage.

Officiellement, Caleb n'a pas de chambre à Carreg Plas. Il habite La Rive, la résidence d'été située au bord du lac, et monte ici chaque matin – Fiona l'a vu pousser son vélo dans les pentes les plus raides. Toutefois, elle a appris par Seren que le garçon s'était approprié la chambre vide voisine de celle d'Owen, juste en face de celle de Roxy. Elle frappe à sa porte.

Les jeunes de dix-huit ans possèdent la faculté troublante de passer par une grande variété d'âges dans la même journée, a découvert Fiona au fil du temps. Seren a l'air d'avoir douze ans, au plus, quand elle renverse du lait de son bol de céréales sur son pyjama et regarde les dessins animés du matin, mais elle se transforme en femme d'une vingtaine d'années avec une simple touche de mascara et cinquante livres de vêtements Shein.

Aujourd'hui, Caleb a l'air d'un gamin. Un enfant effrayé. Sa fenêtre offre une vue plongeante sur la vallée et sur les reflets argentés de Llyn Drynch sous le soleil de midi. À l'extrémité la plus éloignée du lac, s'étendent La Rive et le chalet de sa mère, où il aimerait sans nul doute se trouver à l'heure qu'il est.

— C'est quoi tout ça ? demande-t-il.

Il a pleuré, mais ne l'avouera jamais.

— Une enquête criminelle, répond Fiona.

Il se mord la lèvre inférieure.

— Depuis quand es-tu dans cette chambre ?

— Depuis que l'autre policier m'a demandé d'attendre ici.

— Et où te trouvais-tu avant ça ?

— Sur le chemin du campement, avec les rations de la journée.

— Je croyais que tu avais été viré.

— Oui, jusqu'à ce qu'il s'aperçoive qu'il n'y avait plus personne pour faire ses petits boulots de merde.

Caleb exhale un petit *hein* hargneux.

— Je n'ai pas eu droit à des excuses, bien sûr. Juste à un « file au campement », comme s'il se prenait pour le putain de maître de l'univers.

Il se tait, et paraît soudain sur ses gardes : comme s'il venait de comprendre que de pester contre un patron fraîchement assassiné n'était pas la meilleure des idées.

— Est-ce que quelqu'un t'a vu monter au campement, ce matin ?

— C'est un interrogatoire ?

Il y a un long silence.

— Non, finit par répondre Fiona.

Caleb est adulte, certes, mais tout juste. Et puis, il n'est pas suspect, hein ? Parce que ce serait vraiment un sale coup porté aux révisions de Seren.

⋆ ⋆ ⋆

Elle fait un détour pour regagner l'arrière-cour, sortant par la porte d'entrée et longeant les écuries côté bois. Elle préfère éviter de trop s'approcher de la scène de crime. Avec un peu de chance, Jim et Foster détecteront une odeur par la fenêtre ouverte. Mais passer par ici pourrait lui donner une idée de la direction dans laquelle le meurtrier a pu s'enfuir.

Elle n'avait pas prévu de se retrouver nez à nez avec son ex-mari.

— Qu'est-ce que tu fais là ?

— Je pourrais te poser la même question, riposte Huw.

— Tu pourrais, mais c'est moi la flic, ici, et c'est toi qui rôdes sur une scène de crime.

— Une quoi ?

Il reste bouche bée.

— Tu as bien entendu. Qu'est-ce que tu fais ici ?

Il n'y a pas de chemin sur cette bande de terre étroite qui sépare l'arrière des écuries de la forêt qui monte à la montagne, Huw n'a aucune raison de se trouver là.

— Je cherche Ryan.

— Non, c'est faux. Les recherches civiles ont été stoppées quand nous avons appris que Ryan était en possession d'une arme.

Il fait froid à l'ombre des arbres. Fiona sent les poils de ses avant-bras se hérisser.

— J'ai fait tomber un clip de talkie-walkie par ici. Je le cherchais.

— Tu ne veux pas savoir qui a été tué ?

— Hein ?

— Tu ne me l'as pas demandé, insiste-t-elle, soutenant son regard. C'est la première question que j'aurais posée, moi.

— J'ai présumé que c'était Miles, voilà tout.

Ses paupières battent rapidement.

— C'est lui ?

Fiona ne répond pas. Elle réfléchit à une chose bien plus utile que la raison pour laquelle son ex-mari rôde dans les bois : la seule chose que Huw est capable de massacrer, c'est *Sweet Caroline* un soir de karaoké à Y Llew Coch.

— Ce logiciel que tu utilises pour localiser précisément les gens, reprend-elle. Il marche comment ?

— Hein ?

Huw est déconcerté par le brusque virement de bord.

— Tu pourrais l'utiliser pour trouver Ryan ?

Quand ils étaient encore ensemble, Fiona l'observait émerveillée chaque fois qu'elle le voyait assis devant son ordinateur portable, guider une équipe sur la trace d'un randonneur blessé ou d'un promeneur égaré. Mais il est tellement plus aisé de retrouver une personne qui souhaite qu'on la retrouve.

— Ça ne marchera pas, répond-il.

— Pourquoi ?

— Parce que le message que nous envoyons dit : *Ici l'équipe de sauvetage en montagne, merci de cliquer sur ce lien afin que nous puissions vous localiser.* S'il est en fuite, il y a peu de chances pour qu'il...

— Le message ne peut pas être modifié ?

Quelque part dans la forêt, un chien aboie. Le bruit cascade sur tout le flanc de la montagne.

Huw hésite.

— Je suppose que si...

Fiona ressent une petite poussée d'adrénaline.

— Alors on pourrait écrire quelque chose comme... *Hé, c'est Jessica, je m'inquiète pour toi, je t'aime tant, bla-bla. Je viendrai t'attendre ici à telle heure.*

— Ça ne marchera pas.

— Ça pourrait.

— Ce serait une grave entorse au protocole de changer le message. Et ça ne relèverait pas de la tromperie ? suggère-t-il, hésitant. Sérieusement, Fi, ça pourrait m'attirer des ennuis.

— Rappelle-moi pourquoi tu traînes sur une scène de crime, au fait ?

Il y a un long silence.

— OK. Je vais le faire.

— Génial. Maintenant, fiche-moi le camp d'ici avant que quelqu'un te voie.

Les mots de Huw résonnent dans la tête de Fiona. *J'ai présumé que c'était Miles.*

Évidemment. Qui d'autre que Miles pouvait être victime d'un meurtre ? Qui d'autre a lâché des bombes sur les existences de sept personnes ordinaires ? Qui d'autre a manipulé le public pour lui donner l'impression qu'il jouait un rôle dans tout ça, alors que presque tout était écrit à l'avance ?

Fiona a regardé six épisodes d'*Exposure*, mais n'est pas plus informée sur ces gens que si elle n'en avait vu aucun. Six jours de streaming vingt-quatre sur vingt-quatre, six jours de rushs découpés, manipulés et réduits à dix épisodes de cinquante minutes, pour raconter l'histoire que Miles avait envie de raconter. Rien de ce qui est montré dans cette émission ne trahit le sentiment des candidats à l'égard du producteur, ni la situation dans laquelle il les a placés. La vérité se trouve quelque part, dans ce qui a été sabré au montage.

Trois candidats sont toujours enfermés dans le campement, mais quatre d'entre eux sont dehors, et ils ont tous quatre des raisons de détester Miles pour avoir saccagé leurs vies.

Miles agissait comme un marionnettiste.

Et si l'une de ses marionnettes avait coupé le fil ?

22
Ryan – *Exposure*, premier jour

Au cours des semaines qui ont précédé son apparition dans *Exposure*, Ryan a été pris de nausées de plus en plus fortes. Hier, quand il est arrivé à Carreg Plas et qu'on lui a donné un sac à dos rempli de vêtements portant la griffe de l'émission en prévision du premier jour de tournage, il a cru défaillir de terreur. Il regrettait amèrement d'avoir envoyé cette candidature, dans une tentative irréfléchie de réaffirmer sa masculinité. Jessica laissait traîner des magazines montrant des hommes efféminés un peu partout dans la maison, si bien qu'il avait compris qu'elle nourrissait des soupçons, qu'elle cherchait à le provoquer.

Êtes-vous assez solide pour survivre deux semaines dans les montagnes de Snowdonia ? L'annonce avait été glissée après *Googlebow* et avant *Jimmy Carr.* Des mots incrustés dans un grand encart orange barraient l'écran : *Êtes-vous capable d'endurer* Exposure *?*

« Je peux y arriver », avait dit Ryan, d'un ton farouche.

Jessica avait pouffé.

« J'aimerais bien t'y voir ! »

Elle lui avait tapoté la cuisse affectueusement, mais c'était trop tard. Ryan avait senti qu'il était obligé de lui prouver qu'il pouvait le faire. Il pouvait endurer *Exposure*, non ? Il faisait du camping sauvage, de l'escalade, de la descente en rappel. Il savait allumer un feu, pêcher à mains nues, attacher des tonneaux ensemble pour fabriquer un radeau. Il pouvait prouver qu'il était l'homme viril que Jessica désirait qu'il fût.

Quand l'e-mail est arrivé (*Félicitations ! Faites vos bagages pour rejoindre* Exposure *!*), Ryan a vomi. Il a envisagé d'ignorer le message, mais, ce matin-là, Jessica lui a lancé : « Tu as vu, ils ont encore un couple de même sexe dans *Danse avec les stars* ? » Ryan a toujours pensé que Jess était plutôt ouverte sur ces sujets-là, seulement, ces derniers temps, elle ne cessait de lui parler de toutes les personnes transgenres et gays qu'elle voyait, comme si elle considérait leur existence comme une attaque personnelle. Il a répondu à Young Productions par un *Oui !* enthousiaste, et a été malade d'angoisse durant les huit jours qui ont suivi.

Quand Ryan et les autres candidats prennent leur petit déjeuner, le premier jour d'*Exposure*, sa tension commence à se dissiper. Ses concurrents ne sont pas tous de beaux mecs bodybuildés au crâne rasé avec des biceps gros comme la France. Ils ne débordent pas de confiance en eux, ne s'enorgueillissent pas de savoir allumer un feu ou élaborer un système de filtration d'eau. Il jette un coup d'œil autour de la table de la cuisine de la ferme et les trouve tous plutôt normaux. Peut-être qu'il peut y arriver, après tout. Il plante sa fourchette dans une autre saucisse et la trempe dans le ketchup.

Peut-être même a-t-il une chance d'empocher les cent mille livres…

Pendant que les autres font connaissance, il se met à rêvasser, se voyant debout au sommet de Pen y Ddaig, brandissant un chèque géant sous les yeux de Jessica, pénétrée d'un nouveau respect pour son mari.

Plus tard, quand les sept candidats prennent le chemin du campement, Ryan sourit à Ceri, la factrice qui marche à côté de lui.

— Magnifique, hein ? dit-il.

Au-dessus d'eux, le pic de la montagne est perdu dans le halo du soleil, et quand il baisse la tête, Ryan voit la vallée qui s'étire à leurs pieds. Il était trop préoccupé pour remarquer le lac, à son arrivée, hier soir : il est d'une beauté à couper le souffle.

— Pas mal, répond Ceri, l'air blasé.

Elle éclate de rire devant son expression.

— C'est mon jardin, lui explique-t-elle.

— Qu'est-ce que tu entends par là ?

Elle lui adresse un clin d'œil.

— J'ai grandi ici. Ça me donne un avantage sur vous, pas vrai ?

Ryan se prend le pied dans un terrier et atterrit sur les genoux. Quel idiot !

Ceri l'aide à se hisser sur ses jambes.

— Quel foutu cauchemar, ces lapins. La dernière fois que je suis montée ici, j'ai fait un soleil.

Elle mime sa chute, exagérant sa maladresse en riant.

— J'ai deux pieds gauches.

Ryan a les yeux qui brillent. Il n'a jamais fait partie d'un collectif. Il n'a jamais essayé, d'ailleurs. Il ne se serait pas intégré, de toute façon, alors à quoi bon ? Mais les sept candidats d'*Exposure* ont tous un point commun : ils ont choisi de participer à cette émission. Ceri lui offre son bras, et il glisse volontiers le sien dessous.

Parfois, il se voit avouer à Jessica qu'il aime porter des vêtements de femme. Il n'est pas homo, ni transgenre, et il est très heureux en ménage, alors ça ne changerait pas grand-chose entre eux… Pas dans son imagination, du moins. C'est juste que, le soir, il pourrait passer une jupe, ou un pantalon fuseau et mettre des talons aiguilles. Peut-être qu'ils pourraient sortir, le vendredi soir, portant tous deux des robes en soie froufroutant autour de leurs mollets.

Ça, c'est son rêve.

La réalité, bien sûr, est que ça changerait tout.

Il y a quelques années, Ryan avait quitté la salle de gym en oubliant derrière lui son sac de sport, au fond duquel il avait fourré une culotte en dentelle. Si la salle de sport appelait, il pourrait toujours dire qu'elle appartenait à Jess, avait-il décidé. Seulement, Jess lui avait envoyé un message de son cours de Pilates, avec une photo de son sac et le message : C'est bien le tien ?

Ryan ne conserve qu'un souvenir diffus des quatre-vingt-dix minutes qui ont suivi, mais le temps que Jessica rentre à la maison avec le sac qu'elle n'avait même pas ouvert, il avait défoncé le mur de la cuisine d'un coup de poing et cassé toutes leurs assiettes. De se trouver dans l'impossibilité de lui expliquer les raisons de cette crise n'avait fait qu'exacerber le mal lui-même. De sorte que Ryan a perdu pied. Jessica l'a soutenu jusqu'à ce qu'il aille mieux, mais il sait qu'elle y pense sans cesse, même si elle n'en parle jamais.

« Tu es certain de vouloir faire ça ? a-t-elle insisté, sceptique, quand il a rempli le formulaire d'inscription à *Exposure*. Tu es sûr que tu… »

Elle a choisi ses mots avec soin.

« Tu es sûr que tu te sens assez en forme pour ça, j'entends ?

— Je vais bien », lui a-t-il assuré.

Cela faisait si longtemps qu'il se sentait détaché du monde.

Quand ils arrivent au campement d'*Exposure*, ils font connaissance avec Roxy Wilde. En fait, ils l'ont déjà vue au petit déjeuner, mais on leur a demandé de prétendre qu'ils la rencontraient pour la première fois, de sorte que c'est avec une certaine gêne qu'il lui serre la main en disant : « Salut, je suis Ryan. » Les autres jouent mieux la comédie. Il pourrait jurer que Henry et Pam n'ont jamais vu la présentatrice avant cet instant. Même Lucas, le pasteur, accepte sa poignée de main avec une sincérité crédible.

— Vous êtes impatients, les gars ? lance l'animatrice, récoltant les exclamations enthousiastes attendues.

— Au taquet ! s'écrie Jason.

— Je suis *plus* que prête ! s'exclame Aliyah.

Ryan ajoute un « Ouais ! » aux exclamations des autres.

— Mesdames et messieurs, déclare Roxy. Vous pensez être ici pour participer à un jeu de survie, n'est-ce pas ?

— Oui ! hurle Henry.

Ryan ressent une subite poussée d'anxiété. Il y a quelque chose de trouble dans le regard de cette femme, derrière les étincelles et ses clins d'yeux.

— Eh bien, vous vous trompez.

Quand Roxy Wilde commence à leur expliquer le véritable objectif d'*Exposure*, Ryan flotte déjà hors de son corps. Il survole le campement, se voit rétrécir et observer les visages horrifiés de ses concurrents. Jason bondit sur la présentatrice, et l'espace d'un instant, on dirait qu'il va y avoir de la bagarre, mais Henry le tire en arrière en disant :

— On doit avoir mal compris, écoutons-les.

Seulement tout le monde a bien compris, n'est-ce pas ? Ils ont vraiment l'intention d'exposer les secrets les plus sombres de chacun d'eux.

Ryan pense à la société de développement de logiciels dans laquelle il travaille. Que se passerait-il si ses collègues découvraient son secret ? Il pense à ses parents, qui mériteraient de finir leur vie sans avoir à chercher à comprendre ce que Ryan lui-même a du mal à s'expliquer. Il pense à sa fille, aux réflexions de ses camarades d'école.

Pam fonce sur Roxy et Owen.

— Éteignez immédiatement cette caméra ! ordonne-t-elle.

— Vous ne pouvez pas faire ça, sanglote Aliyah. Nous n'avons pas donné notre accord pour ça.

— En fait, dit le cadreur, si vous lisez bien votre contrat, vous verrez que tout est couvert par les articles en petits caractères. *Young Productions se réserve le droit d'altérer, de modifier, de retravailler le concept, etc., etc.*

Ryan part en vrille. Un poids lui compresse la poitrine et il a le même sentiment vertigineux de ne plus s'appartenir que le jour où Jessica est rentrée de son cours de Pilates avec son sac de sport. Il veut partir, mais il ne parvient pas à bouger, et s'il part, il faudra qu'il fournisse des explications.

C'est fini. Sa vie est finie.

Et tout ça par la faute de Miles Young.

23
Dimanche – Fiona

Le temps que Fiona renvoie Huw à ses moutons et fasse le tour de Carreg Plas pour en regagner l'entrée, un véhicule de la police scientifique s'est garé près du portail, à côté de la camionnette de Jim. Une salve d'aboiements s'élève de la cour, suggérant que Foster est déjà au travail. Fiona est soulagée de ne pas avoir Dave dans les jambes : il aurait sans aucun doute bondi pour aller jouer avec le berger allemand.

À 6 heures, ce matin, elle a cajolé son chien réticent pour l'inciter à contourner la maison de mam et le faire entrer en douce par la porte de derrière.

« Chut ! a-t-elle murmuré quand il a commencé à gémir. Tu vas réveiller...

— Fiona Morgan ! »

Mam a débarqué dans la cuisine en chemise de nuit.

« Tu as de la chance que je n'aie pas de fusil.

— Je me suis servie de ma clé, mam. Les cambrioleurs n'ont pas de... »

Mam a coulé un regard plein de dégoût à Dave.

« Ce n'est pas contre le cambrioleur que je l'aurais utilisé.

— S'il te plaît, mam. Cette disparition traîne en longueur et je n'ai pas une minute pour réfléchir à une solution à long terme. Juste aujourd'hui. Je t'en prie. *Caru ti*... Je t'aime. »

Fiona a détalé, s'attendant à moitié à être taclée et plaquée à terre par son chien, fraîchement échappé.

Aussi difficile que ce soit de l'admettre, Huw a raison à propos du chien. Elle va devoir rappeler le refuge pour leur demander de le reprendre. Elle a tenté tous les promeneurs de chiens du coin, et aucun d'eux n'a accepté de s'en occuper après leur première expérience d'une journée avec Dave. Il s'est forgé une telle réputation qu'un promeneur de chiens d'un village situé à une quinzaine de kilomètres de Cwm Coed a refusé de le prendre avant même de l'avoir rencontré. Dès que cette enquête sera bouclée, Fiona devra supplier le refuge à genoux et avouer sa défaite à Huw.

Il n'y a aucun signe de Jim et Foster quand Fiona arrive dans la cour de la ferme. Une tente de la police scientifique a été montée à l'entrée de la scène de crime, et un agent en uniforme est en faction devant. Un léger crachin s'est mis à tomber. Les fines gouttelettes font scintiller le tissu de la tente, et le policier a remonté le col de sa veste.

Des aboiements excités s'élèvent et, quelques secondes plus tard, Foster apparaît derrière les écuries, au bout de la longue longe contrôlée par Jim. Le chien a flairé une piste. Ils se dirigent vers le sentier qui mène au sommet de la montagne et disparaissent derrière le rideau d'arbres. Ils montent au camp d'*Exposure*.

— Le médecin légiste a constaté le décès et la police scientifique a filmé le corps *in situ*, l'informe Leo. Le commandant Boccacci a autorisé le transfert à la morgue.

Ils attendent dans la tente tandis que, dans la régie, Miles est transporté de sa chaise au sac mortuaire. C'est un processus laborieux dont chaque étape est filmée par un enquêteur de la police scientifique. Les mains de la victime ont été enveloppées dans des sachets en plastique pour conserver les indices qui pourraient se trouver sous ses ongles et une grande feuille de papier a été étalée à côté du sac mortuaire pour qu'on y dépose le contenu de ses poches : un portefeuille, une montre et un iPhone. Fiona glisse chaque pièce à conviction dans des sacs scellés séparés puis remplit les fiches de renseignements.

— Il devait forcément connaître son agresseur, dit Leo. Il n'y a aucune trace de lutte. Miles a dû ouvrir la porte et retourner s'asseoir pour continuer son montage. Il était obsédé par l'idée qu'il puisse y avoir des fuites, il n'aurait jamais laissé un inconnu le regarder travailler.

— Le tueur attend qu'il retourne s'asseoir, puis l'attaque par-derrière au moment où il est le moins susceptible de se défendre.

Bien qu'elle ait affirmé au capitaine Malik qu'elle préférait travailler seule, Fiona sent monter l'excitation en elle.

C'est le moment qu'elle préfère, dans une enquête. C'est encore meilleur que de passer les menottes au coupable. Examiner les indices, reconstituer l'enchaînement des événements qui ont conduit au crime. Les idées que l'on se repasse comme une balle de ping-pong. Elle a conscience qu'elle sourit, et est contente que Leo ait encore le regard fixé sur l'endroit où Miles se tenait quand on l'a tué.

— Oui. Mais il est possible que le geste n'ait pas été prémédité.

Leo désigne le dossier de la chaise, comme s'il se représentait le suspect.

— Miles a pu dire quelque chose qui a fait péter un câble à son visiteur.

— Ou peut-être qu'il visionnait une scène qui a provoqué la réaction de son assassin ?

Sur l'écran muet, Ceri, Henry et Lucas remuent les lèvres, assis autour du feu de camp. Pour eux, rien n'a changé. Fiona se demande si, tout à son ambition de remplacer Miles, Owen aurait attendu l'élimination des derniers candidats d'*Exposure* pour les informer du meurtre du producteur. Il pourrait se passer n'importe quoi dans le monde que ces trois-là l'ignoreraient tant que personne ne se déciderait à aller les prévenir. Était-ce cela que Miles aimait dans son boulot : l'opportunité qu'il lui offrait de jouer les démiurges ?

— On ne peut pas se permettre d'attendre les résultats du labo, déclara-t-elle. Il faut qu'on sache sur quelles images Miles travaillait quand il est mort.

— D'accord, approuve Leo. Owen sait se servir du logiciel de montage, n'est-ce pas ?

Elle repense à l'empressement de l'élève à prendre la place du maître.

— Je ne suis pas certaine qu'on puisse lui faire confiance.

Elle sort son téléphone de sa poche.

— Je vais demander à George d'essayer avec Caleb.

« Il connaît déjà le logiciel par cœur », lui a dit Seren.

— Le commandant Boccacci est en chemin, l'informe Leo. Quand elle arrivera ici, nous devrons avoir établi précisément à quel endroit se trouvait chaque personne au moment où Miles a été tué. Y compris les candidats encore au campement. Il est peu probable qu'on les ajoute à la liste des suspects, considérant qu'ils sont enfermés dans un enclos, mais Ryan nous a prouvé qu'avec un peu de détermination, il est possible de s'en échapper.

— Est-ce que ça signifie que tu ne crois pas en la culpabilité de Ryan ?

Fiona tape un message à George.

— J'essaie de garder l'esprit ouvert. À ce propos, bien que tout indique que Miles connaissait son meurtrier, nous ne devons négliger aucune piste. Miles a dit que le casting avait été féroce, et qu'il avait reçu des insultes de candidats rejetés.

— Je me procure la liste de tous les postulants, déduit-elle.

Par l'ouverture de la tente de la scientifique, elle voit Caleb et George ouvrir la porte de la ferme, hésiter à sortir devant la pluie qui tombe plus dru, à présent, puis se lancer.

— On pourra vérifier si certains d'entre eux ont des casiers judiciaires ou sont connus des services de police pour des antécédents de violence, continue Fiona. On pourrait peut-être commencer par les personnes qui résident dans un rayon de soixante kilomètres ?

— Ce serait parfait. Et je veux une enquête de police complète sur tous les candidats retenus et les employés de la production. Date et motif de l'arrestation de Lucas. Vérifier s'il a eu d'autres ennuis avec la justice depuis. Pasteur ou pas, vous me le passez au peigne fin au même titre que les autres. Compris ?

— Ça marche.

— Boccacci a demandé aux analystes criminels de jeter un œil aux réseaux sociaux pour voir si les menaces proférées à l'encontre de Miles sont sérieuses, poursuit Leo quand Caleb apparaît.

Il est un peu moins pâle que la dernière fois que Fiona l'a vu.

— Ne touche à rien, le prévient le lieutenant. Je veux juste que tu expliques à Fiona la marche à suivre. J'ai besoin de savoir précisément ce que Miles montait quand il a été tué, et de visionner ce que les caméras du camp filmaient à ce moment précis.

Fiona passe des couvre-chaussures en plastique. Elle pénètre sur la scène de crime et, prenant soin de ne pas toucher la chaise de Miles, se penche maladroitement par-dessus et utilise le bout de son stylo pour suivre les instructions que Caleb lui donne depuis le seuil.

— Maintenant, appuie deux fois sur la flèche qui monte, lui dit-il. S'il n'avait pas obstinément refusé l'aide qu'on lui proposait, il n'aurait pas été seul quand le meurtrier est entré. Je lui avais dit que je connaissais le logiciel, que je ferais le boulot de base pour lui faire gagner du temps, mais il n'a rien voulu entendre.

Il serre ses longs bras fins autour de son buste.

— Si j'avais pu être aux commandes du second poste de montage, il ne serait peut-être pas mort.

— Ou on aurait un deuxième sac mortuaire sur les bras, rétorque Fiona. Bon, on y est ! lance-t-elle aux autres. Miles a monté son dernier enregistrement peu avant 10 heures.

Elle regarde Caleb.

— À quelle heure rentrait-il de son jogging, en général ?

— Entre 10 h 30 et 10 h 45. Il effectuait toujours plus ou moins le même circuit.

— Alors mettons qu'il était 11 heures quand il s'est remis au travail après s'être changé, calcule Leo.

Fiona acquiesce.

— Ça colle. Il devait être 11 heures 15 quand j'ai entendu les enregistrements audio. Je me souviens m'être fait la réflexion qu'il était de retour de son jogging. Il devait visionner ce qu'il avait monté avant de sortir.

— Et il était près de 11 h 45 quand on a entendu ses cris, ajoute George. J'ai noté l'heure où Leo a enfoncé la porte.

— Je veux qu'on détermine où se trouvaient les personnes présentes sur les lieux entre 11 h 15 et 11 h 45.

— Qu'est-ce qu'il montait avant d'aller courir ? s'enquiert George.

Fiona se retourne.

— Caleb ? C'était bien sur cet ordinateur qu'il travaillait, hein ?

— Ouais, l'autre ne servait qu'à visionner le streaming. Quel gâchis, quand on pense que j'aurais pu…

— Où puis-je trouver les images ? lui lance Fiona, coupant court à ses lamentations.

Le jeune homme remue les doigts en l'air, tel un pianiste faisant appel à sa mémoire musculaire.

— Clic droit. Puis contrôle sept… non, huit. Voilà. Ce sont tous les rushs montés avec l'heure de l'enregistrement.

Fiona clique sur la première vidéo, enregistrée à 9 h 52, et l'écran se remplit d'un gros plan sur le feu de camp.

— Il en a plein des comme ça, déclare Caleb. C'est Owen qui me l'a dit. Des images du feu, du bain nordique qui bouillonne, de la hache qui coupe du bois… Ils les ont filmées avant l'arrivée des candidats, pour accélérer le montage final. Ils les utilisent comme plans de coupe pour donner du rythme. Fiona fronce les sourcils.

— J'ai du mal à croire que Miles ait pu laisser entrer Ryan ici, sachant que nous le considérions comme potentiellement dangereux. Et rien n'indique qu'il y a eu lutte. Alors, c'est quoi l'histoire ? Ils se mettent à visionner les enregistrements ensemble et Ryan étrangle Miles ? Ça n'a aucun sens.

À cet instant, Fiona entend appeler son nom. George soulève la porte de toile et ils voient Huw approcher, brandissant une tablette encastrée dans une grosse coque en caoutchouc. Il suffit de voir son expression pour comprendre qu'il a du nouveau.

— Ça a marché, dit-il, en entrant dans la tente.

Fiona explique aux autres comment fonctionne le logiciel GPS utilisé par l'équipe de recherche et sauvetage, et expose son plan tiré par les cheveux pour attirer Ryan à eux. La pluie tambourine sur la toile, tenace, l'obligeant à élever la voix pour être entendue.

— Quel message lui avez-vous envoyé à la place de la formule standard ? questionne Leo.

— *Salut, c'est Jessica*, lit Huw sur sa tablette. *Je me sers d'un téléphone prépayé pour qu'ils ne puissent pas intercepter nos messages. Je t'aime. Tu vas bien ? Viens me retrouver ici, aussi vite que possible. Je te promets que tout ira bien.* Et le lien.

— Et il a cliqué dessus ? demande George. Qu'est-ce qu'il a vu ?

— Le message standard de l'équipe de recherche et sauvetage lui demandant de rester où il est. Nous avons sa position, maintenant.

Huw hausse les épaules, avec un air penaud.

— Je n'ai pas pu modifier celui-là.

— Génial, dit Leo, d'un ton acide. Donc, maintenant, Ryan a compris que nous savons qu'il a le téléphone d'Angharad.

— Ce n'est pas la peine de t'en prendre à lui, s'interpose Fiona.

Son regard navigue du visage de Leo à celui de Huw : leurs mines renfrognées sont remarquablement identiques.

— C'était mon idée.

— *Diolch*, Fi, marmonne Huw. Merci pour tout.

— Les stratégies d'arrestation sont du ressort de la police, explique Leo. Vous auriez dû demander l'aval de votre supérieur, ou au moins du plus haut gradé présent, c'est-à-dire moi.

— Le plan a fonctionné, non ? argue Fiona, tendant la main pour prendre la tablette de Huw. Où est-il ?

— Le point rouge, ici, c'est l'endroit où le téléphone se trouvait quand il a cliqué sur le lien, il y a quelques minutes.

L'écran affiche une image satellite de Pen y Ddraig. Fiona reconnaît la ferme avec sa cour et ses deux rangées d'écuries, et la clairière où est installé le campement d'*Exposure*, plus haut dans la montagne.

À mi-distance de Carreg Plas et du camp se trouve un point rouge vif.

24
Dimanche – Leo

— George, tu viens avec moi ! lance Leo.

La poussée d'adrénaline est plus forte que l'irritation qu'a réveillée en lui l'échange complice entre Fiona et Huw. Cette dernière a raison, le plan a fonctionné, c'est tout ce qui compte.

— Informe le central que nous aurons besoin de deux agents en uniforme équipés de Taser. Il y en a sûrement déjà plusieurs sur les traces de Ryan.

Fiona tâte ses menottes à sa taille, geste instinctif superflu, parce qu'il sait qu'elle déteste les gilets pare-balles et laisse toujours son kit et son talkie-walkie dans le coffre de sa voiture, de sorte qu'il n'est pas question de la prendre avec eux.

— Tu restes ici, assène-t-il avant qu'elle ne se fasse des idées.

— Hors de question. Le traçage GPS était mon idée.

— Tu as déjà mis les pieds sur la scène de crime. Reste ici et continue à visionner les vidéos pour voir si tu découvres quoi que ce soit de pertinent.

Fiona ne réplique rien. Pas besoin d'autre explication. L'enquête la plus étanche peut prendre l'eau si la défense trouve le moindre accroc dans la procédure de recueil des preuves, et il est bien trop facile de gagner un procès en arguant d'une contamination croisée. S'ils prélèvent de l'ADN de Miles sur les mains de Ryan, ils ont intérêt à s'assurer qu'il n'a pas pu être transféré là par un de leurs agents.

Quelques minutes plus tard, deux policiers en uniforme traversent la cour de la ferme, un Taser jaune vif sur la hanche. Leo prend une photo de la carte satellite affichée sur la tablette et George, Huw, les deux policiers et lui se mettent en route. Il remonte le col de sa veste, regrettant de ne pas avoir mis son imper. Vingt minutes se sont écoulées depuis que Ryan a partagé sa position. Il espère qu'il n'a pas eu le temps d'aller trop loin, depuis.

Ryan n'a pas bougé d'un poil.

Ils le trouvent à l'endroit correspondant au point rouge clignotant sur la tablette de Huw, recroquevillé dans des fourrés. Il a les cheveux poisseux et l'air hagard. Il regarde les quatre policiers approcher, tel un animal traqué, mais ses yeux paraissent étrangement voilés. Il ne semble même pas remarquer que la pluie lui fouette le visage. Il serre le couteau à filet d'Angharad de ses deux mains crispées.

— Lâchez votre arme, lui lance Leo.

Derrière lui, George informe le central.

Ryan resserre ses doigts autour du manche du couteau.

— Lâchez votre arme, répète Leo, d'une voix plus sonore.

Ryan bondit sur ses pieds et tranche l'air de sa lame, juste devant Leo.

— Allez-vous-en !

Les policiers se séparent pour se poster sur les deux bords opposés du champ de vision de Ryan. Désorienté, il tourne la tête d'un côté puis de l'autre, brandissant toujours son couteau en direction de Leo.

— Allez-vous-en, allez-vous-en ! hurle-t-il.

— Lâchez le couteau ou je vous tase, crie l'un des agents en uniforme.

— Non, intervient George en avançant d'un pas. Ne faites pas ça.

Leo ouvre la bouche, surpris d'entendre l'enquêtrice désavouer ainsi ses collègues, mais quelque chose dans son expression lui impose le silence.

— Laisse-moi essayer, lui demande-t-elle.

Leo hésite, puis acquiesce.

George progresse lentement, jusqu'à ce qu'elle ne soit plus qu'à deux mètres du suspect.

— Ryan, je m'appelle George Kent. Je suis agent enquêteur de la police du nord du pays de Galles.

Pour un observateur lambda, l'attitude de sa collègue peut paraître détendue, mais Leo note que ses genoux sont fléchis et qu'elle a un pied placé juste devant l'autre. Elle a les mains à sa ceinture, décontractée. Elle est prête à bondir dans n'importe quelle direction, à lever les bras pour parer une attaque ou à saisir sa matraque.

— Êtes-vous blessé, Ryan ?

À la différence de Leo, George porte un imper. Elle en a repoussé la capuche quand elle a commencé à parler. Ses cheveux bruns sont plaqués sur ses tempes.

Ryan a une respiration haletante et gutturale. Les deux policiers ont la main sur leur Taser.

— J'ai parlé avec Jessica...

Quand il voit les deux yeux vitreux se fixer sur son enquêtrice, Leo craint qu'elle ait mal jaugé la situation. Mais Ryan laisse juste échapper un petit gémissement.

— Elle se fait beaucoup de souci pour vous. Elle vous aime énormément. Elle veut vous voir.

— Je ne crois pas, dit-il avec un rire amer. Pas quand elle saura.

Il fait rouler le manche du couteau dans sa paume. Un rayon de soleil fait scintiller sa lame.

— Elle est déjà au courant.

Ryan est surpris. Leo espère que George sait ce qu'elle fait.

— Et ça ne fait aucune différence pour elle. Jessica est totalement derrière vous, Ryan. Tout le monde vous soutient. Seulement, il faut que vous lâchiez ce couteau.

— Je suis désolé. Je ne voulais pas faire ça.

Leo observe les policiers, vérifie immédiatement que les voyants rouges des caméras corporelles des policiers clignotent.

— Nous pourrons en reparler plus tard, reprend George. Pour l'instant, je veux juste que vous vous concentriez sur moi et sur mes paroles, d'accord ?

Ryan ne bouge pas.

— On dirait que manger un peu ne vous ferait pas de mal, ou boire une boisson chaude, au moins. Pas vrai ? Et cette vilaine coupure que vous avez à la tête, il faudrait qu'on regarde ça, aussi.

— Mais vous n'allez pas m'emmener à l'hôpital, hein ?

George élude la question.

— On dirait que la blessure a juste besoin d'être nettoyée.

— Je suis tellement fatigué !
— Lâchez ce couteau, Ryan. On va vous sortir de là.
— Ce n'est pas possible.
— Si, c'est possible.
— J'ai tout perdu.
Il se met à sangloter en silence.
— Vous n'avez rien perdu d'essentiel, Ryan. Je vous le promets. Jessica vous aime.
Plusieurs secondes s'écoulent.
Lentement, centimètre par centimètre, Ryan laisse retomber son bras. Leo ne quitte pas le couteau des yeux et respire à peine tandis que Ryan ouvre lentement la main.
— C'est bien, Ryan, l'apaise George.
Le couteau tombe à terre.
— C'est super. Maintenant, je veux que vous fassiez six pas en avant. Vous pouvez faire ça ? Un, deux, trois…
À mesure que Ryan avance, George recule, de sorte que la distance qui les sépare ne se réduit jamais.
— C'est parfait, vous vous débrouillez très bien. Est-ce que vous pourriez vous agenouiller ? Oui, comme ça, génial. Maintenant, mettez les mains sur la tête, les doigts croisés, comme les miens, là, vous voyez ? Voilà.
George lève le bras pour arrêter les policiers qui tressautent comme des lévriers piégés dans leur cage avant la course.
— Ryan, dans un instant, un agent de police va vous passer les menottes, d'accord ? C'est pour votre sécurité autant que pour la nôtre. Il va poser une main sur les vôtres, et utiliser la deuxième pour vous passer les menottes. J'aimerais que vous restiez tout à fait immobile et que vous me regardiez, d'accord ?
Elle est accroupie, à présent. Ses yeux sont au même niveau que ceux de Ryan et un sourire encourageant étire ses lèvres.
— Prêt ? OK.
Elle abaisse le bras.
— Maintenant.

— Tu as été super avec lui, dit Leo, quand ils reprennent le sentier en sens inverse.

Ils progressent lentement. Terrassé par l'épuisement et le stress, Ryan trébuche tous les trois ou quatre pas et est redressé par les agents qui l'encadrent.

— Je ne voulais pas qu'il soit tasé. C'est déjà dur de devoir l'arrêter.

George a remis sa capuche, geste inutile puisque la pluie les frappe de face. Le pantalon gris de Leo paraît noir tellement il est trempé et ses muscles sont presque tétanisés par le froid.

— Ryan est notre principal suspect pour le meurtre de Miles, lui rappelle-t-il. Il a envoyé Angharad à l'hôpital. Nous ne pouvions pas faire autrement que l'arrêter.

— Quand même. Ça ne va pas améliorer son état.

Ils marchent un moment en silence. Leo coule des regards furtifs à l'enquêtrice. Son front est plissé par l'inquiétude et elle paraît secouée. Elle est tellement perdue dans ses pensées que Leo doit lui demander deux fois de suite ce que ça lui fait de travailler avec Fiona, avant qu'elle l'entende.

— C'est... une expérience, répond-elle. Tu as fait équipe avec elle pour enquêter sur le meurtre de Rhys Lloyd, non ? J'ai entendu dire que c'était une drôle d'affaire.

— Oui, il y a eu quelques remous.

— Ça a dû vous donner l'occasion de faire connaissance.

Leo la dévisage, mais George regarde droit devant elle, affichant une expression neutre. Il ne répond pas. Parce qu'il n'est pas certain de connaître la réponse à cette question. Est-il seulement possible de connaître Fiona Morgan ?

Ryan est transporté dans un véhicule de police au centre de détention provisoire de Bryndare. Là-bas, un médecin décidera s'il est en état d'être interrogé. Jessica suit la voiture qui emmène son mari, bien que Leo l'ait prévenue qu'il est peu probable qu'on l'autorise à le voir.

Quand George et Leo entrent dans la cuisine de la ferme, ils trouvent Fiona en compagnie d'une femme plus âgée en tailleur-pantalon bordeaux.

— Commandant Christine Boccacci.

Elle échange une poignée de main avec Leo.

— Vous avez dû sentir vos oreilles siffler, non ? Fiona me parlait justement de vous.

— Des mensonges, cheffe, dit Leo, stoïque.

Puis, souriant, il ajoute :

— Sauf si c'était positif.

— Ça l'était assez pour que je vous demande de rester ici et de tout superviser, si ça vous convient ? Je préviendrai votre capitaine quand je regagnerai la cellule d'enquête.

— Pas de souci.

— Prêt pour le brief ?

Leo aurait aimé avoir un peu plus de temps pour retrouver ses esprits, mais la question est purement rhétorique.

— Miles Young a été tué à approximativement 11 h 40 ce matin, dans le box numéro huit, qu'il utilisait comme régie de production de l'émission *Exposure*.

— Je sais tout ça. Et je suis au courant que vous venez d'arrêter Ryan Francis, après qu'une opération de recherche de grande envergure lancée avant cet incident avait échoué.

Le sous-entendu est clair : s'ils avaient fait leur boulot correctement et retrouvé leur personne disparue, il n'y aurait pas d'enquête sur un meurtre.

— Est-ce que c'est notre homme ?

— Nous restons ouverts aux autres possibilités, dit Leo. Francis est notre principal suspect, mais plusieurs autres personnes ont des motifs sérieux – y compris des membres de l'équipe de production, et des concurrents éliminés dont les secrets ont été exposés.

— Ils ont des alibis ?

— Roxy Wilde et Owen Harvard étaient dans la maison, répond Fiona. L'assistant de production, Caleb Northcote, avait été envoyé au camp effectuer une course, et l'agent de sécurité, Dario Kimber, se trouvait sur le périmètre de l'enclos. Jason Shenton, Pam Butler et Aliyah Brown affirment qu'ils étaient dans leurs chambres respectives.

— Peut-on exclure les trois candidats encore en lice ? questionne Boccacci. J'ai appris que l'un d'entre eux a été condamné pour des faits de violence.

— Lucas Taylor, confirme Fiona. Nous avons demandé à avoir son dossier. Seulement, il apparaît sur les vidéos filmées en streaming au moment du meurtre, tout comme Henry Moore. Lucas était près du feu de camp, et Henry au confessionnal.

Fiona hésite avant de reprendre :

— Des trois candidats encore présents dans le campement d'*Exposure*, seule Ceri Jones était hors du champ des caméras quand Miles a été tué.

— L'épouse de la personne disparue, Jessica Francis, a dit qu'elle était partie à la recherche de son mari, poursuit Leo. Il faut qu'on vérifie ça. Et Miles a reçu un certain nombre de menaces de mort sur Twitter, je sais que votre équipe creuse cette piste.

— Et la reconnaissance automatique des plaques d'immatriculation ? suggère Boccacci. Aucune voiture non enregistrée dans la localité ?

— J'y ai songé, cheffe, mais la route la plus proche équipée de la RAPI couvre une zone très vaste, et comme le nord du pays de Galles est une destination prisée par les touristes, le trafic est plutôt dense ; il n'y a pas moyen de distinguer les véhicules restés stationnés à Cwm Coed des autres. Cette recherche risque de mobiliser beaucoup de nos ressources, je pense que nous devrions la mettre de côté tant que nous n'aurons pas réduit notre champ d'investigation. Les éléments que nous avons recueillis pour le moment suggèrent que le meurtrier avait une bonne connaissance des habitudes de la victime, ce qui tendrait à pointer dans la direction des individus que nous avons déjà identifiés.

Boccacci paraît impressionnée.

— Très bien. Autre chose ?

— Les indices ont été collectés et mis sous scellés, il nous reste les recherches de vidéosurveillance et le porte-à-porte, débite Leo. Il manque une clé qui aurait dû se trouver dans la poche de la victime, on a demandé à la scientifique de la chercher.

— En quoi est-elle importante, cette clé ?

— Elle ouvre le coffre qui contient les secrets des concurrents. Il n'en existe qu'une, et on nous a dit que Miles s'en séparait difficilement. Les secrets des trois derniers candidats ne sont pas encore connus. Le meurtrier est peut-être allé trouver Miles dans le but de lui soutirer cette clé, afin que son secret ne soit pas divulgué.

— Intéressant.

Boccacci réfléchit un instant.

— La brigade canine est-elle intervenue ?

— Dans le quart d'heure qui a suivi, cheffe. Malheureusement, le chien a perdu sa trace.

Le message de Jim est arrivé au moment où ils descendaient de la montagne avec Ryan. La frustration du maître-chien, dont le travail a été compliqué par le mauvais temps, perçait dans sa voix quand il a lancé l'appel radio. Ce résultat négatif a conforté Leo dans sa décision de continuer à creuser toutes les pistes. Ryan se terrant à une faible distance de la scène de crime, Leo s'attendait à ce que Foster fonce directement sur lui. Il ne peut donc exclure la possibilité que l'odeur que le chien a flairée par la fenêtre ouverte de la chambre de Miles ne soit pas celle de Ryan.

— On dirait que tout est sous contrôle, commente Boccacci avec un sourire en coin. Vous avez des questions à me poser ?

— Je sais que les parents de Miles ont été prévenus… je suppose qu'un agent de liaison famille a été envoyé là-bas ? Avez-vous un plan presse ?

— L'agent enquêteur Jules Monroe s'en occupe, nous allons émettre un communiqué dans l'heure qui vient.

Boccacci ne perd pas de temps.

— Nous allons sans doute voir débarquer les journalistes. Nous pouvons facilement les empêcher d'approcher de la scène de crime par la façade de la ferme, mais l'arrière de la propriété est particulièrement exposé. Serait-il possible d'avoir des patrouilles supplémentaires pour la sécuriser ?

— Je vais voir ce que je peux faire.

— Et je souhaiterais que l'analyse des données du téléphone et de la montre connectée de la victime soit effectuée en urgence, pourriez-vous nous donner votre aval ?

— Vous l'avez. Autre chose ?

— Pas pour le moment, cheffe.

Ce point a aidé Leo à mettre de l'ordre dans ses idées. Il est impatient de se remettre au travail. Et avant toute chose, à présent que Jim et Foster ont quitté les lieux, il compte annoncer les dernières nouvelles aux trois derniers candidats encore enfermés dans le campement d'*Exposure*.

— Ne perdez pas de vue nos priorités, leur rappelle Boccacci, incluant Fiona et George du regard. Localiser, interroger, éliminer. Vérifier les alibis fournis est l'urgence absolue, et je veux que vous vous assuriez que les caméras du streaming n'envoient pas les images en régie avec décalage, avant de rayer Lucas Taylor et Henry Moore de la liste des suspects.

— Oui, cheffe, répond George.

— Et j'aimerais qu'un agent enquêteur m'accompagne à Bryndare pour briefer le reste de l'équipe.

Le regard de Boccacci se pose sur Fiona, puis sur George.

— Vous pouvez décider entre vous, je vais jeter un œil à la scène de crime.

Elle s'arrête à la porte.

— C'était un excellent point, lance-t-elle à Leo.

Dès que sa supérieure est hors de portée de voix, il lâche un gros soupir.

— J'avais l'impression de passer un entretien d'embauche.

— C'en était un, dit George, tirant une pièce de monnaie de sa poche. Pile ou face ? La perdante a le droit d'être le porte-bagages du commandant, annonce-t-elle à Fiona.

— Face.

— Qu'est-ce que tu veux dire par « c'en *était* un » ? demande Leo.

Elle envoie la pièce en l'air.

— Il y a un poste de capitaine vacant à la criminelle. C'est annoncé depuis des mois, mais Boccacci est coriace, elle n'a pas encore trouvé chaussure à son pied.

Elle ouvre sa paume.

— Face. Zut. Souhaitez-moi bonne chance.

Elle sort dans la cour rejoindre le commandant, laissant Fiona et Leo seuls dans la cuisine.

— Donc on fait équipe, déclare Fiona.

— On dirait.

Leo se détourne pour faire du café, se sentant abandonné.

Il a vu la pièce dans la main de George, et jurerait qu'elle est retombée côté pile.

25
Aliyah – *Exposure*, deuxième jour

— Toc, toc.

Le rabat de la tente des filles est relevé et Aliyah voit Jason s'avancer. Il a le soleil dans le dos, de sorte que ses traits sont flous. Elle met la main en visière pour se protéger du déferlement subit de lumière.

— Quelle heure est-il ?

Elle a tellement pleuré qu'elle a mal au crâne et elle sent que son visage est tout bouffi. Songeant soudain aux caméras, elle pousse un petit gémissement et s'enfouit sous les couvertures.

— Aucune idée. Ryan est ici ?

— On n'est pas sur *L'Île de la tentation*, laisse entendre la voix de Ceri, étouffée par son oreiller. Et de toute façon, c'est pas vraiment mon type.

La couchette de Pam grince.

— Peut-être qu'il est allé se doucher ?

Aliyah relève un coin de sa couverture et voit la directrice passer sa polaire *Exposure* sur son pyjama. Elle a l'air tout à fait éveillée.

— Je l'ai cherché partout.

— Ça ne pourrait pas être un truc du jeu ? lance-t-elle. Une sorte de test ?

— Ses affaires sont étalées sur son lit, mais il a disparu.

L'inquiétude sincère perce dans la voix de Jason.

Test ou pas, Aliyah se lève, essayant de repousser l'idée qu'elle va être vue à la télé sans avoir eu le temps de se passer une brosse dans les cheveux. Son apparence est le moindre de ses soucis après la bombe qui a été lâchée hier soir. Leurs pires secrets vont être exposés à la face du monde. Elle aimerait croire que ce n'est qu'un mauvais rêve, seulement, en dépit de l'énergie qu'elle déploie pour prendre les choses en main, Pam a des cernes profonds sous les yeux. Quant à Ceri, elle fixe le vide avec un air désespéré. Le cœur d'Aliyah se serre. Non, ce n'était pas un rêve.

— Je vais t'aider à le chercher, dit-elle.

Imitant Pam, elle enfile ses vêtements par-dessus son pyjama.

Roxy et le cadreur ont filé juste après la fin du direct, la veille. Ce qui n'a rien de surprenant vu le tollé qu'a soulevé l'annonce de l'animatrice. Jason a essayé d'envoyer son poing dans la figure d'Owen, qui a écarté sa caméra *in extremis*, et Ceri a déversé un flot d'obscénités sur Roxy. Après coup, la factrice lui a confié que c'était surjoué.

« L'émission est diffusée avant 21 heures, lui a-t-elle expliqué. Alors, plus tu balances de gros mots, plus tu as des chances d'être coupée au montage. »

Aliyah l'a félicitée de s'être montrée si maligne, mais se méfie d'elle, depuis. Ceri paraissait authentiquement hors d'elle quand elle s'en est prise à l'équipe de tournage, elle écumait littéralement de rage.

Aliyah, pour sa part, était bien trop abasourdie pour éprouver de la colère. Elle n'avait aucun mal à deviner lequel de ses secrets les enquêteurs d'*Exposure* étaient allés déterrer. Elle s'appliquait pourtant à brouiller les pistes, quand elle travaillait comme escort-girl. Elle prenait toujours des noms d'emprunt. Mais il devait forcément rester quelques photos sur le Net, et ce sillage digital permettait de remonter jusqu'à elle. Ryan est le seul autre candidat qui est resté assis, hier soir, pendant que les autres se déchaînaient sur Roxy et Owen.

« Ça va tuer mon père », lui a murmuré Aliyah, des larmes ruisselant sur son visage.

Mais Ryan n'a pas répondu. Il avait les yeux grands ouverts et fixait un point, par terre, devant lui, les mains crispées sur ses genoux. Et elle sentait vibrer le rondin de bois sur lequel ils étaient assis, tandis qu'il se balançait d'avant en arrière.

« Ça va ? » lui a-t-elle demandé, inquiète.

Les lèvres de Ryan remuaient, mais aucun son ne s'en élevait. Il parlait tout seul (ou à quelqu'un dans sa tête), sans discontinuer. Il ne s'est même pas arrêté quand Aliyah s'est approchée de lui et lui a murmuré :

« Tout va bien se passer. »

Ce qui était un pur mensonge, évidemment. Parce qu'ils étaient dans un merdier absolu.

Après le départ de Roxy et Owen, Henry est parti. Il a fourré ses affaires dans son sac à dos, puis a lancé : « Je n'ai pas l'intention de participer à cette connerie » ; et il a quitté le camp sans même leur dire au revoir. Ça aurait été une perte de temps, de toute façon, puisqu'il était de retour dix minutes plus tard.

« L'agent de sécurité n'a pas voulu ouvrir cette foutue grille ! a-t-il beuglé, au comble de la rage. Ce petit parvenu de Dario m'a déclaré que seul Miles pouvait l'y autoriser. Ils nous gardent en cage comme des bêtes !

— Ils n'ont pas le droit, s'est indignée Pam, sûre de son fait. Il est clairement stipulé dans nos contrats que nous avons la possibilité de quitter l'émission quand nous le souhaitons.

— Si nous sommes prêts à renoncer à notre cachet, leur a rappelé Lucas.

— Et à les laisser révéler nos secrets malgré tout, a renchéri Jason. La seule manière de nous en sortir, c'est d'obtenir l'immunité et de remporter cette compétition. »

Ses dernières paroles ont résonné dans un silence songeur. Pour obtenir l'immunité, il fallait réussir à exposer le secret d'un adversaire. Se rapprocher suffisamment d'un concurrent pour qu'il baisse sa garde et laisse échapper des indices.

Hier, quand ils sont arrivés au campement d'*Exposure*, ils avaient l'impression de participer à une compétition amicale ; mais à présent, les choses sérieuses ont commencé. Et les enjeux sont incroyablement élevés.

Les six concurrents cherchent Ryan depuis ce qui leur paraît des heures quand une annonce enregistrée résonne à travers le campement.

« Avis à tous les candidats, Ryan a quitté *Exposure* pour des motifs personnels. Il va bien et est en sécurité, mais il ne reviendra pas parmi vous. Étant donné les circonstances, il n'y aura pas de vote des téléspectateurs ce soir. »

— Oh, Dieu merci !

Pam serre Henry dans ses bras, le candidat le plus proche d'elle. Il se raidit légèrement, puis répond à son étreinte, un peu gauche.

— Je suis tellement content d'apprendre qu'il va bien, souffle Lucas.

Aliyah a l'impression que le soulagement du révérend est authentique, tandis que les autres (elle comprise) sont quasi euphoriques à l'idée que personne ne sera exposé lors du direct de ce soir. Que ce soit volontaire ou non, Ryan vient de leur offrir à tous vingt-quatre heures d'immunité.

Jason et Henry décident de fêter ça en inaugurant le bain nordique. Il est assez grand pour qu'on y tienne à six, mais Pam préfère s'abstenir (« Je vous assure que personne n'a envie de me voir en maillot de bain »), et Ceri décline (« Vous êtes conscients que ce ne sont rien de plus que des bouillons de peaux mortes, n'est-ce pas ? »), de sorte qu'il ne reste que Jason, Lucas, Henry et elle. Aliyah s'est offert un bikini d'un blanc éclatant pour *Exposure.* Son haut couvre juste ce qu'il faut de ses seins et un réseau complexe de lanières s'entrecroise sur son ventre bien ferme et forme un joli nœud dans son dos. Elle sait que c'est petit de sa part, mais un (ou trois) regard appréciateur des garçons l'aiderait à mieux supporter l'idée que sa vie est sur le point d'être réduite en cendres.

Cependant aucun des trois hommes ne fait très attention à elle. Oh, ils se montrent plutôt aimables, c'est certain. Ils l'incluent dans la conversation, et Lucas prend le temps de lui sourire et de lui demander si elle a suffisamment de place ; mais on sent bien quand un mec vous reluque et quand ce n'est pas le cas, pas vrai ? Et ces trois-là ne sont clairement pas intéressés.

— Un vrai tordu, lâche Henry.

Ils parlent de Miles : le sujet de quatre-vingt-dix pour cent de leurs conversations depuis le coup de théâtre d'hier soir. C'est un mince réconfort, mais, au moins, les gens qui vont regarder cette émission, ce soir, auront une idée très claire de ce qu'ils pensent tous du producteur. On ne peut pas dire qu'ils retiennent beaucoup leurs coups.

— On récolte ce que l'on sème, prédit sombrement Lucas. Il y a en enfer un petit coin réservé aux gens tels que Miles Young.

Aliyah dévisage le pasteur, sidérée. Dire qu'elle le prenait pour un homme délicat ! Son expression à cet instant vous donne clairement un avant-goût de damnation. Il sort du bain nordique peu après. Jason et Henry discutent football un petit moment, puis ils se mettent à parler de leurs épouses et Aliyah se dit qu'elle ferait mieux de sortir à son tour. Elle a manifestement perdu son doigté. Ou peut-être sa dépravation est-elle trop évidente. Dépravée, c'est ce mot charmant que son ex-petit ami lui a envoyé au visage quand elle lui a parlé de son passé d'escort-girl, à l'époque où elle était étudiante. Elle espérait qu'il se montrerait compréhensif. Et même, qu'il l'aiderait à gérer la honte que lui inspirait cet épisode de sa vie. Mais il l'a juste décuplée. Aliyah aimerait être comme ces autres travailleuses du sexe, qui s'assument et gardent la tête haute, mais elle n'y parvient pas. Elle rêve de devenir animatrice d'émissions pour la jeunesse. C'est ce qui l'a poussée à participer à *Exposure*. Des tas d'anciens candidats d'émissions de téléréalité sont embauchés à la télé. Seulement son plan a lamentablement capoté. Combien d'anciennes prostituées animent les programmes de Disney Channel ?

Elle se sèche avec une serviette et de plus en plus abattue, écoute Jason parler de sa femme, Kat, qu'il a rencontrée au travail, et dont il est « tombé follement amoureux ». Est-ce qu'un homme parlera d'elle dans ces termes, un jour ? Les mecs qu'elle croisera à partir de maintenant se classeront en deux catégories : ceux qui pensent que c'est un bon coup, et ceux qui ne veulent même pas l'approcher. Et elle n'est attirée par aucun des deux types.

— Elle est tellement bien foutue.

Jason s'étire dans son siège, le sourire aux lèvres, en pensant à sa femme.

— Des nichons parfaits, un cul splendide. Tout ce qu'il faut où il faut. Et au lit, elle est phénoménale.

— C'est bon, n'en jette plus, mon pote ! dit Henry en riant.

— Je suis dingue d'elle.

Jason se retourne et, remarquant une caméra, se met à crier :

— Tu entends ça, KitKat ? Toi et les filles, vous êtes tout pour moi.

Les mecs d'*Exposure* sont plutôt cool, songe Aliyah, mais Jason est de loin le plus sympa.

— Tu es avec ta femme depuis longtemps ? le questionne-t-elle, plus tard, quand ils sont de retour autour du feu de camp.

— Depuis douze ans ? répond-il comme s'il n'en revenait pas.

— Elle a bien de la chance.

— Tu lui diras quand tout ça sera terminé, d'accord ? lui répond-il, la mine sombre.

Elle fronce les sourcils.

— Ton secret a quelque chose à voir avec ton mariage ?

Il se ferme instantanément.

— Je ferais bien d'aller voir si Pam a besoin d'aide pour faire le thé, dit-il en se levant.

Aliyah range l'information dans un coin de son cerveau. Dommage qu'elle n'ait pas de papier et de stylo, ou un grand tableau blanc pour prendre des notes. Jason serait-il infidèle ? Non, il est clairement en adoration devant Kat. Mais peut-être s'agit-il d'une trahison d'un autre genre ? Un enfant dont Kat ignorerait l'existence ? Une seconde famille ?

Aliyah envisage toujours les différentes possibilités quand elle s'éloigne vers le bois, autour du campement, dans l'après-midi. C'est un véritable soulagement d'être hors du champ des caméras, et elle se demande combien de temps elle pourra faire durer sa promenade avant qu'on n'envoie quelqu'un la chercher. La clôture ne se trouve qu'à quelques centaines de mètres des tentes, mais le bois est dense dès qu'on s'éloigne de la clairière, et c'est agréable d'être un peu seule. Elle a perdu toute notion du temps. Elle n'est là que depuis deux jours, et pourtant elle a l'impression qu'ils sont retenus prisonniers depuis une éternité. Elle suit le périmètre de grillage, laissant sa main glisser sur les mailles. Henry a raison, ils sont comme des animaux en cage. Elle se retourne pour rebrousser chemin lorsqu'elle entend quelqu'un appeler son nom. Elle se fige.

— Aliyah !

Un homme portant un gilet à haute visibilité/jaune apparaît de l'autre côté de la clôture : l'agent de sécurité qui les a fait entrer, hier. Dario, se souvient-elle.

— Qu'est-ce qu'il y a ? demande-t-elle.

— J'ai quelque chose pour toi.

— Ah oui ? Quoi donc ?

— Approche et je le ferai passer à travers le grillage, répond-il avec un clin d'œil.

Elle reste bouche bée. Mon Dieu, les hommes sont *si* dégoûtants ! Sa crispation demeure, même lorsqu'elle remarque la barre de chocolat et comprend que la remarque de Dario n'était qu'une allusion grivoise. Mais du chocolat, ça ne se refuse pas. Elle le gratifie d'un sourire éclatant en toc.

— Du chocolat ! Pour moi ?

— Pour toi.

Elle en croque un morceau, réfléchissant à toute allure.

— Ça m'a tellement manqué, dit-elle.

Elle l'a bien accroché, il bave, littéralement.

— Je ne sais pas combien de temps je vais réussir à tenir.

— Je vais t'aider, la rassure-t-il, comme elle s'y attendait.

Les hommes sont tellement prévisibles.

Alors, Aliyah met la dose. Elle parle du confessionnal, des araignées qu'elle va sûrement devoir affronter (elle n'a pas besoin d'exagérer cette partie-là, elle est absolument terrifiée par ces bestioles), puis lui présente sa requête.

— Tu crois que tu pourrais m'aider à découvrir les secrets des autres ?

Elle glisse sa main à travers le grillage et la pose à plat sur son torse, prise d'une légère vague de nausée en respirant l'effluve d'après-rasage mêlé d'odeurs corporelles que lui vaut son geste.

— Je te le revaudrai, lui susurre-t-elle.

— Je ferai tout ce que je pourrai, lui promet Dario avec ferveur.

Il tend les deux mains vers elle, mais elle s'éloigne d'un bond avant qu'il ne lui revienne l'idée de glisser quoi que ce soit par les mailles du grillage. Un renflement inquiétant apparaît sous la toile de son pantalon et sa respiration est rauque.

— Comment réagissent les téléspectateurs ? demande-t-elle, d'un ton pro.

— Quoi ? répond Dario, déconcerté.

— Qu'est-ce qu'ils pensent de nous ?

— Eh bien… ils aiment le pasteur. Ils trouvent que Pam fait la cheffe.

— Comment ? Mais Pam est adorable ! Et de moi, ils disent quoi ?

— Que tu es…

Il hésite.

— Un peu aguicheuse.

— *Quoi ?* s'exclame Aliyah, indignée.

Dario déglutit.

— Ils espèrent un rapprochement entre toi et Jason.

Aussi inepte que ce soit, elle doit reconnaître que ça pourrait se retourner en sa faveur. Le public ne votera jamais pour éliminer des candidats qu'il espère voir s'envoyer en l'air à l'écran.

— Et comment ils trouvent Ceri ?

— Malheureuse.

— Jason ?

— Rouleur de mécaniques.

— Henry ?

— Barbant.

— Bien vu, concède Aliyah.

Elle soutient son regard.

— Même heure demain ?

— Je serai là.

Armée du reste de sa barre de chocolat, et rassurée à l'idée d'avoir un allié à l'extérieur du camp, Aliyah retourne vers les tentes, plus déterminée que jamais. La seule manière d'éviter d'être exposée est de faire sortir ses concurrents, et c'est exactement ce qu'elle compte faire.

26
Dimanche – Fiona

— Miles est mort.

Dario ouvre des yeux ronds comme des soucoupes.

— Mais je l'ai vu faire son jogging, ce matin.

— À quelle heure ? questionne Fiona.

Ils se tiennent à l'entrée du campement. Leo et elle sont légèrement essoufflés par leur ascension du sentier au trot.

— Dix heures et quart, peut-être ? Comme toujours.

— Est-ce qu'il vous a parlé ?

Dario ricane.

— Miles ne s'adresse à moi que si je fais un truc qui ne lui convient pas.

— Et avez-vous fait un truc qui ne lui convenait pas ? rétorque-t-elle, percevant quelque chose de suspect dans son expression.

Un bruissement, dans les fourrés, attire soudain son attention. Elle se retourne, mais ne remarque rien d'anormal.

— Non. Pourquoi, qu'est-ce qu'on vous a raconté sur moi ?

Leo ignore la question.

— Vous avez vu quelqu'un traîner par ici ?

— Attendez une minute... dit l'agent de sécurité, les yeux rétrécis. Vous n'essayez pas de me coller ça sur le dos, quand même ? On m'a embauché pour surveiller le site, mais je ne peux pas être partout à la fois. Ce n'est pas ma faute si Miles a été assassiné.

Fiona fronce les sourcils.

— Comment savez-vous qu'il a été assassiné ? Je vous ai juste dit qu'il était mort.

— Vous ne seriez pas en train de fouiner et de poser des questions s'il était mort de causes naturelles, n'est-ce pas ? répond Dario en croisant les bras sur son torse. Mais je vous préviens : je ne me suis pas approché de Miles Young. Il devait être à quarante ou cinquante mètres de moi, ce matin, il ne m'a même pas fait un signe de la main, et encore moins dit bonjour. Je n'ai pas bougé d'ici depuis.

— Pourtant, d'après Miles, vous êtes supposé parcourir le périmètre toutes les heures, s'étonne Leo.

Dario toussote.

— Enfin, je veux dire, je n'ai pas bougé d'ici, en dehors des moments où je faisais ma ronde.

— Est-ce qu'un candidat aurait pu sortir du campement, ou y entrer, sans que vous le remarquiez ?

Fiona entend de nouveau un drôle de bruit dans les fourrés. Un petit tintement de métal contre du métal. Elle avance dans cette direction.

— Le portail est resté fermé toute la matinée.

— Quelqu'un aurait pu passer sous le grillage, comme Ryan, non ?

— Je suppose que c'est possible.

Dario hausse les épaules pour donner le change, mais son expression montre qu'il est sur la défensive.

— Je ne peux pas être partout à la fois, répète-t-il.

Fiona fouille les fourrés du regard. Elle est certaine qu'il y a quelque chose là-dedans. Elle aperçoit des mèches blondes. Pas *quelque chose*, comprend-elle, *quelqu'un*. Elle enfonce le bras dans les buissons et saisit la bretelle d'une salopette.

— Aïe, vous me faites mal !

Les bracelets de Zee cliquettent tandis qu'elle colle son téléphone contre sa poitrine.

— Depuis combien de temps êtes-vous ici ? lui demande Fiona.

— Quelqu'un a vraiment tué Miles ? Vous savez qui c'est ? Je peux avoir une interview pour ma… s'emballe la jeune femme en orientant son appareil vers Fiona.

— Non.

Fiona plaque sa main sur la caméra.

— Rangez ça ou je trouve une bonne raison de le saisir.

La jeune femme coule un regard à Leo et constate que, comme Fiona, il se demande s'il ne faudrait pas ajouter la youtubeuse à la liste des suspects. Elle aussi avait l'opportunité de tuer Miles, seulement, avait-elle un motif pour s'en prendre à lui ?

— C'est Roxy Wilde, hein ? Elle enrageait littéralement à cause de Miles, la dernière fois. Je l'ai entendue le descendre en flammes devant le cadreur. Elle l'accusait d'avoir ruiné sa réputation.

Les yeux de Zee s'agrandissent soudain, alors qu'une autre idée remplace la première.

— Ou alors, c'est un candidat !

Elle baisse la voix, un œil sur le grillage.

— Je comptais garder ça pour Twitter, mais puisqu'il y a une enquête de police, je suppose qu'il est de mon devoir de vous parler.

Elle prend une inspiration théâtrale.

— J'ai vu Ceri discuter avec quelqu'un dans les bois, tout à l'heure.

— Hors du camp d'*Exposure* ? questionne Fiona.

— Non, à travers le grillage. Je n'ai pas vu à qui elle s'adressait, mais c'était clairement un homme.

Elle pose une main sur son cœur.

— Vous pensez que c'était Miles ? Peut-être qu'ils avaient une liaison ?

— Il était quelle heure ?

— L'heure du déjeuner, je dirais ? Entre midi et 1 heure.

Donc ça ne pouvait pas être Miles, en déduit Fiona.

— À quoi ressemblait-il ?

— C'était un mâle caucasien.

Zee se tait, soudain hésitante.

— Ça veut dire blanc, n'est-ce pas ?

— Vous pouvez le décrire normalement.

— Ah, d'accord. Eh bien, il était blanc. Assez vieux… mettons, la trentaine.

— Autre chose ?

— Non, désolée. Je ne l'ai pas bien vu.

Zee reporte son attention sur Dario, qui pénètre dans le campement d'*Exposure* avec Leo pour aller chercher les candidats.

— Je ne ferais pas confiance à ce gars-là, si j'étais vous, reprend-elle. J'ai chronométré ses rondes autour du périmètre, et certaines étaient bien plus longues que les autres.

Elle s'anime soudain.

— Hé, ça vous dirait que je fasse partie de votre cellule d'enquête ? Je pourrais m'occuper de vos mises à jour sur les réseaux sociaux ?

— Je réfléchis et je reviens vers vous, répond Fiona.

Les trois derniers candidats affichent la même incrédulité que Dario, avant eux.

— C'est une plaisanterie, n'est-ce pas ? dit Lucas, cherchant les caméras du regard. Une sorte de test pour voir comment on va réagir ?

— Qui dit que vous êtes de véritables enquêteurs de police ? renchérit Henry.

— Ce sont de vrais policiers, intervient Ceri.

Puis, se tournant vers Fiona, elle ajoute :

— C'est sérieux ?

— Terriblement sérieux. Miles a été assassiné à 11 h 45, ce matin.

— Merde, lâche Henry.

Livide, Lucas se retient à la grille.

— Alors, qu'est-ce qui se passe, maintenant ? s'enquiert Zee.

— On trouve le meurtrier – ou la meurtrière – et on l'enferme, rétorque Leo.

— Je voulais dire, pour *Exposure*. Qui a gagné ?

Les autres la dévisagent.

— C'est juste que… mes stats montent en flèche, et maintenant que l'émission va s'attirer toute cette publicité supplémentaire, je me disais que…

Sa voix s'éraille.

— Le spectacle est terminé, dit Leo. Puis, à l'intention de Ceri, Henry et Lucas : Vous allez tous regagner vos chambres aménagées dans les écuries et attendre qu'on vienne prendre vos dépositions et que l'on boucle l'enquête préliminaire.

— Nos affaires sont toujours au campement, dit Henry. Ça ne vous dérange pas qu'on y fasse un saut et…

— Pas question, l'interrompt Fiona. Vous redescendez tous avec moi.

Leo reste au camp afin de contrôler les caméras, et elle entraîne le reste de la troupe sur le sentier pour regagner la ferme.

Ceri, Lucas et Henry la suivent, et Dario ferme la marche.

— Moi aussi ? lance Zee, d'une voix pleine d'espoir.

Fiona secoue la tête.

— Non, mais restez dans le coin, j'aurai besoin de prendre votre déposition, à vous aussi.

— Comment a-t-il été tué ? demande Ceri, un instant plus tard, alors qu'ils ont commencé à redescendre.

— On lui a tiré dessus, hein ? dit Lucas. J'ai entendu un coup de feu, ce matin. Ou, non, peut-être que c'était hier matin, en fait.

— C'est sans doute un gars qui chassait des lapins. Il y a plein de chasseurs dans le coin.

— Silence !

Fiona s'arrête si soudainement qu'ils manquent de lui rentrer dedans.

— C'est bon, calmez-vous ! grogne Henry, contrarié. Vous nous traitez comme si vous nous suspectiez d'avoir…

Le regard de Fiona calme instantanément ses ardeurs.

— Et alors ? dit-elle froidement.

Ils se remettent à marcher en silence.

La tente montée devant la régie de Miles dissimule les activités de la scientifique, mais Fiona sait que des enquêteurs travaillent d'arrache-pied, à l'intérieur. Henry et Ceri la suivent du regard, abasourdis, en traversant la cour. Lucas, lui, détourne les yeux et prononce une prière muette. Fiona les dépose un à un devant la porte de leurs box respectifs, se demandant chaque fois si elle marche au côté d'un meurtrier.

— C'est quoi votre secret, à vous ? demande-t-elle à Lucas en lui tendant sa clé.

Il sursaute.

— C'est un interrogatoire ?

— Il faut que c'en soit un pour que vous me répondiez ?

Il soutient son regard, mais elle perçoit du découragement dans l'expression du pasteur. Ses épaules s'affaissent comme deux vieux coussins.

— Dieu seul est mon juge, finit-il par lui répondre.

Quelques secondes plus tard, devant la porte de la chambre voisine, Henry essuie ses mains moites sur son pantalon, alors qu'elle vient de lui poser la même question.

— Oh, eh bien, je…

Il se racle la gorge.

— Vous ne le répéterez à personne, n'est-ce pas ? C'est affreux de devoir l'avouer, mais en mourant, Miles nous a rendu à tous un fier service. J'aimerais vraiment que ça reste un secret.

— Si c'est illégal, je serai dans l'obligation de…

— Oh non, pas du tout ! s'exclame Henry, horrifié.

Puis, rougissant, il avoue :

— Je suis alcoolique. Je viens de recevoir un dernier avertissement, au travail. J'ai pris mon poste alors que j'étais ivre à plusieurs reprises. J'ai promis que je remettrais ma démission si…

Il baisse les yeux sur le sac qui l'attend sur son lit depuis son départ pour le campement, le premier jour d'*Exposure*, et dont il a tiré une chemise blanche bien repassée et un pantalon beige. Fiona l'imagine chez lui, en train de choisir une tenue pour ses interviews, sans se douter du cauchemar qui les attend, lui et les autres candidats. À côté du petit tas de vêtements, elle remarque une bouteille de whisky.

— Vous n'avez pas le profil, pourtant.

— Le profil du gars couperosé qui boit de la Stella sur un banc public ?

Il laisse échapper un rire sans joie.

— Je suis ce que l'on appelle un alcoolique fonctionnel : c'est le terme technique pour les alcooliques de la classe moyenne qui préfèrent le merlot à la vodka bon marché et parviennent à conserver leur boulot.

La définition est tellement évocatrice qu'en ressortant du box de Henry Fiona se demande si elle ne devrait pas respecter le « janvier sec », l'année prochaine. Juste pour se prouver qu'elle en est capable.

Elle retraverse l'arrière-cour et entre sous la tente de la scientifique.

— Je peux vérifier un truc sur les caméras ?

— Allez-y, lance l'enquêteur. On a relevé les empreintes et fait des prélèvements sur tout le poste de travail.

Elle enfile une combinaison en papier et une paire de gants en latex. Le moniteur du streaming est toujours branché sur la caméra dont Miles visionnait les images quand il a été tué. Fiona voit Leo se déplacer autour du feu de bois.

Elle l'appelle sur son talkie-walkie.

— Mets les mains sur ta tête.

Il fait ce qu'elle lui dit.

— Perdu, je n'ai pas dit *Jacques a dit.*

— J'en déduis que nous sommes en direct.

— On dirait.

Ils testent chaque caméra, Fiona précisant « la deux, la trois, la quatre, la cinq », et Leo levant aussitôt le nombre de doigts correspondant.

— Il n'y a pas de décalage, conclut-elle. Lucas était filmé en direct à l'heure du meurtre, ça ne fait aucun doute. Il ne peut pas avoir tué Miles.

Ils répètent la procédure avec la caméra du confessionnal une fois que Leo est assis sur l'espèce de trône qu'il contient.

— Toujours pas de décalage ? s'enquiert-il.

— Aucun, répond-elle dans son talkie-walkie.

Henry a un alibi aussi solide que celui de Lucas.

Il leur reste donc à vérifier celui de Ceri, qui prétend qu'elle était en train de ramasser du petit bois à l'heure du meurtre. Ce qu'aucun de ses deux compagnons ne peut attester, puisqu'ils n'étaient pas avec elle à ce moment-là.

— Tu ne crois pas sérieusement que c'est moi qui l'ai tué ? lui dit Ceri, à l'entrée de son box.

— Mais tu comprends la difficulté de la situation dans laquelle nous nous trouvons, n'est-ce pas ? argue Fiona, faisant crisser ses semelles sur le gravier de la cour. Quel secret Miles menaçait-il de révéler sur toi ?

Ceri hausse les épaules.

— *Dim syniad.*

— Tu dois bien avoir une petite idée.

— Non. Peut-être qu'il a découvert que je suis lesbienne.

— Nous sommes au vingt et unième siècle, Ceri, ça ne ferait ni chaud ni froid à personne.

Ceri ne parvient pas à soutenir son regard.

— Qu'est-ce que tu me caches ?

— Rien, répond son amie, la main sur la poignée de la porte. C'est terminé, là ?

Fiona dévisage la compagne de ses soirées au pub, la fille qui a ri comme une baleine quand son pantalon a craqué le jour où elles ont fait une virée à l'hippodrome de Chester, la copine qui ne manque jamais d'allumer sa bouilloire quand elle a besoin d'une bonne *paned* et de se plaindre du boulot. Soudain, c'est comme si elle ne la connaissait pas du tout.

— Oui, c'est terminé, dit-elle. Pour le moment.

Le médecin qui a vu Ryan Francis ne l'a pas jugé en état de subir un interrogatoire. Ryan a été admis en psychiatrie et sera examiné dans la matinée. Dès qu'il se sera suffisamment remis, des enquêteurs de l'équipe du commandant Boccacci le convoqueront pour l'inculper de meurtre, et de coups et blessures.

Seulement, Ryan n'a pas tué Miles.

Plus elle y réfléchit, plus Fiona en est convaincue. Le meurtrier de Miles a planifié son coup. Il est méthodique, méticuleux, et possède un sang-froid extraordinaire pour avoir réussi à évoluer dans un environnement où il pouvait être surpris par quelqu'un à tout moment. La scène de crime est impeccable comparée au chalet d'Angharad, où il régnait un chaos qui correspondait davantage à l'état d'esprit de Ryan.

Il pouvait feindre, bien sûr. Ce ne serait pas le premier suspect à tenter de s'en tirer en plaidant la folie. Mais Fiona n'y croit pas.

Ce qu'on lui a dit de Ryan, et ce qu'elle a constaté de ses yeux, suggère clairement que c'est un homme qu'on a poussé à bout.

Et si Ryan n'est pas coupable, alors l'assassin court toujours.

Fiona lève les yeux vers le bois dense qui entoure Carreg Plas, et la montagne qui se dresse contre le ciel. Elle pense à tous les justiciers d'Internet qui ont envoyé des menaces de mort à l'équipe d'*Exposure* et se demande si l'un d'eux est passé à l'étape suivante. Le vent qui fait claquer la toile de la tente de la scientifique attire son regard vers les sept box fermés et les persiennes des chambres de l'imposant corps de ferme.

L'assassin se trouve-t-il quelque part, dans la montagne ?

Ou ici ?

Elle frissonne, soudain glacée. Elle se réfugie dans la chaleur de la cuisine et, les nerfs à vif, boit une tasse de café, debout devant l'évier, les yeux sur l'arrière-cour. Ce n'est qu'au moment où elle voit Leo passer le portail, côté montagne, qu'elle s'aperçoit qu'elle l'attendait.

Elle ouvre la porte, mais avant même qu'il ne tourne au coin de la maison, Fiona entend un second pas crisser sur le gravier. Une femme portant un tablier en jean apparaît.

— *Ti'n iawn,* Fi ? Je pensais bien te trouver ici.

— Bonjour, Ceinwen, tu vas bien ? la salue Fiona, les sourcils froncés. Qu'est-ce que tu fais là ? Tu n'as pas vu le cordon de sécurité à l'entrée ?

— Si. Mais il y avait le fils de Rhodri, là-bas. Je lui ai expliqué que j'avais besoin de faire un petit saut ici. Il m'a laissée passer à condition de ne pas me faire remarquer par le lieutenant… Brody, c'est ça ?

— Brady, corrige Leo, arrivant derrière elle.

Ceinwen se fige et regarde Fiona avec une grimace gênée.

— *Be tin'n da yma ?* lui demande cette dernière.

— Je m'occupe du service traiteur. Je récupère mon argent et je vous laisse tranquilles.

Fiona se rend au pied de l'escalier et appelle Roxy, qui apparaît sur le palier en vieux pantalon de jogging et sweat ample. Elle lui transmet le message et retourne à la cuisine, où Ceinwen teste Leo sur sa connaissance des meilleurs condiments pour accompagner un sandwich au rosbif.

— Français ou anglais, au choix, dit-elle.

Leo réfléchit, comme si c'était une question délicate.

— Français, décide-t-il.

— Alors on exclut le raifort, d'accord ?

— Agent Morgan ?

Fiona se retourne et trouve Roxy au bas de l'escalier.

— Qu'y a-t-il ?

— Je ne peux pas payer le traiteur.

— Et vous voulez quoi ? Que je vous prête de l'argent ? Parce que, sans vouloir me montrer grossière, si la société de production a un problème de liquidités, ce n'est vraiment pas...

— L'argent pour les frais courants se trouvait dans une boîte, dans la chambre de Miles, dit-elle, désignant l'étage. Elle contenait une centaine de livres, la dernière fois que je l'ai ouverte. Et elle est vide, à présent.

27
Dimanche – Leo

La boîte est petite, avec un couvercle à charnières et une étiquette datant de l'époque où elle contenait encore des sachets de thé Earl Grey. Leo l'a mise sous scellés, de même que le petit tas de reçus qu'il a trouvés à l'intérieur et dont la plupart portent le cachet « Ceinwen Traiteur ».

— Qui utilisait l'argent liquide ? s'enquiert-il.

— Nous tous, répond Roxy, haussant les épaules. Owen et moi avons commandé une pizza l'autre nuit, après la fin de l'émission. Miles prenait un billet de dix pour faire le plein de son quad, parfois.

Elle se tourne vers Owen, qui acquiesce.

— Et, chaque fois, vous glissiez le reçu dans la boîte et remplissiez cette note de frais ?

Leo déplie la feuille de ses mains gantées.

— C'est ça. J'ai fait un saut au garage pour m'acheter des pastilles pour la gorge, samedi, avant le direct. C'est la dernière fois que j'ai touché à cette caisse.

Le stylo noir avec lequel Roxy a signé la note fuyait. Il a taché toute la page. Leo la met également sous scellés.

— Ce qui signifie que l'argent a disparu au cours des dernières vingt-quatre heures.

Son regard navigue de Roxy à Owen.

— Je suis obligé de vous poser cette question : l'un de vous a-t-il pris cet argent ?

Owen secoue la tête.

— Non.

— Absolument pas, répond Roxy.

— En dehors de vous quatre, quelqu'un savait-il où se trouvait cette boîte ? demande Fiona.

— Non...

Roxy s'interrompt.

— Oh... Caleb s'est trouvé à court de lait le jour où les candidats ont pris leur petit déjeuner ici, juste avant le début du tournage.

— Quelqu'un a parlé de la caisse à cette occasion ?

— Je ne sais pas. C'est possible.

Leo ramasse le sac de scellés.

— Vous ne bougez pas d'ici, dit-il à l'animatrice et au cadreur, qui acquiescent en silence.

Puis il fait signe à Fiona de le suivre dehors.

— Tu crois que c'est Roxy qui a fait le coup ? lui demande-t-elle, tandis qu'ils traversent la cour. Elle pense que personne ne s'en apercevra, et puis Ceinwen se pointe pour être payée, elle panique et décide de « découvrir » le vol en direct ?

— Je ne sens pas trop ce genre de vibrations chez elle. Et toi ?

Leo tend la boîte en fer emballée et étiquetée au technicien en faction devant la tente de la scientifique.

— Vous pourriez effectuer une recherche d'empreintes ?

— Même dossier ?

Le haut de la combinaison en papier du technicien est rabattu autour de sa taille, et ses manches traînent par terre. La carte de police du nord du pays de Galles qui pend d'un cordon autour de son cou le présente comme l'agent enquêteur Alistair Langham.

— Sans doute, dit Leo.

— J'ai besoin d'un code budget différent si ce n'est pas lié à l'enquête sur le meurtre.

— Dans ce cas, c'est résolument lié à l'enquête sur le meurtre.

Leo jette un œil à l'intérieur de la tente.

— À ce propos, avez-vous décelé la moindre trace d'effraction ?

— Non, aucune.

— C'est donc que Miles connaissait son agresseur. Il lui a ouvert la porte, il est retourné s'asseoir à sa table de travail, et il s'est passé quelque chose qui...

— Pas tout à fait, l'arrête Alistair. Nous sommes à peu près certains que l'agresseur est sorti par la fenêtre, n'est-ce pas ? Vous êtes arrivés sur place en quelques minutes, et si quelqu'un était sorti dans la cour, vous l'auriez vu.

— Juste, admet Fiona.

— Dans ce cas, vous serez contents d'apprendre que les analyses corroborent cette hypothèse. Nous avons relevé une marque sur le bord extérieur de la fenêtre, à l'endroit précis où vous vous accrocheriez pour vous hisser dehors.

— Des empreintes ? demande Leo, plein d'espoir.

Alistair secoue la tête.

— Une marque de tissu. Sans doute de la laine, ou un mélange contenant de la laine. Ce qui tend à indiquer que le suspect portait des gants. Seulement, il n'y a pas de marques de doigts identifiables. Je n'ai jamais entendu parler de voleurs en moufles, donc j'ai tendance à penser que notre homme portait des chaussettes.

Jusqu'ici, ça semble logique. Quand Leo travaillait à Liverpool, la moitié des gamins qu'il coffrait pour vol de voiture, forçaient les serrures avec des chaussettes sur les mains. Plus facile à trouver qu'une paire de gants. Les gars les plus malins utilisaient même les chaussettes qu'ils avaient aux pieds, pour éviter d'avoir à justifier la présence de la paire de rechange en cas de fouille.

— Mais il y a autre chose, reprend Alistair. Nous avons découvert une marque similaire sur le bord *intérieur* de la fenêtre.

— Et pas de trace d'effraction, répète Leo. Ce qui signifie que Miles a laissé entrer son agresseur par la fenêtre, sans doute par souci de discrétion.

Il se tourne vers Fiona.

— Se peut-il qu'il entretienne une liaison ?

— Je pense qu'il est plus probable que ce soit en relation avec le boulot, dit-elle. Nous avons pu constater à quel point il était cachottier dans le travail. Il a avoué le véritable objectif d'*Exposure* à Roxy et Owen juste avant le premier jour de tournage. Peut-être préparait-il d'autres coups de théâtre.

— Comme le retour de l'un des candidats éliminés, suggère Leo.

Il commence à nourrir les mêmes doutes que Fiona quant à la culpabilité de Ryan Francis. Pourquoi Miles aurait-il ouvert sa fenêtre à un homme recherché, qui le haïssait et était armé d'un couteau ? Ils vont devoir vérifier qui d'autre a un alibi, et qui n'en a pas.

* * *

Les paupières d'Aliyah se mettent à battre à toute vitesse quand Leo lui demande où elle se trouvait juste avant la mort de Miles.

— Je… j'étais ici, bégaie-t-elle. M-mais je ne peux pas le prouver.

— Que faisiez-vous ? enchaîne Fiona.

— Rien.

La jeune femme s'assied sur son lit.

— Vous nous avez demandé de rester dans nos chambres quand vous êtes partis à la recherche de Ryan, alors c'est ce que j'ai fait. J'étais sans doute au téléphone. Je ne me souviens pas. Je suis sortie quand j'ai entendu les autres crier.

— Je vous ai vue accorder une interview ce matin. Comment ça s'est passé ?

— C'était bien, répond-elle, avec l'ombre d'un sourire. J'étais terrifiée, au début, mais ils ont tous été adorables avec moi. La journaliste m'a dit que je n'avais aucune raison d'avoir honte. Et elle a ajouté qu'elle appellerait ma patronne, si je devais avoir besoin d'une caution morale.

— Vous travaillez dans…

Leo jette un œil à ses notes.

— … une crèche ?

Aliyah acquiesce.

— Ils ont été super, eux aussi, en fin de compte. La directrice m'a dit : « C'est du passé, n'en parlons plus, mais vous devez nous promettre de ne plus exercer comme travailleuse du sexe tant que vous travaillerez pour nous. »

Elle laisse échapper un petit rire amer.

— Comme si ça me tentait !

— Et vos parents ? s'enquiert Fiona.

Des larmes se mettent à rouler sur les joues d'Aliyah.

— Nous avons beaucoup discuté. Je pensais qu'ils auraient honte de moi, mais ils étaient surtout tristes que je leur aie dissimulé mes difficultés financières au lieu de leur demander de l'aide.

Elle pousse un soupir tremblotant.

— Et papa m'a demandé de lui jurer qu'il ne m'était rien arrivé de grave.

Son regard s'assombrit et Leo se demande quels secrets elle dissimule encore à ses parents.

— Mais ils ne m'ont pas rejetée.

— Alors… ça va plutôt bien, j'imagine ?

— Oui, la semaine qui vient de s'écouler a été horrible, mais maintenant que c'est sorti, je suis presque soulagée. Le risque que tout éclate au grand jour était toujours là, tapi dans l'ombre. Je vivais dans la terreur qu'un père me reconnaisse en déposant un nouvel inscrit à la crèche…

Elle déglutit.

— Un ancien client, j'entends. Enfin, ça n'a plus aucune importance, maintenant. Tout le monde sait. Le pire est arrivé.

— Lorsque vous étiez là-haut, au campement, reprend Leo, vous discutiez souvent, les autres candidats et vous, n'est-ce pas ?

— Il n'y avait pas grand-chose d'autre à faire.

— Est-ce qu'il vous semblait que l'un d'eux…

Il réfléchit à la meilleure formulation.

— … vouait une hostilité secrète à Miles ?

— Non. Je vois très bien où vous voulez en venir, et la réponse est non. Aucun de nous ne le portait dans son cœur, mais de là à…

Elle secoue la tête.

— Une relation de confiance s'est nouée entre vous, n'est-ce pas ? suggère Fiona, avec une fausse candeur.

Aliyah rougit.

— Eh bien, il est clair qu'il est difficile de faire confiance à des personnes qui ont pour unique objectif de vous trahir…

— Mais vous aviez confiance en Jason ? tente Leo.

— À cent pour cent.

— Et Pam ?

— J'adore cette femme.

— Lucas ?

— Oui, bien sûr, affirme-t-elle, avec un peu moins de conviction.

— Qu'y a-t-il ? demande Fiona, percevant également l'hésitation.

— Rien. C'est juste que… J'ai entendu Roxy dire quelque chose à propos d'un candidat #MeToo. Alors ça m'a mise sur mes gardes. L'idée d'être enfermée avec un prédateur sexuel n'avait rien de rassurant.

Elle croise les bras et frissonne.

— Qu'est-ce qui vous fait penser qu'elle parlait de Lucas ? l'interroge Leo.

— J'ai procédé par élimination. Jason est un mec authentique, et je n'ai reçu que de bonnes vibrations de Henry. Et Ryan, le pauvre, n'a absolument rien d'un prédateur. J'en ai déduit que c'était Lucas.

Elle jette un regard furtif dans la cour et baisse la voix.

— Vous savez qu'il a un casier judiciaire ?

— C'est vrai ? bluffe Leo, qui n'ignore rien de la condamnation du révérend Lucas Taylor et de son comportement exemplaire depuis.

— Il me l'a confié lui-même.

— C'était très intègre de sa part, commente Fiona.

— Sans doute, oui, admet Aliyah. Mais il est si difficile de savoir à qui se fier.

— Elle n'a pas tort, déclare Fiona, une fois que la jeune femme a refermé la porte de sa chambre. Je ne me fierais à aucun d'eux, à sa place. La condamnation de Lucas a-t-elle trait à une agression sexuelle ?

— Non, et je me demande si elle n'essaie pas de nous rouler dans la farine avec son histoire de candidat #MeToo.

— Pour être rayée de la liste des suspects, tu veux dire ? Elle est trop petite. Elle n'aurait jamais pu tuer Miles, à moins qu'il se soit laissé étrangler sans bouger.

— Je suis tenté de partager ton avis, mais je me sentirais mieux si elle avait un alibi.

Son téléphone se met à sonner. Découvrant que c'est encore Gayle, il le remet aussitôt dans sa poche.

— Ta chérie t'appelle souvent, lui fait remarquer Fiona, sur le chemin de la chambre de Pam.

— Ce n'est pas ma chérie.

Il a tenté de rompre plusieurs fois, seulement Gayle a le cuir aussi épais qu'un rhinocéros. Quand il lui dit : « Je n'ai le temps de voir personne en ce moment », elle entend : « S'il te plaît, appelle-moi plusieurs fois par jour pour me suggérer toutes les sorties qu'on pourrait organiser ensemble. »

— *Sex friends ?* le taquine Fiona. Plan cul ? Harceleuse ?

— Tu chauffes, dit-il, morose.

— Vraiment ?

— Non, pas vraiment. Elle est juste… très collante.

— Alors dis-lui de te lâcher la grappe.

Ils s'arrêtent devant la porte de Pam. Fiona lui coule un long regard oblique.

— Ça demande juste un peu de cran.

La remarque lâchée négligemment le pique au vif. Il ouvre la bouche pour rétorquer, mais il est trop tard, elle frappe déjà à la porte.

Lorsque Fiona lui demande qui se trouvait dans la cour au moment où ils ont découvert le corps de Miles, la directrice ferme les yeux pour réfléchir.

— Je vous ai vus, vous deux, répond-elle lentement. Et il y avait aussi votre collègue. Georgina, c'est ça ? Et le coursier, Caleb.

Elle tend la main et fait mine de déplacer des pions sur un échiquier invisible.

— Jason était *là*. Puis, Roxy et Owen sont sortis de la maison et se sont arrêtés *là*. Et Aliyah était *ici*.

Fiona se tourne vers Leo.

— Aliyah était présente ?

Pam rouvre les yeux.

— Oui, je lui ai demandé comment s'était passée son interview.

— Vous en êtes certaine ? insiste Leo.

— Lieutenant Brady, j'ai cent soixante-quatorze élèves dans mes classes de lycée, et si l'une d'elles manque l'assemblée du matin, il me faut à peine deux secondes pour savoir de qui il s'agit. Je pense pouvoir me rappeler les gens que j'ai vus dans la cour il y a quelques heures.

Leo n'en doute pas. Pam Butler est sans conteste une femme exceptionnelle.

— Que faisiez-vous juste avant le meurtre ?

— J'écoutais le président du conseil d'établissement m'informer de mon renvoi. Au téléphone. Une décision unanime, apparemment.

— Il faudra que quelqu'un nous le confirme, déclare Fiona.

Pam fait apparaître un petit carnet à spirales, qu'elle feuillette.

— C'est son numéro, dit-elle en l'orientant vers eux.

Sous les chiffres, Pam a résumé la teneur de l'échange de son écriture régulière. *Salaire versé dans sa totalité*, lit Leo. *Faire appel ?* Il prend une photo de la page.

— Ce doit être un moment très difficile pour vous, commente Fiona.

— C'est surtout pour les filles que je m'inquiète, soupire la directrice. Je n'ose pas imaginer ce qu'on leur a raconté. Le proviseur adjoint va me remplacer, mais… oui, c'est difficile de ne pas savoir ce qui se passe là-bas.

Leo n'a aucun mal à la comprendre. Il était flatté que le commandant Boccacci lui demande de diriger les opérations sur place, au début, mais à présent que l'effervescence des premières heures est retombée, il brûle de savoir ce qui se trame dans la cellule d'enquête.

— Nous allons essayer de procéder aussi vite que possible, dit-il. En attendant, nous vous demandons de rester dans votre chambre et de ne pas communiquer avec les autres candidats.

— C'est entendu. Merci beaucoup, vous êtes des policiers charmants. C'est rassurant.

Coulant un regard appréciateur à Fiona, elle ajoute :

— Vous avez déjà envisagé l'enseignement ?

Fiona attend qu'ils soient hors de portée de voix pour lancer à Leo :

— Tu imagines pire boulot que celui de prof ?

Il n'imagine certainement pas de pire boulot que prof pour *Fiona*, mais choisit d'éluder la question :

— On continue avec Jason ?

— Je le détestais, cet enfoiré ! s'exclame le sapeur-pompier, assis bras croisés sur sa poitrine. Mais je ne l'ai pas tué.

— Nous avons besoin de déterminer où chacune des personnes présentes sur les lieux se trouvait au moment du crime.

— J'étais en visioconférence avec mon avocat.

Leo ouvre son carnet, qui se remplit à vue d'œil.

— J'aimerais avoir ses coordonnées, je vous prie.

— Vous me traitez de menteur, c'est ça ?

— Nous enquêtons sur un meurtre, lui rappelle Fiona. Et pour le moment, vous n'avez pas d'alibi. Alors, à votre place, je communiquerais sagement les coordonnées de mon avocat avant de me retrouver avec une jolie paire de menottes aux poignets.

Quand ils retraversent la cour pour regagner la cuisine, le téléphone de Leo sonne à nouveau.

— Lieutenant ? C'est George.

— Comment ça se passe dans la cellule d'enquête ?

— Ça s'active.

— L'autopsie est pour quand ?

— Demain.

La voix de l'enquêtrice paraît un peu étouffée, comme si elle avait coincé son téléphone entre son épaule et son oreille.

— C'est Izzy Weaver qui s'en charge.

Leo reconnaît le nom de la légiste qui s'était occupée de l'autopsie de Rhys Lloyd.

— Nous avons les résultats des analyses des pierres utilisées pour vandaliser les caméras, au fait. On a un ADN.

— Et ?

— Ce n'est pas celui de Ryan.

Leo se laisse le temps d'absorber la nouvelle. Donc ce n'est pas Ryan qui a détruit les caméras. Ce qui, dans le fond, n'a rien d'étonnant : Leo doutait de plus en plus qu'il ait été en état d'élaborer et d'exécuter un plan aussi méticuleux. Seulement, cette information soulève plus de questions qu'elle n'apporte de réponses. Si Ryan n'est pas coupable, qui a détruit ces caméras ? L'assassin de Miles, ou quelqu'un d'autre ?

— On l'a comparé au fichier national des empreintes génétiques ? demande-t-il.

— Oui, ça n'a rien donné.

Ce qui signifie que le saboteur ne possède pas de casier judiciaire. Leo repense à la liste que doit lui fournir le siège de Young Productions : celle de toutes les personnes ayant postulé pour participer à *Exposure*. L'une d'elles aurait-elle pu faire le coup ?

— Le commandant a autorisé tout le monde à rentrer chez lui – à l'exception de l'équipe qui enquête sur la scène de crime, les informe George. On redémarre à 8 heures tapantes demain. Je vous retrouve sur le terrain, Fiona et toi.

Leo termine l'appel.

— George interrogera Caleb Northcote et Jessica Francis à la première heure demain, annonce-t-il à Fiona. Je m'occuperai de Roxy Wilde et Owen Harvard.

— Et qu'est-ce que tu veux que je fasse, de mon côté ?

Leurs regards se croisent et Leo est pris d'une bouffée de chaleur. Il refoule son impulsion de lui répondre de manière très peu professionnelle et parvient à formuler :

— Vérifie les alibis de Pam Butler et de Jason Shenton. Et fais-moi ouvrir cette boîte à secrets, qu'on sache qui avait le plus à perdre à ce qu'on dévoile le sien.

Des sept personnes dont les alibis n'ont pas été corroborés, Ceri Jones est la seule dont ils ignorent encore le secret.

Est-il assez compromettant pour l'avoir poussée à tuer ?

28
Jason – *Exposure*, troisième jour

Il faut être en forme pour exercer comme sapeur-pompier, et Jason Shenton est le mieux entraîné de l'équipe. Il se rend à la salle de gym tous les jours, et enchaîne les exercices pour les jambes, les bras, et la cardio. Quand l'annonce d'*Exposure* est sortie, ses potes ont été si nombreux à lui faire suivre le lien de la vidéo qu'il a fini par répondre sur Facebook : Oui, j'ai postulé ! Il n'a même pas été surpris d'être retenu au casting, tant il se sentait taillé sur mesure pour ce jeu de survie. En forme et entraîné comme il l'était, Jason était assuré de faire la course en tête.

En réalité, quand Roxy a fait son annonce, le premier soir, il a surtout ressenti de la déception. Il était dégoûté, même. Tous ces entraînements qu'il s'était imposés, toutes ces omelettes de blancs d'œuf et ces milk-shakes protéinés pour rien. Sans parler du foutu autobronzant dont Kat l'avait tartiné pour qu'il ait l'air bien baraqué à la télé.

« Tu veux dire que je ne suis pas assez balèze pour toi ?

— Tu peux l'être encore plus », avait rétorqué Kat avec un grand sourire, le massant pour faire pénétrer la lotion.

Ça les avait un peu distraits, et Kat n'avait pas tardé à se retrouver presque aussi tartinée que lui…

Seulement, passé le moment de surprise, les mots de Roxy ont fini par pénétrer son esprit.

« C'est quoi, ces conneries ? » a-t-il dit.

Et encore, à cet instant, il n'avait pas encore conscience de toutes les implications de l'annonce de l'animatrice. Il savait seulement qu'on leur avait menti, et Jason a une sainte horreur des menteurs. Et puis, il a vu le cadreur ricaner comme un singe, et il s'est jeté sur lui, sans réfléchir, pour effacer ce sourire de son visage niais.

Tout ce qui est arrivé depuis n'a fait qu'attiser sa colère. Jason a compris lequel de ses secrets ils comptent exposer, bien sûr. Ça peut paraître difficile à croire, mais il a mis un moment à percuter ; parce qu'il n'est plus l'homme qui a épousé Addison. C'était il y a si longtemps. Il n'a plus rien de commun avec le garçon qu'il était à cette époque. *Kat* est son unique épouse. Pas sa deuxième femme. Et il l'aime avec une ferveur qui le surprend encore.

Bigame. Putain de merde ! Ça allait le faire passer pour un connard de première, un sale menteur. Le plus bête, dans l'histoire, c'est qu'il n'a eu que trois petites amies dans toute sa vie. Et qu'il a épousé deux d'entre elles. Si son secret était dévoilé, il risquait la prison. Ou, pire, de perdre Kat. Peut-être même les filles. Il ne pouvait pas laisser faire ça.

Quand il se réveille, le troisième jour d'*Exposure*, Jason a un plan. Depuis qu'on les a dressés les uns contre les autres et mis au défi de se trahir pour sauver leur peau, ils se bombardent de questions, et chaque conversation est un piège potentiel.

« Je pense que le secret de Lucas a un rapport avec une femme, lui a chuchoté Aliyah, au petit déjeuner. Il est trop embarrassé quand tu lui parles de relations amoureuses. »

Du coup, ils ferment tous leurs écoutilles de crainte de se trahir par mégarde. Il n'est venu à l'idée d'aucun d'eux qu'il existe une autre manière de jouer à ce jeu de dupes…

— Je dois avouer que le stress commence à monter, confie-t-il à Henry, au cours de l'échange à cœur ouvert qu'ils ont pris l'habitude d'avoir dans le bain nordique. Je songe sérieusement à cracher le morceau pour en finir. Arracher le pansement d'un coup, tu vois ?

Henry semble envisager cette possibilité.

— J'imagine que tout dépend des conséquences que ça va entraîner.

Jason laisse un silence s'installer. Puis reprend la parole, avec une désinvolture étudiée, comme si une idée venait de jaillir dans son esprit.

— Tu crois qu'ils envoient des gens en prison pour des délits anciens, ou qu'ils laissent tomber ?

— Quoi ?

— Comme… un cambriolage, par exemple, fait Jason, comme si l'idée venait juste de lui traverser l'esprit. Ils s'embêteraient avec ça ? Je veux dire : quand le truc s'est passé il y a très longtemps ? Alors que le gars était encore adolescent, et que la maison appartenait à son grand-père, par exemple…

— Qu'est-ce que tu sous-entends, Jase ? répond Henry, soudain sérieux, glissant un coup d'œil vers les caméras.

— Ah, rien. Oublie ça.

Jason se pince le nez et plonge la tête sous l'eau, pour dissimuler son sourire. Henry a mordu à l'hameçon.

— Qu'est-ce que tu feras avec l'argent, si c'est toi qui gagnes ? lui demande Henry, quand il refait surface.

Jason n'hésite pas une seconde.

— Je le donnerai à Kat. Pour qu'elle s'achète ce qu'elle voudra. Tout ce qui lui fera plaisir. Et je nous organiserai sûrement des vacances quelque part. On est mariés depuis dix ans et on n'a toujours pas réussi à mettre assez de fric de côté pour s'offrir une lune de miel digne de ce nom. Ouais, c'est ce que je ferai en premier.

Plus tard, il surprend Henry en train de chuchoter quelque chose à Aliyah, qui lui jette des regards furtifs. Il n'est pas gêné le moins du monde d'être l'objet de commérages qu'il a lui-même inventés. Quand il leur adresse un petit signe amical de la main, la jeune femme s'empresse de détourner les yeux.

Lorsque Roxy et Owen les rassemblent pour le direct du soir, la tension est palpable autour du feu. L'animatrice fait les cent pas en répétant son texte, tandis que le cadreur exécute les ordres que Miles lui aboie. « Déplace Pam de dix centimètres à gauche. Demande à Lucas de se lever. Non, voyons ce que ça donne s'il s'appuie sur la table. »

— Candidats d'*Exposure* !

Roxy marque une longue pause avant de continuer :

— Aujourd'hui, Henry a proposé de révéler le secret de l'un d'entre vous. Avez-vous une idée du candidat dont il s'agit ?

Jason adopte la même expression ahurie de ses concurrents, prenant soin de ne pas croiser le regard de Henry. Cet enfoiré d'hypocrite !

Roxy fait face à chacun d'eux, l'un après l'autre. D'abord Pam, puis Henry, Aliyah, Lucas, Ceri... Et se poste face à lui.

— Un peu plus tôt dans la journée, Henry nous a révélé ce qu'il pense être le secret de Jason. Voyons s'il avait raison.

La caméra fait un gros plan sur lui. Jason affiche l'expression choquée d'un homme trahi, puis articule en silence : *Je t'aime, Kat*, espérant qu'elle lira son message sur ses lèvres.

— N'oubliez pas que si Henry se trompe, c'est lui qui devra affronter l'épreuve du confessionnal.

Roxy brandit une clé.

— C'est le moment de vérité. Ouvrez le coffre et donnez-moi l'enveloppe qui contient le secret de Jason.

Henry met un temps fou à feuilleter le tas d'enveloppes, mais finit par tendre la bonne à l'animatrice, adressant une moue contrite à Jason, qui l'ignore royalement.

Roxy est face caméra et brandit l'enveloppe.

— À présent, revoyons l'accusation proférée par Henry, tout à l'heure, dans le confessionnal.

Le sourire de l'animatrice tient une seconde, puis ses épaules retombent et elle étire son cou douloureux.

— Tu vas bien ? demande Aliyah à Jason.

— Parfaitement bien, répond-il d'un ton sec.

Il repense à l'échange de messes basses entre la jeune femme et Henry, sachant qu'elle n'aurait pas hésité à courir au confessionnal pour l'accuser d'avoir cambriolé son grand-père, si Henry ne l'avait pas prise de vitesse.

— Vingt secondes, annonce Owen, un doigt sur son oreillette.

Jason comprend que les téléspectateurs ont fini de visionner l'accusation de Henry. *Je pense que Jason a cambriolé la maison de son propre grand-père.* Il réprime un rire. Kat ne va rien piger : Jason a perdu ses deux grands-pères alors qu'il était encore adolescent.

— Dix secondes, dit Owen. Cinq, quatre.

Il termine son compte à rebours avec les doigts, et Roxy plaque aussitôt son sourire d'animatrice sur ses lèvres.

— Voyons si vous avez deviné juste, Henry.

Elle ouvre l'enveloppe et le cœur de Jason se met à battre à tout rompre, parce qu'il sait que son véritable secret est écrit sur ce bout de papier. Parce que Roxy peut le lire par erreur, ou le faire tomber, ou...

— Félicitations ! s'exclame-t-elle en retournant la carte afin que tous les candidats puissent la lire. Vous avez raison : Jason est effectivement bigame.

Tout se met à tourbillonner autour de lui. C'est impossible !

— Dites au revoir à tout le monde, Jason.

Roxy prend un air faussement accablé, avant de s'exclamer joyeusement :

— Vous êtes *exposé* !

Ça ne peut pas être réel. Qu'est-ce que Henry pouvait confier à Aliyah, tout à l'heure, sinon l'information qu'il lui avait glissée dans le bain nordique ? Jason n'a rien dit qui puisse permettre à Henry (ni à quiconque) de deviner son secret... À moins que... Il réfléchit à la manière dont Aliyah l'a cuisiné, hier. *Ton secret a quelque chose à voir avec ton mariage ?* Peut-être n'était-ce pas Henry qui partageait ses informations avec elle, mais l'inverse.

— Oh, mon Dieu !

Aliyah tend les bras vers lui quand il dit au revoir au groupe, mais il la repousse. Il pense à Kat, assise devant la télé. Elle doit être anéantie, ou déjà en train de rassembler les affaires de Jason pour les balancer dans la rue. Une rage incandescente remonte de ses entrailles, telle de la lave, tandis que Roxy l'entraîne vers la sortie du camp d'*Exposure*. Rien de cela ne serait arrivé si Miles Young n'avait pas engendré cette émission infernale. Miles a beau se terrer depuis que le tournage a commencé, il n'a nulle part où se cacher.

Et il va récolter ce qu'il a semé.

29
Lundi – Fiona

Alors qu'elle approche de Carreg Plas, Fiona voit plusieurs véhicules garés sur le bas-côté de la route, au nombre desquels figure une camionnette imposante surmontée d'une antenne satellite. Elle abandonne sa Triumph à une centaine de mètres de là et marche jusqu'à la barrière gardée par un agent en uniforme qui semble avoir passé la nuit sur place.

— La relève arrive bientôt ? demande-t-elle.

— Une demi-heure.

— Des journalistes ?

Elle pointe le menton vers la file de véhicules quand la porte latérale de la camionnette s'ouvre en coulissant.

— Ça fait plusieurs heures qu'ils affluent. Je les ai informés que le commandant Boccacci allait tenir une conférence de presse à Bryndare, mais ils veulent parler à des enquêteurs de terrain...

Il s'interrompt pour interpeller la femme en imper beige noué à la ceinture qui approche.

— Vous pouvez retourner dans votre camionnette, je vous prie, madame ?

— Vous êtes enquêtrice ? lui lance la journaliste. On peut échanger quelques mots ?

— Vous risquez de ne pas aimer les miens, rétorque Fiona.

— J'ai entendu dire que Miles Young, le producteur de télé, a été assassiné. Pouvez-vous nous dire où en est l'enquête ?

— Où avez-vous entendu dire ça ?

Fiona ouvre la barrière et la referme derrière elle.

— On ne parle que de ça sur les réseaux sociaux. Je crois que la première à en avoir parlé est une youtubeuse qui s'appelle…

La femme cherche le nom.

— Encore cette emmerdeuse de Zee Hart, marmonne Fiona, contournant le corps de ferme pour gagner l'arrière-cour au pas de charge.

Il n'y a aucun signe de vie du côté des écuries, et la maison est plongée dans l'obscurité. Derrière, la montagne est auréolée de ses nuances rosées matinales. Elle gravit le sentier avec Dave, quand, dans un moment d'enthousiasme excessif, le chien bondit par-dessus un torrent et atterrit la truffe la première sur sa berge marécageuse.

— Mi-chien, mi-éléphant, commente-t-elle.

Sa montre indique qu'elle a vingt minutes à tuer avant de retrouver Huw au camp d'*Exposure*.

« J'ai besoin de la pince-monseigneur, lui a-t-elle annoncé au téléphone, hier soir.

— Hein ?

— Tu as obtenu sa garde quand on a divorcé, lui a-t-elle rappelé, en poignardant la barquette de curry qu'elle s'apprêtait à réchauffer au micro-ondes.

— Oui, parce que c'est la mienne. »

Elle a porté un coup fatal au curry.

« Je pourrais te l'emprunter, dans ce cas ?

— Pour quoi faire ?

— Ouvrir le coffre à secrets d'*Exposure*. J'ai tenté ma chance avec un tournevis, tout à l'heure, mais j'ai juste réussi à massacrer la poignée.

— Je peux m'en charger, si tu veux.

— Pas la peine. Tu n'auras qu'à laisser la pince à côté de ta porte de derrière, et je ferai un saut…

— Ça ne me dérange pas. On se retrouve sur place demain à l'aube ? »

Fiona s'est figée, sa barquette à la main.

« Pourquoi tant de gentillesse ?

— Parce que la dernière fois que tu m'as emprunté un outil, j'ai dû dire adieu à ma clé préférée.

— Il n'y a que toi pour avoir une clé préférée. »

Fiona a poussé le micro-ondes au maximum et appuyé sur le bouton *on*.

« À demain au campement. »

L'enclos apparaît au loin, ainsi que des flashs fluorescents qui trahissent la présence de Dario Kimber. « J'ai chronométré ses rondes autour du périmètre, et certaines étaient bien plus longues que les autres », lui a dit Zee Hart, insinuant que l'agent de sécurité mijotait un sale coup. Elle décide de mettre à profit les vingt minutes qui restent. Elle appelle Dave, occupé à renifler une masse qui ressemble terriblement à un animal en cours de putréfaction, et longe la clôture jusqu'à la tente bleu marine de la youtubeuse.

Le rabat de l'entrée est à moitié relevé et un ronflement léger s'en élève. Fiona réfléchit au moyen de se manifester quand Dave tranche la question à sa place, avalant les mètres restants de ses pattes boueuses et fourrant son museau puant dans l'ouverture.

Il n'est pas très facile de crier quand on a le souffle coupé, mais Zee se débrouille admirablement bien. Son hurlement propulse Dave, terrifié, dans la direction opposée, où il essaie d'escalader les jambes de Fiona.

Zee sort en se tortillant dans son sac de couchage.

— C'est quoi l'histoire ?

— Considérez ça comme une sonnerie de réveil.

— Qu'est-ce que vous me voulez ?

Elle sort aussitôt son téléphone.

— N'y pensez même pas ! l'arrête Fiona, comprenant qu'elle s'apprête à la filmer. Vous avez fait assez de dégâts comme ça. Presque tous les médias du pays campent devant Carreg Plas.

— C'est vrai ?

Les yeux de Zee s'illuminent.

Fiona pose les mains sur ses genoux et colle son visage à quelques centimètres de celui de la youtubeuse.

— C'est votre ultime avertissement. Si vous postez le plus petit iota d'information concernant cette enquête sur Tweeter, Facebook, Snapchat, un blog quelconque ou YouTube, je vous arrête pour obstruction dans le cadre d'une affaire criminelle.

— Et sur TikTok, je peux ?

L'expression furax de Fiona la dissuade d'insister.

— OK, ni sur TikTok. Ni sur aucun autre réseau social. Pigé.

— Hier, vous avez suggéré que l'agent de sécurité mettait plus de temps que nécessaire à effectuer ses rondes. Qu'est-ce que vous entendiez par là ?

— Juste ça. Il fait le tour de l'enclos trois fois par jour, mais sa deuxième ronde dure toujours plus longtemps que la première. Je pense qu'il s'arrête pour discuter avec un candidat.

— Vous avez une idée de son identité ?

— Non, désolée. Et aussi, je l'ai vu s'introduire dans le campement, une nuit. Je n'arrivais pas à dormir, alors je suis allée me promener. Il devait être, quoi… 2 heures du matin ? Je suis passée devant la caravane de Dario, et comme la lumière était allumée, j'ai jeté un œil à l'intérieur. Elle était vide. J'ai tout de suite pensé : *Tiens, que peut-il bien mijoter celui-là ?* Alors, je suis allée voir.

— Et ?

— Je l'ai vu ouvrir le portail de l'enclos et entrer dans le campement. J'ai attendu un moment, mais il est resté là-dedans une éternité, et je me les gelais, alors je suis retournée me coucher.

— De quelle nuit s'agissait-il ?

Zee réfléchit, la tête penchée sur le côté.

— Le soir où le secret de Jason a été exposé. Oh, mon Dieu, j'étais tellement choquée… vous vous imaginez épouser quelqu'un et découvrir qu'il est déjà…

— Mercredi, donc.

Ce qui signifie que Dario s'est introduit en douce dans le camp. Jeudi à 2 heures du matin. L'heure pile où les caméras ont été vandalisées.

— C'est important ? lance Zee, ravie. Dites, si vous faites une déclaration, vous voudrez bien mentionner ma chaîne YouTube ?

— Non.

— Et si je me souvenais d'un détail concernant l'homme que j'ai vu parler à Ceri, hier ? marchande-t-elle avec un sourire rusé.

— Et si vous me disiez tout de suite de quel détail il s'agit, histoire que je ne vous coffre pas pour dissimulation de preuve ?

Zee la dévisage une seconde, et semble décider qu'elle ne plaisante pas.

— Il portait un bonnet vert foncé.

— Vert foncé ? Vous en êtes certaine ?

Elle acquiesce.

— Autre chose ?

— Non. Je me souviens juste du bonnet.

Fiona siffle Dave.

— C'est tout ce que vous voulez savoir ? Parce que j'ai une théorie concernant Pam Butler. Je pense qu'elle est plus baraquée qu'elle n'en a…

— Merci, la coupe Fiona en s'éloignant déjà.

Les pensées s'entrechoquent dans son esprit : des tas d'hommes doivent posséder un bonnet vert. Ça ne veut absolument rien dire.

Elle trouve Huw près du feu de camp, une batterie d'outils étalée à côté de son sac à dos.

— Je me suis dit que tu préférerais que je t'attende, l'accueille-t-il, désignant le cadenas de la boîte en fer fixée à la souche.

Il porte sa veste de sauveteur et est coiffé de son éternel bonnet vert foncé.

— Merci.

Elle le toise d'un regard censé le mettre dans ses petits souliers.

— Tu es déjà venu ici, n'est-ce pas ?

— Pendant les recherches, oui, répond-il d'un ton désinvolte.

— Et tu n'as jamais rôdé autour de l'enclos pour essayer de parler avec un candidat ?

— Pardon ?

— À Ceri, par exemple ?

Elle laisse planer le soupçon.

— Qui te l'a dit ? finit-il par lâcher.

— Un témoin.

— Quand tu dis « témoin », tu entends que tu m'interroges dans le cadre de ton enquête ?

— À quoi tu joues, Huw ?

— On discutait, c'est tout.

— Bien sûr.

— Ça n'a rien à voir avec ce qui est arrivé à Miles, Fi, je te le promets.
— Ce n'est pas à toi d'en décider. C'est mon boulot, ça.
Ils s'affrontent du regard. Huw finit par flancher.
— Je suis venu la prier de laisser Bronwen en dehors de tout ça.
— Bronwen de la *poste* ? La patronne de Ceri ? Qu'est-ce qu'elle vient faire là-dedans ?
— Le secret de Ceri pourrait lui attirer des ennuis, à elle aussi.
— OK, dans ce cas : qu'est-ce que *tu* viens faire là-dedans ?
Le cou de Huw vire à l'écarlate et Fiona éprouve soudain une gêne indescriptible.
— Oh… je vois. Bronwen est la femme que tu fréquentes.
— Je comptais bientôt te l'annoncer.
— Ce ne sont pas mes affaires.
Elle parle trop vite. Et trop fort. Ce ne sont vraiment pas ses affaires. Ils ont divorcé, et Dieu sait qu'elle n'éprouve aucune envie de revisiter ce chapitre particulier de sa vie. Et cependant…
— J'ai vu que tu avais quelqu'un, explique Huw, et…
— Pardon ?
— Cet enquêteur anglais.
— Oh, mon Dieu, ce n'est…
Elle rit, mais ses protestations sonnent faux. Elle a failli avoir quelqu'un, songe-t-elle. Ça aurait été le cas si elle avait été moins stupide.
— Et ça m'a aidé à comprendre qu'il était temps que j'en fasse autant.
Huw donne des petits coups de pied dans un tas de terre.
— C'est bien, répond-elle avec sincérité.
— Je ne veux pas qu'elle ait des ennuis, Fi.
— C'est quoi son secret, à Ceri ?
Elle soupire, irritée par son silence.
— Qu'est-ce qu'elle a fait, Huw ?
— Je ne peux pas te… Et mince, je n'aurais jamais dû me mêler de ça.
— C'est foutrement bien vu de ta part.
Soudain, il lui vient à l'idée que l'intervention crétine de Huw pourrait fournir un alibi à Ceri.

— Il était quelle heure quand tu lui as parlé ?

Zee pense les avoir vus juste après midi, mais si elle se trompait de, mettons, dix minutes, alors Ceri ne pourrait pas avoir tué Miles à 11 h 45 et être remontée au camp…

— Autour de midi vingt, répond Huw. Je suis redescendu tout de suite après… c'est là qu'on s'est croisés près des écuries.

— D'accord.

Donc il est possible que Ceri ait fait le coup. *Et Huw, aussi*, ajoute une petite voix importune dans sa tête. Non, c'est absurde. Huw a ses défauts, mais c'est un gars cent pour cent honnête.

Hein ?

Elle s'empare de la pince-monseigneur et la lui tend.

— Tu veux bien me faire l'honneur, ou tu préfères que je m'en occupe ?

La boîte contient encore tous les secrets : même ceux qui ont déjà été révélés. Si celui de Ceri peut attirer des ennuis à sa patronne, il doit s'agir d'une chose qu'elle a faite au boulot ; et il est clair qu'elle risque gros, ou Huw ne se serait pas donné tout ce mal pour protéger Bronwen.

Mais assez gros pour commettre un meurtre ?

Fiona se représente son amie dans son uniforme de factrice : short par tous les temps, avec des bottines marron l'hiver et des sandales l'été. Ceri connaît tout le monde à Cwm Coed, et tout le monde la connaît. Ou croit la connaître.

Huw la regarde, la mâchoire de la pince sur le cadenas.

— Tu me promets que tu ne mêleras pas Bronwen à tout ça ?

— Tu sais que je ne peux pas…

— Je suis vraiment attaché à elle, Fi, murmure-t-il.

Elle imagine son ex-mari avec cette femme, et éprouve plus de soulagement que de tristesse, dans le fond. Elle n'a plus à se sentir coupable d'avoir gâché sa vie. Il a tourné la page. Elle songe à Ceri, partie intégrante de Cwm Coed, au même titre que son lac et sa montagne. Elle songe aux mains qui ont étranglé Miles. Elle baisse les yeux sur la boîte.

— Vas-y, Huw, ouvre-la, dit-elle.

30
Lundi – Leo

— C'est ma playlist, déclare Roxy, assise sur son lit devant Leo. Je l'écoute toujours quand je me prépare pour un enregistrement.

Elle lui montre la sélection de chansons : *Don't Stop me Now*, *Eye of the Tiger*, *Ain't no Mountain High Enough*, *Dancing Queen*...

— Très motivant.

Elle rougit.

— *Dancing Queen* venait de commencer quand j'ai entendu la porte d'Owen heurter le mur en s'ouvrant et des pas précipités dans l'escalier, alors je suis sortie pour voir ce qui se passait.

— Vous n'avez pas entendu l'agitation qui a précédé ?

— J'avais mis la musique assez fort, et j'étais en train de me maquiller. Là-bas.

Elle désigne la coiffeuse située à l'autre bout de la chambre, à l'opposé de la fenêtre. Elle est couverte de cosmétiques.

— Si vous cliquez sur l'onglet *écouté récemment*, vous aurez les heures précises d'écoute.

Elle lui tend son téléphone, semblant se moquer qu'il lise ses messages, si l'envie lui en prenait. Doit-il en déduire qu'elle n'a rien à cacher ? Il remonte dans la liste jusqu'à *Dancing Queen*. L'heure indiquée à côté est 11 h 44. Jusqu'ici, ça colle.

— Il va de soi que cela prouve uniquement que cette chanson passait sur votre téléphone à cette heure-là, précise-t-il. Pas que vous étiez ici.

— Je me trouvais dans cette chambre.

Elle ne paraît pas du tout sur la défensive, note-t-il. Mais pourquoi le serait-elle, songe-t-il, se faisant l'avocat du diable.

Owen a déjà confirmé que Roxy l'avait suivi dans l'escalier et qu'ils étaient sortis par la porte de la cuisine à quelques secondes d'écart. Et ils s'apprécient si peu qu'il n'est guère probable qu'ils se couvrent l'un l'autre, ce qui signifie qu'aucun d'eux n'a pu tuer Miles.

Leo est sur le point de ressortir quand lui revient à l'esprit la déclaration d'Aliyah au sujet du prédateur sexuel qui se cacherait parmi ses concurrents.

— Vous rappelez-vous avoir fait allusion à un candidat #MeToo alors que vous étiez au campement ?

Roxy fronce les sourcils, puis son visage s'éclaire.

— Oh, oui je me souviens. C'était le premier soir, après le tournage. J'ai glissé à Owen un truc du style : « Je me demande lequel des trois est notre profil #MeToo. » Miles m'avait prévenue ce matin-là, juste avant que nous montions au camp.

— Je croyais qu'il était le seul à connaître les secrets des participants ?

— Oh, je ne pense pas que ça faisait partie des secrets à deviner, il voulait juste s'assurer que je resterais sur mes gardes. Que j'éviterais de me retrouver en tête à tête avec un timbré. Il m'avait également informée que Lucas avait un casier judiciaire. C'était une manière de limiter les risques, je suppose.

— Très attentionné de sa part.

— Il n'y a rien d'attentionné là-dedans, réplique-t-elle avec un rire caustique. De nos jours, une employée peut facilement traîner en justice un patron qui ne l'a pas préservée d'un harceleur. Miles ne pensait qu'à protéger ses arrières, comme toujours.

— Les alibis de Roxy et d'Owen sont solides, annonce Leo à George.

Ils ont achevé leurs interrogatoires respectifs et boivent un café à la cuisine, en ce moment.

— *Idem* pour Jessica Francis. Elle a utilisé une application de jogging pour aller à la recherche de Ryan. Elle voulait éviter d'emprunter deux fois le même chemin. Elle se trouvait à plus d'un kilomètre d'ici à l'heure du meurtre.

Leo ajoute une note à côté du nom de Jessica.

— Et ce n'est pas tout.

George avale une gorgée de café.

— Jessica a croisé Caleb Northcote, là-haut. Elle ne connaissait pas son nom et ignorait qu'il était assistant de production, mais elle l'a reconnu et ils ont échangé quelques mots.

— À quelle heure ?

— Elle pense que c'était une dizaine de minutes avant le meurtre. Il n'aurait pas pu arriver ici à temps.

Leo hoche la tête, essayant de placer mentalement chaque personne à l'endroit indiqué, comme des pièces sur un échiquier. Roxy Wilde et Owen Harvard étaient dans le corps de ferme, Caleb Northcote et Jessica Francis sur la montagne. Henry Moore était dans le confessionnal et Lucas Taylor alimentait le feu de camp – et ils ont tous deux été filmés par les caméras du camp.

— Il nous reste à vérifier les alibis de Pam Butler, Jason Shenton, Aliyah Brown, Ryan Francis, Ceri Jones, Dario Kimber et Zee Hart.

— On peut rayer Pam de la liste. Le président du conseil d'établissement nous a rappelés ce matin. Il confirme qu'il était au téléphone avec Pam et m'a envoyé une capture d'écran des données de l'appel : la communication a été établie à 11 h 25 et coupée à 11 h 47.

Leo regarde sa liste et raye le nom de Pam d'un gros trait noir.

— Et Jason ?

George lève les yeux au ciel.

— Son avocat nous donne du fil à retordre. Il exige de signer une autorisation d'accès aux données personnelles avant même de nous parler, et ne cesse de nous rappeler qu'il n'a pas l'obligation de divulguer ses échanges avec son client.

— Jason ne pourrait pas simplement lui donner l'autorisation de nous répondre ?

— Si, mais il dit que son avocat lui facture cent livres d'honoraires chaque fois qu'il répond à un appel ou à un e-mail, alors il veut qu'on le paye à sa place.

— Il plane complètement ! s'esclaffe Leo. On m'a refusé une commande de fournitures la semaine dernière, parce que j'ai demandé un stylo de plus que le nombre d'employés de mon service. Continue de lui mettre la pression.

— Et s'il était fauché ? suggère soudain George.

Leo hausse les épaules.

— Il va toucher un cachet de dix mille livres...

— Oui, seulement les candidats n'ont pas encore été payés. Alors imaginons qu'il soit fauché, que son avocat lui coûte les yeux de la tête... Il connaissait peut-être l'existence de la boîte d'espèces...

Leo comble les vides :

— Il a pu faire un saut ici en douce quand on était tous devant la régie de Miles.

Elle secoue la tête.

— Je me souviens de l'avoir vu là-bas. Je l'aurais remarqué s'il s'était esquivé.

Leo fait rebondir le bouchon de son stylo contre ses dents. La boîte est au labo, mais la scientifique va analyser en priorité les échantillons prélevés sur la scène de crime, bien sûr. Il faudra peut-être attendre deux ou trois jours avant qu'ils puissent comparer les empreintes. Il passe au point suivant de sa liste mentale.

— Les analystes ont pu tirer quelque chose des menaces de mort sur Internet ?

— Beaucoup de vent, mais deux tweets inquiétants que l'équipe du commandant Boccacci est en train d'examiner, annonce George. Elle veut absolument établir avec certitude que leurs auteurs ne sont pas des postulants rejetés pendant le casting.

— Même s'ils ont été vexés sur le moment, leur colère a dû retomber quand ils ont vu le premier épisode d'*Exposure*, et compris à quoi ils avaient échappé, tu ne crois pas ?

Leo a reçu un e-mail contenant la liste de tous les postulants passés au crible par les analystes criminels pour faire apparaître les détenteurs de casiers judiciaires et les individus connus des services de police pour des faits de violence.

— Les personnes qui n'ont pas été sélectionnées doivent éprouver un soulagement sans nom, depuis, ajoute-t-il. Ce serait mon cas, à leur place.

La porte de derrière s'ouvre et Fiona fonce droit sur la machine à café. Il n'y a plus de plateaux de viennoiseries et de sandwichs depuis la mort de Miles, la maison mère du Cheshire a dû interrompre sa commande. Des enquêteurs de l'équipe de Leo sont allés interroger les quelques salariés de la boîte de production, là-bas. Ils lui ont rapporté que Miles était plutôt apprécié de son personnel, même si certains employés trouvaient que ses idées devenaient plus dérangeantes qu'originales au fil du temps. Tout le monde était d'avis qu'*Exposure* franchissait une ligne rouge, mais personne n'avait pipé mot. Qui voudrait risquer de perdre son boulot en temps de crise ?

— Tu n'as pas ton chien, aujourd'hui ? s'étonne Leo, gardant un œil sur la porte et s'attendant à moitié à ce qu'un boulet de canon poilu et trempé traverse la cuisine.

— Huw me le garde.

Fiona a une drôle de voix. Il se demande si ça signifie que son ex et elle ont remis le couvert, et se répond aussitôt qu'il s'en moque.

— C'est sympa de sa part.

— Il me doit un service, dit-elle, laconique.

Elle se retourne, son café dans les mains et passée sur mode pro.

— Dario Kimber est un bon client pour les caméras vandalisées.

Elle énumère à Leo et George les infos qu'elle a soutirées plus tôt à Zee Hart.

— Ajoute-t-on le meurtre à la destruction des caméras ? S'il a détruit les caméras, c'est qu'il voulait accéder au coffre des secrets. Il n'aura pas réussi à l'ouvrir et sera logiquement allé chercher la clé chez Miles. Peut-être qu'il ne s'attendait pas à le trouver dans sa régie, qu'ils se sont disputés et que ça a mal tourné.

— On l'a même surpris sur les lieux, semble se souvenir Fiona.

Elle prend George à témoin.

— C'était quand ? Mercredi, hein ? Le jour où Jessica Francis a débarqué. Miles était dans la cuisine avec nous quand il s'est aperçu que Dario venait d'entrer dans la régie sans sa permission. Il écumait de rage.

— Tu penses qu'il cherchait la clé ? demande Leo, songeur.

— Et hier, quand on est montés au campement, Dario nous a assuré que Miles faisait *toujours* son jogging *à la même heure*. Comme s'il guettait les faits et gestes de son boss.

— D'accord. Je vais faire un point avec le commandant. Tu as ouvert la boîte ?

Fiona lâche son sac à dos sur la table de la cuisine et sort un sac pour pièces à conviction en plastique contenant la boîte en fer rapportée du campement. Ses charnières ont été forcées.

— Tu as jeté un œil à l'intérieur ?

— J'ai pensé que tu préférerais regarder ça en premier.

Fiona vide le reste de sa tasse dans l'évier et ouvre le robinet.

George enfile des gants en latex, sort la boîte du sac et la pose avec précaution sur une feuille de papier avant de soulever le couvercle cassé. Elle prend les enveloppes marquées des noms des candidats qui se trouvent à l'intérieur. Quatre d'entre elles sont décachetées. Elles contiennent chacune une carte imprimée.

Jason est bigame.

Pam accepte des pots-de-vin de parents d'élèves potentiels.

Ryan s'habille en femme.

Aliyah est une ancienne travailleuse du sexe.

— On sait déjà tout ça, dit Leo, impatient de découvrir les autres secrets.

Henry a confessé son alcoolisme, mais Lucas maintient qu'il n'a de compte à rendre qu'à Dieu. Dans la mesure où l'alibi du pasteur l'élimine de la liste des suspects du meurtre de Miles, son éventuel motif est purement symbolique, mais dans une enquête criminelle, chaque détail compte.

Lucas entretient une liaison avec une femme mariée et membre de sa congrégation.

George ouvre des yeux ronds.

— Le vieux dégueulasse !

— Aliyah a peut-être vu juste, commente Leo.

Il se penche en avant pour lire la carte suivante.

— C'est celle de Henry ?

Henry a refusé de payer la pension alimentaire de son enfant pendant trois ans.

Il semble que Henry ait plus d'un secret à préserver.

— Quel connard, lâche Fiona.

— On ne connaît pas les circonstances, tempère Leo, se retenant de sauter aux conclusions, bien qu'il soit enclin à partager son avis. Les histoires des autres candidats sont toutes plus complexes que ne le suggèrent ces quelques phrases, lui rappelle-t-il. Et si ce qu'il nous a dit de son problème d'addiction est vrai, ce type serait plutôt à plaindre.

George feuillette les enveloppes, les sourcils froncés.

— Qu'est-ce qu'il y a ?

— Il en manque une. Je ne trouve pas celle de Ceri.

Leo dévisage Fiona.

— Tu aurais pu la faire tomber ? À quel endroit te trouvais-tu quand tu as mis la boîte sous scellés et rempli la fiche ?

— J'étais au camp, et je suis venue ici directement.

Elle hausse les épaules.

— Étrange.

— Non, pas étrange, corrige Leo, songeur. Suspect.

— Je suis certaine que…

— Miles n'avait aucune raison de faire entrer Dario par la fenêtre de sa régie. Tout cela n'a de sens que si son visiteur n'aurait pas dû se trouver là, que si c'était quelqu'un qu'il ne voulait pas qu'on voie à la ferme.

Leo soutient les regards des deux enquêtrices.

— Un candidat qui aurait dû se trouver au campement, par exemple.

George dépose les enveloppes sur la table.

— Ceri aurait tué Miles et volé la clé pour retirer son enveloppe de la boîte et protéger son secret ?

Leo recule sa chaise.

— Qu'est-ce que tu vas faire ? le questionne Fiona.

— À ton avis ?

Il sort son téléphone de sa poche et cherche le numéro du commandant Boccacci.

— Demander le feu vert pour l'arrêter.

31
Pam – *Exposure*, quatrième jour

C'est son attitude volontaire qui a permis à Pam de décrocher ce poste de directrice de l'école pour filles de Heath Hill.

« On voit bien que vous n'avez pas froid aux yeux, a déclaré M. Wolfson, le président du conseil d'établissement, quand il l'a rappelée pour lui offrir le poste. Nous sommes certains que vous saurez relever les défis qui vous attendent à Heath Hill. »

Pam répète souvent à ses filles qu'il n'est guère de problème qui ne puisse se régler avec un sourire engageant et une approche positive. Seulement, après trois jours de tournage d'*Exposure*, si on lui demandait d'avoir une approche positive pour endurer le quatrième, sa réponse mériterait un paquet d'heures de colle. Son attitude volontaire n'est déjà qu'un vieux souvenir, et son sourire engageant s'est transformé en rictus.

Henry débarrasse la table du déjeuner. Quand il jette les assiettes en fer dans l'évier, le fracas métallique la transperce littéralement.

— Pour l'amour du ciel, fais moins de bruit ! s'emporte-t-elle.

Heath Hill est un établissement public, mais il dispose d'un internat pour les élèves qui habitent trop loin pour effectuer le trajet quotidiennement. Pam discute souvent avec les filles qui ont du mal à s'habituer au mode de vie d'un dortoir.

« C'est la faute de Camilla (ou d'India, de Verity, de Lily), se plaignent-elles. Elle fait ce bruit tellement agaçant. » Après quoi, elles lui expliquent que la pauvre Camilla (ou India, ou Verity, ou Lily) ne respire pas comme il faudrait, ou a une manière irritante de monter dans son lit, et Pam leur répète qu'elles doivent apprendre à vivre en bonne harmonie. Cependant, Pam n'a jamais été pensionnaire, elle ; certes, elle vit dans l'enceinte de Heath Hill, mais elle ne passe pas ses nuits dans un dortoir. Chaque soir, après sa journée de travail, elle retrouve le confort d'une adorable maison de trois pièces avec jardin privatif, et n'est guère dérangée que par des notifications de nouveaux e-mails, la sonnerie du téléphone ou, très occasionnellement, le tintement de la cloche en fonte qui pend au-dessus de sa porte.

Elle éprouve un regain de respect envers les jeunes pensionnaires depuis qu'elle vit en communauté avec les autres participants à *Exposure*. Aliyah sanglote doucement, la nuit, le visage enfoui dans son oreiller. Au début, Pam trouvait ça compréhensible. Lorsque la jeune femme s'est remise à pleurer la nuit suivante, elle s'est même approchée de son lit à tâtons pour lui caresser les cheveux et lui dire que tout allait bien se passer, alors qu'elle-même ne songeait qu'à jeter l'éponge. Mais hier soir, quand elle a entendu ses gémissements étouffés, Pam s'est retournée dans l'autre sens et a mis la tête sous son oreiller. Si Aliyah se remet à chialer, ce soir, elle pourrait fort s'en servir pour l'étouffer, cette fois. Pleurer ne résoudra rien, et il y en a qui aimeraient bien dormir un peu, merci beaucoup.

Plus elle passe de temps en compagnie des autres candidats, moins elle les apprécie, en dépit (ou peut-être à cause) de leurs tentatives pour gagner ses bonnes grâces. Tout à l'heure, Aliyah lui a filé un bout de chocolat en douce, un index posé sur les lèvres.

« D'où ça vient ? » a murmuré Pam.

Personne ne leur a révélé combien de caméras et de micros ont été installés ici, de sorte que la paranoïa règne. Du chocolat ? Ils n'étaient pas autorisés à emporter de provisions, pourtant ; et s'il leur arrive d'obtenir des récompenses en relevant des défis, le chocolat n'en fait pas partie.

« Ne te soucie pas de ça. Profite », lui a répondu la jeune femme avec un clin d'œil.

Ce qui suggérait qu'elle l'avait fait passer en contrebande. Pam, qui n'a aucune sympathie pour les tricheuses, a toutefois mangé le corps du délit : on ne gâche pas la nourriture.

Henry entrechoque toujours la vaisselle dans l'évier en Inox.

— Tu ne peux pas faire un peu plus de bruit ? dit-elle, cassante. Je ne crois pas qu'on t'entende en Mongolie.

— Tu veux me remplacer ? rétorque Henry.

— Allons, allons ! intervient Lucas, s'asseyant à côté de Pam. Tu m'as l'air bien tendue, aujourd'hui. Quelque chose te tracasse ?

Juste l'imminence de l'effondrement de ma carrière professionnelle et la perspective de ternir la réputation d'une école que j'adore, s'abstient-elle de répondre pour ne pas leur offrir l'opportunité de l'exposer. C'est terrifiant tout ce qu'on peut laisser échapper par mégarde, et tout ce qu'on peut glaner de petits apartés apparemment insignifiants. Le secret d'Aliyah, par exemple, a un rapport avec le sexe. Pam l'a déduit sans mal des lamentations de la jeune femme sur sa « honte », ou de justifications telles que : « Je n'avais pas le choix, j'ai déjà perdu un petit ami à cause de ça. » Elle a aussi remarqué les regards vifs que lui jettent les autres candidats chaque fois qu'Aliyah laisse échapper des indices sur son secret.

— Je ne suis pas tendue, rétorque-t-elle à Lucas d'un ton irrité.

— Veux-tu que nous priions ensemble ?

Le visage aux traits un peu mous du pasteur exprime la gentillesse et l'ouverture d'esprit, néanmoins Pam doit réprimer une furieuse envie de le gifler.

— Non, je préférerais me pendre, dit-elle en se levant. À ce propos, est-on vraiment obligés de prier avant chaque fichu repas ?

Dire qu'elle est entrée dans l'âge de la ménopause sans ressentir le moindre symptôme (il n'y a pas de place pour les sautes d'humeur d'une femme mûre dans un établissement d'adolescentes), et que cette émission a réussi à la mettre à fleur de peau au point qu'elle pique des colères dès qu'on la regarde de travers.

— Ce sont des grâces rapides, je remercie juste…

— Remercier de quoi ? De nous soumettre à cette expérience sociologique abjecte ?

— Je pense que tu confonds Dieu et Miles, intervient Ceri, qui réfléchit et poursuit : D'un autre côté, il semble se prendre lui-même pour Dieu.

— Les prières me procurent un grand réconfort depuis que nous nous sommes retrouvés dans cette situation affreuse.

Lucas se lève.

— Si quelqu'un veut se joindre à moi pour demander le pardon du Tout-Puissant, je serai dans la tente commune.

Aliyah le suit. Pam ne bouge pas d'un poil. Même si elle était croyante, elle n'aurait aucune raison de demander le pardon du Tout-Puissant. Elle n'a rien fait de mal. Les parents pleins aux as qui lui jettent leur argent au visage pour assurer une place dans l'établissement à leur enfant ne souffrent pas le moins du monde de la dépense ; et les élèves moins favorisées que Pam peut ainsi aider lui sont reconnaissantes et sentent vraiment la différence. Miles n'a aucune compassion pour ces adolescentes, bien entendu. Il n'a même pas envisagé qu'en exposant le secret de Pam, il allait empêcher des élèves brillantes et ambitieuses de se réaliser. C'est ironique, vraiment, quand on pense que Miles est exceptionnellement brillant et ambitieux lui-même – dans le cas contraire, il n'aurait pas eu l'idée d'*Exposure*. Une émission conçue pour briser des existences. Quelqu'un doit briser celle de Miles, pour lui donner une bonne leçon.

Elle se représente Miles, anéanti, au milieu des décombres de sa carrière. Connaissant mal les dessous de la production audiovisuelle moderne, elle imagine le producteur échoué sur une montagne de pellicule débobinée et emmêlée. Elle trouve la vision des plus réconfortantes.

Ceri s'est éloignée : soit pour solliciter le pardon divin avec Lucas et Aliyah, soit pour aller aux toilettes. Henry lave la vaisselle avec des gestes d'une lenteur qui ne peut être que délibérée, et Pam ne supporte plus le boucan qu'il fait. Elle attrape un torchon et s'approche de l'évier. Autant accélérer le mouvement.

Henry lui lance un regard furieux.

— Qu'est-ce que tu fais ? Repose ça !

— Je voulais juste t'aider, répond Pam, indignée.

L'expression de Henry change aussitôt.

— Pardon. Mince alors, je ne sais pas ce qui m'arrive. J'ai l'impression de toucher le fond.

— Il n'attend que ça, lui rappelle-t-elle, levant les yeux vers les caméras installées dans les arbres. C'est comme lorsque des ravisseurs mettent un bruit blanc dans la cellule d'un otage, ou l'empêchent de dormir. Il cherche à nous affaiblir.

— Eh bien, ça marche.

Henry s'appuie sur l'évier.

— Allez, ressaisis-toi.

Son stoïcisme d'enseignante reprend le dessus.

— Ne le laisse pas gagner.

Elle s'aperçoit qu'il est plus facile de remonter le moral à quelqu'un que de s'extirper de sa propre morosité.

Son concurrent la dévisage comme si elle venait de prononcer des paroles d'une grande profondeur.

— Tu as raison. Il faut qu'on le batte à son propre jeu.

Son visage s'éclaire soudain.

— Et si on faisait équipe ?

— Je ne...

— On expose les autres, on gagne l'immunité et on empoche l'argent tous les deux !

Pam hésite.

— Comment... enfin, en admettant que... si on décidait de le faire... comment pourrait-on s'y prendre ?

Elle se moque de l'argent, elle veut juste conserver son boulot.

— On échange les informations qu'on a glanées sur les autres. Tu me dis ce que tu sais sur Aliyah, Ceri ou Lucas. Et je te dis ce que j'ai découvert. On assemble les pointillés, et BINGO !

Il frappe l'évier du plat de la main.

— Tu es partante ?

Pam réfléchit un instant. Si elle peut éviter d'être exposée, elle n'aura pas besoin de cet argent. Seulement, c'est tout ou rien ; et les membres du conseil d'établissement de Heath Hill ont sûrement des soupçons à l'heure qu'il est. Ils sont sans doute déjà en train de mener leur enquête. Ils vont interroger les professeurs, les parents d'élèves, et les langues vont se délier. Son secret est voué à être découvert, et quand ça arrivera, elle perdra son travail et peut-être même le droit d'enseigner tout court. Cent mille livres, ça l'aiderait à tenir le coup le temps de se reconvertir. Peut-être même qu'il resterait un peu d'argent pour qu'elle le consacre à une noble cause. Une œuvre caritative, une bourse d'études...

— Prends Ceri, par exemple, continue Henry, se penchant pour ne pas être entendu des autres. Je sais que son secret a un rapport avec son boulot. Qu'est-ce qu'elle t'a confié, à toi ?

— Elle… Non. Ce n'est pas bien.

Pam s'était promis de rester fair-play, afin de pouvoir ressortir d'ici la tête haute, quand elle serait éliminée. Elle s'éloigne de Henry.

— Pas bien ? répète-t-il en la suivant. Il s'agit d'un jeu, Pam. On est obligés d'y jouer.

— Pas comme ça. Pas de cette manière sournoise.

Ils sont dans le bois, à présent, hors du champ des caméras.

— Tu ne vois donc pas ce qui se passe ? Tout est sournois, ici. Miles compris. Surtout Miles.

Il la retient par l'épaule.

— Tu te souviens du premier matin, quand il s'est joint à nous pour le petit déjeuner, avant le début du tournage ? On pensait tous que c'était génial qu'il prenne le temps de parler à chacun de nous personnellement.

Pam déglutit.

— Oui, je m'en souviens.

Elle se pensait fine psychologue, mais Miles les a tous roulés dans la farine. Il était tout sourire et enthousiasme, leur répétait qu'il allait faire d'eux des stars.

— Il m'a glissé un indice sur toi, à ce moment-là.

Elle regarde Henry, bouche bée.

— Quoi ? hoquette-t-elle.

— Il m'a dit : « Pam a *les mains grasses* », lui confie-t-il, les joues rouges. Je ne voyais pas de quoi il voulait parler, parce qu'il ne nous avait pas encore révélé le véritable objectif de l'émission. Ce n'est que plus tard que j'ai compris qu'il essayait de me donner un indice. Qu'il cherchait à me manipuler pour que je t'expose.

Pam s'aperçoit qu'elle tremble.

— Tu ne crains rien, lui assure-t-il avec un rire penaud. Je n'ai toujours pas pigé ce qu'il suggérait. Ça veut dire quoi, *les mains grasses* ?

Il regarde ses paumes et hausse les épaules.

— Mais Miles a peut-être également donné des tuyaux aux autres. Planté des graines pour que nous formions des alliances et recoupions nos infos.

— Il ne m'a rien dit, à moi, déclare-t-elle.

Mais elle devine à son air sceptique que Henry ne la croit pas.

— Réfléchis-y, d'accord ? Si tu veux qu'on fasse équipe, je suis partant.

Pam hoche la tête et s'adosse à un arbre, incapable de tenir sur ses jambes, tandis que Henry s'éloigne. Elle ne peut pas réfléchir à sa proposition, parce qu'elle n'arrive pas à détourner ses pensées du fait que Miles Young l'a trahie avant même que l'émission ait commencé. Pam pensait qu'il n'était pas possible de le haïr davantage. Il est clair qu'elle se trompait.

32
Lundi – Fiona

— Ceri n'est pas une meurtrière.

La cuisine est soudain étouffante, trop petite, trop peuplée. Fiona attrape sa tasse retournée sur la paillasse et la rince une fois de plus. Elle la remplit d'eau froide et en vide la moitié d'une traite. Elle et la factrice ne se sont rapprochées que très récemment, bien qu'elles aient grandi dans le même village. Ceri est une fille réservée, voire méfiante, mais ça ne l'a jamais dérangée. Seulement : si cette attitude dissimulait une part plus sombre de sa personnalité ?

— Tu la connais vraiment bien ? insiste George.

— C'est la factrice du village.

— Ce qui signifie ? Tu la connais bien, ou tu ne la connais pas du tout ?

L'irritation perce dans la voix de son équipière.

— Il n'y a pas beaucoup d'habitants à Cwm Coed. Tout le monde se connaît, répond Fiona d'une voix étrangement suraiguë et crispée. On devrait attendre d'avoir interrogé Ryan. Il pourrait cracher le morceau tout de suite.

— Il faudra peut-être attendre plusieurs jours avant qu'il soit jugé en état de supporter un interrogatoire, lui rappelle Leo. En plus, tu as dit toi-même que le *modus operandi* ne collait pas avec son profil.

— Mais on a aussi Dario Kimber. Il n'a pas d'alibi et on a un témoin qui l'a vu dans le camp la nuit où les caméras ont été pulvérisées.

Fiona parle à toute vitesse, essayant de couvrir le bourdonnement qui résonne dans sa tête.

— Zee Hart ne m'inspire pas confiance non plus, ajoute-t-elle. Elle aurait pu tuer Miles pour ajouter du piquant à ses reportages sur les coulisses de l'émission, non ? Et puis, il y a Jessica Francis, qui a un motif aussi solide que celui de Ceri…

— Elle a un alibi, l'interrompt George. Elle a croisé Caleb à plus d'un kilomètre d'ici, dix minutes avant le meurtre. Il montait du ravitaillement au camp. Son application de jogging montre qu'elle était loin de la scène de crime, et Caleb n'aurait pas pu redescendre à temps non plus.

Le souvenir du quad qu'elle a emprunté à Caleb pour filer chez Angharad jaillit d'un recoin de son esprit : il aurait pu couvrir la distance en un rien de temps avec ce truc. Caleb n'était pas nécessairement à pied quand il a croisé Jessica. Il avait peut-être garé l'engin un peu plus bas ? Elle met l'idée de côté. Ça bourdonne déjà suffisamment dans sa tête.

— Ceri a dû remonter au campement juste après avoir tué Miles, reprend George. Vous avez ramené les derniers candidats ici, quatre heures plus tard : elle a forcément récupéré l'enveloppe dans l'intervalle.

Leo se tourne vers Fiona.

— Tu as jeté un œil au streaming ? Je suppose qu'elle a pensé que, Miles étant mort, personne ne penserait à visionner ces images, et qu'elle pouvait ouvrir le coffre sans risque.

Fiona acquiesce en silence, préférant abandonner la partie. Le temps qu'elle arrive à la porte pour sortir, Leo est déjà au téléphone avec le commandant. « Un travail d'équipe, cheffe, entend-elle. C'est très aimable à vous… On va voir ce qui va se passer… »

Arrivée dans la cour, elle ferme les yeux et inspire une grande bouffée d'air frais.

— Tu fais une crise d'asthme ?

Elle rouvre les yeux et trouve Seren appuyée contre le mur du corps de ferme.

— Qu'est-ce que tu fais ici ?

— Je t'attendais. Ceri a vraiment assassiné Miles ?

— Tu n'aurais pas dû écouter aux portes.

— Ce n'est pas ma faute. Tu n'as qu'à dire à ton petit ami de parler moins fort.

— Ne l'appelle pas comme ça.
— Il ne te plaît plus ? Il a fait un truc qui t'a refroidie ?
— Non, mais…
— Oh, *tu* as fait un truc qui l'a refroidi, déduit Seren avec une moue compatissante.
Fiona expire lentement.
— Qu'est-ce que tu fais ici, Ser ?
— Je voulais te parler de l'université, répond-elle, frottant ses semelles contre le gravier. Mes projets ont un peu évolué.
Putain, non, elle n'est pas en état de gérer ça maintenant… Elle lâche un peu de vapeur avant de répondre :
— Non. Je sais que tu t'imagines que je suis plus coulante que mam, mais tu te trompes. Tu vas à l'université, point final.
— Oui, mais Caleb…
— … attendra, termine Fiona d'un ton sans appel. Bangor ne se trouve qu'à deux heures d'ici, Ser, et tu n'auras pas cours tous les jours. Tu auras tout le temps de le voir.
— Tu ne m'*écoutes* jamais ! hurle presque l'adolescente.
Fiona l'entraîne loin de la maison, traversant la cour en quelques enjambées.
— Ce que j'essaie de t'expliquer…
— Écoute, coupe Fiona, qui s'arrête net et pivote pour lui faire face. Je sais que tu as l'impression que Caleb est le seul et l'unique pour l'instant – et peut-être qu'il le sera –, mais avoir un diplôme, c'est…
Tout à coup, elle pense à la rencontre entre Jessica et Caleb et se demande combien de temps il aurait fallu au garçon pour redescendre jusqu'à la régie en quad. Elle jette un œil à l'engin garé près du portail de l'arrière-cour et essaie de se souvenir s'il était là hier matin.
— Comment va Caleb, d'ailleurs ?
— Il va bien. Pourquoi ? s'enquiert Seren, sur ses gardes.
— Il avait l'air en boule contre Miles.
— Le gars lui avait promis de le créditer au générique. C'est super important ce genre de choses, apparemment. (Elle hausse les épaules.) Franchement, je comprends pas, mais en tout cas, c'est vrai que ça l'a rendu dingue.

— J'aimerais autant qu'il ne t'entende pas parler comme ça, dit Fiona en désignant les fenêtres de la maison.

— Sa chambre se trouve côté façade, il faudrait qu'il ait des oreilles de chauve-souris pour m'entendre.

— Quand tu dis « dingue », tu veux dire que tu l'as entendu proférer des menaces à l'encontre de Miles ?

— Oh, mon Dieu…

Seren recule d'un pas en secouant la tête.

— Je n'arrive pas à y croire.

— Qu'est-ce qu'il y a ?

— Tu crois qu'il a tué Miles, hein ?

— Non. J'envisage toutes les possibilités, c'est tout.

— En considérant mon petit ami comme un suspect !

— Je fais juste mon boulot, Ser.

— Non, tu pisses contre le vent, lâche l'adolescente avant de tourner les talons et de partir en courant.

Fiona n'essaie pas de la rattraper. Elle se masse les tempes, pensant à Caleb et à Ceri.

Seren a raison. Les services de police prétendent apprécier les agents possédant une « connaissance du territoire local », seulement cette connaissance s'accompagne souvent d'obligations. Une fois de plus, Fiona se retrouve à soupçonner des personnes qui font quasiment partie de sa famille, et le stress qui en découle provoque un véritable cataclysme dans sa tête. Elle est trop impliquée pour rester sur cette enquête, mais comment faire pour en être dessaisie ?

Les enquêteurs de la scientifique ont bouclé leur travail sur les lieux. Fiona s'installe dans la régie en prenant soin de ne rien déranger. C'est étrange de se retrouver assise sur le fauteuil où on a retrouvé Miles mort, devant les moniteurs qu'il regardait quand son assassin est arrivé.

Était-ce Ceri ?

Ou Ryan ?

Ou quelqu'un d'autre ?

Elle recherche l'enregistrement du streaming, sachant exactement à quoi s'attendre. Le contenu du disque dur a été téléchargé et étiqueté comme pièce à conviction, mais elle appuie sur les touches en veillant à ne rien effacer accidentellement. Le logiciel est étonnamment simple d'utilisation, avec son pointeur qui permet de se positionner à un moment spécifique de n'importe quelle journée. Fiona s'amuse à le faire glisser de droite à gauche, visionnant un extrait de quelques minutes avant de passer à un autre jour, pour s'intéresser à une autre conversation. Elle se fait encore plus l'effet d'une voyeuse que lorsqu'elle est devant sa télé.

Elle positionne le pointeur quelques minutes avant l'heure du meurtre. Lucas paraît perdu dans ses pensées, près du feu de camp. Elle remonte un peu dans le temps et clique sur l'onglet *Confessionnal*. Henry est au milieu d'une tirade, et Fiona constate que, comme beaucoup d'hommes de sa connaissance, il parle beaucoup pour ne rien dire.

« Je me suis creusé la tête, confie-t-il à la caméra. Et, honnêtement, je n'ai aucune idée du *secret* que les autres sont censés révéler sur moi, alors je voulais juste faire un rapide saut ici pour m'excuser. » Ses yeux filent sur la gauche.

Rapide ? pense Fiona avec une moue ironique. Les excuses complaisantes de Henry – « à toutes les personnes à qui j'aurais pu causer du tort involontairement, à mes parents, à mes amis et à mes collègues » – durent près de quarante-cinq minutes, et il ne mentionne pas une seule fois l'enfant qu'il est soupçonné d'avoir abandonné, ni l'alcoolisme qu'il a révélé à Fiona avec réticence. Il se contente de leur rebattre les oreilles des « meilleurs choix de vie » qu'il compte faire à l'avenir. À l'entendre, il est évident qu'il était persuadé que personne ne dévoilerait son secret. Il espérait vraiment gagner.

Elle remonte encore un peu dans le temps et voit Henry entrer dans la cabine. Elle entraîne le curseur un peu plus loin sur la gauche, et constate qu'il a déjà fait un saut au confessionnal quelques minutes avant sa grande confession shakespearienne. Le nombrilisme de cet homme atteint des sommets stratosphériques.

Fiona change de caméra pour avoir la meilleure vue possible de la boîte à secrets, et visionne l'enregistrement en accéléré, partant de l'heure du meurtre de Miles, jusqu'à l'arrivée de Dario suivi de Leo et d'elle-même, pour libérer les candidats.

On ne voit personne s'approcher du rondin de bois.

Fiona prend le sentier qui monte au campement d'*Exposure*. Elle n'a pas de destination précise, elle veut juste repousser le moment où elle devra retourner à Carreg Plas et faire ce qu'elle aurait dû faire au moment où elle a ouvert la boîte à secrets. Elle distingue une forme blanc sale derrière les arbres et comprend qu'elle a atteint la bordure du camp. C'est la caravane de Dario.

Elle aimerait croire que c'est l'agent de sécurité qui a commis ce crime, ne serait-ce que pour éviter une garde à vue à Ceri ; mais Leo a raison quand il suggère que Miles a laissé son visiteur entrer par la fenêtre parce qu'il n'aurait pas dû se trouver là. Or Dario pouvait frapper à la porte de la régie à tout moment sans éveiller le moindre soupçon.

Elle jette un œil à l'intérieur de la caravane. Personne. Les sièges sont ouverts en position lit et deux oreillers sont empilés sur un côté. Il n'y a pas de drap, juste une couette dans une housse à rayures. Sur le comptoir de la kitchenette, elle aperçoit un mug, une casserole et une boîte de haricots en sauce ouverte.

Elle fait le tour de la caravane et essaie d'en ouvrir la porte, mais elle est fermée à clé. Elle en éprouve presque du soulagement : elle n'ose même pas imaginer l'odeur de l'endroit. Il y a une paire de bottes en caoutchouc sous la caravane, mais rien autour, excepté un baril de pétrole carbonisé et fissuré, quelques mètres plus loin. Fiona s'en approche, sachant qu'il est temps pour elle de redescendre. Leo va se demander où elle est.

Le baril ne contient que quelques bouts de papier brûlé. Fiona les observe un instant. Il n'y a pas de bûches empilées à côté, aucun signe que Dario ait entretenu un feu pour se réchauffer. Aurait-il brûlé autre chose au fond de ce baril ? Elle se penche et repêche les morceaux de papier. Il n'en reste pas grand-chose, mais le même mot apparaît sur tous les fragments.

Exposure.

— Tu as découvert quelque chose en visionnant le streaming ? la questionne Leo à son retour.

Fiona ne répond pas. Elle fixe l'agent enquêteur Alun Whitaker, qui devrait se trouver à son bureau de la brigade criminelle de Bryndare et non assis à la table de la cuisine.

— Qu'est-ce qu'il fait ici ?

— Le capitaine Malik m'a demandé de faire un saut, pour voir comment vous alliez, répond l'intéressé.

— Pour me fliquer, plutôt, rétorque-t-elle, hargneuse.

— J'ai croisé ta sœur, en arrivant.

— Je vais l'envoyer en thérapie, qu'elle s'en remette.

— Elle t'a donné toutes sortes de noms d'oiseaux en partant.

Fiona ne mord pas à l'hameçon.

— Boccacci a autorisé l'arrestation de Ceri, s'interpose Leo. Tu veux l'interroger avec moi ? George et Alun vont épingler Dario pour vandalisme.

— Vous allez avoir besoin de ça, alors, dit-elle.

Fiona lâche la poignée de fragments de papier brûlé sur la table. À cet instant précis, elle se remémore une réflexion de Seren et lève les yeux au plafond, essayant de placer chaque personne au bon endroit.

— Qu'est-ce que c'est ?

Alun saisit un lambeau carbonisé entre le pouce et l'index.

— Je les ai trouvés près de la caravane de Dario. Ce sont des contrats, ou des décharges de responsabilité, peut-être. Regardez, on voit la signature de Pam sur celui-là, et le mot *indemniser* est encore lisible.

Elle se tourne vers George.

— La chambre d'Owen se trouve côté façade, n'est-ce pas ? Voisine de celle qu'utilise Caleb ?

— Euh… oui ?

Sa collègue est distraite par les morceaux de papier.

— Dario a dû voler des documents le jour où on l'a surpris en train de sortir de la régie de Miles. Bien joué, Fi.

— Si la chambre d'Owen donne sur le lac, comment pouvait-il savoir ce qui se passait dans l'arrière-cour au moment où Miles a été tué ? reprend Fiona.

Un ange passe, le temps que l'idée fasse son chemin.

Leo se lève.

— Je vais le chercher, autant lui poser la question directement, hein ?

— Un instant… l'arrête-t-elle, la boule au ventre. Je peux te parler avant ?

— Bien sûr.
— Pas ici.

Ils gravissent le sentier qui monte dans la direction opposée à celle du campement d'*Exposure*. Quelque chose tracasse Fiona à propos de l'enregistrement qu'elle a visionné un peu plus tôt, mais sa tête est trop pleine pour qu'elle parvienne à mettre de l'ordre dans ses idées et juger de l'importance du détail. Tout ce qu'elle sait, pour l'instant, c'est qu'elle a besoin de passer à table.

— Qu'est-ce qu'il y a ? lance Leo, la voyant ralentir, puis s'arrêter, les mains enfoncées dans les poches de son manteau.

Plus bas, Llyn Drych évoque un long ruban bleu. Elle aperçoit la maison de mam, en bordure de Cwm Coed, et le hangar à bateau de Steffan. Sur le bord anglais du lac, les chalets en rondins de bois de La Rive s'étendent jusque dans la forêt.

Elle tire l'enveloppe de Ceri de sa poche et la tend à Leo.

Il l'observe, troublé.

— Tu l'as retrouvée ?

Fiona ne répond pas. Elle tente de soutenir son regard, mais la honte la pousse à détourner la tête, juste après avoir vu l'incrédulité remplacer la confusion sur le visage de Leo. Elle préfère se concentrer sur le lac avant d'y lire le dégoût.

— C'est compliqué, murmure-t-elle.

Elle entend le claquement d'un gant en latex qu'on étire (il n'y a que lui pour en avoir dans sa poche, juste au cas où), puis le bruissement reconnaissable du papier.

Il lit à voix haute.

Ceri a volé plusieurs milliers de livres pendant ses tournées de factrice.

Un corbeau saute d'un rocher à l'autre en dodelinant de la tête. Fiona l'observe tandis qu'il picore quelque chose sur le sol.

— Elle s'est fait prendre, explique-t-elle, comprenant que Leo n'a pas l'intention de lui faciliter la tâche. Elle a promis d'arrêter et a supplié Bronwen, sa cheffe, de ne pas prévenir la police. Bronwen a eu pitié d'elle, alors elle a cédé. Seulement, *Exposure* a démarré, et elle a compris qu'elle risquait d'être éclaboussée par cette histoire si elle éclatait au grand jour.

— D'accord... commence Leo, ayant clairement du mal à formuler sa pensée. Mais, quel est le rapport ?

— Bronwen est la petite amie de Huw.

— Et alors ?

— Il m'a suppliée de l'aider.

Fiona arrache une feuille d'un arbre et la déchire en morceaux. Le mouvement brusque de la branche effraie le corbeau qui s'envole en direction du lac.

— J'ai l'impression qu'il est très accroché. Et qu'elle répare les dégâts que j'ai...

Elle ne termine pas sa phrase.

— Des tas de gens divorcent, Fiona, et la plupart ressentent de la culpabilité.

Il y a une pointe de tension dans sa voix. Elle sent ses yeux fixés sur elle quand il reprend :

— Mais dissimuler des preuves pour se racheter, c'est juste dingue.

— Donc je suis dingue, c'est ça ?

Elle relève la tête et soutient son regard.

— Exactement ! Tu es toujours amoureuse de lui, c'est ça ?

— Quoi ? Mon Dieu, non !

— Tu te rends compte que je vais passer pour un imbécile, au moins ? Dire que Boccacci était impressionnée par mon boulot, et qu'elle trouvait que la section de recherche du Cheshire avait de la chance d'avoir un si bon lieutenant. Elle m'a même demandé si je serais intéressé par un transfert.

Pendant une fraction de seconde, Fiona se torture avec des images de Leo et elle, se retrouvant chaque matin au bureau, puis se racontant leur matinée devant un café, à l'heure du déjeuner.

— Elle a ajouté qu'elle se fiait totalement à mon jugement quand elle m'a autorisé à arrêter Ceri Jones, poursuit-il avec amertume. Un jugement que je fondais sur le fait que seule l'enveloppe contenant son secret manquait.

— Je…

— Parce que tu l'avais dérobée !

— J'ai déconné, d'accord !

Elle a conscience que sa voix enrouée trahit le fait qu'elle est au bord des larmes.

— Mais tu *déconnes* sans arrêt. Tu ne réfléchis pas avant d'agir, et quand tout s'effondre autour de toi, que ce soit au travail ou… ou…

L'espace d'une seconde, elle perçoit une étincelle de douleur dans ses yeux implacables.

— Ou quoi ? le presse Fiona.

S'il fait allusion à leur relation, elle va le faire : elle va lui dire ce qu'elle ressent vraiment, et…

— Tu peux foutre ta carrière en l'air, si tu veux, crache-t-il presque, commençant à redescendre vers la maison. Mais je ne plongerai pas avec toi. C'est terminé.

— Qu'est-ce qui est terminé ? Tu ne peux pas laisser tomber une enquête criminelle.

— Non, Fiona, dit-il en regardant devant lui, la tête droite. C'est toi que je laisse tomber.

33
Mardi – Leo

La morgue de Bryndare est un bâtiment de plain-pied situé à l'arrière de l'hôpital. Leo appuie sur l'interphone et une seconde plus tard, la porte se déverrouille avec un clic.

— Tu es déjà venu ici ? lui demande George, tandis qu'ils traversent un couloir derrière l'assistant du médecin légiste.

L'odeur de désinfectant ne couvre pas tout à fait la pestilence de la mort, de plus en plus prégnante à mesure qu'ils approchent de la morgue aux murs aveugles.

— Une fois, oui.

Leo revoit la tête de Fiona quand elle avait découvert avec qui elle allait faire équipe pour enquêter sur le meurtre de Rhys Lloyd. Il affichait sans doute une expression similaire, songe-t-il. Et en dépit de tout, un sourire traverse son visage. Ce n'est pas tous les jours que vous retrouvez votre coup de la veille à la morgue, au petit matin.

Le corps nu de Miles Young est déjà étendu sur la table d'autopsie, couvert d'un drap vert. Izzy Weaver, la légiste, le soulève avec un geste théâtral de magicien.

— L'exposition ultime, dit-elle en guise de bonjour.

Elle adresse néanmoins un salut de la tête à George. Leo étudie le corps mince plutôt que musclé, aux hanches et aux côtes saillantes. Ses mains sont enveloppées de sacs en papier.

— Quelles sont vos premières impressions ? s'enquiert-il.

— Je dirais qu'il est mort, rétorque Izzy d'un ton sec. Pas vous ?

Elle attrape un appareil enregistreur et le met en marche.

— Mâle de type caucasien, bien nourri, aucun trauma apparent à la tête. Aucune lésion visible au niveau du cuir chevelu. On produit des reality-shows sur tout et n'importe quoi, de nos jours, hein ?

Il y a un silence. Leo s'aperçoit que c'est à lui qu'Izzy s'adresse.

— La cuisine, la danse, le patin à glace. Tout le monde devient expert au bout de six épisodes.

— Je suppose, oui.

— Conduits auditifs externes normaux, aucun signe d'hémorragie. Ils devraient en faire une sur les légistes.

— Pardon ?

— Une émission de téléréalité. Six détectives amateurs, une chambre froide pleine de cadavres...

George grimace.

— Un brin trop macabre, je dirais.

— Elles le sont toutes, non ?

Izzy appuie sur une touche de son enregistreur.

— Vous avez déjà vu *Who's your Daddy?* : vous gagnez cent mille dollars si vous pouvez identifier votre père biologique parmi vingt-cinq hommes. Face interne de la paupière inférieure gauche : hémorragie pétéchiale d'un millimètre.

— C'est abominable, s'indigne George.

— Tout à fait normal après une strangulation.

Izzy examine le visage de Miles.

— Oui, la téléréalité est le fléau de notre société moderne.

Puis, parlant dans l'enregistreur :

— Des hémorragies pétéchiales de taille similaire sont visibles sur les paupières supérieures.

— Vous n'avez pas regardé *Exposure*, alors ?

— Je préférerais m'énucléer avec un écarteur chirurgical.

Izzy reprend son examen, s'attardant sur les vilaines marques qui entourent le cou de Miles.

— Marque de ligature d'une épaisseur d'environ trois millimètres. Horizontale inclinée vers le haut.

Elle s'interrompt.

— Il était assis ?

— Oui, confirme George.

— C'est ce que je pensais, dit la légiste, l'air satisfait. Le sillon de la ligature traverse la ligne médiane sous la proéminence pharyngée, au niveau du cartilage cricoïde.

Leo décroche, comme il le ferait s'il était assis dans un café, à l'étranger, entouré d'autochtones parlant une langue qu'il ne connaît pas. Il n'a pas revu Fiona, hier, après l'avoir laissée en plan sur la montagne. Plus tard, il a entendu le bruit du pot d'échappement de sa Triumph et un crissement furieux de pneus sur le gravier, et a répondu au regard interrogateur de George par un haussement d'épaules censé exprimer la perplexité.

« Je vais faire un saut à Bryndare, lui a-t-il annoncé aussitôt. Il faut que j'aie une conversation avec le commandant.

— Je croyais que tu voulais interroger Owen ?

— Garde-le au chaud, a-t-il rétorqué d'un ton ferme. On m'a communiqué de nouvelles informations. »

Deux heures plus tard, Izzy se débarrasse de ses gants.

— Conclusion la moins étonnante de tous les temps : je peux confirmer que votre homme est mort par strangulation.

— Avec quoi ? demande George.

— Une cordelette plate au tissage serré. Je pencherais en faveur d'un lacet de chaussure, ou d'un objet similaire. Aucun résidu prélevé, mais on devrait être en mesure de comparer le motif avec celui d'une éventuelle pièce à conviction.

Elle attrape une bague dans un plateau posé sur la paillasse et la glisse à son annulaire gauche, admirant brièvement le diamant de taille carrée.

— Est-ce qu'il aurait pu blesser son assaillant d'une façon ou d'une autre ?

Les ongles de Miles ont été curés, puis soigneusement coupés et mis sous scellés.

— On a découvert des traces de tissu humain sous deux ongles de sa main droite. Mais si vous regardez attentivement, ici…

Elle désigne deux lésions en forme de croissant au-dessus de la marque de ligature, puis lève les mains à son propre cou, agrippant un cordon imaginaire.

— Je pense qu'on découvrira qu'il s'est griffé lui-même. Je suppose que c'est arrivé trop vite pour qu'il puisse réagir.

Elle leur fait un résumé de ses découvertes lors de l'examen interne, mentionnant la rupture des vaisseaux sanguins dans le cortex cérébral, ce qui correspond à une strangulation.

— Aucune trace de drogue, mais nous avons envoyé des prélèvements pour effectuer une analyse toxicologique, bien entendu.

Izzy jette un œil à Miles, dont les organes, soigneusement pesés et photographiés, sont étalés sur le chariot, à côté de lui.

— Vous avez un suspect ?

— Deux, répond Leo. Le premier est en observation dans un service de psychiatrie – nous ne sommes pas encore en mesure de l'interroger. Et le deuxième doit avoir été embarqué à l'heure qu'il est.

Boccacci a demandé à Alun Whitaker de se charger de l'interrogatoire de Dario.

« Je préfère que tout ça reste entre nous, a-t-elle ajouté avec un sourire pour faire passer l'affront. Tenez-moi au courant des conclusions de l'autopsie, demain. »

Le sous-entendu était clair : Leo était mis sur la touche.

— Vos suspects sont gauchers ou droitiers ? s'enquiert Izzy.

— Aucune idée.

Il est bon pour rappeler Boccacci, songe-t-il, un peu nauséeux à cette idée.

Whitaker doit être en train de tirer les vers du nez à Dario, au sujet des caméras cassées, avant de se concentrer sur le meurtre. L'agent de sécurité risque de passer à table avant que George et lui en aient terminé ici, et Whitaker n'aura plus qu'à lui lire ses droits et récolter tous les lauriers.

— Dario est gaucher, déclare George. J'ai remarqué une traînée sur sa signature quand j'ai jeté un œil à sa déposition en tant que témoin. Ma signature a la même allure.

Elle agite sa main gauche en l'air.

— Gauchère.

— Donc, ce n'est pas votre meurtrier, en déduit Izzy. Les abrasions laissées par la ligature sont plus profondes sur le côté droit, et l'angle est plus ascendant.

Elle fait mine d'étrangler une personne assise devant elle. Leo se représente Miles, devant son poste de montage. Il ne craignait pas son visiteur. Il était assez détendu pour ne pas interrompre son travail, et peut-être même laisser son invité visionner les images par-dessus son épaule.

— On tire toujours plus fort avec sa main dominante, explique Izzy, réitérant son geste.

Leo imagine la panique qui a dû se peindre sur les traits de Miles et ressent presque la pression sur sa trachée, ses ongles s'enfonçant dans la chair de son cou pour essayer d'écarter le cordon qui l'enserre et faire entrer de l'air dans ses poumons…

La légiste a terminé sa démonstration ; cependant, au lieu de laisser retomber son lacet imaginaire, elle l'enroule soigneusement autour de sa main et le dépose sur le chariot en acier inoxydable. George et Leo échangent un regard furtif, et Leo se répète (pour la énième fois) que les médecins légistes ne sont pas des gens tout à fait nets.

Ils remontent en voiture pour regagner Carreg Plas, et George en profite pour appeler Jessica. Leo l'écoute prendre des nouvelles de Ryan, se retenant de lui souffler : *Va droit au but !* Ce qu'elle finit néanmoins par faire.

— La question va vous paraître un peu étrange, je sais, mais Ryan est-il droitier ou gaucher ?

Il y a un silence, puis l'enquêtrice répond :

— Merci. Non, rien d'important. D'accord. Reposez-vous un peu quand même. Au revoir.

— Il est gaucher, n'est-ce pas ? devine Leo.

— Oui. Il ne peut pas avoir étranglé Miles.

Elle tourne la tête vers lui.

— Je suis soulagée, pas toi ?

— Que ce ne soit pas Ryan ?

Il réfléchit.

— Je suppose que oui. Mais qui ça peut bien être, dans ce cas ? Si ce n'est ni Ryan, ni Dario, parce qu'ils sont tous deux gauchers. Ni Lucas, ni Henry, parce qu'ils apparaissent sur la vidéo du streaming au moment du meurtre. Ni Pam, ni Jason, parce qu'ils ont des alibis, de même que Caleb et Jessica. Et ni Aliyah, parce qu'elle n'est pas assez forte pour...

Les noms s'entrechoquent dans la tête de Leo, de plus en plus frustré à mesure que les possibilités se réduisent.

— Qu'est-ce qu'on fait, maintenant ?

— On va voir Owen, suggère George. Roxy a compris qu'il se passait quelque chose quand elle a entendu la porte de la chambre d'Owen s'ouvrir violemment. Mais peut-être qu'elle se trompait. Le cadreur a pu tuer Miles, s'échapper par la fenêtre de la régie et longer la façade du corps de ferme. Peut-être n'est-ce pas la porte de sa chambre qu'elle a entendue, mais la porte d'*entrée*.

— Impossible, la porte d'entrée ne s'ouvre pas, leur explique Roxy, quand ils lui exposent leur théorie. C'est pour cette raison qu'on passe tous par la cuisine.

Ils se trouvent à l'étage de la ferme, sur le seuil de sa chambre.

— Est-ce que ça aurait pu être celle de la cuisine, alors ? tente Leo, sans grande conviction.

Roxy secoue la tête.

— Non. Ça venait sans aucun doute de l'étage. C'est pour ça que j'ai pu l'entendre par-dessus la musique que j'écoutais. Et quand j'ai ouvert ma porte, j'ai vu Owen qui dévalait l'escalier comme si la maison était en feu, et je lui ai littéralement emboîté le pas.

— Merci, dit Leo, en pivotant. Désolé de vous avoir dérangée.

Il s'éloigne déjà quand il entend l'animatrice chuchoter à George :

— Il pense que c'est Owen qui a tué Miles ?

— On essaie juste de se représenter avec précision la succession des événements de ce jour-là.

— Parce qu'il était si avide de le remplacer à la tête de la production...

Leo s'est déconnecté. Il regarde une porte ouverte au fond du couloir.

— Owen n'était pas dans sa chambre, déclare-t-il, se dirigeant vers celle de Miles.

George le suit.

— Mais je vous dis qu'il était en haut des marches quand je l'ai vu, insiste Roxy, avec une pointe d'agacement.

Leo pénètre dans la pièce, jette un œil à la fenêtre qui donne sur la cour, et regarde la commode qui contenait la boîte d'argent liquide.

— Bien sûr ! s'exclame George. Il se trouvait ici.

34
Lucas – *Exposure*, cinquième jour

Le révérend Lucas Taylor parle beaucoup à Dieu. On ne peut pas dire que c'est inhabituel de sa part, ça fait partie du boulot, mais s'il y avait des championnats de prière, il serait passé en première division, ces derniers jours.

Est-ce qu'il entretient une liaison illicite ? C'est la question qu'il ne cesse de se poser (à lui-même, bien sûr, on ne peut pas adresser ce genre de questionnement au Tout-Puissant). Lucas est célibataire, et comme l'Église anglicane n'exige pas de lui qu'il soit abstinent… on ne peut pas vraiment parler de liaison illicite, n'est-ce pas ?

Cependant, il est exact qu'il a une relation sexuelle. Et que Helena Barnsby, la femme avec qui il fait l'amour dans la sacristie tous les mercredis soir, est mariée. Avec son organiste.

« Et si on vérifiait qui joue le mieux de son organe ? » aime plaisanter Helena, avant de s'agenouiller pour soulever le surplis de Lucas.

Cette seule évocation lui arrache un gémissement (d'une tout autre nature que ceux qu'il pousse avec Helena). Bien sûr qu'il entretient une liaison. Dieu ne joue pas sur les mots. La question est : comment obtenir Son pardon ? Et quelle sera la réaction de son évêque ?

Lucas fouille dans son sac à dos. Quelqu'un lui a volé ses chaussettes. En temps normal, il se contenterait de prier pour le pauvre infortuné aux pieds nus, mais rien n'est normal ces derniers temps, et ses cinq concurrents ne sont guère moins infortunés que lui. Si, à cet instant, il mettait la main sur la personne qui lui a pris ses chaussettes, il les lui arracherait des pieds et les lui fourrerait dans… Il inspire et expire. Ses anciens travers reprennent le dessus à une vitesse effrayante. Contre toute attente, c'est en prison que Lucas a trouvé Dieu. Ou plutôt, que Dieu l'a découvert, penché sur un codétenu, à deux doigts de lui coller son poing dans la figure. C'est à cet instant précis qu'il a senti une main se refermer sur la sienne et retenir son geste. Lucas s'est retourné, mais il n'y avait personne derrière lui, même s'il ne pouvait se défaire du sentiment qu'il n'était pas seul. Le dimanche suivant, il se rendait à la chapelle de la prison et priait pour la première fois depuis l'école primaire.

Il aimerait tellement que sa condamnation soit le fameux « secret » que Miles Young a glissé dans cette boîte. Seulement, il a joué franc jeu, au casting. Il leur a parlé de ses débuts chaotiques dans le monde des adultes, et des événements qui lui ont valu cette peine de prison. Et il a clairement laissé entendre que ce n'était pas un secret. Il a même confié au producteur qu'il évoquait souvent ses années de prison dans ses sermons, pour montrer à ses paroissiens que tout le monde pouvait se repentir.

L'Église a des opinions bien arrêtées sur la rédemption, et Lucas en est membre depuis assez longtemps pour savoir quels péchés sont perçus comme acceptables et quels péchés ne sont pas tolérés. Voler des voitures, purger une peine de prison, se repentir, rencontrer Dieu, obtenir son diplôme en théologie et devenir le pasteur de la paroisse de Lower Deansford, c'est acceptable. S'envoyer Mme Barnsby sur le stand du festival de la moisson, ce n'est pas toléré.

— C'est pas rare, les pasteurs célèbres, hein ? lui dit Henry.

— Oui, c'est très tendance, répond-il, distraitement.

Où sont ses fichues chaussettes ?

— C'est ça ton objectif, alors ? Tu veux ton émission sur Radio 4 ? Ton talk-show ?

— Certainement pas.

Lucas n'aspire pas du tout à la célébrité. En postulant à *Exposure*, il espérait seulement avoir l'opportunité de montrer aux gens que les membres du clergé ne sont pas différents de leurs paroissiens.

— J'en ai vu un en couverture d'un magazine, l'autre jour. Avec son col romain et tout, continue Henry.

— Des interviews dans des magazines, des pubs télé, un contrat pour écrire une série de polars sympathiques. Et un podcast, bien sûr, dit Lucas, en soupirant. Je trouve ça un peu racoleur, si tu veux mon avis. Le boulot d'un pasteur est de servir Dieu et de s'occuper de sa paroisse, pas de s'afficher en couverture des magazines.

Il serre les dents, agacé.

— Quelqu'un aurait-il vu mes satanées chaussettes ?

— Tu veux juste mener une vie tranquille, alors ?

— Ce serait sympa. Dis, tu n'aurais pas vu mes chaussettes ? Elles sont rose vif et l'une d'elles a un petit trou au talon.

— Non, désolé, mon pote.

— Tu en es certain ? Je les avais laissées sur mon lit.

— Je ne suis pas certain d'apprécier la manière dont tu me parles, rétorque Henry en se levant.

Sans même se rendre compte de ce qu'il fait, Lucas se lève à son tour et se met en garde.

— Eh bien, moi, je n'apprécie pas qu'on me vole mes chaussettes, dit-il avec un calme glaçant, alors tu ferais mieux...

— Tu me menaces, c'est ça ?

Le regard furieux de son concurrent se mue presque aussitôt en sourire. Il colle une tape dans le dos de Lucas en riant.

— Calme-toi ! Je n'ai pas touché à tes chaussettes, mon pote. Allez, je vais t'aider à les chercher.

Ce soir-là, Lucas voit une étincelle malicieuse s'allumer dans le regard que Roxy Wilde pose sur lui. Avant même qu'elle n'ouvre la bouche, il comprend qu'ils vont l'envoyer au confessionnal. Il a toujours eu la phobie des serpents. S'armant de courage, il s'éloigne sous les cris d'encouragement de ses camarades (qui sont surtout des cris de soulagement d'avoir eux-mêmes échappé à l'épreuve). Il n'est pas question qu'il révèle son secret.

Pas question qu'il laisse tomber Helena Barnsby.

Parce qu'il est amoureux de cette femme, comprend-il au moment où il sent quelque chose ramper tout près de lui, dans l'obscurité. Et il pense qu'elle l'aime aussi. Un serpent passe lentement sur son pied, et un autre grimpe sur le dossier de la chaise pour venir s'enrouler autour de son cou. Lucas réprime un hurlement. Il pense à Helena. Se promet que, dès que ce calvaire atroce sera derrière lui, il lui demandera de quitter son mari (les organistes ne sont pas si faciles à trouver, mais ses sentiments pour elle sont à la hauteur du sacrifice). Et qu'il trouvera le moyen de prouver son repentir au Tout-Puissant.

Il se met à prier, réclamant le pardon du Seigneur pour le rôle qu'il a tenu dans l'adultère commis à l'encontre de M. Barnsby, et pour le crime (coups et blessures volontaires) dont il va bientôt se rendre coupable. Parce que, dès qu'il aura quitté le campement d'*Exposure*, il ira trouver Miles pour lui casser la gueule.

35
Mardi – Fiona

Fiona est en route pour Carreg Plas quand elle reçoit l'appel du capitaine Malik. La Triumph n'étant pas équipée d'un kit mains libres, elle met le téléphone sur haut-parleur et le cale contre son tableau de bord, d'où il glisse aussitôt pour atterrir par terre.

— Putain, laisse-t-elle échapper.

— Fiona ?

— Désolée, chef. Bonjour.

— Vous êtes au volant ?

La voix minuscule de Malik provient d'un endroit indéterminé, sous le siège passager.

— Oui, crie Fiona. Mais j'ai mis mon téléphone en mains libres.

— Garez-vous.

Fiona colle la Triumph sur le bas-côté contre la haie et éteint son moteur.

— OK. Je suis tout à vous.

— Je vous retire de l'enquête *Exposure*.

— Quoi ? Pour quelle raison ?

Mais elle connaît la réponse à cette question. L'enveloppe de Ceri, bien sûr. Comment a-t-elle pu se montrer aussi stupide ? Huw lui en doit vraiment une. Énorme.

— J'aurais dû me fier à mes tripes depuis le début, reprend Malik. Vous êtes trop proche de personnes impliquées dans cette affaire, il y a clairement conflit d'intérêts.

Nul besoin d'être bien malin pour deviner avec qui Malik s'est entretenu. Leo est un véritable enfoiré. Il aurait au moins pu la prévenir qu'il comptait la mettre dans le pétrin.

— Je suppose que je dois m'attendre à une sanction disciplinaire ?

Elle s'exprime d'un ton léger, comme si elle s'en moquait, mais en réalité, elle essaie d'estimer l'ampleur des dégâts. Entraver le bon déroulement d'une enquête criminelle pourrait lui valoir une condamnation, et pas juste des sanctions disciplinaires.

Un mouton trotte sur la chaussée, s'arrête au milieu, la tête tournée dans sa direction. Elle lui jette un regard furieux. Même ce fichu mouton a l'air de la réprimander.

— Je pense qu'on devrait pouvoir garder ça pour nous, répond Malik, après une pause.

Fiona expire.

— J'ai expliqué au commandant Boccacci que j'avais besoin de vous à la brigade. Je lui laisse Alun en échange.

— Qu'est-ce qu'elle a fait pour mériter ça ? rétorque Fiona machinalement, même si le cœur n'y est pas.

Alun va être insupportablement pompeux, après ça. Elle est étonnée qu'il n'ait pas encore trouvé de prétexte pour l'appeler, histoire de retourner le couteau dans la plaie. Peut-être est-il encore vexé de ne pas avoir réussi à tirer des aveux de Dario Kimber, hier soir.

Fiona a écouté l'enregistrement de l'interrogatoire, ce matin.

« Je pensais pouvoir desceller la boîte avec mon couteau, a expliqué l'agent de sécurité, après avoir reconnu que c'était bien lui qui avait détruit les caméras. Mais elle ne bougeait pas. Et puis, quelqu'un a crié d'une des tentes alors je ne me suis pas éternisé. J'essayais juste d'aider Aliyah », s'est-il justifié.

Sa voix trahissait son embarras. Ce gars en pinçait pour une femme qui avait la moitié de son âge, et s'imaginait qu'il lui plaisait. La question était : serait-il allé jusqu'à tuer pour ses beaux yeux ?

« Absolument pas. »

Dario a répondu sans hésiter quand Alun lui a posé la question.

« Miles était un connard, mais je ne l'ai pas tué.

— Vous avez volé des documents confidentiels dans son bureau, pourtant », a argué Alun.

Dario n'a pas nié.

« Je n'avais pas le temps de les lire, alors j'ai attrapé le tas dans le tiroir et je l'ai fourré dans ma poche. Je me disais qu'ils contiendraient peut-être les secrets des candidats, mais il n'y avait rien d'intéressant là-dedans. »

Les gens du bureau de Young Productions du Cheshire ont confirmé que les documents brûlés étaient les formulaires de santé et sécurité au travail, signés par chaque participant à l'émission avant le début du tournage.

Le mouton avance sur la route. Fiona pose le front sur le volant. Elle peut comprendre que Leo soit en boule après elle, il est lieutenant, maintenant. Mais qu'il aille jusqu'à la signaler au commandant ? C'est quand même fort de café !

Elle laisse la colère l'envahir, sans chercher à la refouler. Une bonne colère vaut mieux qu'un cœur brisé.

— Travaillez de chez vous, aujourd'hui, reprend Malik. Attendez que la tempête passe. Occupez-vous de votre paperasse en retard. Et tant que vous y êtes…

Il hésite.

— Oui ? dit-elle.

— C'est votre dernière chance, Fiona. Alors essayez de réfléchir à vos priorités.

Elle prend la route de la maison de mam. Elen Morgan est dans sa cuisine, en train de vider un sac de provisions. Sans un mot, Fiona se met à ranger ses achats avec elle. Dave décide de faire sa part en déchirant l'emballage d'un pack de mini-sachets de chips. Elle le lui arrache de la gueule.

— Bon sang, gros ! T'es pas sortable.

— Qu'est-ce qu'il y a ?

Sa mère la fixe de ses yeux de lynx.

— Le goût bœuf épicé, ça le fait dégazer comme une usine chimique.

— Je veux parler de toi.

— Je sais de quoi tu veux parler.

Elle range un paquet de spaghettis dans le placard du garde-manger.

— Donc, tu n'as pas envie qu'on en discute.

— Tu as quatre types de pâtes, là-dedans, mam. Tu envisages d'ouvrir un restau italien ?
— Je prends ça pour un non.
— Je peux travailler un peu ici ?
— Il y a un problème avec ta maison ?
— Non.
Elle a besoin de compagnie. Elle a envie que mam l'ennuie avec ses commérages incessants, l'interrompe pour lui demander de tenir un bout du mètre-ruban, l'envoie chercher un truc au grenier. N'importe quoi plutôt que d'avoir à ressasser le fait qu'on l'a mise en congé jardinage alors qu'ils sont à deux doigts de boucler l'affaire de meurtre la plus médiatisée de l'histoire de la police du nord du pays de Galles.
Son téléphone se met à sonner.
— Je parle bien à l'agent enquêteur Morgan ?
C'est un analyste du commissariat de Bryndare.
— Elle-même.
— Votre nom est inscrit sur les pièces à conviction saisies dans le cadre de l'enquête sur le meurtre de Miles Young. Nous essayons toujours de récupérer les données du téléphone de la victime, mais nous avons réussi à récupérer celles de sa montre, si ça vous intéresse.
Fiona devrait l'informer qu'elle ne travaille plus sur cette enquête et lui dire de s'adresser à Leo ou au commandant Boccacci, seulement, tout le monde sera au courant après.
— Je vous écoute, répond-elle simplement.
Elle enverra l'information à George par e-mail, si elle est pertinente.
— C'est une montre plutôt bon marché. Elle ne reçoit ni textos ni e-mails. On dirait qu'il s'en servait surtout comme d'un tracker d'activité. C'était manifestement un coureur passionné.
— Il courait tous les jours, confirme Fiona.
— Sauf le dimanche.
— Je vous demande pardon ?
— En tout cas, il n'a pas couru le dimanche où il a été tué. La montre enregistre la durée des séances de jogging et la distance parcourue. Son historique montre qu'il a couru approximativement

la même distance tous les matins de la semaine, sauf le dimanche. Son jour de repos, je suppose, conclut l'analyste avec un petit rire.

— Non, ce n'est pas possible. Il est bien allé courir ce dimanche-là.

Elle réfléchit, se mettant à douter d'elle-même. Elle revoit Miles se baisser pour glisser la clé sous le paillasson, puis l'ignorer délibérément quand elle l'a interpellé dans l'arrière-cour, et partir au sprint en direction de la montagne.

— Il a peut-être simplement oublié de brancher le GPS de sa montre ? suggère-t-elle. Non, ça ne colle pas avec ce qu'elle sait de Miles. Ce type était du genre obsessionnel. Un être routinier.

— Tu vas le ranger, oui ou non ? demande mam, quand Fiona a raccroché.

Elle découvre qu'elle est en train de cajoler un pot de miel comme s'il s'agissait d'un bébé. Elle le dépose sur l'étagère du placard, réfléchissant aux paroles de l'analyste. Elle est certaine que Miles *est* allé courir ce dimanche. Parce qu'elle l'a *vu*.

Elle ouvre de grands yeux alors qu'elle tilte.

Elle a vu un joggeur.

Mais était-ce bien Miles ?

36
Ceri – *Exposure*, sixième jour

Il y a encore un an, Ceri était parfaitement heureuse. Elle commençait tout juste à sortir avec Lou, une femme qui passait ses vacances dans le nord du pays de Galles au moment où elle-même avait décidé de tenter sa chance sur Tinder. Un week-end de galipettes s'était transformé en relation intermittente, tantôt chez Ceri à Cwm Coed, tantôt dans le bel appartement de Canary Wharf de Lou.

« L'avantage de faire des rencontres à notre âge, lui avait confié Lou, la première fois que Ceri lui avait rendu visite à Londres, c'est que nous sommes des adultes. »

Lou l'avait emmenée dîner dans un restaurant luxueux. Découvrant les prix exorbitants du menu, Ceri avait choisi le plat le moins cher – même si, pour elle, l'aubergine avait toujours eu un goût d'éponge.

« Nous avons toutes deux un emploi, sommes toutes deux propriétaires de nos maisons... Nous sommes sur un pied d'égalité. »

Lou lui avait souri en prenant l'addition.

« Chacun sa part ? »

Ceri avait sorti sa carte de crédit, ignorant la sonnette d'alarme qui résonnait dans sa tête. D'accord, elles avaient toutes deux un boulot, mais elle était factrice, pas gestionnaire d'un fonds de pension, comme Lou. Elles étaient toutes deux propriétaires, mais elle remboursait un prêt *in fine*, sur 85 % de sa maison, alors que Lou avait lâché négligemment qu'elle avait acheté son appart comptant.

Au cours des mois qui avaient suivi, il y avait eu les musées et les galeries d'art, les sorties au théâtre et les week-ends improvisés, au cours desquels Lou mettait un point d'honneur à trouver les meilleurs restaurants du coin, tandis que Ceri proposait d'aller pique-niquer dans un parc. Une fois sa carte de crédit essorée, elle s'était retrouvée dans l'obligation de souscrire un crédit à la consommation.

En réalité, elle avait éprouvé du soulagement quand elles avaient rompu. Ou plutôt, quand Lou l'avait larguée par texto : Chérie, je ne me suis jamais autant amusée de ma vie, mais les meilleures choses ont une fin ! Bisous. Ceri avait inspiré, expiré, et fait le total de ses dettes.

Elle n'en dormait plus la nuit. Chaque matin, tandis qu'elle arpentait les rues de Cwm Coed, elle essayait de trouver un moyen de gagner plus d'argent : son salaire ne lui permettait même pas de rembourser les intérêts de ses emprunts.

Le premier billet de dix livres lui était presque tombé dans les mains.

Elle l'avait trouvé au fond d'un sac postal à la fin de sa tournée. Il avait dû glisser d'une carte d'anniversaire, comme cela arrivait parfois. Le règlement exigeait qu'elle note l'incident dans le registre et mette l'argent au coffre en attendant que quelqu'un déclare sa perte.

Le cœur battant à tout rompre, Ceri avait fourré le billet dans sa poche, et s'en était servie pour mettre de l'essence dans sa voiture.

Personne n'avait réclamé cet argent, mais le sentiment de culpabilité ne la quittait pas à l'idée qu'il s'agissait peut-être d'une somme durement gagnée par une tante aimante, et envoyée à un enfant accompagnée d'un petit mot du style : *Fais-toi un petit plaisir, mon chou.*

« Tu n'as pas de colis pour moi, ma belle ? lui avait demandé Dee Huxley, quelques jours plus tard, alors qu'elle livrait le courrier à La Rive, la résidence de vacances située de l'autre côté du lac.

— Non, il n'y a plus rien dans ma camionnette, avait-elle répondu.

— Ma nouvelle bouilloire a dû se perdre en chemin, en avait conclu Dee, avec un petit claquement de langue mécontent. Tant pis. Je vais leur demander de m'en renvoyer une. »

C'est alors que Ceri avait eu une illumination. Si elle mettait la main sur les bons colis, elle pourrait revendre leur contenu en ligne ; les grandes sociétés pouvaient absorber ce genre de perte, les clients recevraient quand même leur commande, et elle pourrait rembourser ses dettes et retomber sur ses pieds.

Au cours des six mois qui avaient suivi, Ceri avait subtilisé un colis de chacune de ses tournées matinales. De retour chez elle, le soir, elle dressait la liste des marchandises non livrées, qu'elle mettait ensuite en vente sur le Net, et, une fois par semaine, elle se rendait à Chester en voiture pour envoyer les paquets d'un bureau de poste où personne ne la connaissait. Peu à peu, sa dette s'était réduite.

Les déclarations de colis perdus avaient commencé à se multiplier, bien sûr. Une rumeur avait même couru sur le compte d'une intérimaire qui remplaçait une factrice en congé maternité. Mais personne n'avait soupçonné Ceri : elle avait grandi à Cwm Coed, elle n'aurait pas pu voler ses amis et voisins, voyons.

Et puis, un jour, Bronwen avait fait irruption dans la salle de repos, alors qu'elle était en train de transférer un colis de son vestiaire à son sac à dos.

« Je vais être obligée de le signaler, avait déclaré sa supérieure, quand, en larmes, Ceri lui avait tout avoué.

— Je ne le ferai plus, je te le promets. Je ne peux pas me permettre de perdre mon emploi, Bron, ou je ne pourrais plus rembourser le crédit de ma maison.

— Combien as-tu volé ?

— Je ne suis pas certaine. J'ai une liste. »

Elle avait dressé l'inventaire minutieux de chaque article assorti de son prix d'origine, du prix qu'elle en avait tiré, et de l'état de sa dette après chaque vente.

« Je veux voir cette liste », avait insisté Bronwen.

Ceri la lui avait envoyée le soir même, accompagnée d'un long e-mail dans lequel elle implorait sa clémence. Sa patronne avait fini par transiger : elle acceptait de garder le secret si Ceri arrêtait ça immédiatement.

Seulement, l'avait-elle vraiment gardé ?

À l'instant même où Roxy Wilde avait fait cette terrible annonce, le premier jour d'*Exposure*, elle avait deviné ce que contenait son enveloppe.

Ils en sont au sixième jour de tournage, et Ceri sait que son élimination est proche. Jason et Pam ont déjà été exposés et la suspicion est de mise, au campement. Allongée dans son lit, elle fixe la toile de tente, tantôt malade d'angoisse, tantôt morte d'ennui. Comme une accusée en détention préventive qui attend son procès.

Un procès avec un jury populaire.

Lui offrira-t-on une chance de s'expliquer ? Elle sait que l'acte est injustifiable, mais cette dette l'écrasait. Elle l'empêchait littéralement de respirer. Elle avait l'impression qu'elle ne pourrait jamais s'en acquitter.

Dehors, l'un des hommes pique une crise. Elle essaie de ne pas y prêter attention, mais ils sont si peu nombreux, maintenant, il n'y a pas grand-chose d'autre à faire : elle n'a plus personne à qui parler. Elle se hisse sur ses pieds et soulève la porte de toile.

Henry est en train d'exécuter une sorte de danse tribale près du feu de camp : il se donne des claques dans le dos et agite son chapeau autour de sa tête.

— Lâche-moi !

— Qu'est-ce qui se passe ? demande-t-elle.

Lucas est plié en deux de rire.

— Il était assis sous cet arbre et une araignée a atterri sur sa tête. Je sais que c'est peu charitable de se moquer, mais…

Secoué d'un nouvel accès d'hilarité, le pasteur se contente de désigner Henry, qui, à présent, saute d'un pied sur l'autre.

— Où est Aliyah ?

Ceri n'est pas d'humeur à s'amuser de cette pantomime.

— Elle a dit qu'elle allait faire un tour, répond Lucas.

Ceri se méfie de plus en plus de la jeune femme. Elle disparaît trop fréquemment pour s'isoler. Hier, elle a prétendu avoir été clouée aux toilettes par de vilains maux de ventre. Un mensonge flagrant, puisque Ceri était elle-même aux toilettes à ce moment-là.

Elle s'éloigne des hommes (Henry vient de se débarrasser de l'araignée importune, Dieu merci) et guette un éventuel mouvement entre les arbres. Elle marche jusqu'à la clôture et longe le grillage, le cœur battant. Pourquoi cette angoisse soudaine ? Pourquoi n'aurait-elle pas le droit de se promener ? Aliyah le fait bien, elle, se raisonne Ceri.

Seulement, Aliyah ne se promène pas : elle parle avec une personne postée de l'autre côté de la clôture. De qui s'agit-il ? Ceri avance à pas de loup, mais marche sur une branche qui se brise sous son pied avec un bruit sec. Aliyah tourne la tête, surprise. Ceri se fige. Si elle se rapproche encore, ils pourront la voir, mais sa concurrente se tient juste devant son interlocuteur ; tout ce qu'elle parvient à distinguer de l'endroit où elle se trouve, c'est un pantalon sombre et des mèches blondes. Celles d'une femme ?

Un braillement s'élève du campement, suivi du fracas d'une cuillère en bois heurtant une marmite. L'un des garçons a préparé du thé. Ceri est distraite une fraction de seconde, mais c'est déjà trop. Quand elle regarde à nouveau devant elle, la femme (qu'elle voit clairement, maintenant) s'éloigne déjà et Aliyah pivote vers elle.

Merde ! Elle s'accroupit, tâtant le sol des mains. Lorsqu'elle se relève, sa concurrente lui fait face.

— Qu'est-ce que tu fabriques par ici ?

— Je ramasse du petit bois, répond-elle, brandissant la branche sur laquelle elle vient de marcher en guise de preuve.

— Ta récolte est maigre.

— Je commence juste. Qui c'était ?

— Qui ça ?

Aliyah s'éloigne en direction du campement.

Ceri lui emboîte le pas.

— La femme avec qui tu parlais.

— Aucune idée. Une promeneuse. Elle était perdue, je crois.

Ceri lui coule un regard oblique. Aliyah ment. Mais pourquoi ?

À l'approche du direct, aucun d'eux ne manifeste l'excitation fiévreuse du premier soir où ils se sont réunis autour du feu. Ceri se souvient des rires et du sentiment de camaraderie qui les animait alors qu'ils échangeaient des accolades avec leurs nouveaux potes.

À présent, elle est assise à une extrémité du tronc couché qui leur sert de banc, et Aliyah à l'autre. Henry a pris place au milieu, à plusieurs mètres de chacune d'elles.

Lucas est resté debout et ses mains gigotent nerveusement dans ses poches.

— Et il n'en restait plus que quatre, déclare-t-il d'un ton sinistre.

— Et peut-être qu'il n'en restera plus que trois après ce soir, dit Henry. Même si je n'ai exposé personne, pour ma part, s'empresse-t-il d'ajouter.

— Moi non plus, lance Ceri.

— Ne jugez point, afin que vous ne soyez point jugés, récite le pasteur en soupirant. Mais même si personne n'a porté d'accusation, le vote des spectateurs peut envoyer n'importe lequel d'entre nous au confessionnal.

Il leur adresse un regard inquiet.

— Vous ne pensez pas qu'ils m'y enverraient deux jours de suite, quand même ?

— Miles Young ne s'en priverait certainement pas, répond sombrement Henry.

Aliyah ne pipe pas mot. Ceri remarque qu'elle a les yeux baissés et qu'elle s'arrache les peaux mortes autour des ongles. Son attitude trahit plus que de la nervosité, songe-t-elle. C'est une attitude coupable.

— Et toi, tu as lancé une accusation, Aliyah ? questionne-t-elle.

Quelle que soit la réponse que la jeune femme s'apprêtait à lui donner, elle est interrompue par l'arrivée de Roxy et d'Owen, qui se mettent aussitôt à leur aboyer des ordres.

— Lucas, sur le banc avec les autres, s'il te plaît, lance l'animatrice. Regroupez-vous. Oui, comme ça. Henry, tu peux passer un bras autour des épaules de Lucas ?

— Non, je ne peux pas.

— On n'a pas de temps pour les états d'âme, gronde Owen, moins aimable que Roxy. À moins que vous ne préfériez qu'on improvise ?

Il agite une petite clé en l'air.

— Pour l'instant, Miles est le seul à connaître vos secrets, mais rien ne nous empêche de changer les règles et d'ouvrir cette boîte…

— Non ! crient-ils tous d'une même voix.

Leurs chances de s'en tirer sont de plus en plus maigres, mais ils continuent de s'y accrocher. Demain, ça fera une semaine qu'ils sont là : ceux qui auront réussi à préserver leur secret pourront quitter le camp d'*Exposure* et empocher cent mille livres sterling.

— Alors jouez votre rôle correctement, assène le cadreur. Je veux lire de la joie sur vos visages.

Ceri étire les lèvres en un semblant de sourire.

Plus elle paraîtra joviale, moins les téléspectateurs la trouveront intéressante, et moins ils seront susceptibles de l'exposer, raisonne-t-elle. À l'évidence, les autres se disent plus ou moins la même chose, car Henry a passé un bras autour des épaules de Lucas et Aliyah s'est mise à applaudir comme un phoque de cirque.

— Cinq, quatre…

Owen achève son compte à rebours avec les doigts. *Deux, un.*

— Bonsoir à tous, nous sommes en direct de la montagne du Dragon, annonce Roxy, face caméra. Aliyah, un peu plus tôt dans la journée, vous avez souhaité exposer Ceri. Voyons si vous avez deviné juste.

— Quoi ?

Ceri se tourne vers sa concurrente qui a laissé tomber son numéro de phoque et soutient son regard avec un air de défi.

— Tu aurais fait la même chose.

Elle ne répond pas, et ce n'est pas uniquement parce que Aliyah a raison. Bien sûr qu'elle n'aurait pas hésité à trahir son secret, si elle avait la moindre idée de sa nature. Elle ne répond pas, parce qu'elle a perdu l'usage de la parole. Parce que tous les muscles de son corps se sont mis à tressauter, parce qu'elle claque des dents, à la fois frigorifiée et en sueur. Elle sait que durant la pause qui suit, tandis qu'Owen tripote sa caméra et que Roxy retouche son maquillage, l'accusation d'Aliyah est diffusée sur tous les écrans du pays. Son secret est en train d'éclater au grand jour. Tous ses voisins, tous ses *amis* découvrent en ce moment même qu'elle les a volés.

— On est à l'antenne dans dix secondes, annonce Owen. À vos positions !

Et comme les bons toutous qu'ils sont, Henry, Lucas, Ceri et Aliyah reprennent la pose.

— Ouvrez la boîte, Aliyah, dit Roxy en lui tendant la clé. Et donnez-moi l'enveloppe qui porte le nom de Ceri, je vous prie.

Les longs cheveux de la jeune femme lui tombent sur le visage lorsqu'elle déverrouille le cadenas et soulève le couvercle du coffre. Lucas étouffe un gémissement à la vue du tas d'enveloppes, mais elle n'arrive pas à lui témoigner la même compassion que Henry, qui lui tapote gentiment l'épaule. *Leurs* secrets ne sont pas encore révélés. Ils ne sont pas encore dans les mains de Roxy, ils ne sont pas tournés vers l'œil de la caméra.

— Le moment est venu de révéler si Aliyah a vu juste.

Roxy décachette l'enveloppe.

— Vous maintenez votre accusation, Aliyah ? Vous croyez vraiment que Ceri a mis le feu à sa voiture et commis une fraude à l'assurance ?

Elle tire la carte de l'enveloppe.

Ceri en reste le souffle coupé. Elle se dit qu'elle a perdu la tête, qu'elle entend des voix. Roxy lui jette un regard furtif en découvrant son secret, puis fixe la caméra en mimant l'étonnement, pour faire durer le suspense. Ceri fond en larmes. Ce n'est pas à cause de l'accusation d'Aliyah qu'elle craque, mais à cause du stress accumulé au cours de la semaine, et de la culpabilité qui la taraude depuis des mois.

— Je regrette, déclare Roxy, remettant le carton dans l'enveloppe, mais… c'est faux.

Il y a un silence sidéré autour du feu de camp.

— Quoi ?

Aliyah ouvre des yeux ronds comme des soucoupes.

— C'est impossible !

— Votre tentative d'exposer Ceri a échoué, votre supposition est inexacte. Vous savez ce que ça signifie, n'est-ce pas ?

La jeune femme tourne la tête à droite, puis à gauche, fouillant le bois du regard.

— La salope ! hurle-t-elle.

— Vous retournez dans le confessionnal, Aliyah.

Roxy adresse un sourire radieux à la caméra.

— Peut-être allons-nous quand même découvrir un secret, ce soir !

Tandis que sa concurrente est entraînée à l'écart du groupe, Ceri glisse à terre et s'adosse contre le tronc couché, tremblant de tous ses membres. Elle ne sait ni pourquoi ni comment, mais elle a échappé au pire.

Pour un temps.

37
Mardi – Leo

Owen leur a offert un numéro admirable en clamant son innocence.

« Je ne sais pas ce que je peux ajouter pour vous convaincre, a-t-il dit hier soir, dévisageant Leo et George, assis de l'autre côté de la table de la cuisine. Vous pouvez fouiller ma chambre, si vous voulez. Ou me fouiller moi-même. »

Il a tendu les bras, les invitant à le palper.

« Nous aurons bientôt les résultats des relevés de la police scientifique, il nous suffira de les comparer à toutes les empreintes prélevées dans le cadre de l'enquête », a répondu Leo

Owen n'a pas cillé.

« Vous allez trouver les miennes, forcément. C'est la caisse d'espèces pour les frais courants. On l'a tous utilisée.

— Quand êtes-vous entré dans la chambre de Miles pour la dernière fois ? a questionné George.

— Aucune idée… Samedi ? ou vendredi ? Un jour ou deux avant sa mort, je dirais.

— Pas le jour du meurtre, alors ? a tenté Leo.

— Non.

— Le problème, voyez-vous, c'est qu'il n'y a que deux possibilités pour que vous n'ayez pu apercevoir ni entendre ce qui se passait dans la cour, dimanche. La première… »

Il a fait mine de compter sur ses doigts.

« … vous vous trouviez dans la chambre de Miles, à ce moment-là. La deuxième : vous vous trouviez dans la cour elle-même. Dans les deux cas, vous nous avez menti, ce qui suggère que vous avez quelque chose à cacher. Donc, en résumé : soit vous avez tué Miles, soit vous avez volé une centaine de livres en liquide. »

Leo s'est penché sur la table.

« Et au cas où ça vous aurait échappé, l'un de ces crimes est beaucoup plus sérieux que l'autre. »

Il y a eu un long silence.

« J'ai pris l'argent », a fini par avouer Owen.

En remplissant le dossier d'inculpation d'Owen, Leo a songé à l'ironie de la situation : en confessant son délit, Owen s'est offert un alibi en béton.

C'est la première fois qu'il se retrouve avec autant de potentiels suspects bardés d'alibis. Il commence à redouter de ne jamais réussir à identifier l'assassin de Miles. De rester coincé à vie dans cette boucle de suspects et d'alibis.

Jason Shenton a persisté à refuser de payer les honoraires de son avocat pour qu'il confirme son alibi, jusqu'à ce que Leo lui explique que s'il était coffré pour obstruction, il devrait faire appel à un spécialiste en droit criminel en plus de son avocat en droit de la famille. La vidéo de sa réunion en visio avec le juriste est arrivée dans l'heure qui a suivi.

« Elle n'a pas le droit de m'empêcher de les voir, n'est-ce pas ? » demande Jason, sur la moitié gauche de la vidéo, tandis qu'un type en costume bleu marine prend des notes de l'autre côté.

— Il n'y a pas d'horodatage, lui fait remarquer George.

— On n'en a pas besoin.

Leo hausse le volume. On entend une sorte de remue-ménage en arrière-fond. Sur l'écran, Jason regarde sur les côtés et fronce les sourcils. On entend un « Reculez ! » étouffé mais distinct, puis un fracas.

— C'est le moment où j'enfonce la porte, murmure Leo, comme pour lui-même.

« Il se passe quelque chose dehors, lance Jason à son avocat. Je peux vous rappeler ?

— Je vais demander à ma secrétaire de nous organiser un autre rendez-vous, mais je crains de devoir vous facturer l'intégralité de… »

L'écran devient noir.

— Et voilà. Encore un qui ne peut pas être coupable, commente Leo. Il va falloir étendre notre toile d'araignée.

Il ferme la vidéo et ouvre la grille de tableur qu'il a passé des heures à étudier. Elle contient les noms de toutes les personnes ayant postulé pour participer à *Exposure* – quarante-cinq mille noms. L'analyste criminel a ajouté des filtres pour les regrouper par zones géographiques, par genres et par dates de naissance. On peut même voir quels candidats ont été retenus à chaque étape du casting. Mais même avec ces filtres, la liste demeure impressionnante. Leo aimerait savoir si certains de ces postulants ont un casier judiciaire, mais le temps qu'il faudrait à un analyste (ou *une*, s'admoneste-t-il mentalement) pour entrer chaque nom dans le serveur de la police nationale rend la tâche impossible. À défaut de pouvoir s'y atteler, l'analyste a croisé cette liste avec celle des individus identifiés ayant proféré des menaces à l'encontre de Miles ou de son équipe. Ça n'a rien donné. Aucun des postulants rejetés au casting n'a déversé de fiel sur le Net.

— Ni défait son lacet, ajoute-t-il à voix haute.

— Hein ? fait George en levant la tête.

Ils sont de nouveau dans la cuisine de la ferme (devenue une sorte de cellule d'enquête *bis*). Elle paraît bien moins propre que lorsque l'équipe de production régnait dessus, note-t-il. Devant l'entrée de Carreg Plas, des patrouilles ont été envoyées en renfort pour gérer le flot constant « d'amateurs de meurtres », qui s'engagent sur la petite route (encore plus étroite depuis que les camionnettes des médias la bordent en permanence) à seule fin d'ouvrir des yeux béats à la vue de la Rubalise bleue et blanche, et de s'imaginer ce qui se passe au-delà. Un peu plus tôt dans la journée, Leo a dû intervenir alors que Zee Hart adressait une « déclaration officielle » à un journaliste de l'*Evening Standard*.

« Mais j'ai un scoop, a-t-elle protesté, quand il l'a entraînée loin de la propriété. Je peux vous aider à rayer Ceri Jones de votre liste des suspects. »

Leo l'a dévisagée.

« Ce n'est pas un scoop, c'est une preuve, et c'est à la police qu'on adresse des preuves, pas aux médias.

— Mais je *suis* un média, a rétorqué Zee, dans un accès d'humeur.

— Quoi que vous ayez découvert, vous avez intérêt à m'en informer sur-le-champ. »

Zee a hésité un instant avant de tirer une carte mémoire de sa poche, à contrecœur.

« À l'heure du meurtre, Ceri était toujours au campement. »

Elle a ouvert la galerie de son téléphone et fait défiler ses photos avant de lire une vidéo. L'image était granuleuse, clairement filmée à distance avec un zoom, mais on reconnaissait bien Ceri, assise sur un tronc couché dans le campement d'*Exposure*, à une vingtaine de mètres de la clôture.

« Elle pleure, vous voyez, précise Zee. Remarquez, ça n'a rien d'inhabituel. J'en ai vu pas mal venir jusque-là pour chialer un bon coup.

— Vous leur parliez ? lui a-t-il demandé.

— Parfois. C'est pas un crime, non ?

— Pas à ma connaissance. De quoi parliez-vous ?

— De ce qu'ils vivaient là-dedans, surtout. Vous savez, pour mon contenu. Et… »

Elle lui a coulé un sourire rusé :

« … Je leur ai joué quelques tours, aussi.

— Du genre ? »

Leo vérifiait la date et l'heure de la vidéo. Tout collait.

« J'ai dit à Aliyah que je connaissais le secret de Ceri. Et elle est tombée dans le panneau à pieds joints.

— Pourquoi ?

— Parce que je suis une très bonne actrice. Mon prof de théâtre a dit…

— Non, je veux dire, pourquoi avoir menti à Aliyah ?

— Pour avoir des vues, a-t-elle rétorqué avec condescendance. Afin de prévoir une élimination, à l'avance, et d'être au bon endroit au bon moment. Et puis, elle l'a mérité. Elle n'avait qu'à pas coucher à droite à gauche. »

Remarquant l'expression de Leo, elle a ajouté :

« Quoi ? J'ai juste joué le même jeu qu'eux.

— Un jeu qui s'est terminé par un meurtre. Pourquoi ne pas nous avoir montré cette vidéo plus tôt ?

— J'ai des tonnes d'enregistrements. *Des tonnes.* Je filme pratiquement tout ce que je vois, parce qu'on ne sait jamais de quoi on pourrait avoir besoin plus tard. Bref, d'après Caleb, sa petite amie vous aurait entendu dire que c'était Ceri la meurtrière, alors j'ai cherché des images pour illustrer son arrestation – pour faire une vidéo sur les coulisses du meurtre, ou un truc dans ce genre, vous voyez ? Et c'est là que je me suis souvenue que je l'avais filmée. Elle a un alibi, du coup, hein ? a conclu Zee, contente d'elle.

— Et vous avez filmé ça vous-même ?

— Bien sûr.

— Donc vous avez également un alibi.

— Ouais, mais... »

Elle s'est figée.

« Je n'étais quand même pas... Oh, mon Dieu, j'étais suspecte ?

— Tout le monde est suspect en ce qui me concerne, a rétorqué Leo. Bon, vous venez avec moi. Je veux voir tous vos enregistrements datant du jour du meurtre, de la première à la dernière seconde. »

Leo a passé l'heure suivante à télécharger le contenu de la galerie de Zee, et vérifié qu'elle ne contenait rien de compromettant avant de prévenir le commandant Boccacci qu'ils pouvaient rayer les pistes Ceri Jones et Zee Hart de l'enquête.

« Ce qui nous laisse ? » a demandé sa supérieure.

La question était purement rhétorique.

Personne. Pas un seul suspect disposant des moyens, du motif et de l'opportunité de tuer Miles Young.

L'ultime colonne de la feuille de calcul ouverte devant Leo contient la décision de Young Productions concernant chaque postulant. La série de « Non » se transforme en longue traînée rouge tandis qu'il fait défiler sur son écran la liste classée dans l'ordre alphabétique. Il manque presque le premier « Oui » vert, mais remonte aussitôt de quelques lignes. Aliyah Brown. Il clique sur la colonne « verdict » et ajoute le filtre qui permet d'afficher les noms de tous les candidats sélectionnés. Il n'y en a que six sur son écran.

Leo les recompte.

— George, combien y avait-il de participants à *Exposure* ? demande-t-il, bien qu'il connaisse la réponse à sa question.

— Sept.

Il lit les noms une fois de plus.

— C'est étrange.

— Qu'est-ce qu'il y a ?

— Ce n'est sans doute rien, dit-il.

Mais il se sent des picotements dans les doigts. Il sait d'expérience que « si ça ressemble à un canard et que ça cancane comme un canard, alors c'est presque certainement un canard ».

— Quel est le problème ? insiste George, se levant pour jeter un coup d'œil par-dessus l'épaule de Leo. Oh… Il en manque un.

— Miles a fait entrer sept candidats dans le camp d'*Exposure*, dit-il, levant la tête vers sa collègue. Mais seuls six d'entre eux ont participé au casting.

38
Mardi – Fiona

Fiona frappe à la porte du numéro quatre de La Rive. La résidence estivale comprend déjà trente chalets, mais aucun ne bénéficie d'une vue aussi imprenable que ceux qui sont numérotés de un à cinq. Debout sur le balcon de la suite parentale de ces vaisseaux amiraux qui se sont dressés, seuls, sur ce terrain, pendant près d'un an, et disposent de terrasses sur pilotis, on a l'impression de se trouver à la proue d'un navire.

Aujourd'hui, La Rive s'est enrichie d'un restaurant – le Shore Shack – et d'un spa baptisé *Chut !* qui offre à ses bienheureux clients en peignoir la pleine jouissance du bain nordique couvert qui trône sur son socle surélevé. Les nouvelles rangées de chalets ont été bâties en terrasses, afin que toutes les chambres de maître puissent bénéficier d'une vue sur le lac. Fiona se sent écrasée par ces alignements de baies vitrées, qui s'élèvent les uns derrière les autres comme autant de miroirs sans tain dissimulant des observateurs.

La mère de Caleb, Clemmie Northcote, finit par lui ouvrir. C'est une petite femme potelée aux cheveux courts striés de mèches bleues et roses.

— *Bore da, Fiona, sut wyt ti ?* la salue-t-elle joyeusement.

— *Da iawn, diolch.* Caleb est là ?

Elle n'a pas le temps de se contenter du gallois approximatif de Clemmie au-delà de l'incontournable *comment ça va.*

— J'ai besoin de lui parler, c'est urgent.

— Je vais l'appeler. Tu veux entrer ?

— Il vaut mieux pas, non, décline-t-elle, baissant les yeux sur la gueule de Dave dont s'écoule un filet de bave d'une longueur impressionnante.

Caleb apparaît en boxer et tee-shirt, la marque d'un pli de son oreiller en travers de la joue. Il bâille, offrant à Fiona une vue imprenable sur ses molaires.

— Zee te cherchait, lui dit-il.

— Qu'est-ce qu'elle me veut ?

— Elle a besoin d'un comptable, je crois. Je n'ai pas vraiment écouté.

— Elle me prend pour Google, ou quoi ? rétorque Fiona, secouant la tête, incrédule. Écoute, j'ai pas le temps pour ces bêtises. Où Miles range-t-il sa tenue de jogging ?

Caleb ferme les yeux, les sourcils froncés, puis les rouvre en grand, bat des paupières et se remet à bâiller.

Elle réprime son envie de le secouer.

— Sa tenue de jogging, Caleb. Cette veste jaune qu'il portait tout le temps. Et son bonnet.

— Euh, dans la régie.

— Tu en es sûr ?

— Ouais. Il dormait dans la maison, mais il était à la table de montage dès… 6 heures du matin. Et il ne repassait pratiquement pas à la ferme jusqu'à la diffusion de l'émission, le soir.

L'expression de Caleb se durcit.

— Il m'envoyait juste un texto quand il voulait du café, des sandwichs, ou qu'on le torche…

— À quelle heure il sortait courir ?

— Dix heures.

— Chaque matin ?

Fiona le sait déjà, grâce aux données enregistrées par sa montre, mais les pièces du puzzle ne s'assemblent pas correctement, et elle ne parvient pas à comprendre pourquoi.

— Ouais. Il se douchait à son retour. Il me demandait un smoothie, parfois.

Il était 10 heures quand elle a vu le producteur quitter sa régie et mettre la clé sous le paillasson. Seulement… il est possible que

Miles se soit rendu quelque part au lieu d'aller courir. Ou qu'il soit resté dans la régie et que l'individu qu'elle a croisé ne soit pas Miles. Est-ce que ça pourrait être une sorte de mise en scène qui a mal tourné ? Rien de tout cela n'a de sens.

— J'ai besoin que tu me gardes Dave, déclare-t-elle.

— Je suis allergique.

— Arrête tes conneries.

Elle lui colle la laisse dans la main.

— Seren veut te parler.

— Je sais. J'irai la voir dès que l'enquête sera bouclée.

— C'est important. C'est au sujet de la fac.

Fiona fusille Caleb du regard.

— Pas question qu'elle n'aille pas à l'université, mon pote. Et si je découvre que tu l'as persuadée de ne pas...

— Je ferais jamais ça !

— Il faut que j'y aille, lance-t-elle, retournant à sa voiture sans prêter attention aux gémissements de Dave.

Elle abandonne la Triumph à une centaine de mètres de Carreg Plas et fait le tour de la propriété par l'extérieur : elle a besoin d'entrer dans la régie de Miles et la voiture de Leo est garée dans l'allée principale. S'il se trouve dans la cuisine avec George, elle ne peut pas prendre le risque d'être vue dans l'arrière-cour, maintenant qu'on l'a exclue de l'enquête.

Elle compte se glisser dans la cour par le flanc de la montagne, quand, se faufilant d'un pas léger entre le rideau d'arbres et l'arrière des écuries, elle s'aperçoit que la fenêtre de la régie est légèrement entrouverte. Elle aurait encore moins de risques d'être vue si elle entrait par là. Et elle pourrait fermer la porte à clé et bosser tranquillement.

Surprenant un mouvement dans le box six – la chambre allouée à Ceri –, elle pique un sprint, se plaque contre le mur extérieur de la régie, et ne bouge pas tant qu'elle n'est pas certaine d'être passée inaperçue. Puis elle glisse une main dans l'entrebâillement de la fenêtre, soulève le loquet pour l'ouvrir en grand et se hisse sur le rebord avant d'envoyer ses jambes à l'intérieur.

Les baskets de jogging de Miles sont toujours à côté du lit, mais Fiona ne voit ni la fameuse veste jaune que portait la personne qu'elle a vue quitter la régie dimanche matin, ni le bonnet et les lunettes de soleil avec lesquels Miles courait toujours. Elle ferme la porte, retire la clé de la serrure et s'accroupit pour vérifier un élément de sa théorie. L'espace qui apparaît sous la porte est assez grand pour la faire passer d'un côté à l'autre sans problème. Quand Leo a enfoncé la porte et qu'elle a remarqué la clé par terre, Fiona a supposé que le choc l'avait éjectée de la serrure, mais ce n'était pas nécessairement le cas. La porte pouvait avoir été fermée de l'*extérieur*. La personne qui était sortie de la régie dimanche matin dans les vêtements du producteur n'avait peut-être pas glissé la clé sous le paillasson, mais sous la porte.

Fiona s'installe à la table de montage et allume l'ordinateur, sachant que l'enregistrement original du streaming se trouve toujours sur le disque dur. Quelque chose la tracasse depuis qu'elle a visionné des extraits du sixième jour d'*Exposure*. Elle a repoussé l'idée, la jugeant jusqu'ici sans importance ; seulement tout a changé, maintenant. Si l'individu qui s'est fait passer pour Miles est bien son meurtrier, ne peut-on pas envisager que le producteur ait été tué avant l'heure de son jogging quotidien ? La légiste ne pouvait établir l'heure de la mort qu'à deux heures près. Et le meurtre ayant été entendu en direct par les enquêteurs de la police présents sur les lieux, il n'y avait aucune raison de lui demander d'affiner son estimation.

Cependant, si Miles était déjà mort quand le meurtrier a enfilé sa veste jaune et quitté la scène de crime ? Si la théorie de Fiona tient la route, alors l'heure considérée pour établir les alibis – à savoir entre 11 h 15 et 11 h 45 – est mauvaise. Et dans ce cas, il faut qu'ils réinterrogent toutes les personnes qui se trouvaient dans l'arrière-cour et dans le corps de ferme ce matin-là. À savoir, Jason, Pam, Aliyah, Roxy, Owen et Caleb. Et qu'ils vérifient à nouveau où se trouvaient Ceri, Lucas et Henry près de deux heures avant l'heure supposée du meurtre.

Fiona déplace le curseur sur l'écran, essayant de convoquer le sentiment qui s'est emparé d'elle la dernière fois qu'elle était ici. Qu'est-ce qui l'a tant gênée dans cet enregistrement ? Elle se masse les tempes. Elle a l'impression que chaque fois qu'elle est sur le point d'achever le puzzle, quelqu'un fait pleuvoir sur elle une centaine de pièces de plus à imbriquer dedans. Si Miles Young était déjà mort quand elle a croisé l'imposteur, comment Leo, George et elle ont-ils pu entendre le meurtre en direct, juste avant 11 h 45 ? Ça n'a aucun sens…

Sur l'écran, Ceri parle avec Lucas. Il l'écoute d'une oreille discrète, un sourire ironique sur les lèvres, observant quelque chose, hors champ. Fiona clique sur une autre caméra. Ce quelque chose, c'est Henry, qui bat des bras dans tous les sens, et elle comprend enfin ce qui lui a paru bizarre à la première vision.

Une araignée est tombée sur la tête de Henry.

Fiona repense au premier épisode d'*Exposure*. Elle se revoit assise dans le salon exigu de mam, avec Seren et Caleb, en train de regarder Aliyah se ruer hors de la tente cloche en poussant des hurlements stridents. Elle se remémore son commentaire, en découvrant l'identité des candidats. *Vous vous imaginez coincés dans un campement avec un comptable ?*

Pourquoi Henry, qui s'est montré si chevaleresque le premier jour *d'Exposure*, allant jusqu'à vérifier qu'il n'y avait pas d'araignée dans le lit d'Aliyah, aurait-il réagi à la présence de l'insecte sur sa tête d'une manière aussi extrême, à peine quelques jours plus tard ?

Elle monte le son.

« Lâche-moi ! » crie le comptable.

Fiona retient son souffle.

Voilà pourquoi !

Il a feint la peur pour enregistrer la réplique dont il aurait besoin plus tard.

Lâche-moi.

Fiona lit la vidéo en accéléré et l'arrête chaque fois que Henry remue les lèvres, afin d'écouter précisément ce qu'il dit. Rien ne retient son attention. Elle essaie le jour précédent, et procède de la même manière. Tout en s'exécutant, elle sort son carnet de sa poche et cherche la page sur laquelle elle a noté toutes les coordonnées des personnes interrogées après le meurtre. Elle compose le numéro de Zee Hart.

— Allô ?

— Ici l'agent enquêteur Morgan. Caleb m'a dit que vous vouliez me demander si je connaissais un comptable ?

— Non, pas vous demander, vous dire quelque chose ! répond la jeune femme, surexcitée. En fait, je voulais interviewer tous les candidats, à présent qu'ils ont quitté l'émission, mais chaque fois que je m'approche de la maison, je m'attire des ennuis avec vous et vos collègues, alors...

— Venez-en au fait, Zee.

Fiona continue de faire défiler les épisodes en accéléré, appuyant sur *pause* chaque fois que le comptable apparaît dans le cadre : Henry chantant sous sa douche, Henry discutant avec Ceri au petit déjeuner...

— Alors, je me suis dit que j'allais tenter une autre méthode. Pour Jason, par exemple, j'ai laissé un message à la caserne de pompiers. Et comme je savais que Henry était comptable, je me suis dit que sa boîte devait être enregistrée quelque part, normal, non ? Alors j'ai effectué une recherche sur Google, seulement...

— Vous n'avez trouvé aucun comptable du nom de Henry Moore.

Sur le moniteur, Henry regarde Lucas chercher quelque chose dans la tente des hommes.

— Oh, si, j'en ai trouvé un. Il a un compte LinkedIn. Mais le gars de la photo ne ressemble pas du tout au type d'*Exposure*.

— Merci, Zee. J'apprécie sincèrement votre aide.

— Avec plaisir ! Je trouve ça génial quand les médias et la police travaillent ensemble, alors si vous voulez...

Fiona lui raccroche au nez.

« Tu veux juste mener une vie tranquille, alors ? dit Henry à Lucas.

— Ce serait sympa. Dis, tu n'aurais pas vu mes chaussettes ? Elles sont rose vif et l'une d'elles a un petit trou au talon.

— Non, désolé, mon pote. »

Fiona avance encore un peu. Soudain Henry change de ton. Il paraît sur la défensive, bien que Lucas n'ait pratiquement pas élevé la voix.

« Tu me menaces, c'est ça ? » dit-il.

Et aussitôt, il interrompt son numéro d'homme en colère et éclate de rire.

« Calme-toi ! Je n'ai pas touché à tes chaussettes, mon pote. Allez, je vais t'aider à les chercher. »

Tu me menaces, c'est ça ? Lâche-moi !

Fiona est submergée par l'euphorie qui accompagne les percées. Elle pourrait s'arrêter là, elle a ce qu'il lui faut, ou presque ; mais elle veut faire savoir à Henry qu'il n'est pas aussi futé qu'il le croit. Elle veut mettre la main sur la dernière partie manquante du script.

Elle la trouve dans la vidéo du quatrième jour de tournage, quand Pam ramasse un torchon pour aider son concurrent à essuyer la vaisselle et qu'il pivote vers elle, furieux.

« Qu'est-ce que tu fais ? Repose ça ! »

Qu'est-ce que tu fais ? Tu me menaces, c'est ça ? Lâche-moi !

Fiona replace le curseur sur l'extrait du sixième jour, au moment où Henry se bat contre son araignée imaginaire, et pousse le volume au maximum. Son cri est assourdissant quand il s'élève dans l'espace réduit de la régie : « Lâche-moi ! »

Fiona est épuisée et exaltée à la fois. Elle a l'impression d'avoir couru un marathon. Ils n'ont pas du tout entendu le meurtre en direct. Ils ont entendu un montage. Miles était déjà mort et son agresseur parti depuis longtemps pour peaufiner les derniers détails de son alibi, quand Leo, George et Fiona ont cru l'entendre pousser son ultime cri.

Elle se repasse des extraits du dimanche matin. Henry dans le confessionnal, à l'heure présumée du meurtre. Pas étonnant qu'il y soit resté si longtemps, se dit-elle, révoltée par son air plein d'autodérision. Ses yeux ne cessent de filer sur le côté. Est-ce parce qu'il ment ? Fiona appuie sur *pause*. La dernière fois qu'elle a visionné cette vidéo, elle a remarqué qu'il était déjà passé au confessionnal un peu plus tôt. Elle positionne le curseur à 11 heures, puis avance, minute par minute, jusqu'à ce qu'elle voie la porte de la cabine s'ouvrir. Elle n'est pas allée jusque-là, la première fois qu'elle a regardé ces images. Elle supposait que Henry allait se lancer dans un nouveau soliloque introspectif. Mais non. Il ne s'assoit pas sur l'espèce de trône, cette fois. Il entre et ses yeux fixent le même coin du mur.

À présent, Fiona sait exactement ce qu'il fait là. Et sitôt qu'elle en aura la confirmation, elle pourra présenter aux autres la clé de l'énigme qu'ils commençaient à croire insoluble. Elle prend le chemin du sentier de Pen y Ddraig, laissant la porte de la régie grande ouverte.

39
Henry – *Exposure*, septième jour

Le plus grand secret de l'infiltration, a découvert Henry, consiste à se montrer ennuyeux à mourir. Sans vouloir charger les comptables, ce n'est quand même pas leur compagnie que l'on recherche le plus dans une soirée. À moins d'avoir reçu un avis de redressement fiscal, s'entend. Et au cours de ses quinze années de journalisme d'investigation, Henry (enfin, Clive de son vrai nom) a eu recours à son déguisement de comptable bien plus souvent qu'aux autres, alors qu'il parcourait le monde à la recherche de la vérité et écrivait des articles fracassants, tantôt pour des journaux du dimanche, tantôt pour des multinationales cherchant à neutraliser des lanceurs d'alerte.

Le plus amusant dans l'histoire, c'est qu'un secret en cache toujours un autre. Il était infiltré parmi le personnel d'une usine de cigarettes soupçonnée de pratiquer l'esclavage moderne, quand il s'est retrouvé au cœur d'un trafic de stupéfiants. Et quelques mois plus tard, alors qu'il menait une enquête sur les contrefaçons de montres, il a découvert que le P-DG de la boîte avait un faible pour le dogging. Il n'avait aucun intérêt à le mentionner dans son article, mais l'info lui a offert l'opportunité d'exercer un petit chantage lucratif. Ça fait belle lurette que Henry ne s'étonne plus lorsqu'il tombe sur une histoire sordide de double vie. Tout le monde cache un secret. Tout le monde joue son petit jeu en douce.

Il a rencontré Miles lors d'une cérémonie de remise de prix. Un documentaire sur lequel il avait travaillé devait être primé. Généralement discret sur ses activités, Henry avait bu quelques verres de trop et s'était vanté de ses qualités d'enquêteur hors pair.

« Je peux découvrir tout ce qu'il y a à savoir sur n'importe qui.

— C'est vrai, ça ? avait répondu le producteur, intéressé. Et ça vous dirait de collaborer avec moi sur un nouveau concept d'émission ? »

Ils avaient passé les douze mois suivants à développer *Exposure*, et puis Miles avait lancé un appel à candidatures et fourni à Henry la liste restreinte des postulants sélectionnés, pour qu'il fasse leurs poubelles.

« Avec un peu de chance, au moins six d'entre eux devraient avoir quelque chose à cacher, avait-il déclaré.

— Tout le monde a quelque chose à cacher, avait rétorqué Henry, d'un ton blasé.

— Pas moi.

— Tu en es certain ? »

Il avait déjà effectué quelques recherches sur le producteur, et connaissait son goût immodéré pour les drogues récréatives. Il avait dévisagé Miles jusqu'à ce que ce dernier détourne les yeux.

Les poubelles des candidats s'étaient révélées très bien garnies. Miles avait fait un bon tri en rejetant tous les postulants qui ne paraissaient pas assez soucieux de leur intimité.

« Ce n'est pas le secret en lui-même qui importe, répétait-il à Henry. C'est l'intensité de la terreur qu'ils éprouvent à l'idée qu'il puisse être révélé. Les conséquences que la divulgation de ce secret pourrait avoir sur leur existence. »

Miles avait pris son temps pour faire son choix, pour parvenir à un bon équilibre des candidats.

« Non, pas celui-là, décidait-il, tirant une photo de la rangée de portraits étalés sur la table. Trop vieux.

— Il a le même âge que Pam, pourtant.

— Oui, seulement, elle, on la prend pour amuser la galerie : franchement, t'as vu sa tête ? Ce gars-là est beaucoup trop banal pour nous. »

Miles avait retourné la photo et lu les informations notées au dos, pour se remémorer le vilain petit secret du type.

« Tu imagines son soulagement à la diffusion, quand il va s'apercevoir qu'il a échappé de justesse au mouvement #MeToo ?

— Fichues féministes, avait rétorqué Henry avec une amertume inhabituelle de sa part.

— Toi aussi, hein ? »

Miles lui avait fait un check.

« Solidarité masculine, mon pote. Elles sont toujours partantes quand tu leur payes un verre, pas vrai ? Et après ça, on t'explique que *le consentement n'est valide que si elles ont signé un formulaire en trois exemplaires.*

— Exactement ! avait approuvé Henry avec un frisson. Bon sang, tu n'imagines pas le nombre de fois où on m'a servi ces conneries ! »

Il avait jeté la photo du candidat trop banal dans la corbeille à papier, en concluant : « Considère que tu as été sauvé par la fraternité du genre masculin. »

Ils étaient tous deux satisfaits des six portraits qui étaient restés sur la table. Leurs secrets étaient divers, et ils semblaient susceptibles de réagir diversement à la menace de les voir révélés au grand jour. *Exposure* avait beau être une émission de téléréalité, et donc prétendument non scénarisée, Miles avait une vision très précise des trames narratives qu'il souhaitait y développer. Le storyboarding élaboré en amont du tournage prévoyait tout, des rapprochements amicaux aux trahisons, en passant par les plans incontournables de la bombe en bikini. Chaque scène était écrite, les faits et gestes des candidats seraient orchestrés pour s'insérer dans le scénario de Miles.

« Alors on est d'accord pour exposer Jason en premier ? avait dit Henry, alors qu'ils organisaient la chronologie des événements.

— Oui, c'est énorme, la bigamie, avait confirmé le producteur. Dès que ça aura été diffusé, j'enverrai un tuyau anonyme aux journaux accompagné de l'adresse de la première femme. »

Ne se fiant nullement aux membres de son équipe pour éviter de faire fuiter le coup de théâtre explosif que réservait le premier épisode d'*Exposure*, Miles avait initié Henry au logiciel de montage. Ils avaient passé les dernières semaines précédant le tournage à concevoir l'habillage graphique de l'émission et à programmer le logiciel, afin que Miles soit en mesure de trier les rushs selon le découpage préétabli juste avant la diffusion.

« Tu apprends vite », l'avait complimenté le producteur quand il était rentré de son jogging, un matin, et qu'il avait découvert le découpage que Henry proposait pour la première révélation d'*Exposure*.

Il y aurait un gros plan sur un candidat en larmes (il y en avait toujours un qui chialait), un plan de coupe sur Roxy, des images préenregistrées d'une hache fendant une bûche en deux, puis la caméra montrerait les candidats en plan large.

« Je suis presque déçu que tu ne puisses pas rester pour m'aider, avait lâché Miles.

— Et pourquoi je ne pourrais pas rester ? » s'était enquis Henry, surpris.

Un grand sourire avait fendu le visage de son acolyte.

« Parce que tu seras au campement. »

Il avait levé la main pour l'empêcher de protester.

« Réfléchis : même si je parviens à contrôler les révélations pour qu'il ne reste qu'un candidat à la fin de l'émission, je perds cent mille livres. Et je ne pourrais t'en verser que quelques milliers pour ta peine. »

Son sourire s'était élargi.

« Mais si tu participes à *Exposure* comme candidat, tu pourras veiller à ce que tout se déroule comme prévu. Et de mon côté, je m'arrangerai pour que tu restes jusqu'à la fin et que tu gagnes. Même si l'un d'eux résiste à l'épreuve du confessionnal, il te suffira de l'exposer juste après, et *bye bye*. Comme ça, j'économise cent mille livres, et toi tu empoches… mettons, quarante mille livres. »

Le cerveau de Henry s'était mis à mouliner furieusement. Quarante mille livres, ce n'était pas rien. Et puis, il avait l'habitude d'évoluer incognito. Il pourrait teindre ses cheveux blonds en brun et porter des lentilles de contact bleues.

« Quatre-vingt mille, avait-il tenté.

— Cinquante.

— Soixante-dix.

— Soixante, avait tranché Miles. C'est ma dernière offre. »

Ils s'étaient serré la main.

Henry aurait dû savoir qu'il ne pouvait pas lui faire confiance.

À l'issue du troisième jour de tournage, alors qu'il venait d'accuser Jason d'être bigame, il avait feuilleté les enveloppes de la boîte à secrets avant de tendre la bonne à Roxy.

Et c'était alors qu'il l'avait vue.

L'enveloppe marquée de son nom.

Il aurait aimé croire qu'elle était vide, que c'était un simple accessoire pour éviter d'attirer les soupçons sur lui, mais il avait distingué des caractères imprimés en transparence. Il avait fait de son mieux pour ne pas perdre contenance devant la caméra.

« *Jason est bigame* », avait lu Roxy.

L'esprit de Henry s'était mis à faire des saltos. Que pouvait bien contenir cette enveloppe ?

Dimanche matin, Henry s'est faufilé hors du camp par la brèche pratiquée par Ryan sous le grillage et piteusement camouflé par Dario, et est descendu à Carreg Plas en petite foulée. Il avait minutieusement planifié son coup, glissant les phrases clés dont il aurait besoin entre deux réflexions idiotes sur des torchons, des chaussettes égarées et des araignées importunes. Sur le moment, il avait souri à l'idée que, sans le savoir, Miles écoutait ce qui deviendrait la bande-son de sa mort.

Arrivé à la ferme, il s'est accroupi sous la fenêtre de la régie, a ôté un lacet de sa basket, puis a glissé ses mains dans les chaussettes volées à Lucas avant de frapper au carreau. Miles s'est retourné. L'étonnement a vite cédé la place à l'alarme sur son visage. Il a traversé la pièce d'un bond et ouvert la fenêtre.

« Qu'est-ce que tu fais là ? Quelqu'un t'a vu ?

— J'ai été prudent. »

Harry s'est hissé à l'intérieur.

« Les autres penseront que je suis allé ramasser du bois. Comment ça se passe, ici ?

— Bien. »

Miles paraissait sur ses gardes – il craignait peut-être que Henry ne lui demande de s'expliquer au sujet de l'enveloppe –, mais il s'est vite détendu quand Henry s'est enthousiasmé du concept révolutionnaire que représentait *Exposure*.

« Et attends de voir avec quoi on va démarrer, ce soir », lui a dit le producteur.

Il est retourné à sa table de montage et a agrandi la vidéo qu'il visionnait sur son moniteur afin que Henry puisse jeter un œil par-dessus son épaule.

C'est à cet instant qu'il a tiré le lacet entre ses mains.

Il n'a pris aucun plaisir à tuer Miles. C'était un mal nécessaire. De la légitime défense, en quelque sorte. Puis, sans perdre une minute, il a entrepris de se forger un alibi. Il a recherché ses phrases clés dans l'enregistrement du streaming, les a soigneusement assemblées, et a élevé les aigus pour s'approcher de la tessiture de la voix du producteur, plus nasillarde que la sienne. Miles lui avait expliqué qu'il aimait employer cet artifice lorsque deux femmes se disputaient, pour les faire paraître plus hystériques et déraisonnables à l'écran. Henry a inséré une heure de silence avant sa bande-son, puis une demi-heure des bruits habituels de régie, à un volume plus modéré : juste le temps qu'il lui fallait pour remonter au camp et être sagement assis dans le confessionnal au moment du « meurtre ».

Il a ensuite réfléchi à l'endroit où pouvait se trouver la clé du coffre à secrets. Il ne pouvait pas se permettre de perdre des minutes précieuses à la chercher. Plus l'intervalle entre le meurtre de Miles et sa version factice serait long, plus un légiste risquait de s'interroger sur l'heure exacte de la mort. Mais elle se trouvait dans la poche de Miles, de sorte qu'il l'a aussitôt transférée dans la sienne.

Il a chargé la vidéo sur le second moniteur et appuyé sur *lecture* avant de remettre le lacet de sa basket et d'enfiler la veste fluo, le bonnet et les lunettes de soleil de Miles. Les chaussettes de Lucas fourrées dans sa poche, il a ouvert la porte avec sa manche et, le cœur battant à tout rompre, est sorti en la refermant derrière lui.

Il glissait la clé sous la porte pour la renvoyer à l'intérieur quand une femme a appelé Miles. Aiguillonné par la peur, il n'a même pas pris le temps de chercher à savoir de qui il s'agissait : il a piqué un sprint pour rejoindre le sentier qui montait au campement.

Les minutes suivantes ont été une torture. Avait-il éveillé les soupçons de cette femme ? Était-elle allée frapper à la porte de Miles ? Il ne cessait de se répéter qu'elle avait sûrement donné l'alerte et que la police ratissait déjà la montagne. Et il était encore sur ce sentier, seul, dans les vêtements de Miles et sans alibi.

Mais quand Henry est parvenu aux abords de l'enclos d'*Exposure*, aucune sirène ne résonnait au loin. Il a enlevé la veste et l'a enfoncée tout au fond d'un terrier de lapin avec les lunettes, les chaussettes et le bonnet. Puis il s'est glissé sous le grillage et a tapoté la terre pour imiter le boulot pathétique de Dario.

« Qu'est-ce que tu faisais ? lui a lancé Lucas, en le voyant revenir vers le centre du camp d'un pas tranquille.

— J'ai piqué un roupillon, a-t-il répondu, jetant un regard aux caméras. Je ne dors pas bien dans cette tente, tu y arrives, toi ? C'est de savoir qu'on est filmés et qu'une voix *off* commente tout ce qu'on fait, sans doute.

— J'ai dormi dans de pires conditions, a rétorqué Lucas avec un petit rire sans joie.

— Je suis allé me promener, et je me suis assis contre le grand chêne, là-bas. Tu vois lequel, hein ? J'ai piqué du nez presque aussitôt. Je devais être plus claqué que je ne le pensais. Tu veux un café ? »

Craignant qu'on puisse voir son pouls palpiter à l'image, Henry a marché jusqu'au feu de camp et jeté une poignée de petit bois dans les flammes. Il a hésité une seconde, puis envoyé les dernières branches dessus.

« Du thé, pour moi. Si c'est toi qui le fais ! a lancé Ceri, émergeant de la tente des femmes.

— Tu as une ouïe de chauve-souris », a-t-il plaisanté.

Elle a souri.

« Seulement quand il y a une *paned* à la clé. »

Henry sentait un sourire ramper sur son visage à mesure que l'eau chauffait, et que son rythme cardiaque revenait à la normale. La première phase de son plan était accomplie.

À présent, à l'instant où il entend les cris de Miles (*ses propres cris*) résonner dans la cour de la ferme, il comprend, la peur au ventre, ce qui vient exactement de se passer. Ses phrases préenregistrées ont été découvertes. Quelqu'un a pigé comment il a réussi à commettre ce qu'il croyait être le crime parfait.

Il jette un œil dehors, s'attendant à voir surgir des douzaines de flics, mais ne voit que l'agent enquêteur Morgan. Elle vient de quitter la régie et elle se dirige déjà vers le sentier au pas de course. Est-il possible, se demande-t-il, s'accrochant désespérément à l'espoir qui vient de s'allumer en lui, que seule l'agent Morgan soit au courant que c'est lui qui a tué Miles ?

Henry n'hésite pas un instant.

Il lui emboîte le pas.

Troisième partie

40
Mardi – Leo

— Qu'est-ce que c'était ?

Leo se tourne vers George qui a déjà repoussé sa chaise.

— On aurait dit…

Sa voix s'éraille et un petit rire gêné remplace la fin de sa phrase.

— On aurait dit le cri de Miles quand il a été attaqué.

Leo secoue la tête.

— Ce qui ne peut manifestement pas être le cas.

Ils traversent la cour en vitesse. Les portes des box sont ouvertes et leurs occupants se déversent dehors. Leo reconnaît Ceri, Jason, Pam… C'est comme s'ils étaient immergés dans une reconstruction du meurtre de Miles, et l'espace d'un instant dément, Leo se demande s'il n'est pas en train de rêver, s'il ne s'agit pas d'une sorte de délire collectif provoqué par le manque de sommeil.

— C'était qui, cette voix ? demande Pam, l'air sidérée.

Aliyah apparaît, les cheveux mouillés, un œil maquillé, l'autre pas.

— Ça recommence ? Il y a eu un autre assassinat ?

La panique qui perce dans sa voix se diffuse chez tous les autres comme un incendie.

— Tout le monde va bien ?

— La porte de la régie de Miles est ouverte, lance George.

Aussitôt, elle repousse tout le monde vers l'autre extrémité de l'arrière-cour.

— Reculez ! Allez, éloignez-vous ! aboie-t-elle, sortant sa matraque de son holster.

Leo l'imite et ils se mettent à avancer à pas mesurés, de part et d'autre du box aménagé, échangeant régulièrement des regards.

— Police ! hurle George, quand ils ne sont plus qu'à quelques pas de l'entrée.

Mais de l'angle par lequel il approche, Leo distingue bien l'intérieur de la régie, et constate qu'il n'y a personne.

— Est-ce que Miles a pu enregistrer son meurtre ? suggère George, une fois qu'ils ont terminé de fouiller la pièce minuscule (donc vérifié qu'il n'y avait personne dans la salle d'eau ni sous le lit), et établi qu'elle était déserte. L'ordinateur s'est peut-être remis en marche tout seul ?

— Vous avez vu Fiona ? lance une voix depuis la porte.

— On vous a dit de rester…

Leo s'interrompt lorsqu'il voit Caleb sur le seuil du box, essayant de maîtriser Dave qui tire sur sa laisse.

— Qu'est-ce que tu fais ici ?

— Je cherche Fiona, pour me débarrasser de *ça*.

Le jeune homme écarte l'animal de lui, comme s'il était radioactif.

— Elle ne m'a pas dit combien de temps il fallait que je le garde, et ce clébard n'arrête pas de la chercher en poussant des hurlements.

— Elle travaille chez elle, aujourd'hui, répond sèchement Leo.

Ce matin, il a reçu un e-mail du commandant Boccacci l'informant que Fiona avait été remplacée par Alun Whitaker, qui allait travailler avec le groupe dans la cellule d'enquête. Le ton du message n'encourageait pas les questions.

— Non, pas du tout…

— Je t'assure qu'elle…

— Alors pourquoi elle m'a demandé de lui garder Dave ?

L'argument est pertinent. Leo ressent un petit serrement familier au creux du ventre. Fiona n'a quand même pas recommencé à jouer les francs-tireurs si peu de temps après le fiasco de l'enveloppe subtilisée ?

Il s'aperçoit que Caleb est toujours en train de parler.

— … et Ceri a dit qu'elle venait de la voir, à l'instant.

— Quoi ?

Cette fois, le garçon a toute son attention.

— Ceri occupe la chambre numéro six, précise le garçon, désignant une porte à un box de là. Elle a dit qu'elle a vu Fiona passer en courant devant sa fenêtre, peu de temps après avoir entendu les cris, alors…

— D'une façon ou d'une autre, Miles a dû déclencher l'enregistrement lorsqu'il a été attaqué, c'est la seule explication possible, insiste George. Fiona a dû le trouver.

— Et où est-elle, maintenant ?

Leo tire la chaise de bureau de Miles et fait signe à Caleb de prendre place sur l'autre.

— Puisque tu es là, autant te rendre utile. Montre-moi comment tout ça fonctionne.

Pour un jeune gars en quête d'expérience professionnelle, Caleb en connaît un bon bout sur la question, découvre Leo, étonné.

— Celle-ci date de samedi, explique-t-il, désignant l'horodatage dans un coin de l'écran. Et cette référence, en bas à gauche, nous indique qu'il s'agit de rushs qui n'ont pas encore été montés. Qu'il s'agit du streaming de la caméra trois, enregistré le sixième jour d'*Exposure*.

— Pourquoi Fiona aurait-elle visionné ça ? s'étonne George. C'est un écran vide. On ne voit rien, là.

— Plus maintenant, explique Caleb, qui bascule sur un menu de l'activité récente. Quelqu'un a appuyé sur la touche « play » de cette section il y a onze minutes de cela.

— Tu peux revenir onze minutes plus tôt ? s'enquiert Leo.

Mais Caleb s'exécute déjà. À présent, ils voient Henry battre des bras pour se débarrasser d'une araignée tombée sur lui.

« Lâche-moi ! » hurle-t-il au milieu d'une série de gémissements angoissés.

— Vous imaginez ? Avoir une telle peur des araignées ? dit Caleb. Je serais mortifié si tout le monde me voyait piailler comme une fille à cause d'une simple…

Mais Leo et George ne l'écoutent plus. Ils échangent un regard horrifié, tandis que les implications de ce qu'ils viennent de comprendre leur tombent dessus en cascade. Henry. Le seul candidat qui n'a pas postulé pour participer à l'émission est une taupe. Un infiltré.

Un meurtrier.

41
Mardi – Fiona

Le campement se trouve à moins de deux kilomètres de Carreg Plas, mais le sentier est raide et Fiona est hors d'haleine lorsqu'elle atteint enfin la clôture. Peut-être devrait-elle vraiment arrêter de fumer. Mais pas tout de suite, ou Huw s'imaginerait qu'elle a écouté son conseil.

La porte du confessionnal se referme derrière elle. Elle s'assoit sur l'espèce de trône et songe que l'espace paraît beaucoup plus exigu qu'à l'écran, et qu'en dépit de son dossier et de ses accoudoirs imposants, le siège est très étroit. Il fait très sombre, aussi. Les seules sources de lumière sont la bande de verre étroite qui laisse pénétrer les rayons du soleil, près du plafond de la cabine, et une lueur rouge sur un côté de la caméra déconnectée.

Une horloge digitale !

Fiona sourit. On ne se lasse jamais d'avoir raison. Henry a fait un premier saut au confessionnal pour vérifier l'heure. Estimant qu'il était trop tôt, il a attendu un peu avant de revenir pour leur réciter sa confession interminable, qui lui fournissait un alibi parfait.

Croyait-il.

Maintenant que sa poussée d'adrénaline s'est dissipée, Fiona a soudain froid. Elle frissonne au souvenir des rats grouillant sur Pam, et des serpents s'enroulant autour du cou de Lucas. Une sueur froide lui picote le creux des reins.

Elle sait qu'il est temps d'appeler. D'informer le commandant Boccacci ou le capitaine Malik, ou au moins Leo et George, de sa découverte.

Mais elle sait également qu'elle ne le fera pas.

Elle emmerde Malik, qui l'a éjectée de l'enquête. Elle emmerde Leo, qui l'a balancée à Boccacci. Et elle emmerde George – Fiona cherche la poignée de la porte à tâtons, s'efforçant de trouver une bonne raison de détester son ex-équipière – *qui travaille avec Leo à ta place*, termine la voix dans sa tête. Non, elle n'a l'intention de faire part de ses découvertes à aucun d'eux. Elle va juste redescendre à la ferme (ça devrait lui prendre moins de temps que l'aller) et passer les menottes à Henry. Et seulement alors, elle s'accordera le plaisir d'un petit coup de fil désinvolte à la cellule d'enquête pour informer le reste du groupe.

Mais apparemment, elle ne va pas pouvoir faire ça non plus.

Parce que la porte du confessionnal est coincée.

Fiona est enfermée à l'intérieur.

42
Mardi – Leo

— Je ne comprends pas.

Caleb dévisage Leo, quêtant une explication du regard.

— Comment ça pourrait être Henry ? Il était dans le confessionnal quand Miles a été tué.

Mais Leo est déjà dans la cour où les ex-candidats se sont rassemblés.

— Quelqu'un a été blessé ? demande Aliyah d'une voix anxieuse.

— C'est un enregistrement, n'est-ce pas ? devine Pam, plus maligne.

— La mort de Miles était simulée ? Il est toujours en vie ? suggère Ceri.

Jason éclate d'un rire cynique.

— Il ne le restera pas longtemps, si c'est le cas.

Aliyah panique.

— Ça fait partie de l'émission ? On est tous filmés ?

Mais elle s'aperçoit aussitôt qu'Owen n'a pas sa caméra avec lui.

— S'il vous plaît, demande Lucas, s'avançant devant les autres. Quelqu'un pourrait nous expliquer ce qui se passe ?

— Où est Henry ? se contente de demander Leo, de manière abrupte.

Les têtes pivotent de droite à gauche.

— Il occupe le box voisin du mien, répond Pam. Mais je ne l'ai pas vu.

Aliyah pousse un nouveau cri :

— Mon Dieu ! Est-ce que Henry a été tué ?

Leo fonce vers la chambre indiquée par Pam et, pour la deuxième fois de la semaine, enfonce une porte d'un coup de pied.

Le box est vide.

Henry a disparu.

43
Mardi – Fiona

Fiona se sent oppressée. Elle essaie de ralentir sa respiration. C'est de la claustrophobie, rien de plus. Il y a largement assez d'air pour respirer, se répète-t-elle, encore et encore. Seulement, son corps semble refuser d'enregistrer ce message. Son cœur palpite et une boule grossit dans sa gorge, l'empêchant de respirer correctement.

Elle tente à nouveau d'ouvrir la porte, se repassant mentalement les vidéos des candidats enfermés dans le confessionnal. Non, elle ne se rappelle pas avoir vu de serrure sur le battant. Il doit s'être coincé dans son encadrement. Ou un rondin a peut-être roulé devant, ou un amas de terre en bloque l'ouverture... Fiona se repasse ces possibilités en boucle pour ne pas avoir à affronter l'évidence.

Henry l'a enfermée là-dedans. Elle se met à crier.

— Ohé !

Soudain, elle entend un bruissement. Qu'est-ce que ça peut être ? Un animal dans un arbre ? Un chasseur en train de guetter une proie ?

Pourquoi l'a-t-il enfermée ici ? Essaie-t-il de gagner du temps pour s'enfuir ? Si c'est le cas, elle ferait mieux de s'asseoir et d'attendre calmement. Ça risque de durer un moment. Il faut qu'elle se calme et qu'elle continue à se répéter que ce poids qui lui broie la poitrine annonce une attaque de panique, pas une crise cardiaque. De toute façon, les autres ne vont pas tarder à la retrouver.

À moins que Henry ait une autre idée en tête ? Maintenant qu'il la tient, il pourrait décider de la faire taire.

Auquel cas il faut qu'elle sorte d'ici. Et vite. Elle tire son téléphone de sa poche et compose le 999, en dépit de l'absence totale de signal. On ne sait jamais, la connexion pourrait quand même s'établir. Et si la liaison est trop mauvaise pour que l'opératrice l'entende distinctement, les autres devineront que c'est elle qui a appelé...

Ça ne passe pas. Elle essaie encore et encore, mais ça ne sert à rien.

Elle lève les yeux ; l'imposte vitrée tout autour de la cabine se trouve trop haut pour qu'elle puisse l'atteindre. À moins de grimper sur le dossier du fauteuil... Elle fouille l'espace du regard, espérant découvrir un objet qu'elle pourrait utiliser pour briser le carreau, en vain. Seule la lentille de la caméra apparaît, encastrée dans la cloison lisse. Elle escalade néanmoins le dossier, regarde son téléphone pour s'assurer de son inutilité, et le fracasse contre le carreau. Son portable est pulvérisé, mais le verre trempé est indemne.

C'est quoi, ce bruit ?

On dirait une sorte de roulement. Non, c'est plus mécanique. Comme une manivelle qu'on actionne à la main. Fiona saute au sol et se met à chercher la source du bruit. Son œil attrape quelque chose. Un mouvement dans le mur. Un disque de la taille d'un poing est en train de basculer vers le bas.

Un disque de la taille d'une canalisation, comprend Fiona une fois qu'il a effectué sa révolution à cent quatre-vingts degrés et révélé un conduit noir. C'est par là qu'ils envoyaient les araignées, les rats, les serpents. C'est pour cela qu'ils se déversaient à flux continu, cascadant les uns sur les autres dans cette espèce de cercueil vertical obscur. Obligeant les candidats à confesser leurs secrets.

Fiona se plaque contre la cloison opposée. Inutilement, bien sûr. Il n'y a aucune chance pour que ce que Henry a décidé de lui envoyer reste confiné de l'autre côté de la cabine. Fiona essaie juste de gagner de l'espace, du temps pour se préparer à l'épreuve qui l'attend.

Elle sait qu'elle est capable de tenir le coup. Elle ne craint pas les araignées et, bien qu'elle n'ait aucune envie d'être recouverte de rats, elle peut y parvenir. Ce n'est qu'une question de force mentale, non ? Elle respire profondément – *inspire, expire, inspire, expire* – et essaie de se souvenir des conversations des candidats au sujet de leurs phobies.

« Je déteste les araignées », avait dit Aliyah. Et évidemment, c'était ce à quoi elle avait eu droit lorsque son tour était venu de faire un séjour au confessionnal. Les rats pour Pam. Les serpents pour Lucas…

Et les autres ?

Un bruit résonne dans le tuyau. Un craquement du plastique, et une sorte de cavalcade, de plus en plus sonore. Oui, elle se souvient :

« De quoi as-tu peur ? avait demandé Aliyah à Henry, au début de l'émission.

— Moi ? De l'eau. J'ai failli me noyer quand j'étais gamin. »

De l'eau !

Elle jaillit soudain comme un geyser, frappe le mur opposé et l'éclabousse des pieds à la tête en frappant le sol. En quelques secondes, le sol est inondé. Chaque bruit est amplifié par les cloisons métalliques comme dans une caisse de résonance. L'eau rugit si fort contre ses tympans que Fiona a l'impression de se tenir tout près d'une cascade. Le temps de retrouver ses esprits et de passer à l'action (mais quelle action ? songe-t-elle, martelant vainement la porte des poings), l'eau a recouvert ses bottines.

Et le débit ne faiblit pas.

44
Mardi – Leo

Les questions viendront plus tard, Leo le sait, mais pour l'heure, il est reconnaissant au commandant Boccacci d'avoir accepté sans sourciller la tournure prise par les événements.

« L'hélicoptère est en chemin, lui a-t-elle dit. La brigade canine est retenue ailleurs, mais elle arrive dès que ce sera possible. »

Elle vient à peine de raccrocher que le téléphone de Leo se remet à sonner. Caleb a attaché Dave, qui hurle à la mort comme jamais et tire si fort sur sa laisse qu'elle va finir par céder. Il s'éloigne pour pouvoir entendre son interlocuteur.

— J'ai envoyé une équipe de six hommes sur Pen y Ddraig, l'informe Huw. On ne lève pas le petit doigt si on repère Henry, pour éviter que la situation ne dégénère, mais vous aurez une meilleure visibilité de la situation sur place, au moins.

— Parfait, merci.

Il y a un silence à l'autre bout du fil. Leo se demande pourquoi Huw l'a appelé. Le répartiteur de services d'urgence qui a demandé l'intervention d'une équipe de recherche aurait pu lui fournir ces informations.

— Si vous avez des questions, allez-y, lui dit Leo.

Huw s'éclaircit la voix.

— D'après le central, Fiona se serait lancée à sa poursuite.

— On dirait bien, oui.

À moins que ce soit le contraire, se retient-il d'ajouter.

Il y a un autre silence.

— C'est dans des moments comme celui-ci que je suis content qu'on ait divorcé, dit Huw avec un petit rire forcé.

— Fiona est une enquêtrice de premier ordre, rétorque Leo, étonné de ce soudain besoin de prendre sa défense. Elle est dévouée à son travail corps et âme.

Le nom « Fiona » déchaîne une nouvelle salve d'aboiements ponctuée d'un hurlement sinistre de Dave.

— C'est foutrement clair, ironise Huw, sans parvenir à dissimuler l'inquiétude qui perce dans sa voix.

Leo attend une seconde, puis se contente de dire :

— On va la retrouver.

Il remet son téléphone dans sa poche et fixe le sol, songeur.

Il sent une légère tape sur son épaule.

— Ça va ? lui demande George.

— Oui, répond-il, surpris par la sécheresse de son ton. Merci, ajoute-t-il plus aimablement.

— Le chien est en train de devenir dingue, dit-elle.

— Je vois bien.

— Il a besoin d'être avec sa maîtresse.

— Écoute, je ne voudrais pas paraître sans cœur, mais je n'ai pas assez de capacité émotionnelle pour me soucier en plus de la détresse d'un clébard alors qu'une enquêtrice a disparu.

— Non, écoute ce que je te dis : il a envie de retrouver Fiona.

— On a tous envie…

George l'interrompt :

— Alors pourquoi ne pas le laisser faire ?

45
Mardi – Henry

Henry sort du campement. L'enquêtrice pousse des cris de plus en plus paniqués. Quand elle a commencé à tambouriner contre la porte (vainement, vu le poids de la bûche qu'il a fait rouler devant), elle semblait plus furieuse qu'effrayée ; mais à présent, il perçoit une pointe d'hystérie dans sa voix.

Tant mieux. C'est à cause d'elle que tout a foiré.

À son retour au camp, après avoir tué Miles, il n'a pas trouvé le moyen d'ouvrir la boîte à secrets sans se faire remarquer. Il a préparé du café et apporté son thé à Ceri en réfléchissant à cent à l'heure. Est-ce qu'il pouvait laisser tomber sa polaire sur la boîte et ouvrir discrètement le cadenas en la ramassant ? Puis répéter la même manœuvre un peu plus tard pour récupérer son enveloppe ?

Non, c'était trop risqué. Il s'était donné beaucoup trop de mal pour faire croire qu'il était loin de la ferme quand Miles avait été tué. Il ne voulait pas risquer d'éveiller les soupçons en se comportant étrangement, d'autant que la police allait forcément visionner l'intégralité du streaming pour déterminer où ils se trouvaient tous à l'heure du meurtre.

Henry est donc passé directement à la phase deux de son plan.

Il est très difficile de conserver la notion du temps sans montre, ainsi qu'ils l'ont tous découvert. Henry a terminé son café et s'est efforcé d'écouter ce que Lucas et Ceri racontaient tout en calculant le nombre de minutes qui avait pu s'écouler depuis son retour. Puis il s'est éloigné vers les toilettes sèches d'un pas désinvolte, et a fait un saut au confessionnal où les chiffres rouges clignotant lui ont indiqué qu'il était 11 h 18 précises. Il a pris plusieurs profondes inspirations pour se calmer. Il ne lui restait plus longtemps à attendre.

Il préférait éviter de s'asseoir près du feu : ses compagnons et lui avaient vu les techniciens installer les nouvelles caméras depuis leurs tentes, le vendredi précédent, et Henry craignait que les gars n'aient légèrement modifié leur angle de vue. Il n'était pas question que son alibi si soigneusement élaboré tombe à l'eau parce qu'une caméra avait été déplacée de quelques millimètres sur la droite. Non, l'endroit le plus sûr pour se retrouver face caméra était le confessionnal.

En attendant (après avoir jeté un nouveau coup d'œil à l'horloge), il a décidé de profiter du temps qu'il lui restait pour désigner discrètement un suspect. Rejoignant les autres – qui n'avaient pas bougé d'un poil –, il a coulé un regard vers le feu.

« Qui est de corvée de petit bois, au fait ? »

Il savait très bien que c'était au tour de Ceri d'aller en ramasser.

Ils s'étaient partagé les tâches : Lucas cuisinait, Henry rapportait les rondins de bois les plus lourds, et Ceri remplissait le panier de branchages secs. Personne n'avait nettoyé les latrines depuis le départ de Pam.

« Moi. Mais j'en ai ramassé des tonnes hier, ça tiendra jusqu'à demain, au moins.

— Apparemment pas, puisqu'il n'y en a déjà plus, a-t-il insisté.

— Oh, bon sang, ce que vous êtes galère, tous les deux ! »

Voyant Ceri attraper le panier et s'éloigner vers les arbres en bougonnant, Henry a repris le chemin du confessionnal. Il s'est assis à l'intérieur de la cabine et s'est lancé dans un long monologue, détaillant les grands moments de sa vie et ses projets d'avenir, sans perdre l'horloge de vue. Au moment précis où Miles était « assassiné », il a feint une quinte de toux pour réprimer sa soudaine envie de rire. Il venait de commettre le crime parfait.

Il s'est détendu au fil des heures, constatant que personne n'apparaissait pour lui passer les menottes. Et quand les enquêteurs sont venus les chercher pour les ramener à la ferme, il était évident qu'ils avaient quasiment été éliminés de la liste des suspects.

Seule ombre au tableau : il n'avait pas réussi à récupérer son enveloppe. Les deux jours suivants, la montagne a été ratissée par des policiers. Il n'a pas eu la moindre possibilité de remonter au camp. Et les flics ont fini par emporter la boîte, de toute façon. La clé, qu'il a toujours dans sa poche, ne lui a servi à rien, en fin de compte. Quoi qu'il en soit, il était décidé à conserver son sang-froid et à faire profil bas. Ils finiraient sans doute par le démasquer, mais il avait mené suffisamment d'enquêtes lui-même pour connaître la lenteur des rouages de la police. Henry avait sans doute des jours, voire des semaines devant lui, avant qu'un nerd du service informatique ne tombe sur le montage sonore. Et bien davantage encore : avant que qui que ce soit ne fasse le rapprochement. D'ici là, il se serait volatilisé et aurait repris l'une des nombreuses identités sous lesquelles il travaillait incognito. En attendant, il fallait juste qu'il se comporte en témoin modèle, soucieux de se rendre utile, accommodant, et quelconque.

Mais il ne peut plus traîner par ici, maintenant. Les autres enquêteurs vont se lancer à la recherche de leur collègue et ils vont finir par monter au campement et la retrouver…

Noyée.

Il frissonne. Sa phobie de l'eau est l'une des rares vérités qu'il ait confiées à ses compagnons. Il a été pris au dépourvu par la terreur d'Aliyah à la simple évocation des araignées, et par le malaise qui s'est aussitôt emparé de lui à l'idée que Miles connaissait son point faible, à lui aussi.

« Je pêchais des crabes sur la jetée », lui avait-il raconté un soir, devant un dîner.

Ils parlaient vacances. Les grands-parents de Miles possédaient une maison à Abersoch, quand il était jeune. Henry lui avait avoué pourquoi il ne partait jamais au bord de la mer, pour sa part.

« Je me suis penché trop loin et… »

Il avait mimé le plongeon avec sa main, sentant son ventre se nouer douloureusement, comme chaque fois qu'il évoquait ce moment.

« Génial ! avait rétorqué Miles, ravi. On pourra utiliser cette phobie pour donner un peu d'authenticité à ton personnage. »

Henry l'avait dévisagé.

« Pourquoi ? Il n'est pas prévu que j'aille au confessionnal, alors on n'a pas besoin…

— Relax, mec. Je me fabrique une histoire, c'est tout. Je ne veux pas que mon équipe se demande pourquoi on ne s'est préparés qu'à provoquer six confessions. »

À cet instant, une petite voix dans sa tête lui avait suggéré de rester sur ses gardes, que Young n'était pas un homme digne de confiance.

Si seulement il l'avait écoutée !

Une fois sorti, Henry s'arrête pour réfléchir. Il ne peut décemment pas redescendre par le même chemin alors que Carreg Plas grouille de flics. Il décide de continuer à grimper en direction du sommet et de bifurquer dès qu'il trouvera un chemin pour gagner un autre flanc de la montagne.

Quelques minutes plus tard, au détour d'un virage, il voit une femme avancer dans sa direction. Il cherche une échappatoire quand il remarque ses bâtons, ses grosses chaussures de rando et la carte glissée dans une poche latérale de son sac à dos. Il baisse les yeux et continue à marcher du même pas.

— Belle journée pour une promenade, hein ? lui lance la randonneuse en arrivant à son niveau.

— Sans nul doute, approuve-t-il.

Au même moment, un hurlement étouffé résonne autour d'eux.

— Vous avez entendu ?

La femme se fige.

— Il m'avait bien semblé entendre quelqu'un crier, il y a un petit moment, et on dirait que ça…

— Ils sont en train de filmer un truc, un peu plus bas.

Henry a la bonne idée de désigner l'endroit du doigt, ce qui a pour effet de détourner de son visage l'attention de la femme.

— Je viens juste de croiser une équipe de tournage.

— Ah bon, d'accord. Faites attention en montant, il y a des éboulis à l'approche du sommet.

— Merci.

Henry se remet en marche, se retenant de vérifier si la femme le suit du regard ou si elle a sorti son téléphone portable. Dès qu'il s'est suffisamment éloigné, il pique un sprint.

C'est à partir du deuxième jour de tournage que Henry a commencé à se sentir déstabilisé. Il avait réussi à se faire passer pour le gars cool et sympa, carré dans ses baskets sans verser dans le mâle alpha. Et galant avec les femmes sans être gluant (Miles avait réservé le rôle de lourdaud à Jason, et réalisait son montage dans cet esprit). Henry commençait presque à se détendre en songeant que ça allait être les soixante mille livres les plus facilement gagnées de sa vie.

« Tout ça me terrifie, lui a confié Aliyah, ce matin-là, tandis qu'ils parcouraient le périmètre du camp en criant le nom de Ryan, qui avait disparu.

— Je suis certain que l'épreuve du confessionnal ne sera pas aussi terrible que tu t'y attends. »

En réalité, il savait que ce serait bien pire : il était présent quand les caisses étaient arrivées, remplies d'un vaste assortiment d'araignées, allant des tarentules aux pattes poilues à ces créatures graciles capables de traverser une pièce en une fraction de seconde.

« Ce n'est pas seulement à cause de ça. C'est de ne pas savoir à qui je peux me fier. »

Elle l'a dévisagé.

« Enfin, à part toi…

— À cent pour cent.

— … mais tu ne trouves pas qu'il y a quelque chose de glauque chez Lucas ?

— Il est pasteur, tout de même, a répondu Henry.

— Justement. »

Aliyah s'est arrêtée et a parlé à voix basse, même s'il n'y avait pas de caméras dans le bois.

« J'ai entendu Roxy dire à Owen qu'il y avait un candidat #MeToo parmi nous.

— Un quoi ? »

Henry a feint l'étonnement pour gagner du temps. Il connaissait les six secrets que contenait la boîte, et aucun d'eux n'était lié de près ou de loin au mouvement #MeToo. Lorsqu'il avait enquêté sur le passé des candidats, Miles en avait-il profité pour enquêter sur lui ?

« Tu sais, quoi. Un prédateur. »

Qu'avait-il bien pu découvrir ? Henry a hésité avant de répondre. S'il prenait les inquiétudes d'Aliyah à la légère, lâcherait-elle l'affaire ou bien se montrerait-elle soupçonneuse ?

« Remarque, à bien y réfléchir... a-t-il repris, songeant qu'il valait mieux pousser quelqu'un du haut d'une falaise que d'en chuter lui-même. Lucas aurait bien le profil. »

Il a couvé la jeune femme d'un regard soucieux.

« Fais attention à lui, tu veux ? »

Elle a acquiescé et s'est jetée à son cou.

« Merci pour cet échange. Tu es une des rares personnes qui vaillent le coup, ici, tu sais ? »

Le lendemain, après le direct, Henry s'est approché d'Owen, qui rangeait sa caméra.

« Il va bien ? a-t-il demandé, esquissant un geste vers Jason, hors de lui, que Dario escortait jusqu'à la tente pour qu'il récupère ses affaires.

— Je ne peux pas te parler, lui a rétorqué le cadreur. Tu connais les règles.

— Je suis juste inquiet, parce que...

— Écoute, mon pote, Miles a été clair, vous ne devez avoir aucun contact avec le monde extérieur. »

Owen hissait déjà son sac sur son épaule.

« Et je peux le comprendre. Je ne voudrais pas prendre le risque de perdre cinq millions, moi non plus.

— Cinq millions ? »

Henry l'a suivi.

« Les sponsors. »

Owen l'a chassé d'un geste vif, comme un chat errant.

« Allez, ouste ! Tu peux choisir de te faire virer si tu veux, mais il n'est pas question que je perde mon boulot parce que j'ai fraternisé avec les candidats. »

Il l'a suivi du regard. Young n'avait jamais fait allusion à un contrat de cinq millions avec des sponsors. C'était une émission à petit budget : « le concept suffira à la porter », estimait le producteur avec arrogance. Miles avait assuré ses arrières financiers, mais tout juste, à l'en croire. « J'aurai à peine de quoi maintenir les loups à distance », avait-il affirmé. Mais cinq millions ? Ça avait de quoi nourrir bien des loups affamés.

Et pendant ce temps, Henry risquait sa réputation pour soixante mille malheureuses livres.

Le quatrième jour de tournage, Henry a fait le pied de grue devant la clôture. Il savait que Miles passait par là pendant son jogging, pour s'être joint à lui une ou deux fois quand ils travaillaient ensemble. Il savait également que c'était un homme attaché à ses petites habitudes. Comme prévu, à 10 heures et quart, il a fini par distinguer un mouvement fluorescent au loin.

« Miles ! »

Le producteur a ralenti l'allure. Il a coulé un regard rapide à Henry, puis a marqué un temps d'arrêt avant d'approcher d'un pas prudent, vérifiant qu'il n'y avait personne aux alentours.

« Qu'est-ce que tu fais ici ? Il ne faut pas qu'on nous voie ensemble.

— Pourquoi Roxy prétend-elle qu'il y a un prédateur #MeToo parmi les candidats ? »

Henry préférait aller droit au but.

Les paupières de Miles se sont mises à papillonner.

« Je ne sais pas.

— Regarde-moi dans les yeux et dis-moi que tu n'as pas l'intention de me baiser la gueule.

— De quoi tu parles ? On forme une équipe, toi et moi.

— Le genre d'équipe qui se partage les cinq millions de livres de tes sponsors ?

— Les coûts de production grimpent en flèche, et…

— Arrête tes conneries. Je veux plus d'argent.

— On s'était mis d'accord sur soixante mille.

— Je veux une augmentation.

— Je n'ai pas les moyens.

— Tu te fous de ma gueule ! Tu as mis une enveloppe avec mon nom dans la boîte à secrets.

— Pour ne pas éveiller les soupçons. Tu te comportes vraiment étrangement, en ce moment, mon pote.

— Et qu'est-ce que tu as écrit sur cette carte ?

— Que tu es alcoolique, comme on l'a décidé », a répondu Miles.

Il avait le regard fuyant. Il mentait.

« Mais on s'en moque puisque tu ne seras pas exposé. Tu vas rester jusqu'à la fin et remporter la coquette somme de cent… enfin, soixante mille livres.

— Je veux un demi-million.

— C'est impossible.

— Un demi-million ou j'expose toute cette… »

Miles a glissé la main à travers le grillage et empoigné le col de son pull. Ses jointures se sont enfoncées dans la trachée de Henry, piquetant son champ de vision de taches noires.

« Tu t'imagines que je ne connais pas tes sales secrets ? Tu t'imagines que je n'ai pas mené ma petite enquête ? »

Il a serré plus fort et a imprimé tout son poing dans le cou de Henry.

« Tiens-t'en à notre accord, pigé ? »

Miles l'a relâché et est reparti en direction du bois à petites foulées. Henry a levé les mains à sa gorge, hoquetant pour remplir ses poumons d'air. Young jouait un jeu dangereux, mais il avait grossièrement sous-estimé son adversaire.

Henry avait mené une existence que les âmes délicates qualifieraient de « pittoresque ». Ses méthodes journalistiques particulières l'avaient parfois poussé à tirer parti de la vulnérabilité de jeunes brebis égarées dans les bas-fonds de l'humanité. Miles avait-il remonté la piste de ce passé trouble ? Non, impossible. Et pourtant, il avait découvert quelque chose, et Henry allait devoir passer à l'action.

Il a mis plusieurs jours à exécuter son plan, tout en sachant que Miles pouvait décider de l'exposer à tout moment. L'enverrait-il au confessionnal, ou glisserait-il une info en douce à un autre candidat, comme il était convenu de le faire avec lui ? La dynamique de groupe suivant rigoureusement le modèle qu'ils avaient élaboré ensemble, Henry laissait échapper un soupir de soulagement chaque fois qu'il s'apercevait que son associé ne l'avait pas doublé, une fois de plus. Comme au moment de l'épreuve ridicule du détecteur de mensonges, qui s'était déroulée quelques heures seulement après leur altercation. En dépit de son inquiétude, il n'avait pu s'empêcher d'être amusé d'avoir « réussi » le test, sachant que les éléments de base fournis pour calibrer la machine, à savoir, « Je m'appelle Henry, j'ai les cheveux châtain foncé et les yeux bleus », n'étaient qu'un tissu de mensonges. Il n'était venu à l'idée d'aucun de ses concurrents qu'il n'avait pas dit la vérité une seule fois.

Tout le monde n'y avait vu que du feu. Eux, comme la police.

Avant ce jour.

Henry n'entend plus les cris de l'enquêtrice. Est-il déjà trop loin, ou l'eau a-t-elle déjà atteint le plafond de la cabine minuscule ? Est-elle déjà ballottée par le courant, le bout des doigts en sang à force d'avoir essayé de décoincer la porte, ses longs cheveux emmêlés voilant ses yeux vides grands ouverts ?

Il sourit, sans cesser de courir.

46
Mardi – Fiona

Fiona n'entend plus l'eau couler, maintenant. Elle la sent tourbillonner autour du fauteuil, qu'elle a escaladé pour maintenir sa tête à la surface. Il n'y a aucun moyen de sortir d'ici. En dépit de sa position en hauteur, l'eau lui arrive sous la poitrine, et la pression glaciale qu'elle exerce sur son buste lui contracte tant les poumons qu'elle ne peut désormais respirer que par minuscules hoquets paniqués. Elle remue régulièrement les jambes pour que son sang circule jusqu'à ses orteils, qu'elle ne sent plus.

La porte tient bon. Les parois du confessionnal sont doublées d'une matière lisse sur laquelle les doigts à vif de Fiona n'ont aucune prise. C'est sans espoir.

Tout à l'heure, quand il n'y avait encore qu'un mètre d'eau dans la cabine, elle a tenté de ralentir le flux, ôtant son pull et le roulant en boule avant de l'enfoncer dans le conduit. Ça a fonctionné un petit moment. Mais la pression a fini par l'éjecter. Elle grelotte dans ses vêtements mouillés, et comprend qu'elle est sur le point de se noyer.

Quand Fiona avait cinq ans, mam lui a appris à nager. Avec le lac à quelques minutes de la maison, c'était indispensable. Elle lui avait interdit d'approcher de l'eau tant qu'elle ne pourrait pas effectuer un cent mètres d'une traite sans flotteur.

« *Mae dŵr yn beryglys*', lui répétait constamment sa mère. *L'eau, c'est dangereux.* »

Fiona ravale un sanglot. Des années plus tard, c'est elle qui a entraîné cette tête de mule de Seren jusqu'au lac, pour lui apprendre à flotter, puis à nager. Elle a du mal à croire qu'elle ne la reverra plus. L'adolescente a beau avoir dix-sept ans, Fiona commence tout juste à assumer son rôle de mère. La vie peut-elle être cruelle au point de les séparer à ce moment précis ?

L'eau lui recouvre la poitrine, à présent. Elle tend les bras vers le plafond, cherchant désespérément une aspérité, une chose à laquelle elle pourrait se raccrocher. C'est alors qu'elle perd l'équilibre et bascule en avant. Elle tend les jambes pour prendre appui sur quelque chose et se redresser, mais ses pieds battent dans le vide.

L'eau est glacée. Fiona est happée vers le fond et se retrouve plaquée contre le sol du confessionnal, l'eau tourbillonnant furieusement autour d'elle. Elle ouvre les yeux et voit le maelström de bulles qui s'élèvent du conduit avec un rugissement qui résonne contre ses tympans. Elle parvient à s'accrocher au fauteuil. Essaie de se hisser dessus, mais la force du courant la repousse et, l'espace d'une seconde ou deux, elle ne parvient plus à distinguer le haut du bas. Elle essaie d'expirer. Juste un tout petit peu. Pour relâcher un peu de cette pression qui lui broie la poitrine. Mais tout le précieux contenu de ses poumons est expulsé d'un coup vers la surface, que Fiona ne voit même plus, parce que sa vision est brouillée, parce que son corps ne répond plus. Et voilà, se dit-elle, c'est comme ça que ça se termine.

47
Mardi – Leo

La vélocité et la grâce qui font défaut à Dave sont compensées par son incroyable détermination. Leo n'a jamais vraiment cherché à comprendre l'origine de l'expression « avoir un caractère de chien », mais voir Dave se traîner sans relâche dans les fourrés lui donne pleinement son sens. Tous les cent mètres, il se met en arrêt et pousse un hurlement avant de repartir en aboyant furieusement.

Derrière lui, le quad (portant toujours les couleurs d'*Exposure*) rebondit sur le terrain accidenté, manœuvré par Huw. Le véhicule ne peut transporter qu'un passager, mais il dispose d'un rack en métal auquel on peut sangler une botte de foin ou un réservoir d'eau. C'est à ce porte-bagages que George et lui s'accrochent tant bien que mal. Leo a les mollets en feu à force de relever les jambes pour éviter de toucher les garde-boue.

— *Iawn ?* hurle Huw par-dessus son épaule.

Leo est loin d'être *iawn*, mais ce n'est pas le moment de faire le difficile.

— Ça va, crie-t-il, s'apercevant que Huw vient de lui parler en gallois.

— Parle. Pour. Toi, hoquette George, dont chaque mot est ponctué par les cahots qui les font rebondir sur leur siège de fortune.

Leo resserre sa prise sur l'engin, et tente de passer un bras autour de la taille de Huw.

L'hélicoptère dessine des cercles dans le ciel, au-dessus de leurs têtes, et le talkie-walkie de Leo crachote avec animation. *Suspect potentiellement en vue sur le flanc est.* Le bruit saccadé des pales rythme le commentaire. *Homme blanc, cheveux foncés... il vient de nous repérer, il se met à courir.*

— C'est lui, en déduit George. C'est forcément lui.

Position actuelle, au-dessus des éboulis, à approximativement deux cents mètres du sommet.

— Il va longer la crête.

Huw ralentit et pointe le doigt sur le sentier qui monte.

— Mais on dirait que Dave se dirige vers le camp d'*Exposure.*

Il se tourne vers ses passagers.

— C'est bon signe, non ? Si Fiona est au camp et que Henry est là-haut, c'est qu'elle n'est pas en danger.

— Sans doute, répond Leo, parce que c'est ce que Huw a envie d'entendre et parce que c'est ce qu'il a lui-même envie de croire.

Mais il sait qu'il y a une autre possibilité. À savoir que le danger s'est peut-être déjà abattu sur elle.

Le *chop chop* de l'hélicoptère s'élève à nouveau dans son talkie. *Le suspect redescend, je répète, le suspect redescend, toujours sur le flanc est.*

Nous envoyons des agents dans sa direction, s'élève la réponse du central.

— S'il revient sur ses pas, c'est qu'il doit chercher à franchir le col en fer à cheval pour gagner le prochain village, réfléchit Huw à voix haute.

Suivant toujours Dave, ils aperçoivent le grillage qui délimite le campement. Huw se retourne à nouveau.

— Qu'est-ce qu'on fait ?

— Vous allez chercher Fiona, dit George. Moi j'essaie de rattraper Henry. C'est facile à conduire, cet engin ?

— J'ai commencé à huit ans, répond Huw, freinant et laissant tourner le moteur au ralenti. Allez-y doucement sur les gaz tant que vous ne l'aurez pas bien en main, ou vous risquez de faire un soleil.

— Rassurant.

Leo saute au bas de la machine. L'opérateur du central orchestre l'approche d'une douzaine d'agents avec l'aide de la caméra de bord de l'hélicoptère. Huw s'élance déjà après Dave tandis que Leo coule un regard à George.

— Je devrais...

— Va chercher Fiona, le coupe-t-elle d'un ton ferme. Oui, tu devrais…

Elle enfourche le quad et appuie sur la pédale. Le véhicule part aussitôt en flèche, les deux roues avant se détachant du sol. Leo entend un « Puuutain » puis un bruit sourd alors qu'elles retombent sur le chemin.

— Je vais bien ! lance George, rebondissant à nouveau sur le sentier. Parfaitement bien !

Leo se met à courir pour rattraper Huw et Dave. Il prie pour que George ne fasse pas de chute : en partie parce qu'il ne veut pas qu'elle se blesse, mais surtout parce qu'il est à peu près certain qu'il avait le devoir de jauger correctement les risques avant de laisser un agent enquêteur s'engager dans une course-poursuite en quad.

Tout semble se produire en même temps.

Un cri qui s'élève de son talkie : *À vingt mètres sur votre gauche ; les deux agents près de l'échalier, tournez à quatre-vingt-dix degrés sur votre droite, le suspect court dans votre direction.*

Leo et Huw qui ratissent le camp d'*Exposure*, soulevant les portes des tentes cloches abandonnées en hurlant le nom de Fiona.

Dave qui aboie avec une frénésie redoublée.

Suspect en vue, lance une voix masculine, qui ne provient plus de l'hélicoptère, mais d'un agent essoufflé dont les chaussures battent le sentier.

— Par ici ! hurle Huw, désignant une structure étrange, à moitié enterrée, autour de laquelle Dave tourne en rond en poussant des gémissements.

Le confessionnal.

Zéro neuf et… cessez de résister ! s'élève la voix de George, interrompant sa communication avec le central pour essayer d'immobiliser son suspect. Leo garde la main sur son talkie-walkie, comme s'il pouvait être d'une aide quelconque à George en maintenant la liaison, pendant que Huw se rue sur le confessionnal. Mais l'enquêtrice et les agents qui l'ont rejointe s'en sortent très bien sans son aide : *Zéro neuf et un*, informe-t-elle le central d'un ton plus calme. Les cris en arrière-fond se sont tus.

Le suspect a été maîtrisé. Ils ont arrêté Henry.

48
Mardi – Fiona

La main de Fiona heurte le fauteuil. Elle s'y agrippe, et sa solidité lui permet d'ancrer ses pieds au sol, de lutter contre la pression de l'eau pour grimper sur l'assise du siège, puis sur les accoudoirs, et enfin sur le dossier élevé, auquel elle s'accroche, hoquetant encore et encore jusqu'à ce que l'incendie s'éteigne dans sa poitrine.

— Merde, merde, merde, répète-t-elle, parce que c'est étrangement rassurant d'entendre sa propre voix par-dessus le grondement de l'eau…

Elle se tait. C'est quoi ce bruit ?

L'eau clapote sous son menton. Encore une ou deux minutes et elle devra renverser sa tête en arrière pour maintenir sa bouche en surface. Et ensuite…

Encore ce bruit.

Un aboiement.

— Dave ! essaie-t-elle de hurler.

Mais ses lèvres sont engourdies par le froid et sa gorge est nouée par la terreur. Les aboiements sont proches, et tout à coup, elle entend la voix de Leo aussi. Elle se remet à crier, et cette fois peu importe que personne ne l'entende, parce que la porte du confessionnal s'ouvre violemment. Le déferlement soudain l'éjecte de son perchoir et elle bascule de nouveau – mais cette fois-ci, des mains puissantes la rattrapent et la redressent.

Deux mille litres d'eau s'écoulent de la cabine, et Fiona se retrouve debout au milieu d'une rivière avec Leo, Huw et Dave.

— *Ti'n* fichue idiote, gronde Huw, les yeux brillants.

Leo ôte sa veste et la drape sur ses épaules tremblantes.

— Ça va aller ?

Fiona essaie de hocher la tête, mais elle est secouée de frissons. Voyant que Dave essaie de grimper dans ses bras, elle s'accroupit pour le caresser comme il le mérite, et parce qu'elle ne tient plus sur ses jambes.

— Henry… commence-t-elle.

Son cerveau tourne au ralenti. Elle n'est pas certaine de pouvoir leur expliquer comment elle a découvert que Henry a assassiné Miles ; mais apparemment, ce n'est pas nécessaire.

— Il a été arrêté, lui annonce Leo. George est en route pour Bryndare avec lui.

Fiona parvient à hocher la tête. Elle n'est pas certaine de pouvoir parler. Leo passe un bras autour de sa taille et elle se laisse guider à travers le campement.

— J'ai cru que j'allais…

Elle n'arrive pas à terminer.

— Moi aussi.

— Je suis contente que tu m'aies retrouvée.

Leo baisse les yeux sur elle. Il relâche sa taille, lui prend la main, et la serre fort.

— Moi aussi.

49
Mercredi – Leo

Henry Moore (ou, plus exactement, Clive Manning) a les mains croisées sur la table de la salle d'interrogatoire et les yeux baissés. Assise à côté de lui, une avocate d'une cinquantaine d'années intervient occasionnellement pour rappeler à Leo et George que son client a déjà répondu à la question posée ou pour demander à Henry s'il souhaite faire une pause.

Leo et George leur font face. Fiona a tenté de plaider sa cause, mais a été obligée de concéder qu'elle ne pouvait pas diriger un interrogatoire impartial, le suspect ayant tenté de l'assassiner quelques heures auparavant.

« Il y a conflit d'intérêts », lui a rappelé Leo.

Elle s'est rembrunie.

« Tu connais bien ton sujet, je suppose.

— Qu'est-ce que c'est censé vouloir dire ? »

Elle s'est détournée, et Henry étant prêt à subir son interrogatoire, il a renoncé à lui soutirer une explication.

— Pourquoi ce faux nom ? questionne-t-il, quand Henry a terminé de leur décrire ses déplacements des derniers jours.

— Je n'utilise jamais le vrai.

Il hausse les épaules, comme si l'usage de pseudonymes était une habitude parfaitement normale.

— Je suis journaliste d'investigation, je côtoie souvent des individus peu recommandables. Je ne veux pas parler de vous, bien sûr.

Il sourit, espérant sans doute détendre l'atmosphère. Leo lui lance un regard qui lui passe aussitôt l'envie de poursuivre sur ce ton.

— Et vous avez été employé comme enquêteur par la production ?

— Je travaillais en free-lance, techniquement. Mais oui, Miles m'a embauché pour aller à la chasse aux secrets. Je suis plutôt doué pour ça, voyez-vous.

Un nouveau sourire s'étire sur son visage.

— Je ne saurais pas par où commencer, moi, déclare George. C'est déjà difficile de fouiller dans la vie des gens quand on a accès aux banques de données de la police, alors...

Elle gonfle les joues, l'air dépassée.

Leo réprime un rire devant sa tentative éhontée de flatter l'ego de Henry pour obtenir des aveux. Comme s'il allait se laisser prendre par...

— C'est une question d'entraînement, répond celui-ci. Toutefois, je dois avouer que j'ai eu quelques ratés au départ. Certains secrets trop bien dissimulés ont parfois échappé à ma vigilance.

— Peut-être parce qu'ils n'existaient pas, suggère Leo.

Henry lui sourit.

— Tout le monde a des secrets.

Leo ne répond pas. D'abord parce qu'il s'agit d'un interrogatoire de police, et qu'ils ne sont pas dans le campement d'*Exposure* en train de jouer à mensonge ou vérité, ensuite parce qu'il s'aperçoit que la réponse automatique qu'il s'apprêtait à lui faire – je n'ai pas de secret, moi – n'est pas tout à fait exacte. Ou il aurait révélé ses sentiments à Fiona.

— Pour le révérend Lucas, un petit boulot de surveillance basique a suffi, reprend Henry, à l'intention de George. Je suis allé assister à l'office du dimanche, pour discuter avec ses paroissiens et en apprendre davantage sur lui. C'est là que j'ai surpris les regards que lui jetait la femme de l'organiste...

Il met ses mains en prière et pose le bout de ses doigts sur sa bouche.

— Et pour Aliyah ? s'enquiert George.

— Google Images. Elle apparaît dans les archives d'Internet, sur un site qui s'appelle « Évaluez votre rencontre d'un soir ».

Il ajoute à l'adresse de Leo :

— Huit et demi, si ça vous intéresse.

— Ce n'est pas le cas, rétorque-t-il, ayant du mal à contenir son dégoût. Comment avez-vous découvert que Jason s'était marié deux fois ?

— Un heureux hasard. Il y avait des photos d'Australie sur sa page Facebook, alors j'ai pensé que je pourrais peut-être glaner une arrestation pour usage de drogue au cours d'un voyage post-études. J'ai contacté un collègue qui vit là-bas, il a eu l'idée de jeter un œil au registre des mariages par la même occasion. Il a trouvé son nom, mais ni décès de l'épouse, ni divorce. Le jackpot.

Tandis que Henry leur expose ses méthodes pour débusquer les secrets des candidats, Leo relève les délits à ajouter à l'acte d'accusation. Apparemment, des rumeurs sur la promptitude de Pam à accepter des pots-de-vin couraient sur un forum local de parents d'élèves, mais Henry reconnaît avoir piraté la messagerie de Ceri et dérobé des reçus émis par un chausseur pour femmes dans la poubelle de Ryan. Des infractions, indiscutablement, quoique mineures comparées à un meurtre et à une tentative de meurtre.

— Et il y avait votre propre secret, bien entendu, le relance George.

Pour la première fois depuis le début de l'interrogatoire, Henry se raidit un peu.

— Miles pensait qu'il valait mieux mettre une enveloppe avec mon nom dans la boîte, au cas où quelqu'un tenterait de m'exposer, afin que Roxy fasse mine de l'ouvrir pour découvrir mon secret. Nous sommes convenu de prétendre que j'étais alcoolique.

Leo s'adosse à sa chaise.

— Plutôt léger comme secret, comparé à ceux des autres.

— *Exposure* s'intéressait surtout aux risques que leur révélation faisait peser sur les candidats. J'avais préparé mon histoire au cas où je serais exposé. Je comptais expliquer que j'étais à deux doigts de perdre mon boulot, que ma vie sociale ne tenait qu'à un fil ; ce genre de choses.

— Un tissu de mensonges, donc, commente George. En fait, votre présence dans cette émission elle-même était un mensonge.

— Puis-je me permettre de vous rappeler que le mensonge en soi ne constitue pas un délit, agent enquêteur Kent ? intervient l'avocate.

— Mais ce n'est pas cette enveloppe-là que Miles a glissée dans la boîte. Il avait découvert un secret plus croustillant, n'est-ce pas ?

Leo est certain d'avoir perçu un petit tressaillement sur le visage de Henry. Il tire un document d'un dossier et lit à voix haute la photocopie du secret. « *Henry a refusé de payer la pension alimentaire de son enfant pendant trois ans.* »

Ce dernier le dévisage un instant, sans un mot. Puis les coins de sa bouche s'étirent en un petit sourire et il s'adosse à sa chaise.

— C'est tout ?

— C'est tout.

Leo songe que l'expression détendue de leur suspect contraste fortement avec celles de ses compagnons, lorsque leurs secrets ont été révélés.

— Miles a compris de travers, dit-il d'un ton doucereux. J'ai – bêtement, apparemment – mentionné un différend que j'ai eu avec mon ancienne compagne. Il n'y a aucune preuve que l'enfant soit de moi, voyez-vous. Je suis souvent en déplacement, alors…

— Aucun souci, enchaîne George. Nous transmettrons vos coordonnées à la caisse d'allocations familiales pour qu'elle sache comment vous contacter au cas où. Je soupçonne que vous n'aurez pas à effectuer de changement d'adresse avant quelques années.

— Si je peux récapituler ce que vous nous avez dit jusqu'ici… commence Leo.

C'est son moment préféré des interrogatoires : la partie où le suspect se passe lui-même la corde autour du cou.

— Vous n'avez pas quitté le camp d'*Exposure* de toute la journée de dimanche, et la seule fois où vous vous êtes approché de la régie, c'est lorsque vous êtes passé devant…

— Pour gagner ma chambre, termine Henry, affable.

— Exact. Vous nous avez affirmé que le matin du meurtre, vous aviez fait une sieste d'une heure dans les bois…

— Approximativement.

Il ponctue cette précision d'un sourire penaud.

— Nous n'étions pas autorisés à avoir l'heure, là-haut.

— Vous avez fait une sieste d'*approximativement* une heure dans les bois, avant de retourner au camp, après quoi vous vous êtes rendu au confessionnal.

Leo attend sa confirmation.

— Le suspect hoche la tête, dit George pour l'enregistrement audio.

L'avocate ferme son carnet d'un coup sec.

— Tout cela est-il vraiment nécessaire ? Mon client vous a livré le compte rendu précis de tous ses déplacements de dimanche à hier.

— Ah oui, hier…

George feuillette son propre carnet.

— Mardi, vous êtes monté vous promener sur Pen y Ddraig. Puis, désorienté par l'hélicoptère de la police qui volait au-dessus de vous, vous avez piqué un sprint…

Elle marque une pause pour consulter ses notes.

— Parce que « vous craigniez de gêner leurs opérations ».

— Je n'apprécie pas vos sarcasmes, agent Kent, et mon client non plus.

— Je pensais que l'hélicoptère recherchait une personne disparue, explique Henry.

— Comme c'était perspicace de votre part !

— Agent Kent, je vais devoir insister…

Ignorant les protestations de l'avocate, George reprend :

— Quand nous avons retrouvé l'agent enquêteur Morgan, elle était enfermée dans le confessionnal.

— J'ai été très choqué par cette nouvelle.

— Je m'en doute.

— Agent Kent !

— Quelqu'un avait barricadé la porte et ouvert le robinet pour inonder la cabine.

— Affreux.

— Mais ça n'était pas vous, n'est-ce pas ? continue Leo.

— Certainement pas.

— Parce que, si ça avait été le cas, vous vous seriez rendu coupable d'une tentative de meurtre, en plus du meurtre que vous affirmez ne pas avoir commis.

— Je ne suis coupable d'aucun de ces deux crimes, persiste Henry.

— Vous avez encore des questions à poser à mon client, ou vous avez juste l'intention de continuer à passer en revue le récit – extrêmement détaillé – qu'il vous a déjà fourni ?

— Nous voulons juste nous assurer que nous n'avons omis aucun détail, répond George à la juriste. Nous tenons à offrir à votre client toutes les opportunités possibles de nous exposer les faits, tels qu'ils se sont déroulés.

— Et j'apprécie votre démarche, la remercie Henry. Mais je n'ai plus rien à ajouter. Tout ce que je vous ai dit est la stricte vérité. Je n'ai pas tué Miles, et je n'étais pas du tout dans le coin où se trouvait votre collègue, hier, à l'heure de ce malheureux accident.

Leo place le sac contenant la pièce à conviction en évidence au milieu de la table.

— De quoi s'agit-il, Henry ?

— Je n'en ai aucune idée, désolé.

Il s'exprime toujours du même ton détendu, mais sa paupière gauche tressaute.

Lorsque Jim et son chien sont arrivés sur place, une fois libérés de leur engagement précédent, ils ont décidé de mettre Foster au travail, même si Henry était déjà en garde à vue à ce moment-là, et Fiona hors de danger. Le berger allemand a entraîné le maître-chien jusqu'à un terrier, qu'il s'est mis à élargir avec frénésie.

— Ce sont la veste de jogging, le bonnet et les lunettes de soleil de Miles, assortis d'une paire de chaussettes roses, lui énumère Leo.

— Si vous le dites.

— Je le dis. Mais pour en être absolument certains, nous avons demandé à la police scientifique d'effectuer des analyses en urgence.

Il tapote le sac.

— L'ADN de Miles se trouve sur tous ces articles, hormis les chaussettes.

George s'appuie sur la table.

— Et devinez quel autre ADN nous avons trouvé ? Leur suspect cligne des deux yeux, à présent.

— Je n'en ai aucune idée…

— Le vôtre, Henry.

Il croise les bras.

— Qu'est-ce que votre ADN peut bien faire sur la veste de Miles ?

— Je... j'ai dû la lui emprunter. Ah, oui, je me souviens. Je lui ai demandé de...

— On arrête les conneries, maintenant, l'interrompt Leo, haussant le ton. Votre ADN est là-dedans parce que vous vous êtes déguisé en Miles après vous être introduit dans la régie par la fenêtre, les mains enfilées dans ces chaussettes – dont la maille est semblable aux marques relevées sur l'encadrement de la fenêtre – et vous l'avez étranglé avec ceci.

Leo se penche et tire de sa sacoche un sac de scellés plus petit contenant un lacet.

— Il a été saisi sur les baskets que vous portiez au moment de votre arrestation. Un médecin légiste a confirmé que son tissage correspondait aux marques de ligatures relevées sur le cou de Miles, et je ne doute pas que le labo trouvera son ADN et le vôtre dessus. Donc, je reprends...

Il se penche en avant.

— Êtes-vous certain de nous avoir tout dit ? Parce que je me permets de vous rappeler que vous risquez de compliquer la tâche de votre avocat si vous ne mentionnez pas ici des détails sur lesquels vous voudriez appuyer votre défense au moment de votre procès.

— J'en suis tout à fait certain.

Il arbore à nouveau son sourire penaud.

— Je regrette de ne pas pouvoir vous être plus utile.

— Oh, j'oubliais.

George produit un troisième sac.

— Nous avons trouvé ceci dans votre poche, lors de votre mise en garde à vue.

Elle pousse le sac vers le centre de la table.

— C'est la clé de la boîte à secrets.

Il y a un long silence.

Henry ne sourit plus.

50
Mercredi – Fiona

— Il refuse toujours de passer à table ?

Fiona s'est rongé les ongles jusqu'au sang en attendant que Leo et George achèvent l'interrogatoire. Son avocate a interrompu la séance pour « s'entretenir avec son client », et quand ils sont revenus, Henry nous a donné du « aucun commentaire ». Ce qui n'a pas la moindre importance. Il est cuit.

George adresse un grand sourire à Leo, toujours grisée par le moment qu'ils viennent de vivre, et Fiona ressent une pointe d'un sentiment qu'elle n'a pas envie d'identifier.

— C'est grâce à toi, lui dit Leo. Recomposer ce montage sonore, c'était un coup de génie.

— Un analyste aurait fini par piger, répond-elle, s'exhortant à ignorer l'onde de chaleur que le compliment fait naître en elle.

— Oui, mais à ce moment-là, nous aurions déjà laissé partir les témoins, et Henry – enfin, Clive – aurait disparu.

La veste de Leo remonte alors qu'il s'étire.

— Le commandant Boccacci est au téléphone avec le procureur en ce moment même, dit-il en bâillant. Elle propose une mise en examen pour séquestration, au cas où la tentative de meurtre ne tiendrait pas.

Si Clive Manning plaide non coupable, il faudra attendre des mois avant qu'ils puissent présenter leurs preuves devant un tribunal. Fiona s'imagine assise dans le box des témoins à double titre : victime et agent des forces de l'ordre. L'avocate mettrait son témoignage en pièces, de toute façon.

— Tu restes pour boucler l'enquête ? demande-t-elle à Leo, se maudissant aussitôt d'avoir l'air de le désirer. Tu es l'élève modèle de Boccacci, après tout, termine-t-elle, un peu plus sèchement qu'elle ne l'aurait voulu.

— Non, c'est terminé pour moi. Je rentre dans le Cheshire.

Il se tourne vers George.

— Tu t'occupes de contacter la caisse d'allocations familiales pour cette histoire de pension alimentaire ?

— Et comment ! dit-elle.

Regardant Fiona, elle ajoute :

— Il n'a même pas cillé quand Leo lui a lu son secret à voix haute. Ça ne lui a fait ni chaud ni froid.

— Je pense que c'est le cadet de ses soucis, maintenant.

— Prends soin de toi, dit Leo, offrant une poignée de main à George. Tu as fait du super boulot.

— Toi aussi.

Au lieu de lui prendre la main, George le serre dans ses bras, et Fiona fixe la fenêtre. Deux agents en uniforme sont en train de laver une voiture de patrouille dans la cour.

— C'était chouette de pouvoir retravailler avec toi.

Fiona comprend que c'est à elle qu'il s'adresse, cette fois.

— *Idem* pour moi, répond-elle, plaquant un sourire sur son visage. À la prochaine, hein ?

Elle lâche un drôle de rire qui sonne vraiment trop faux.

— Bon, eh bien… salut.

Leo esquisse un pas en avant, mais se ravise, lui adresse un petit salut maladroit de la main et s'en va.

Dehors, les deux agents rangent le nettoyeur à haute pression. Quelques secondes plus tard, Leo traverse la cour et monte dans sa voiture. Fiona sent le regard de George sur son dos.

— Tu n'es qu'une foutue idiote, Fiona Morgan.

— Figure-toi que tu es la deuxième personne à me le dire en deux jours.

— As-tu une idée du nombre d'occasions qu'on a de croiser un type convenable dans une vie ?

— Je te le dirai quand j'en croiserai un.

Elle essaie de rire, mais son visage ne lui obéit pas.

— Il te plaît, c'est évident, et lui est clairement dingue de toi, Dieu seul sait pourquoi, vu que tu le traites comme une merde.

— C'est ça. Il m'apprécie tellement qu'il m'a vendue à Malik, qui m'a servi un cours magistral sur les conflits d'intérêts et m'a dégagée de l'enquête, lance-t-elle en s'éloignant.

— C'est Alun qui a bavé, espèce d'andouille. Et aussi pénible que ce me soit de le reconnaître, il n'a pas eu complètement tort. Tu aurais dû nous prévenir que Caleb et ta sœur sortaient ensemble. Il n'était peut-être pas le principal suspect, mais...

— Caleb ?

Fiona se fige.

— Alun a croisé Seren, à la ferme. Vous veniez de vous disputer, apparemment. Elle lui a tout balancé, et tu connais Alun, c'est le petit employé typique : prêt à sauter sur la moindre occasion de présenter les autres sous un mauvais jour.

Donc Leo n'a pas informé Malik qu'elle a subtilisé l'enveloppe de Ceri...

Leo n'a pas pipé mot.

Fiona jette un œil par la fenêtre, mais sa voiture a déjà disparu. Qu'est-ce qu'elle aurait pu lui dire, de toute façon ? *Désolée, je suis une conne ? Est-ce qu'il y aurait une chance pour qu'on reparte de zéro ? Parce qu'il est possible que je sois amoureuse de toi ?*

Elle pousse un long soupir.

Elle peut compter sur les doigts d'une main le nombre de fois où elle a prononcé les mots « je t'aime ». Le plus souvent, ils restent coincés entre sa tête et sa bouche, trop énormes pour sortir. Elle est émerveillée de l'aisance avec laquelle certaines femmes sont capables de les lancer à une copine, un frère ou une sœur, un mec avec lequel elles sortent depuis cinq minutes. Fiona doit être câblée différemment.

C'est le genre de chose qu'on n'a pas besoin de dire, se raisonne-t-elle souvent, les gens le sentent bien quand ils sont aimés. Mam et Seren savent que Fiona leur voue un amour farouche. Et quand elle a épousé Huw, il savait qu'elle l'aimait, à sa manière à elle.

Seulement, Leo l'ignore, lui, répond une voix importune dans sa tête.

Fiona la fait taire.

— Tu n'as qu'à lui dire ce que tu ressens, reprend George.

— Je ne vois pas de quoi tu veux parler, dit-elle, s'éloignant de nouveau.

— Peut-être que si tu te décoinçais un peu, tu pourrais ressentir...

— Me décoincer ?

Elle fait volte-face.

— Elle est bien bonne, celle-là ! Je n'ai jamais rencontré de personne plus collet monté que toi de toute ma vie. Tu ne manges jamais à la cantine, tu n'acceptes jamais de prendre un verre après le boulot, tu...

— Je suis introvertie. Comme toi.

— Je ne suis pas introvertie, rétorque sèchement Fiona. C'est juste que je n'aime pas les gens. Mais je ne refuse pas les invitations à aller boire un coup comme si mes collègues avaient la lèpre.

— J'ignorais que se socialiser était une obligation.

Une pointe glaciale perce dans la voix de George.

— C'est à se demander si tu n'es pas morte à l'intérieur, assène Fiona. Alors épargne-moi tes conseils sur la vie de couple.

Elle sort dans le couloir au pas de charge et tourne à l'angle pour gagner le bureau de Malik, laissant sa collègue plantée devant la fenêtre. Elle trouve le capitaine au téléphone. En attendant qu'il termine sa conversation, elle va et vient devant sa porte, furieuse que George se soit autorisée à lui faire la leçon.

Malik l'invite d'un geste à entrer et à s'asseoir.

— Combien de temps avant que ce soit confirmé ? demande-t-il à son interlocuteur. Et vous allez l'interroger dans l'intervalle ?

Fiona sort son téléphone et jette un œil à ses messages. Elle en trouve plusieurs dans sa boîte mail. Dont un d'Alun qui lui rappelle qu'elle n'a pas mis de pièces dans le bocal de la cuisine *depuis plusieurs semaines*, et qu'elle ne doit se préparer de boisson chaude sous aucun prétexte tant qu'elle ne l'aura pas fait. Apparemment, la nouvelle de son calvaire dans le confessionnal s'est répandue dans tout Cwm Coed. Elle a reçu une quantité de messages inquiets de ses amis, sur WhatsApp. Même mam – qui déteste la technologie – lui a écrit : *Be oedd ar dy ben di ??? Qu'est-ce qui a bien pu te passer par la tête ???*

Elle lui tape une réponse rapide. Je vais bien, arrête de t'agiter.

Dwi ddim yn fflapio !!! rétorque sa mère du tac au tac, indignée.

Voyant Malik raccrocher, Fiona met son téléphone sur mode silencieux et le glisse dans sa poche.

— Le commandant Boccacci est très impressionnée par votre travail, lui dit-il, alors qu'elle ouvre la bouche pour parler.

— Je suis venue vous présenter mes excuses, déclare-t-elle aussitôt.

Son supérieur tente de dissimuler son étonnement, en vain.

— Ma foi, c'est une première.

— Vous m'enlevez les mots de la bouche, rétorque Fiona avec un pâle sourire, faisant allusion au compliment de Boccacci. Les gens sont rarement impressionnés par moi.

— Eh bien, le commandant l'est vraiment. Une jeune femme s'est présentée au commissariat pour porter plainte contre Clive Manning. Il semble qu'il ait enquêté incognito sur des propriétaires peu scrupuleux qui soutiraient des faveurs sexuelles à leurs locataires en échange d'une réduction de loyer, et qu'il ait fait chanter l'une de ses sources. Il a menacé de révéler son identité si elle ne se montrait pas « gentille » avec lui.

Le dégoût de Malik est palpable.

— C'est abject, s'indigne Fiona.

— Elle ne connaissait pas son véritable nom, et lorsque son article a paru, le journal a refusé de lui révéler l'identité de son auteur.

— Elle l'a reconnu dans *Exposure* ?

— Immédiatement. Mais elle s'est mise à douter d'elle-même, parce qu'il paraissait charmant et inoffensif à la télé.

— Et on dit que la caméra ne ment jamais. Young orchestrait chaque putain de seconde de cette émission.

Malik tressaille.

— Chaque *fichue* seconde, se corrige Fiona d'elle-même. Pardon, chef. J'essaie vraiment…

Il soupire.

— Je vois ça. Le véritable nom de Manning ne sera pas révélé à la presse avant sa mise en examen, mais la jeune femme est tombée sur des tweets assez accablants d'une youtubeuse…

Il baisse les yeux sur son sous-main, sur lequel il a griffonné un nom.

— Zee Hart ? propose-t-elle.

— Oui, c'est ça. On lui a conseillé de les effacer si elle veut s'épargner des poursuites – on n'a pas envie que le procès capote avant d'avoir commencé. En attendant, elle a quand même poussé cette jeune femme à se faire connaître. Et je me demande combien d'autres victimes ont subi ses agissements.

Donc, c'était Henry le candidat #MeToo. Miles n'avait pas trouvé assez d'ordures dans ses poubelles pour glisser ce secret dans la boîte, mais il en savait suffisamment pour prévenir Roxy. Elle se remémore la réflexion de l'animatrice à Leo : *De nos jours, une employée peut facilement traîner en justice un patron qui ne l'a pas préservée d'un harceleur.*

Clive alias Henry va devoir répondre de tous ses crimes devant la justice. Meurtre, tentative de meurtre et agression sexuelle. Fiona trouve ironique qu'en essayant de protéger un secret relativement inoffensif de non-paiement de pension alimentaire, il se soit fait coincer pour des actes criminels beaucoup plus sérieux. Il a essayé de battre Miles à son propre jeu, et au bout du compte, tout le monde a perdu.

— Mais j'ai interrompu vos excuses, reprend Malik. Le micro est tout à vous.

— J'ai fait preuve d'une erreur de jugement en manquant de vous informer que Seren sortait avec Caleb.

— Oui. C'est exact.

Malik se carre dans son fauteuil.

— Ça n'aurait pas été un motif suffisant pour vous retirer l'enquête, mais quand on découvre qu'une information de cette importance a été dissimulée, on peut se demander si…

— Et j'ai subtilisé une pièce à conviction, s'empresse d'ajouter Fiona, avant de changer d'avis. Ça ne s'est pas révélé dommageable, et je l'avais remise en place, mais, pendant plusieurs heures…

Elle soupire.

— Vous aviez raison, chef. Je manque de recul. Enquêter sur des gens avec lesquels j'ai grandi… c'est dur.

— Personne n'a jamais dit que ce job était facile.
— Je sais.
— Ce que vous venez de me révéler ne relève pas de la faute disciplinaire, Fiona. C'est un motif de renvoi.
Il se masse les tempes.
— Pourquoi me dire ça maintenant ?
— Parce que j'aspire à faire mieux que ça, dit-elle, sans baisser les yeux. Parce que si je ne vous le dis pas, ça deviendra un secret, et si je ne devais tirer qu'une seule leçon des deux semaines qui viennent de s'écouler, alors ce serait d'éviter d'avoir des secrets.
Malik hoche la tête, songeur.
— Je suis aussi venue vous demander un congé de deux semaines. À dater d'aujourd'hui. Je dois emmener Dave au refuge, demain, et je vais avoir besoin de temps pour…
— Prenez tout le temps qu'il vous faudra. J'ai entendu dire que ce clébard s'était comporté en héros.
Elle déglutit.
— Merci, chef, dit-elle en se levant. Et si vous faites un rapport à l'inspection générale, je comprendrai.
— Combien de dernier avertissement vous ai-je donné, Fiona ?
— Euh… trois ?
Malik la dévisage.
— Considérez celui-ci comme votre *ultime* dernier avertissement.
— Merci, répond-elle, submergée par le soulagement.
— Et… Fiona ?
— Oui.
— Profitez de votre congé pour bien réfléchir à ce qui compte le plus pour vous : vos amis ou votre travail, lui dit-il d'un ton grave. Respectez les règles du jeu, ou abandonnez la partie. C'est clair ?
— Parfaitement clair, répond-elle avant de quitter le bureau du capitaine.
Difficile de faire plus clair, songe-t-elle en s'éloignant. Reste à savoir si elle a vraiment envie de jouer à ce jeu.

51
Jeudi – DC George Kent

La porte du capitaine Malik est restée fermée toute la matinée. Signe incontestable qu'il se passe quelque chose. George ressent des picotements d'appréhension quand elle accepte le fauteuil qu'il lui offre. Fiona a pris un congé de deux semaines (*Il faut que je voie un gars à propos d'un chien*, dit l'e-mail laconique qu'elle a envoyé à George). Et ce matin, Alun n'est resté au bureau que cinq minutes avant d'attraper son carnet pour se rendre en formation, en marmonnant : « Encore ces conneries sur la diversité. »

— Alors ? commence Malik en appuyant ses avant-bras sur son bureau. Comment allez-vous ?

— Bien, répond-elle.

Le capitaine penche la tête sur le côté, et elle comprend que c'est une vraie question.

— La plupart du temps, ajoute-t-elle. Ça me prend par vagues.

— Je comprends. Ce n'est pas pareil, je sais, mais j'ai perdu ma mère l'année dernière. C'est encore très dur.

George compte intérieurement jusqu'à dix et plaque un sourire poli sur son visage pour dissimuler le hurlement qui résonne en elle. Ce n'est pas du tout pareil. Ça n'est jamais pareil. Elle ne sait même plus combien de gens lui ont offert leurs condoléances en mentionnant une perte comparable à la sienne. La mort de grands-parents, de voisins, et même d'un cochon d'Inde prénommé Touffu. « Il avait une tête si mignonne », a précisé la guichetière du bureau de poste. George est ressortie sans demander les timbres qu'elle était venue acheter.

Elle a rencontré Spencer au début du collège. Ils ne se parlaient pas beaucoup à l'époque : les filles de douze ans ont rarement envie de traîner avec des garçons, et le sentiment est souvent réciproque. Spencer et elle ont commencé à sortir ensemble à seize ans. Ils étaient fiancés à dix-huit et mariés à vingt et un. Et en dépit de tous les « ça ne durera pas » de leurs proches et de leurs amis, ils sont restés mariés jusqu'au jour où, il y a déjà dix-huit mois, Spencer est descendu dans leur garage à 3 heures du matin et s'est pendu à une poutre de la charpente.

— Je me demandais si vous vous étiez confiée à quelqu'un au bureau, reprend Malik.

— Non.

— Ça pourrait aider. Les jours particulièrement...

— Non, dit-elle, d'un ton sans appel.

Elle n'a pas envie que Fiona soit au courant. Elle n'a pas envie que quiconque le sache. Elle trouve le chagrin épuisant, et en parler l'épuise davantage encore. Elle doit faire face à tant de questions et a si peu de réponses à donner. Dieu sait que George se pose elle-même suffisamment de questions. Comment un homme apparemment heureux peut-il se donner la mort sans crier gare ? Comment a-t-elle pu manquer de le voir venir ? Pourquoi n'est-elle pas descendue, cette nuit-là, quand elle l'a entendu bouger, pour voir ce qui retenait Spencer en bas ?

Elle déglutit. Serre les paupières une fraction de seconde.

— Je préfère me concentrer sur le boulot.

Le capitaine acquiesce.

— Compris. Vous savez que je suis là si...

— Merci. C'est tout ce dont vous vouliez me parler, chef ?

George sent son malaise se dissiper. Si elle n'en parle pas, si elle n'y pense pas, c'est gérable.

— En fait, non.

Il semble hésiter.

— Comment ça se passe avec Fiona ? Je sais qu'elle peut se montrer un peu...

Il ne termine pas sa phrase, et George a l'impression très nette que c'est parce qu'il ne sait pas comment la terminer.

C'est à son tour d'hésiter. Elle n'a pas revu sa collègue depuis leur confrontation après le départ de Leo. Plus tard, en apprenant qu'elle a pris un congé, elle s'est demandé si c'était sa faute. Parce que, contrairement à l'accusation que Fiona lui a jetée au visage, George n'est pas « morte à l'intérieur ».

Elle se souvient d'un documentaire qu'elle a vu, il y a plusieurs années, au sujet d'un homme souffrant du syndrome d'enfermement. Ses fonctions cognitives étaient intactes, mais tous les muscles de son corps étaient paralysés à l'exception de ceux de ses paupières, dont il battait pour communiquer. George ressent tout le contraire. Son corps continue à fonctionner, mais elle se sent tout engourdie à l'intérieur. Elle ne s'attendait pas du tout à perdre son sang-froid avec Fiona. Mais il y a quelque chose de Spencer chez Leo, et elle trouvait l'attitude dédaigneuse de sa collègue exaspérante. Sait-elle seulement à quel point la vie est fragile ?

— Travailler avec Fiona peut parfois être…

Elle cherche le bon mot.

— Éprouvant.

Elle se demande combien de ses prédécesseurs ont dû faire équipe avec Fiona, et combien s'en sont plaints. Il est vrai qu'elle est souvent irritante. Et occasionnellement insupportable.

— Mais…

George hésite à nouveau.

Lorsqu'elle se disputait avec sa collègue, ce jour-là, elle n'était plus engourdie du tout. La colère pulsait dans ses veines, et après ces dix-huit mois d'apathie émotionnelle, elle a l'impression de pouvoir considérer cela comme un pas dans la bonne direction.

— Mais ? insiste Malik, plein d'espoir.

— Ça ne me gêne pas de faire équipe avec elle.

— Vraiment ?

Le capitaine a du mal à dissimuler son étonnement. Il toussote.

— Excellent. Dans ce cas, vous formez une équipe à titre permanent. Et n'hésitez pas à me signaler les éventuelles… épreuves qu'elle pourrait vous faire vivre.

— Sans faute, répond-elle, fermement décidée à ne pas se ruer dans le giron de son chef chaque fois qu'elle croisera le fer avec son équipière.

En réalité, George est plutôt impatiente qu'elles se retrouvent avec une nouvelle enquête sur les bras. Travailler avec Fiona n'est pas de tout repos, mais on ne s'ennuie pas avec elle, au moins.

52
Jeudi – Fiona

Il y a un fin crachin dans l'air quand Fiona, mam et Seren grimpent Pen y Ddraig. Elles ont pris le sentier qui part du village, fermement décidées à éviter le campement d'*Exposure*. Par automatisme, Fiona cherche Dave des yeux, puis se souvient qu'il n'est pas là. Elle l'imagine en train de hurler à la mort au refuge, puis chasse l'image de son esprit. C'est dans son intérêt, se répète-t-elle. Elle a pris la bonne décision.

Carreg Plas est dissimulée dans un creux de la montagne. Fiona se sent déjà détachée de tous les événements qui s'y sont déroulés. L'équipe du commandant Boccacci peaufine les derniers détails de l'enquête, mais le boulot de Fiona est terminé. C'est étrange de ne rien faire, après les poussées d'adrénaline incessantes des deux dernières semaines ; elle regrette presque d'avoir demandé un congé à Malik.

Il va falloir que l'eau coule un peu sous les ponts avant que les remous soulevés par *Exposure* retombent enfin. Le régulateur de la communication audiovisuelle n'a jamais reçu autant de plaintes de téléspectateurs. Il n'y aura pas de deuxième saison. Young Productions ne s'est pas donné la peine de récupérer la caravane de Dario, qui est resté y vivre le temps de rebondir. Zee Hart a remballé sa tente après avoir été menacée d'être accusée d'entrave à l'exercice de la justice. Fiona la voit parfois sur les réseaux sociaux, lorsqu'elle sort une nouvelle vidéo ou un post de blog.

Roxy Wilde a décidé de monter sa propre boîte de production, qui n'emploiera que des femmes. Elle a offert à Aliyah un poste de coanimatrice. Jason ne sera pas poursuivi pour bigamie.

Son divorce d'Addison est en cours et il essaie de se rabibocher avec Kat, qui s'est un peu apaisée lorsqu'elle a visionné la vidéo non trafiquée des réflexions élogieuses de son époux à son sujet. Le conseil d'établissement de l'école de Pam l'a informée que les choses devaient suivre leur cours, mais que tous ses membres avaient voté en faveur de sa réintégration. Lucas effectue une retraite religieuse, il a promis d'affronter l'organiste à son retour.

Arrivées au sommet de Pen y Ddraig, Elen, Seren et Fiona s'écroulent sur l'herbe. C'est étrange, cette compulsion qui pousse l'être humain à gravir des montagnes à seule fin de les redescendre, se dit-elle. Chaque fois qu'elle aperçoit un sommet, elle ne peut pas s'empêcher de vouloir l'atteindre, un peu comme on gratte un bouton qui démange. Elle sourit, sans raison particulière. Parce que la vue est magnifique. Parce que mam et Seren sont là. Pour tout.

— Je n'irai pas étudier à Bangor, déclare l'adolescente de but en blanc.

Le sourire de Fiona s'efface instantanément.

— On en a parlé des millions de fois ! Tu y vas et…

— J'entre à l'université, mais à Londres.

Seren ramasse un brin d'herbe.

— Caleb veut travailler à la télé, et il a une chance de décrocher un poste là-bas. Je n'ai pas envie de me taper des navettes quotidiennes de Bangor à Londres, Fi, et je n'ai pas envie de vivre à Cwm Coed. Je veux…

Elle hésite.

— Je veux plus, termine-t-elle d'une voix douce.

— Plus que quoi ?

— Plus que ça.

Seren englobe la vue d'un geste du bras : la montagne qu'elles viennent de grimper, le lac incrusté dans la vallée, tout en bas.

— Je suffoque, ici.

Fiona se tourne vers sa mère.

— Tu étais au courant ?

— Oui.

— Je suis la dernière roue du carrosse, je vois.

— Elle a essayé de te parler, Fi.

Fiona rougit, parce qu'elle sait que c'est vrai.

— Et tu es d'accord ?

— Elle aura bientôt dix-huit ans.

— Dix-huit ans, ce n'est rien. Tout peut arriver à Londres.

Mam lui passe un bras autour des épaules et lui dépose un baiser sur la tête.

— Il peut arriver des choses à Cwm Coed aussi, murmure sa mère.

C'est indéniable. Fiona prend la main de Seren dans la sienne, et les trois femmes regardent le soleil couchant envoyer ses rayons dorés sur la vallée.

— Je comprends, finit-elle par dire. Les petites villes sont parfois étouffantes.

C'est pour cette raison qu'elle-même passe autant de temps au bord du lac ou sur la montagne. Parfois, Fiona a l'impression de ne pouvoir respirer correctement que lorsqu'elle est loin de Cwm Coed.

— Je pense que c'est une bonne décision, déclare mam, en lui donnant un petit coup de coude. Peut-être que ça ne te ferait pas de mal à toi non plus de prendre l'air.

— D'aller à Londres ? répond Fiona en grimaçant.

— N'importe où. Tu n'es pas obligée de rester à Cmw Coed parce que j'y vis.

— Ce n'est pas pour ça. Je reste ici parce que...

Pourquoi, au juste ? Parce qu'elle a toujours vécu ici ? Parce qu'elle a essayé de partir, une fois, et qu'elle ne l'a pas supporté ?

Non. Parce que Seren était ici.

Sur le chemin du retour, les pensées se bousculent dans sa tête. Malik la juge trop proche des gens du coin, et pourtant, quand Seren a insisté pour qu'elle l'écoute, Fiona l'a rejetée parce qu'elle était trop concentrée sur son travail. Le moment est-il venu pour elle de quitter Cwm Coed ? Elle essaie de s'imaginer en train d'enquêter sans charrier derrière elle l'ombre de son enfance ou des gueules de bois de son adolescence débridée ; d'arriver sur une scène de crime sans craindre d'y trouver un ex ou sa meilleure amie. Comme ce serait bon de ne faire que son travail, alors, et de le faire bien. Cwm Coed ne va pas s'envoler, après tout. Fiona pourra revenir à tout moment, et quand elle sera ici, elle pourra se consacrer à ses proches sans être distraite par son travail.

Seulement.

Partir signifie quitter mam. Marcher dans une rue sans entendre une douzaine de *ti'n iawns* de personnes qu'elle connaît depuis toujours. Quitter Pen y Ddraig et les eaux scintillantes de Llyn Drych. Ne plus travailler sur des affaires transfrontalières avec l'Angleterre.

Ne plus voir Leo.

D'un autre côté, ce ne serait peut-être pas une si mauvaise chose.

Quand elles regagnent le village, Fiona sait ce qu'il lui reste à faire.

La chose la plus difficile qui soit.

53
Samedi – Leo

Leo est allé faire un jogging, puis il a pris son petit déjeuner et a rangé la cuisine. Et il n'est pas encore 10 heures. C'est au tour d'Allie de prendre Harris. Il sait qu'il devrait profiter au mieux de son week-end de liberté, mais il se prend à traîner à la maison, regrettant que son fiston ne soit pas là. Le boulot de lieutenant est tellement exigeant : pendant de longues périodes, il déborde sur ses soirées et ses week-ends, lui donnant l'impression d'être au bord du burn-out ; puis, tout à coup, l'enquête est bouclée, et au lieu de se dire qu'il va pouvoir prendre le temps de respirer, et que la vie va être géniale, il ne ressent que le vide.

Hier soir, il a appelé Gayle.

« C'était super de faire ta connaissance, lui a-t-il dit, parce que les mensonges sont parfois plus généreux que la vérité. Mais je ne pense pas que ça puisse marcher entre nous.

— Je sais, tu es un homme très occupé. Difficile à coincer ! a-t-elle rétorqué en riant. Et si on prenait le petit déjeuner ensemble, demain ? Je viens chez toi et on pourra emporter le plateau au lit.

— Je ne pense pas.

— Dimanche ? »

Les sous-entendus n'ont pas fonctionné. Leo a envisagé brièvement d'inventer une raison crédible – de prétendre qu'il était gay, qu'il avait rencontré quelqu'un, ou bien qu'il était en phase terminale – avant d'opter pour la vérité.

« Non, je n'ai pas envie de te revoir, Gayle. Je suis désolé.

— Du tout ? »

Il a pris une profonde inspiration.

« Du tout. »

Il y a eu une longue pause douloureuse, avant que Gayle ne réponde :

« Et pourquoi tu ne me l'as pas dit plus tôt ? »

Pourquoi, en effet ? s'est demandé Leo en raccrochant.

Lors de sa comparution, Henry a indiqué qu'il comptait plaider coupable d'homicide volontaire et de tentative d'homicide. Il a été placé en détention provisoire en attendant le verdict de la cour d'assises. Sur l'insistance d'Angharad, et parce que le procureur a considéré qu'il ne serait pas dans l'intérêt du ministère public d'engager des poursuites contre Ryan Francis, toutes les charges retenues contre ce dernier ont été abandonnées. Ryan a accepté de séjourner dans une clinique psychiatrique privée, payée grâce au revenu généré par les appels des téléspectateurs d'*Exposure*. Une enquête interne sur les vols de Ceri est en cours, la poste décidera ensuite s'il y a lieu de demander l'intervention de la police.

Leo relit l'e-mail qu'il vient de taper. Le message de Boccacci était bref mais élogieux. Leo serait-il disposé à accepter son transfert ? La brigade criminelle du nord du pays de Galles est basée à Bryndare, mais certains agents travaillent à distance, depuis leur brigade d'origine. Les perspectives professionnelles sont excellentes.

Leo appuie sur la touche *envoyer*. Sa réponse est plus longue et plus circonstanciée, tout en étant univoque.

Merci. Mais non merci.

Certains gars de son groupe se retrouvent au pub pour boire une pinte, ce soir. Il se joindra sans doute à eux, mais en attendant, les heures vont lui paraître interminables. Il se prépare du café, sans en avoir envie. Il devrait peut-être se trouver un loisir. Que font les hommes entre deux âges pendant leurs jours de congé, quand ils ne souhaitent pas se mouler dans un short en Lycra et mettre six mois de salaire dans un vélo ? Leo a promis à Harris qu'ils iraient faire du paddleboard cet été, alors il pourrait se rendre à Cwm Coed faire une réservation pour le week-end prochain.

Et peut-être croiser Fiona, murmure une petite voix dans sa tête. Leo la fait taire. Mirror Lake est l'endroit rêvé pour les sports nautiques dans les environs, cette envie n'a rien à voir avec Fiona Morgan. Il verse du lait dans son café et remue plus vigoureusement que nécessaire.

Elle ne l'a pas contacté.

Et il ne lui a pas écrit. Pas question de réitérer le fiasco. Il a même effacé son numéro, cette fois encore. Fiona est une femme formidable. Et elle lui donne l'impression d'être vivant comme personne, à part son fils. Mais elle est exaspérante, aussi, et indéchiffrable, et totalement…

On sonne à sa porte. Il va ouvrir, sa tasse à la main.

… totalement imprévisible.

— Tu es occupé ? lui demande Fiona.

Dave est avec elle. Elle a entouré la laisse autour de sa main.

Leo réfléchit avant de répondre :

— Plutôt, oui. Pourquoi ?

— Je…

Elle prend une profonde inspiration.

— Je ne suis pas douée pour écrire des messages.

— Sans déc, répond-il, doucement.

Il la regarde décoller une écaille de peinture du chambranle de la porte, qu'il a prévu de poncer et de repeindre. Il pourrait le faire ce week-end, d'ailleurs, avant d'être à nouveau submergé de boulot.

— Je réfléchis trop.

Un flocon de peinture rouge plane jusqu'au sol.

— J'écris un message, et puis je l'efface, et je le récris et je l'efface à nouveau et…

Elle fronce les sourcils, fixe l'encadrement et soulève une écaille un peu plus grosse. Dessous, le bois est taché de salpêtre. Leo a des fourmis dans les mains.

— Euh, ça ne te dérangerait pas d'éviter de…

— Je pensais que ce serait plus facile de vive voix.

Il se tait. Fiona fronce toujours les sourcils, et Leo comprend qu'elle s'apprête à tirer un trait sur les non-dits qui bouillonnent sous la surface. Elle n'a pas réussi à le rejeter par écrit, elle estime qu'elle lui doit une explication en tête à tête.

— Mais ça ne l'est pas.

Elle serre les paupières, puis soutient son regard.

— Qu'est-ce qui ne va pas chez moi, Leo ?

— Rien du tout, Fi, dit-il, ressentant une douleur à la poitrine.

— Je n'arrive pas à le dire.

— Dire quoi ?

Il va vraiment avoir besoin de cette bière avec ses potes, ce soir. En fait, il va en profiter pour se bourrer la gueule comme jamais.

— J'ai pris un congé.

— Tu es venue ici pour me dire que tu as pris un congé ?

— Dave a passé la journée avec un éducateur canin au refuge, jeudi. On a beaucoup de devoirs à faire, lui et moi, alors j'ai pris des vacances. Il me reste encore dix jours, et je pensais…

Elle se mord l'intérieur de la joue.

— Je pensais que je pourrais les passer ici.

Leo cligne des yeux.

— Avec toi.

Ce n'est qu'à cet instant qu'il remarque le sac, à ses pieds, juste derrière Dave.

— Mais tu es occupé, alors…

Elle ramasse son sac.

— Je ne suis pas si occupé que ça, à vrai dire.

Il marque une pause avant de reprendre :

— Tu es en train de me dire que tu aimerais passer dix jours entiers avec moi ?

Leo veut être absolument certain qu'il a bien compris. Il a le sentiment aigu que c'est un moment charnière de leur… est-ce qu'il peut parler de relation amoureuse ? Et merde, et comment, qu'il peut ! Un moment charnière de leur relation amoureuse.

— Oui, dit-elle avec un petit soupir.

— Dix jours seulement ?

Un sourire s'élargit sur ses lèvres.

— Pour l'instant.

Elle passe la bandoulière de son sac sur son épaule. Machinalement, Leo s'écarte pour la laisser entrer, puis il s'arrête net.

— Non.
— Quoi ?
La couleur déserte le visage de la jeune femme.
— Non, répète-t-il avec un grand calme.
Un ange passe tandis qu'il essaie de donner un sens à ses pensées.
— Je ne peux pas faire ça.
— Faire quoi ?
— Te laisser entrer dans ma vie, pour que tu en repartes en courant parce que tu as peur.
Elle rit.
— Je n'ai pas...
— Si. Tu as peur d'être proche de qui que ce soit. Peur de révéler tes sentiments. Et je comprends, vraiment, mais ce n'est pas juste, Fiona. Je n'ai pas envie de vivre ça.
— Pourquoi tu fais ça ?
Ses paupières battent à toute vitesse.
— Ça ne te ressemble pas.
Il attend avant de répondre.
— Je suppose que j'ai trouvé le cran dont tu parlais.
Elle ouvre la bouche pour parler, puis se ravise. Elle lui adresse un petit hochement de tête, puis tourne les talons et s'en va. Chaque fibre du corps de Leo se révolte contre lui, mais il s'oblige à fermer la porte et à s'y adosser pour se retenir de la rouvrir et de rappeler Fiona. Il a pris la bonne décision, il en est certain. Alors, pourquoi se sent-il si merdeux ?
Il file à la salle de bains, se lave la figure, puis se change et passe ses baskets. Il va aller à la salle de gym se défouler sur un sac de frappe, puis il va prendre une douche et aller retrouver les gars, histoire de se torcher un bon coup et d'oublier Fiona Morgan et le fait qu'il vient juste de la laisser sortir de sa vie.

Quand il rouvre la porte pour sortir, quelques minutes plus tard, il remarque la Triumph, garée dans la rue. Il ne peut pas voir Fiona, parce que Dave est assis sur le siège passager, une patte sur le tableau de bord, l'air prêt à entamer un pique-nique.

Leo passe à côté de la voiture, son sac de gym en bandoulière. Il entend la portière s'ouvrir et les pas précipités derrière lui, mais il continue de marcher. Il a pris la bonne décision, se répète-t-il. Il a été échaudé par ses histoires précédentes, alors si Fiona n'est même pas capable de lui dire ce qu'elle ressent…

— Je t'aime.

Leo se fige. Son cœur bat plus vite qu'après une grosse séance de gym, et il se demande s'il ne serait pas plus sûr de continuer à marcher. Il se demande s'il a bien entendu, parce que ça ne ressemblait même pas à la voix de Fiona ; ce n'était pas le genre de phrase qu'il l'imaginait capable de prononcer.

Elle la répète, pourtant. Plus fort, encore.

Et cette fois, Leo se retourne.

Remerciements

Écrire une série et écrire des romans individuels sont deux choses très différentes, ainsi que je l'ai découvert avec ce roman. Par moments, j'ai eu l'impression de redevenir une écrivaine débutante, et la sagesse et la patience de mon éditrice, Lucy Malagoni, qui m'a accompagnée sur les chemins escarpés des premiers mois (et des premiers jets qui ne l'étaient guère moins), m'ont été précieuses. Je remercie Lucy et sa collègue éditrice Tilda Key pour avoir mis leur talent éditorial au service de ce roman, qui est vraiment le résultat d'un travail d'équipe.

De même, je remercie de tout cœur l'ensemble du personnel de Sphere, et l'équipe de Little, Brown au grand complet, qui n'ont pas ménagé leur peine pour placer mes romans entre les mains des lecteurs. Merci à Laura Sherlock du service de presse ; à Gemma Shelley, Brionee Fenlon, Fergus Edmondson et Emily Cox du service marketing ; à Hannah Methuen et à son équipe de représentants ; et à Rebecca Folland, Jessica Purdue, Helena Doree, Louise Henderson et Zoe King des droits internationaux. Merci à l'extraordinaire relectrice/correctrice Linda McQueen, à l'éditeur John Appleton, et à Hannah Wood, pour cette nouvelle couverture sublime.

Merci à l'éditrice free-lance Nia Roberts, d'avoir pris le temps de lire mon manuscrit et de corriger mon gallois. Je remercie Ella Chapman, Sam Sutcliffe et Siobhan Graham de s'occuper de mes newsletters et de mes réseaux sociaux ; Tim Marchant pour son travail de webmaster ; Lynda Tunnicliffe, Sarah Clayton et Huw McKee qui gèrent mon groupe Facebook, *The Clare Mackintosh Book Club.*

Merci à Colin Scott. Tu sais pourquoi.

À Lucia Boccacci, qui a fait une généreuse donation lors de la vente aux enchères *Books for Ukraine* – je suis ravie d'avoir rendu hommage à sa mère en donnant son nom à l'un de mes personnages. Merci à mon agente, Sheila Crowley, qui me soutient en toute circonstance ; à Tanja Goossens pour son attention aux détails ; et à toute l'équipe de Curtis Brown Literary and Talent Agency.

Merci à mon mari Rob, et à Josh, Evie et George, qui sont sans doute extrêmement soulagés que ce livre soit enfin achevé. (Mais, devinez quoi ? Il va falloir que je recommence…)

Merci à mes amis de supporter mes manies d'auteure et d'être toujours là pour me soutenir. Et au merveilleux nord du pays de Galles, de m'inspirer autant.

Enfin, et surtout, merci à vous, lecteurs, d'avoir choisi ce livre, d'avoir investi votre temps dans sa lecture, de rédiger des critiques et de les partager. Merci de me permettre de gagner ma vie en écrivant des histoires.

hachette s'engage pour l'environnement en réduisant l'empreinte carbone de ses livres. Celle de cet exemplaire est de :
1 400 g éq. CO_2
Rendez-vous sur www.hachette-durable.fr

PAPIER À BASE DE FIBRES CERTIFIÉES

Photocomposition
Nord Compo

Imprimé en France par Normandie Roto s.a.s.
N° d'impression : 2400833
Pour le compte de Hachette Livre
(58, rue Jean-Bleuzen, 92178 Vanves)

Dépôt légal 1re publication : mai 2024
Dépôt légal : avril 2024
ISBN : 978-2-501-171-892
1668297/01